KB041224

❖ 전국시대 일본의 지도

- 도호쿠東北
- 간토關東
- 주부中部
- 긴키近畿
- 주고쿠中国
- 시코쿠四国
- 규슈九州

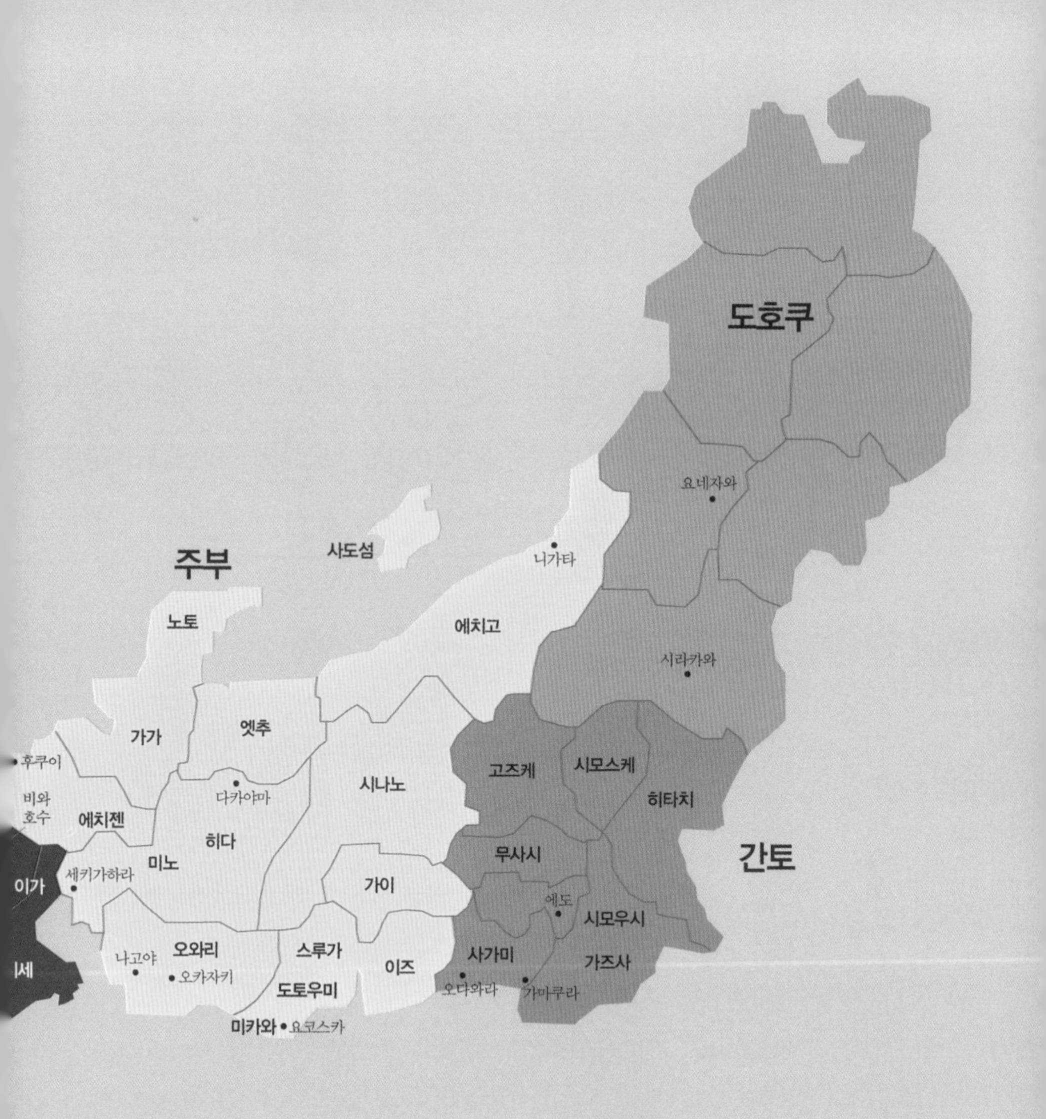
도호쿠
요네자와
사도섬
니가타
주부
노토
에치고
시라카와
가가
엣추
후쿠이
비와
호수
다카야마
시나노
고즈케
시모스케
히타치
에치젠
히다
무사시
간토
미노
세키가하라
이가
가이
에도
시모우시
사가미
가즈사
나고야
오와리
스루가
이즈
오카자키
오다와라
가마쿠라
도토우미
미카와
요코스카

戰國志

SHINSYO TAIKOUKI
by YOSHIKAWA eiji

전국지 5

천하포무天下布武

초판 1쇄 발행 2015년 9월 20일
초판 2쇄 발행 2015년 11월 20일

지은이 요시카와 에이지
옮긴이 강성욱
펴낸이 한승수
펴낸곳 문예춘추사

편 집 김성화, 조예원
마케팅 안치환
디자인 김선영

등록번호 제300-1994-16
등록일자 1994년 1월 24일

주 소 서울특별시 마포구 연남동 565-15 지남빌딩 309호
전 화 02 338 0084
팩 스 02 338 0087
E-mail moonchusa@naver.com

ISBN 978-89-7604-275-0 04830
978-89-7604-269-9(전 10권)

*책값은 뒤표지에 있습니다.
*잘못된 책은 구입처에서 교환해 드립니다.

요시카와 에이지 지음
강성욱 옮김

문예춘추사

차　　례

⚜ 전국지 5권 등장인물

모리 모토나리毛利元就(1497~1571)
주고쿠의 작은 나라인 아키의 일개 호족에서 일약 주고쿠 전역을 평정한 전국 시대 최고의 지장이자 뛰어난 책략가다. '백만일심'과 '세 개의 화살' 등의 일화가 유명하다. 중앙에서 두각을 나타내기 시작한 노부나가의 실력을 인정해 임종 시에 자식과 가신에게 '천하를 다투지 말라'며 야심을 경계하고 오로지 내실을 다지고 나라를 보존하는 데 힘쓰라는 유언을 남긴다.

구로다 간베 요시타카黒田官兵衛孝高(1546~1604)
하리마의 약소 가문인 고데라 가의 가신이었으나 노부나가가 천하를 평정할 인물이라고 판단하고 일찍부터 협력한다. 그 뒤 노부나가의 명을 받고 주고쿠 공략에 나선 히데요시의 군사가 되어 다카나카 한베와 함께 많은 공을 세우지만 그의 야망을 눈치챈 히데요시는 그를 경계하기 시작한다. 히데요시 사후에는 세키가하라 싸움을 계기로 천하 패권을 잡기 위해 나서지만 결국 이에야스에게 양보하고 군사를 돌린다.

오다 노부타다織田信忠(1557~1582)
오다 노부나가의 장남으로 오와리에서 태어났다. 1572년, 기타오우미에 처음으로 출진하여 아사이 나가마사浅井長政를 공격했으며, 1575년에는 나가시노長篠 전투에 종군했다. 같은 해에 노부나가의 뒤를 이어 오와리, 미노를 영유하고 기후 성의 성주가 되었다. 1582년에는 다케다 가쓰요리武田勝頼 공격의 선봉에 섰고, 이후 주고쿠의 모리를 공략하기 위해 교토에 머물다 아버지 노부나가와 함께 본능사의 변을 만나 자결한다.

야마나카 시카노스케 유키모리山中鹿之介幸盛(1545~1578)
산인 지방 아마고 가의 가신으로 무용에 뛰어나서 '산인의 기린아'로 불린다. 아마고 가를 재건하기 위해 노부나가 밑으로 들어가 주고쿠 공략의 선봉에 서서 고즈키 성을 함락시킨다. 하지만 전황이 급변해서 오다 군이 고즈키 성을 포기하자 고립되고 만다. 그는 모리 군에게 거짓으로 항복하고 모리 데루모토를 죽이려 하지만 눈치챈 모리 군에게 암살당한다.

고바야카와 다카카게小早川隆景(1533~1597)
모리 모토나리의 셋째 아들이자 모토하루와 더불어 모리의 '이숙二叔' 또는 주고쿠 '이천二川'으로 불리며 모리 수군을 지휘한다. 노부나가를 이길 수 없음을 깨닫고 에케이를 통해 비밀리에 히데요시와 화친을 성사시킨다. 지략과 재덕을 겸비해 훗날 히데요시 정권 아래에서 두터운 신임을 받으며 히데요시의 양자인 히데도시를 양자로 맞아 자신의 후사를 잇게 한다.

깃카와 모토하루吉川元春(1530~1586)
모토나리의 차남이자 다카카게와 더불어 모리의 '이숙二叔' 또는 주고쿠의 '이천二川'로 불리며 산인 지방의 사령관으로 활약한다. 히데요시를 섬기는 것을 꺼려 은거하지만 히데요시의 강력한 요청으로 규슈 평정에 참가해 고구라 성에서 병사한다.

모리 란마루森蘭丸(1565~1582)
모리 나가사다森長定. 모리 요시나리의 셋째 아들로 시동 시절부터 노부나가의 총애를 받는다. 가이의 다케다 가를 평정한 뒤 미노의 가네야마 성의 성주가 된다. 그 뒤 본능사에서 노부나가와 함께 있다가 아케치 미쓰히데의 습격을 받고 맞서 싸우다 전사한다.

쇼주마루松寿丸(1568~1623)
구로다 나가마사黒田長政. 구로다 간베의 적자로 어릴 적 오다 가의 인질이 되기도 했으나 규슈 정벌에서 큰 공을 세워 다이묘의 반열에 오른다. 세키가하라 싸움에서 이에야스의 동군에 가담해 전공을 세워 후쿠오카 번의 초대 번주가 된다.

고토 마타베 모토쓰구後藤又兵衛基次(1560~1615)
이와노스케. 고토 모토구니의 아들로 구로다 간베를 섬겼으나 간베 사후 나가마사를 섬기며 세키가하라 싸움에서 무공을 세운다. 나가마사와의 불화로 구로다 가에서 출분 조치당하고 그 뒤 히데요시의 후사를 이은 히데요리와 이에야스 사이의 패권 다툼인 오사카 싸움에서 히데요리 쪽에 가담해서 싸운다.

구기 요시타카九鬼嘉隆(1542~1600)
노부나가의 수군을 조직하고 이끈 무장으로 구기 가 제8대 당주다. 노부나가 사후에는 히데요시를 섬기며 규슈 공략과 오다와라 정벌에 참전한다. 세키가하라 싸움이 발발하자 가문 보존을 위해 자신은 서군, 아들인 모리타카는 동군에 가담하지만 서군이 패하자 이에야스에게 할복을 강요받고 자결한다.

| 일러두기 |

1. 이 책은 일본 고단샤講談社에서 발간한 요시카와 에이지 역사·시대 문고(吉川英治歷史時代文庫) 22~32권, 『신서 태합기(新書太閤記)』(전11권, 1990년 4월 23일~1990년 8월 3일)를 저본으로 삼았다.
2. 원서는 총 11권으로 구성되어 있으나 분량을 고려해서 총 10권으로 재편집했다.
3. 가능한 원본에 가깝게 번역했으나 고유명사의 명백한 오류는 바로잡았으며, 원서 내용을 해치지 않는 범위 안에서 대화와 본문이 연결되는 부분을 일부 수정하여 우리 독자가 읽기 편하게 했다.
4. 원서 문장의 길이가 너무 길어 읽기에 불편한 부분은 내용을 해치지 않는 범위 안에서 문장을 끊어 번역했다.
5. 한자 표기는 정오正誤에 상관없이 원서를 따랐으나 동일 인물이나 지명의 상반된 표기가 있는 경우에는 올바른 한자를 찾아 표기했다.
6. 이 책의 삽화 및 지도는 내용에 맞게 새로 제작한 것이다.

구로다 간베黒田官兵衛

근래 히데요시는 늦잠을 자는 습관이 생겼다. 아침마다 네네는 남편의 얼굴을 해가 중천에 뜨고 난 뒤에야 볼 수 있었다.

"요즘, 그 아이가 좀 이상하지 않느냐?"

노모도 때때로 걱정스러운 듯 네네에게 물었다. 그때마다 네네도 대답이 궁했다. 늦잠의 원인은 매일 밤 술로 지샜기 때문이었다. 안에서 조촐하게 마실 때에는 작은 잔에 네다섯 잔만 마셔도 금방 얼굴이 새빨개져서 밥을 찾았는데, 가신들을 불러 모아 마시기 시작하면 밤이 새는 줄도 모르고 마셔댔다. 그러고는 꾸벅꾸벅 졸다가 시종들 방에서 시종들과 함께 잠들어버렸다. 또 어떤 밤에는 무슨 일이 있어서 네네가 큰 복도를 따라가다 보면 사내 하나가 다리 난간 위를 느릿느릿 건너갔다. 아무래도 남편의 모습을 닮은 듯해 네네는 짐짓 목소리를 바꿔 불렀다.

"거기 가는 자는 누구이냐?"

그러면 히데요시는 깜짝 놀라 뒤를 돌아보았다. 그러고는 흡사 춤을 추고 있었다는 듯 당혹감을 감추며 말했다.

"여긴 대체 어디인가? 길을 잃은 자이오."

그러고는 비틀거리며 다가와 네네의 등에 매달렸다.

"아, 취했다. 네네, 업어주시오. 어서."

남편의 응석에 네네는 웃음을 참으며 짐짓 심술궂게 물었다.

"예예. 업고 가겠습니다만, 대체 행선지는 어디인지요?"

등에 업힌 히데요시는 쿡쿡 웃으며 발을 동동 구르며 말했다.

"그대가 있는 곳, 그대의 방까지."

"호호호."

뒤에서는 시녀들이 촛대를 들고 부부를 바라보고 있었다. 네네는 무거운 듯 등을 돌리며 시녀들에게도 농을 건넸다.

"이런 술에 취한 나그네를 업어다 어디에 놓으면 좋겠느냐?"

시녀들은 배를 움켜쥔 채 눈물까지 흘리며 웃고 있었다. 그리고 그날 밤은 네네의 방에서 모두 함께 놀면서 밤을 새웠다. 하지만 그런 경우는 드문 일이었다. 히데요시와 함께한 지 벌써 십칠 년이었다. 네네도 서른이 넘었고 히데요시도 올해 마흔둘이나 되었다. 네네는 아침에 남편의 어두운 표정만 봐도 그것이 단순히 기분상의 문제가 아니라는 것을 알았다. 이른바 그녀 역시 남편의 건강을 챙기는 세간의 여자들과 똑같은 아내가 되어 있었다.

그녀는 남편의 건강을 걱정하면서도 아내로서 남편의 고민을 조금이라도 함께하고 위로할 수 있기를 간절히 바랐다. 하지만 남편의 표정만 봐서는 고민이 무엇인지 전혀 알 수 없었다. 그 속에 어떤 불만이 담겨 있는지, 마음속에 어떤 고뇌가 담겨 있는지 히데요시는 이야기해주지 않았다. 그럴 때마다 아내들은 남편에게 힘과 의논 상대가 되지 못하는 것에 대해 남자들보다 더 큰 고민을 했다.

어떤 때는 기쁜 일도 있었지만 또 어떤 때는 마음을 졸일 때도 있었다. 그런 점에서 히데요시는 세간의 여느 남편들과 조금도 다르지 않았다.

"너무하십니다."

세간의 아내들처럼 네네가 박정하고 제멋대로인 남편의 처사에 원망의 눈물을 보이면 여자의 눈물에는 더없이 약한 히데요시가 교묘히 타일렀다.

"내 그런 행동들은 모두 당신이기 때문에 나오는 것이오. 당신에겐 아무것도 숨길 것이 없으니 안 좋은 표정도 보이고, 화가 날 때도 숨기지 않고 그대로 보이는 것이 아니겠소. 그것이 싫다면 이제부터 다른 사람들에게 하는 것처럼 해도 되겠소?"

그런 말을 들으면 네네는 스스로 한심하다고 생각하면서 남편의 그러한 행동에 오히려 기뻐하기까지 했다. 그런데 이번에는 그런 언짢은 상태가 다소 길었다. 북쪽 진영에서 돌아온 뒤부터였다. 시바타 가쓰이에와 감정적으로 크게 충돌한 뒤 그로 인해 주군인 노부나가의 화를 사서 문책을 받은 것에 대해 네네와 노모도 가슴을 졸이고 있었지만 여자의 힘으로는 어쩔 수 없는 일이었다. 또 히데요시에게 물어본들 걱정하지 말라고 말할 것이 뻔했다. 그래서 히데요시가 둘도 없이 아끼는 다케나카 한베에게 은밀히 사정을 물어보았다.

"아무 일도 없으니 너무 마음 쓰지 마십시오."

한베는 그렇게만 말할 뿐 아무것도 가르쳐주지 않았다.

그럴 때 히데요시의 모친은 네네에게 둘도 없는 좋은 시어머니였다. 네네에게 노모는 남편을 대신해서 모든 것을 살피며 섬기는 사람이지만 네네는 오히려 노모의 가슴에 안겨 마음의 안정을 얻는 날이 많았다.

"네네야, 남편이 눈을 뜨려면 아직 시간이 있을 테니, 그사이에 밭의 가지라도 따러 가자꾸나. 가지도 이제 끝물일 테니, 바구니를 가져오너라."

노모는 아침 일찍 네네를 불러 아직 안개가 짙게 깔려 있는 북쪽 성곽의 채원으로 데리고 나갔다.

기요스에 있을 때나 스노마타에 있을 무렵에도 노모는 괭이를 손에서 놓지 않았는데 이곳에 와서도 마찬가지였다. 괭이를 들고 채원에 나가 있을 때가 노모에게 있어 가장 행복한 때인 것처럼 보였다. 정원도 넓었고 공터도 많았지만 노모와 네네, 그리고 두세 명의 시녀가 가꾸는 채원이어서 크지 않았다.

네네는 때때로 채원에서 딴 채소를 국에 넣어 '이건 어머님이 손수 기르신 채소입니다'라며 남편의 밥상에 올리기도 했다. 가지로 산적을 만드는 날에는 히데요시에게 칭찬을 듣기도 했다.

노모는 그것으로 히데요시를 가르칠 생각은 꿈에도 하지 않았지만 히데요시는 가끔 그러한 어머니의 단정한 밥상을 받으면 크게 느끼는 것이 있는 듯했다. 나카무라의 가난했던 시절을 떠올리고 국에 들어 있는 한 젓가락의 채소나 가지산적에도 마음을 다잡았다.

"네네야, 올해는 더위가 이어진 탓인지 가지꽃이 아직도 많이 피어 있구나. 그러니 아직 작지만 며칠 더 딸 수 있겠다."

노모가 가지를 따기 시작하자 네네는 모든 것을 잊고 바구니 하나를 가득 채우더니 다른 바구니를 집어 들었다. 그러자 뒤에서 근래 드물게 아침 일찍 일어난 남편의 목소리가 들렸다.

"어머님, 네네도 있었구려."

"어머, 일어나신지도 모르고 송구합니다."

"아니오. 갑자기 눈이 떠져서 시종들도 당황해하더이다."

네네가 사죄하자 히데요시가 근래 보기 드문 밝은 얼굴로 말했다.

"방금 다케나카 한베가 와서 척후병이 아즈치 방면에서 사자의 깃발을 꽂은 배가 이쪽으로 급히 오고 있다고 알려왔다기에 급히 일어나 먼저 성안의 사당에 참배하고 근래의 나태를 사죄하러 왔소."

그러자 노모가 아들을 향해 웃으며 말했다.

"호, 신령님께 사죄를 하고 온 게로구나."

히데요시가 진지한 얼굴로 대답했다.

"그렇습니다. 그 후에는 어머님께 사죄를 하고 아내에게도 좀 사죄를 할까 해서요."

"일부러 여기까지 왔구나."

"예. 그런 제 마음을 헤아려주신다면 정식으로 사죄를 하지 않아도 되지 않을까 싶습니다만……."

노모는 소리 내어 웃으며 말했다.

"나는 괜찮다만 네네에게는 미안하다는 말이라도 하는 것이 어떠냐?"

"면목이 없소."

그러자 네네가 당황해서 말했다.

"그리 말씀하시니 제가 어찌해야 할지 모르겠습니다."

노모는 히데요시가 무슨 연유로 갑자기 예전의 쾌활한 얼굴로 돌아왔는지 의아했지만 이윽고 호리오 모스케가 와서 하는 말을 듣고 연유를 알게 있었다.

"방금, 성문에 아즈치의 사자로 마에다 마타에몬 님과 노노무라 산쥬로野野村三十郎 님께서 오셨습니다. 하여 히코에몬 님이 마중을 나가 객전까지 모셨습니다."

호리오 모스케는 먼발치에서 무릎을 꿇고 가지밭에 있는 히데요시에게 고했다.

"그런가. 잘 접대하라고 이르라."

히데요시는 그렇게 말하고 모스케를 물린 뒤 노모와 함께 가지를 따기 시작했다.

"아주 잘 여문 듯합니다. 밭의 비료도 어머님이 손수 주셨는지요?"

"그런 건 아무래도 상관없으니 노부나가 님께서 보낸 사자께 어서 가

보아라."

"아닙니다. 사자가 온 연유는 얼추 알고 있으니 서두르지 않아도 됩니다. 가지를 조금 더 따서 주군께도 드릴 생각입니다."

"이런 걸 어찌 사자를 통해 주군께 올리려 하느냐?"

"아닙니다. 오늘 아침에 제가 직접 가지고 갈 것입니다."

"아니, 네가 직접?"

힐책을 받아 근신 중인 히데요시가 그렇게 말하자 노모는 불안한 마음이 들었다.

"그만, 오시지요."

이윽고 한베가 히데요시를 재촉하러 오자 히데요시가 가지밭에서 일어서며 말했다.

"그럼 어머님께서도 날마다 오늘 아침처럼 건강하게 보내십시오. 부인, 내가 없는 동안 잘 부탁하오."

히데요시는 정원으로 가서 손을 씻고 본성의 일실로 들어갔다. 그러고는 이내 의복을 갈아입은 뒤 시종 두세 명을 뒤에 거느리고 서원 쪽으로 걸어갔다. 그가 걸어가는 큰 복도에는 가을 햇살이 한가득 비치고 있었다.

주군의 사자라고 하면 두말할 것도 없이 히데요시보다 위였다. 의복을 갈아입고 예의를 취하며 공손히 주군의 뜻을 받드는 것은 당연한 일이었다. 길보일까, 흉보일까, 하는 것은 채원에 남겨진 노모와 네네 두 사람만의 기우에 지나지 않았다.

사자가 오기 전날 밤, 마타에몬은 먼저 히데요시에게 그 취지를 은밀히 전했다. 정사正使로 온 마타에몬은 예전부터 문경지교刎頸之交였고, 히데요시를 위해 요 몇 달간 주군의 문책을 수습하려고 애를 썼던 것이다.

"그럼 이만."

사자와 히데요시가 어깨를 나란히 하고 서원에서 나왔다. 주군의 사자라는 직분에서 벗어나자 마타에몬은 평소의 벗으로 돌아와 있었다.

"지쿠젠, 알겠는가?"

"뭐가 말인가?"

"준비 말일세."

"이대로 가긴 서운하니 별실에서 차라도 한잔하세."

히데요시는 마타에몬와 함께 자리에 앉은 뒤 히코에몬을 불렀다. 하치스카 히코에몬이 와서 무슨 일인가 묻자 히데요시가 말했다.

"마타에몬과 함께 급히 아즈치로 가게 되었으니 뒤를 부탁하네."

"심려 말고 다녀오십시오."

"그대만 있으면 나는 안심이네. 상황에 따라 다소 길어질지 모르니, 잘 부탁하네."

"알겠습니다."

"그리고 내가 떠난 뒤 어머님과 네네에게도 내 뜻을 전하고, 주군께서 내게 내린 근신을 풀어주셨다는 이야기도 말씀드리게."

"축하드립니다."

"아직 축하할 일인지 알 수는 없네. 나는 적어도 상석의 막료와는 다투지 않으려고 조심해왔네. 하지만 그렇게 해야만 하는 정당한 이유가 있었기 때문에 가쓰이에와 논쟁을 벌였네. 만일 그것을 주군께서 헤아려주지 않으시고 시바타에게 사죄를 하라고 질책하시면 다시 성으로 돌아와 근신할 수 없을지도 모르네."

다인들이 명주 수건에 찻잔을 올려서 손님에게 권했다. 히데요시의 앞에도 찻잔이 놓였다. 마타에몬은 여전히 차를 벌컥벌컥 마셨지만 히데요시는 이제 손에 든 찻잔에 꽤나 익숙해진 듯했다. 다도의 예법이 어느 정도 몸에 배어 있었다.

'주군과 다도를 즐길 수 있을 만큼 어느새 몸에 배어 있구나.'

마타에몬은 히데요시를 바라보며 속으로 그렇게 생각했다.

"한베를 이리 부르게."

히데요시가 물러가는 히코에몬에게 명했다. 이윽고 한베가 모습을 보이자 이전에 뭔가 의미심장한 말이라도 해놓았는지 대뜸 이렇게 말했다.

"상세한 것은 어젯밤에 말한 대로 신호 여하에 따라 그렇게."

"심려치 마십시오."

한베는 조용히 머리를 숙이고 대답했다.

"그럼 가도록 하세."

모든 용무가 끝난 듯 히데요시는 마에다와 노노무라를 재촉하며 함께 성문을 나섰다. 어디 근방에 산책이라도 나가는 듯한 극히 간소한 차림이었다.

"아, 아즈치에 가지고 갈 선물을 잊고 있었군."

히데요시는 급히 발길을 멈추고 배웅을 위해 따라온 가신에게 가지 바구니를 가져오라고 명했다. 잠시 뒤, 돌아온 가신이 건넨 가지 바구니에는 머위잎이 덮여 있었다. 그리고 그 아래 자줏빛 가지는 아직도 이슬에 흠뻑 젖어 있었다. 히데요시는 그것을 들고 호숫가에서 사자의 배에 올랐다.

새롭게 발흥한 성 아래 마을인 아즈치는 아직 일 년도 되지 않았는데 삼분의 일은 완성되어 번성을 구가했다. 이곳에 머무는 여행객은 모두 정연한 구획과 번창한 모습을 보고 눈이 휘둥그레졌다.

왕래하는 상인이나 여행객이 하룻밤 머물고 싶어 할 만큼 아즈치는 편리한 운송 수단과 경제와 여정을 풀 위락 시설 일체를 갖추고 있었다. 호숫가에 화물선과 나룻배를 위한 시설이 갖춰 있다 보니 마치 작은 항구의 경관처럼 보였다. 마에다 마타에몬과 히데요시는 그곳에서 뭍으로 올라와 마을 부교인 후쿠즈미 헤이자에몬福富平左衛門의 임시 관사에서 조금 쉰 뒤 날이 지기 전에 성으로 들어갔다.

은빛 모래를 깐 정문의 언덕길과 거석으로 쌓은 돌계단, 그리고 금방 칠한 많은 문과 금빛 금구에 이르기까지 모든 것이 눈이 부실 만큼 새것이었다. 오 층의 천수각은 호수 위나 가도에서 바라봐도, 또 성안으로 들어와 그 아래에 서서 올려다봐도 말로는 형언할 수 없을 정도로 장려하고 위용이 대단했다.

"지쿠젠, 왔는가?"

금벽과 단청 들이 빛을 발하는 천수각 안에는 유일하게 수묵화로 꾸며진 방이 있었다. 가노 에이도쿠가 그렸다는 원사만종도遠寺晩鍾圖의 장지문으로 둘러싸여 있는 그 일실의 상단에서 노부나가의 목소리가 크게 들려왔다.

"예. 히데요시, 명을 받들어 이리 찾아뵈었습니다."

히데요시는 옆방에서 무릎을 꿇은 채 멀리 떨어져 있었다. 마타에몬이 노부나가 앞으로 나가 고했다.

"명을 전하고 데려왔습니다."

노부나가의 목소리는 울림이 좋았다. 기분이 좋다는 증거였다. 오랜만에 히데요시의 모습을 보자 역시 기뻤던 것이다.

"지쿠젠, 처분을 거뒀다는 말을 들었을 것이다. ……들어오라. 이리 앞으로 오도록 하라."

"황송합니다."

히데요시는 가지가 든 바구니를 들고 옆방에서 무릎걸음으로 들어왔다. 노부나가가 의아해하며 물었다.

"그것은 무엇인가?"

"송구합니다만."

히데요시는 공손히 노부나가의 앞에 가지 바구니를 올렸다.

"제 어머니와 아내가 성안 채원에서 손수 기른 가지입니다."

"가지? 흐음."

"별난 선물이라고 웃으실지 모르나 빠른 배편으로 오면 이슬이 마르기 전에 올릴 수 있을 듯하여 일부러 밭에서 따서 가지고 왔습니다."

"지쿠젠, 그대가 내게 보이려고 하는 것은 가지가 아닐 것이고 이슬도 아닐 것이다. 내게 무엇을 음미하라고 하는 것인가?"

"헤아려주십시오. 불초 소신은 다소의 공을 세웠다고는 하나 한낱 일개 범부에서 발탁되어 나가하마의 땅, 이십이만 석을 하사받은 몸이 되었습니다. 게다가 제 어머니는 지금도 손에 괭이를 잡고 채소에 물을 주고 오이와 가지에 비료를 주는 것을 게을리하지 않으십니다. 불초자식이 그 마음을 헤아려보니 이렇지 않을까 싶습니다. '필부의 출세만큼 위험한 것은 없다. 사람들의 시기나 왈가왈부는 모두 제 자만심 때문이다. 너는 나카무라 시절을 잊지 마라. 주군의 은혜를 망각해서는 안 된다'는 것을 무언중에 가르치고자 함이 아닌가 생각됩니다."

"흐음, 음."

"그런 어머니를 모시고, 어머니의 가르침을 가슴에 새기고 있는 자식이 어찌 진중에서 주군께 이롭지 못한 일을 할 수 있겠습니까. 설사, 상사와 이론에 대해 논쟁을 벌인다 해도 가슴속에 두 마음은 없습니다."

그러자 노부나가 옆에서 무릎을 치며 말하는 객이 있었다.

"이거, 아주 좋은 선물이로군. 그 가지, 나중에 꼭 맛보고 싶소이다."

체구가 작아 풍채가 더없이 볼품없는 사내였다. 나이는 서른셋에서 넷, 입이 큰 것으로 보아 의지가 강해 보였다. 미골은 다부지고 콧등이 굵었다. 야성이랄까 기개라고 할까, 검붉은 피부색의 광택이나 눈빛으로도 어딘지 왕성한 생명력을 품고 있다는 것을 알 수 있었다.

"하하하, 히데요시의 어머니가 손수 기른 가지를 간베도 먹은 싶어 하는 걸 보니 기쁘구먼. 나중에 요리를 해서 드려야겠소이다."

노부나가는 그렇게 말하고 객을 히데요시에게 소개했다.

"여기 있는 손님은 반슈播州의 오데라 마사모토小寺政職의 가신으로, 구로다 모토타카黒田職隆의 자제인 구로다 간베 요시타카黒田官兵衛孝高이네. 자네는 처음 만날 터이니 인사를 나누게."

히데요시는 그 말을 듣고 자신도 모르게 눈을 크게 떴다. 일찍부터 그 이름을 듣고 있었고 또 그가 보낸 서간 등도 종종 보아왔다.

"오, 귀공께서 구로다 간베 님이시오? 그런 줄도 모르고."

"그대가 평소에 자주 이야기 듣던 지쿠젠 님이시오?"

"늘 서간으로만 뵙다 이리 직접 만나게 됐소이다."

"그 때문인지 처음 뵌 것 같지 않소이다."

"저도 그렇소이다. 그런데 이리 처음 대면하는 자리에서 주군께 사죄하는 모습을 보여서 면목이 없소이다. 하나 저는 이렇듯 늘 주군께 꾸중만 듣는 사내인 것을…… 웃으셔도 할 말이 없소이다."

히데요시는 그렇게 말하며 모든 것을 일소하는 듯한 목소리로 웃었다.

"하하하, 하하하하."

노부나가도 호쾌하게 웃었다. 별반 이상할 게 없는 일이라도 히데요시가 말하면 진심으로 웃게 되었다.

히데요시가 가져온 가지는 어느새 요리가 되어 주연 자리에 올라왔다. 간베는 히데요시보다 아홉 살 어렸지만 히데요시에게 뒤지지 않을 만큼 시류를 가늠하고 천하를 손바닥 들여다보듯 꿰고 있는 식견과 담력을 지니고 있었다. 그는 반슈의 세력가 밑에 있는 일개 관리에 지나지 않았지만 히메지姫路의 작은 성 하나를 소유하고 큰 뜻을 품고 있었다. 게다가 주고쿠에 있으면서도 시류의 향방을 꿰뚫어보고 일찍부터 노부나가에게 주고쿠를 제패할 수 있는 방법을 은밀히 알려주기도 했다. 주고쿠에는 본래 모리라고 하는 큰 세력이 있었다. 반슈에는 모리를 위시해서 아카마쓰, 베쓰쇼가 있었고 남부 주고쿠에는 우기타宇喜多, 북부의 하타노波多野 일족 등이 있었는데 그들의 세력권은 아키安藝, 스오周防, 나가토長門, 빈고備後, 비추備中, 미마사카美作, 이즈모出雲, 호우기伯耆, 오키隱岐, 이나바因幡, 타지마但馬 등 약 열두 개의 나라에 걸쳐 있었다.

그 안에 살면서 주위의 사대주의에 얽매이지 않고 대국적인 관점에서 '천하는 이렇게 움직일 것이다'라는 탁견을 가지고 혼자 노부나가를 움직여왔던 구로다 간베는 분명 그것만으로도 범상치 않은 사내이자 뛰어난 안목을 가진 걸출한 인물이라고 할 수 있었다. 영웅은 영웅을 알아본다고 했듯 처음 만난 자리에서 히데요시와 간베는 백년지기처럼 깊은 사이가 됐다. 노부나가는 그 자리에서 이렇게 말했다.

"분명 자네의 넓적다리도 꽤나 살이 쪘을 것이네. 즉시, 시기信貴 산에 있는 노부타다를 도우러 가라. 하나 이번엔 진중에서 싸움 따윈 하지 말게."

"황송합니다."

히데요시는 기뻐하며 물러갔다. 얼마 전부터 시기 산성의 마쓰나가 히사히데松永久秀가 반기를 들자 노부나가의 적자인 노부타다와 사쿠마, 아케치, 니와, 쓰쓰이, 호소카와 등의 장수들이 모두 북쪽에서 이동하여 일제히 그를 공격하고 있었던 것이다.

처분이 철회되었다. 아니, 단순히 화가 풀린 것뿐이 아니라 노부나가의 믿음은 한층 공고해졌다. 그렇다고 해서 히데요시의 말에 거짓이나 아첨이 있었던 것은 결코 아니었다. 히데요시는 어디까지나 성심전력을 다해 봉공하고 그것을 사실대로 고하겠다고 가슴속으로 다짐했던 것이다.

삼군三軍 총사總師

시기 산성의 요새는 불과 칠 일 만에 함락되고 말았다. 그렇게 허무하게 함락된 것은 마쓰나가 히사히데의 밀사가 오사카의 본원사에 원군을 청하러 가는 도중 사쿠마 노부모리의 진영에 잘못 잠입해 사로잡힌 것이 원인이었다.

노부모리는 총대장인 노부타다와 은밀히 계획을 세운 뒤 이백여 명의 승병 부대를 원군으로 위장해 시기 산성으로 들어갔다. 그리고 총공격의 날이 되자 위장한 병사들은 성안에서 불을 지르고 혼란을 일으켰다. 결국 성은 허무하게 함락되었다. 당장이라도 성을 함락시킬 수 있었지만 이삼 일 미룬 것은 히사히데가 일찍부터 노부나가가 몹시 탐을 내던 천하의 명기名器인 '히라구모平蜘蛛 솥'을 가지고 있었기 때문이었다. 노부모리는 히사히데와 히라구모 솥을 양도받기 위한 교섭을 진행했다.

"사람의 수명과 천운은 어쩔 수 없는 일인 것과 같이 성의 함락도 눈앞에 있소. 하지만 천하의 명기는 응당 그것을 지닐 자격이 있는 자가 갖는 것이 이치일 터, 혹여 애석하게 병화에 희생되게 해서는 아니 될 것이오. 그만 떳떳하게 노부나가 공에게 양도하여 무문의 정신을 보여주는 것이 어떻겠소?"

올해 예순여덟 살인 히사히데는 재물을 늘리는 데 재주가 뛰어났고 물건에 대한 집착이 강한 사람이었다. 예전 이력을 보면 알 수 있듯 이해 손실을 따져 이익이 된다면 장군을 죽이고 그의 아들까지 해했고, 또 주가였던 미요시를 멸망시키고 그의 아내를 빼앗거나 대불전을 불태우는 등 일말의 양심도 없는 사내였다. 그러다 보니 그의 영지에 사는 백성들조차 그를 '극악한 구두쇠'라고 험담할 정도였다.

그런 히사히데가 순순히 히라구모 솥을 내어줄 리 없었다. 그는 목숨이 경각에 달려 있는데도 솥뿐 아니라 평생 탐욕으로 끌어모은 '물건'들 역시 절대 내어줄 수 없다고 완강히 거절했다. 거절 방법마저도 히사히데다웠다.

"일전에 노부나가가 오래된 차통을 달라고 졸라서 그것은 뺏겼지만 내 목과 히라구모 솥만큼은 절대 노부나가에게 바칠 수 없다."

히사히데는 그렇게 호언하며 교섭 자체를 걷어차버렸다. 그리고 성이 함락되는 날에는 자신의 목과 히라구모 솥에 화약을 달아 산산이 부숴버리라고 가신에게 명령한 뒤 할복했다. 그는 배를 가르기 전에 중풍에 좋은 뜸을 떴다. 그는 '물건'뿐 아니라 장수에도 욕심이 있었던 듯했다.

한번은 중풍으로 쓰러진 적이 있었는데, 곧 건강을 회복할 정도로 평소에도 양생에 힘을 썼다. 그는 평소에 사람들에게 '송충이와 방울벌레는 모두 일 년 안에 죽는다고 하지만 나는 시험 삼아 송충이를 삼 년이나 기른 적이 있다. 그러니 사람도 양생에 따라 우리가 생각하는 수명보다 훨씬 오래 살 수 있다'고 말할 정도로 장수에 대한 신념을 지닌 사내였다. 할복하기 전에 뜸을 뜬 이유도 가히 히사히데다웠다. 그는 '만일 죽을 때, 중풍이 재발하면 추할 테니 그렇게 죽고 싶지 않다'고 말했다고 한다. 그러니 아무리 히사히데라고 해도 더 이상 목숨을 부지할 생각이 없었던 게 분명해 보인다.

난세의 시대를 그렇게 끈질기고 교활하고 능숙하게 살아온 마쓰나가 히사히데도 유일하게 한 가지, 큰 잘못을 범하고 말았다. 그것은 그가 근래 십 년 동안 섬긴 노부나가 역시 옛 주인인 미요시 나가요시나 이전 장군인 아시카가, 또 모든 구시대의 사람들과 마찬가지로 자신의 마음대로 이용할 수 있다고 얕잡아본 것이다.

하지만 그것은 큰 오산이었다. 그와 같은 난세의 간웅을 노부나가가 살려둔 것은 그를 이용할 필요가 있었기 때문이었다. 노부나가는 독도 약이 된다는 원리를 히사히데에게 적용했다. 막부가 붕괴된 뒤, 책동하는 무리들을 발본색원하는 데 히사히데라는 독을 이용해서 진압했던 것이다. 그리고 그 독을 다루는 데에도 역시 노부나가만의 방법이 있었다. 그것은 입에 발린 말을 하거나 과분한 상을 내리면서 교묘히 조정한 것이 아니었다. '그와 같은 파렴치한 자는 배가 터지도록 욕심을 채워주고 목숨을 보장해주면 어떤 것도 감수하며 따라온다'는 사실을 간파하고 양육한 것이었다. 한번은 이런 일도 있었다.

어느 날, 도쿠가와 이에야스가 노부나가에게 할 말이 있어서 그의 방을 찾았는데 그 자리에 한 늙은 장수가 있었다. 늙은 장수는 몸을 굽히고 황송해하며 연신 노부나가의 기분을 맞추고 있었다. 그런데 갑자기 노부나가가 그 노인을 가리키며 이렇게 소개했다고 한다.

"이 사내는 마쓰나가 단죠彈正 히사히데라는 자로 평생 다른 사람은 하지 못한 일을 세 가지나 이룩했소이다. 첫째는 아시카가 장군가의 고겐인光源院(아시카가 요시테루足利義輝)을 죽였소. 둘째는 주인인 미요시 나가요시三好長慶를 공격해서 멸망시켰소. 셋째는 나라의 대불전을 아무 이유 없이 불태웠소. 그런 노인이니 앞으로 가까이 두면 좋을 것이오."

천하의 히사히데도 그때만큼은 듬성듬성한 머리까지 새빨개져서 연신 땀을 닦으며 노부나가를 원망하듯 이렇게 말했다고 한다.

"다소 말씀이 지나치십니다."

그때부터 노부나가를 미워하게 된 것인지도 모르지만 히사히데는 자신의 이력이 보여주는 대로 평생 야심과 투기심을 버린 적이 없는 사내였다. 노부나가도 그가 '언젠가 주인의 손을 물 개'라는 것을 알고 있었던 탓에 그를 살려두었는지도 모른다. 히사히데는 노부나가에게 항복한 뒤에도 눈에 보이는 곳에서는 어느 누구보다 충성을 다했지만 보이지 않는 곳에서는 딴마음을 품었다. 본원사와 내통해서 돈을 취하고 긴기의 불평분자들을 사주해서 때때로 노부나가의 뒤를 쳤다. 그리고 상황이 나빠지면 그들을 달래서 그것을 자신의 공으로 삼았다.

근년에 히사히데는 주고쿠의 모리 가와 에치고의 겐신을 움직여서 연맹을 꾀하고 노부나가의 발밑에서는 본원사와 그 외의 잠재 세력들을 부추겨 교토 부근에서 분란을 일으킨 뒤 일거에 아즈치를 뒤엎기 위한 계획을 착착 진행하고 있었다. 마침 시기도 좋았다. 여름에 오다가 북쪽으로 출전하자 히사히데는 주고쿠에서 몸을 피하고 있는 아시카가와 의논해 모리 가의 출군을 재촉하는 한편, 우에스기 겐신과도 연락을 취했다.

"때가 왔다."

히사히데는 마침내 다년간 쓰고 있던 가면을 벗어던지고 반기를 들었지만 예상은 빗나가고 말았다. 히사히데가 시기 산에서 나팔을 불었지만 무대로 올라와 춤을 추는 사람은 아무도 없었던 것이다.

그나마 모리 가가 육군과 수군을 보냈는데, 그중 수군은 오사카의 가와구치川口 부근까지 와서 일전을 벌였지만 아직 때가 아니라고 판단하고 물러났다. 또 에치고의 겐신은 아즈치를 중시해서 섣불리 무모한 상락을 단행하지 않았다. 상황이 이렇게 되자 본원사도 병력을 선불리 움직일 수 없었다. 하지만 히사히데는 치켜든 반기를 급히 내릴 수 없었다. 결국 그는 홀로 고립되고 말았다.

“뭐라, 히라구모 솥과 자신의 목에 화약을 달아 산산이 부숴버리라는 유언을 남기고 할복했단 말이냐? 하하하, 참으로 재미있고 고집불통 늙은 이구나. 일세의 야망가인 단죠 히사히데의 머리가 그의 솥보다 먼저 가고 말았구나.”

노부나가는 나중에 히사히데의 최후에 대해 전해 듣고 어깨를 들썩이며 웃었다.

이번 야마토大和의 시기 산 싸움에서 이름을 떨친 사람은 뜻밖에도 전쟁에 처음 참가한 호소카와 후지타카의 두 아들이었는데 형은 열다섯, 동생은 열세 살이었다. 형인 호소카와 요이치로細川与一郎(타다오키忠興)는 총공격이 시작되자 아군 중 가장 먼저 본성에 뛰어들었고 동생인 도미고로頓五郎(오키모토興元)도 형에게 뒤질세라 가세했다. 그리고 형제는 마쓰나가 히사히데의 부장 세 사람을 베고, 불길이 치솟는 건물 안에서 날아오는 철포와 화살도 개의치 않고 마쓰나가의 가신들을 베었다. 그들의 활약상은 《노부나가 코기公記》에도 잘 나와 있다.

유사이幽斎 호소카와 후지타카라고 하면 옛 무로마치 출신의 막부 중에서 출중한 인물이었다. 그는 학문과 덕을 겸비한 문화인으로 그의 벗인 아케치 미쓰히데와 어깨를 나란히 할 정도였다. 미쓰히데가 서민적이고 혁신적인 지식인이었던 것에 비해 후지타카는 명문가 출신의 전통적인 문화인이었다. 그럼에도 불구하고 그렇듯 용맹무쌍한 아들을 새로운 시대의 일선에 설 수 있도록 키워낸 것은 그의 가문이 문무를 겸비했기 때문이었다. 두 아들의 활약으로 부친인 후지타카까지 크게 칭송을 받았다.

한편, 출전의 명을 받은 히데요시가 즉시 배를 타고 호수 위에서 신호를 보내자 미리 명을 받고 있던 다케나카 한베가 즉시 나가하마에서 군사를 이끌고 아즈치 성 밖으로 달려와서 아군에 합류했다. 하지만 히데요시의 군사는 마쓰나가 히사히데가 자멸에 가깝게 몰락하자 이렇다 할 격전도 치르지 못하고 아즈치로 개선해야 했다. 그러자 노부나가는 곧바로 히데요시를 불러 특명을 내렸다.

"내가 직접 출전해서 전력을 다해 싸우고 싶으나 주변 정세가 아직 그것을 허락하지 않는다. 하여 자네에게 특별히 맡기는 것이니, 삼군을 이끌고 주고쿠의 모리 일족에게 가서 내게 복종하겠다는 맹세를 받아오도록 하라."

노부나가는 다시 덧붙였다.

"이번 대임은 자네가 아니면 불가능하다고 생각했던 참에, 얼마 전 만난 히메지의 구로다 간베도 주고쿠 공략의 지휘자는 하시바 지쿠젠이 아니면 안 된다고 했네. 지쿠젠, 어떤가? 가겠는가?"

"……."

히데요시는 감격에 겨워 아무 말도 하지 못했다. 그는 노부나가의 은혜에 감동하며 투지를 불태웠다.

"신명을 다해 명을 받들겠습니다."

히데요시는 머리를 조아리며 말했다.

"그리 중차대한 명을 저와 같은 자에게 내리시니 황송합니다. 히데요시, 오직 분골쇄신 전신전력을 다해 주군의 은혜에 보답하겠습니다."

그동안 노부나가가 삼군을 내리며 총사總師를 신하에게 맡긴 것은 일전에 북쪽 진영에서 노신인 시바타 가쓰이에에게 맡긴 게 유일했다. 그리고 이번이 두 번째였다. 더군다나 주고쿠 공략의 중대성과 지난함은 북쪽에 비할 바가 아니었다. 히데요시도 그것을 잘 알고 있었기 때문에 천 근의 중책을 어깨에 짊어진 느낌이었다. 하지만 여느 때와 달리 히데요시가 신중한 태도를 보이자 노부나가는 문득 또 다른 불안을 느꼈다.

'역시 너무 중임을 내린 것이 아닐까? 확고한 자신감이 있을까?'

노부나가는 속으로 그렇게 생각하며 시험 삼아 물었다.

"지쿠젠, 일단 나가하마로 돌아가서 출전할 것인가? 아니면 곧장 아즈치에서 출전하겠는가?"

"당장 오늘 출전하겠습니다."

"나가하마가 걱정되지는 않는가?"

"아닙니다. 어머니가 계시고 아내가 있으며 훌륭한 양자가 있으니 어찌 근심이 있을 수 있겠습니까."

양자란 히데요시가 노부나가에게 청해 얻은 노부나가의 넷째 아들인 쓰기마루次丸(히데카쓰秀勝)를 말했다. 노부나가는 웃으면서 다시 물었다.

"자네의 출진이 길어져서 그사이에 자네의 영지가 전부 양자의 것이 되면 자네는 어떻게 하겠는가?"

"주고쿠를 평정해서 그것을 받도록 하겠습니다."

"내가 그것을 허락하지 않으면?"

"규슈를 공략해서 규슈를 거처로 삼겠습니다."

"하하하."

노부나가는 공연한 근심을 떨쳐내며 크게 웃었다. 히데요시가 출진하면 안심해도 되겠다는 마음이 들었던 것이다.

"먼저 반슈를 취하여 길보를 전하도록 하라. 그리고 객지에서의 고생은 당분간 이걸로 달래도록 하라."

노부나가는 손에 들고 있던 부채를 전별 선물로 내렸다. 금색 천에 히노마루가 그려져 있었는데, 그 뒤쪽에는 화려한 물감과 굵은 선으로 조선, 명나라, 여송呂宋, 섬라暹羅(타이) 등에 걸친 아시아 연해와 대륙의 지도가 그려져 있었다.

"이보다 더 좋은 것은 없을 것입니다."

히데요시는 부채를 받아 바로 부쳐보았다.

그 무렵 히데요시의 군세는 성 아래에서 대기하고 있었다. 히데요시는 의기양양하게 숙영지로 돌아와 바로 한베에게 군명을 전했고, 한베는 즉시 나가하마에 전령을 보냈다. 그러자 나가하마를 지키고 있던 하치스카 히코에몬이 밤사이 일군을 이끌고 합류했다. 그동안 아즈치 성에서는 각지의 장수들에게 '하시바 지쿠젠을 총대장으로 하여 주고쿠 공략을 명하니 모두 적극 협조하고 이론은 삼가라'라는 전령이 내려졌다.

히코에몬이 도착한 아침, 히데요시는 숙영지의 일실에서 혼자 다리의 삼리혈에 뜸을 뜨고 있었다.

"출전을 앞두고 좋은 마음을 다스리기에 좋은 듯합니다."

히코에몬의 말에 히데요시가 대답했다.

"등에도 어릴 적부터 뜸을 뜬 흔적이 여섯 군데 정도 있으니 떠주게."

히코에몬이 뜸을 떠주자 히데요시는 뜨거운지 이를 앙 물며 말했다.

"뜸이 너무 뜨거워서인지 아무래도 좋아지지 않으나 뜸을 뜨지 않으면 어머니가 걱정을 하시네. 나가하마에 서신을 전할 때, 나는 매일 뜸을 잘 뜨고 있다고 적어서 보내게. 내가 말하는 것보다 훨씬 더 잘 믿으실 테니 말이네."

히데요시는 뜸을 뜨고 주고쿠로 출정했다. 하지만 히데요시의 뜸과 마쓰나가의 뜸은 뜸을 뜨게 된 동기부터 근본적으로 달랐다. 그날, 아즈치 성에서 출발한 히데요시의 군세는 실로 위풍당당했다. 노부나가는 천수각에서 그 모습을 보며 감개무량한 듯 중얼거렸다.

"아아, 나카무라의 원숭이가 저렇듯……."

노부나가는 반짝이는 금빛 표주박의 마렴馬簾[1]을 언제까지 바라보고 있었다.

---

1) 대장의 진지나 거처를 알리기 위해 표식으로 세워두는 가느다란 장대 끝에 매달았던 술.

주고쿠中國 공략

모리와 오다, 용과 호랑이 사이에 놓여 있는 여의주, 바로 반슈 일국의 모습이 그러했다. 신흥 세력인 오다 쪽에 붙을 것인가, 아니면 강대한 구세력인 모리 쪽에 들어갈 것인가. 반슈, 다지마, 호우키 등에 걸쳐 있는 주고쿠의 다이묘 일족들은 갈림길에서 고뇌하고 있었다.

모리 가를 요지부동한 서국의 중심으로 보는 사람들이 있는가 하면 신흥 오다 가도 무시할 수 없다는 사람들도 있었다. 이럴 때 사람들은 흔히 양쪽의 영지나 병력이나 동맹국과 같은 겉으로 드러난 수치를 따졌는데, 양쪽의 국력은 우열을 가리기 힘들었다. 그러다 보니 어느 쪽이 진정한 미래의 패자가 될지 도저히 가늠할 수 없었다. 날이 갈수록 혼탁한 상태가 되고 어느 쪽에 설지 결정을 내릴 수가 없었다.

이곳에서도 강을 보지 못하는 물고기 떼가 격류의 한가운데를 갈팡질팡하며 몰려다니는 실정이었다.

단지 한 가지 분명한 사실은 물고기 떼는 모리 쪽에 유리한 바람이 불면 일제히 모리 쪽으로 몰려갈 것이고, 오다 쪽에 승산이 보이면 또다시 일제히 오다 쪽으로 몰려갈 것이라는 점이었다.

덴쇼 5년(1577년) 10월 23일, 한 치 앞도 내다볼 수 없는 어둠 속에서 히데요시의 군사는 거취를 망설이고 있는 주고쿠를 향해 속속 서진하고 있었다. 막중한 임무였다. 그의 나이 마흔두 살이었다. 말 위와 마렴馬簾 아래, 투구를 쓴 히데요시의 얼굴에도 이번만큼은 다소 복잡다단한 기색이 엿보였다. 말수도 거의 없었고 입도 일자로 굳게 다물고 있었다. 병마는 먼지를 일으키며 계속해서 앞으로 나아갔다.

'주고쿠로 가는 것이다.'

히데요시는 때때로 새삼 그렇게 생각했다. 아즈치를 떠나올 때, 마에다 마타에몬 도시이에나 니와 고로자에몬 나가히데, 호리히사 히데마사, 하세가와 소진長谷川宗仁과 같은 이들은 히데요시를 축복했다.

"과감하게 발탁하신 주군의 안목도 안목이지만, 하시바 님은 이로써 누구에게도 뒤처지지 않는 대장이 되셨으니 주군의 지우知遇에 보답해야 할 것이다. 근래 들어 참으로 기분 좋은 일이다."

그에 반해 시바타 가쓰이에의 불만은 이만저만한 게 아니었다.

"뭐라? 정서征西 대장으로 그자가 임명되었다고? 그자가 간단 말이냐?"

가쓰이에는 하시바나 지쿠젠이라고도 하지 않고 '그자'라고 하며 주위 사람들에게 '그자가 무엇을 할 수 있느냐'는 듯 코웃음을 쳤다. 가쓰이에의 눈에 히데요시가 그렇게 보이는 것은 어쩔 수 없는 일이었다. 히데요시가 노부나가의 짚신지기를 하며 마구간에서 말과 함께 지냈던 미천한 하인 시절부터 그는 이미 오다 가의 중신이었다. 게다가 지금은 아사이 나가마사의 부인이었던 노부나가의 동생인 오이치를 후처로 맞아 에치젠의 기타노쇼를 거성으로 삼십만 석 이상을 거느린 신분이었다. 그런데도 히데요시는 얼마 전 가쓰이에가 북국 진영의 총사로 있을 때 가쓰이에의 명에 맞서 무단으로 나가하마로 돌아가기까지 했다. 그러니 가쓰이에로서는 솔직히 기뻐할 수 없는 일이었다. 더군다나 가쓰이에는 숙장으로서 오래전부터 주고쿠를 공략하기 위해 뒤에서 정치적인 영향력과 공작을 벌여오고 있었다.

"그런 나를 제쳐두고……."

가쓰이에는 노부나가의 결정에 대해 원망하며 불평할 수밖에 없었다.

히데요시는 산요山陽의 탄탄대로에 권태를 느끼며 문득문득 그 일을 떠올렸는지 서진하는 도중 말 위에서 혼자 킥킥 웃곤 했다.

히데요시가 혼자서 웃음을 짓자 말을 나란히 하고 함께 가던 한베가 의아해하며 물었다.

"무슨 일이라도 있으십니까?"

"아무것도 아니오."

히데요시는 말 위에서 정면을 향한 채 고개를 옆으로 저었다. 그날 행군의 여정은 이미 반슈 경계에 다다르고 있었다.

"한베."

"예."

"반슈에 들어가면 그대에게 한 가지 즐거움이 있을 것이오."

"예? 그것이 무엇입니까?"

"그대는 아직 구로다 간베라는 사내를 만난 적이 없을 것이오."

"없습니다만, 이름은 일찍부터 듣고 있었습니다."

"당대의 인물이니, 그대와 만나면 분명 백년지기가 될 것이오."

"소문으로 듣고 있었습니다만."

"고차쿠御著 성의 성주이자 오데라小寺 가의 중신의 아들로 아직 서른둘인가 셋이라고 하오."

"이번 주고쿠 공략의 연고도 모두 구로다 님이 사전에 토대를 마련했으며 그분의 정략에 의한 것이라고 들었습니다."

"맞소. 만나보시오. 말이 잘 통하는 사내일 게요. 책략뿐 아니라 세상을 보는 안목이 있는 사내요."

"주군과 교류한 지 오래되었는지요?"

"이전부터 서로 서신을 나누긴 했지만 직접 본 것은 얼마 전 아즈치에서가 처음이었소. 그런데도 반나절 만에 서로 가슴속에 있는 말을 모두 털어놓았소. 나는 참으로 마음이 든든하오. 왼편엔 다케나카 한베, 오른편엔 구로다 간베를 두게 되었으니 말이오."

그때 뒤쪽 열에서 왁자지껄하는 소리가 들리더니 행렬이 흐트러졌다. 시동 무리 속에서 한바탕 웃음소리가 일었다. 하치스카 히코에몬이 돌아보며 호리오 모스케를 꾸짖자 모스케가 시동들을 향해 고함을 쳤다.

"엄숙한 행군 중이거늘 조용히 하지 못하겠느냐!"

히데요시가 무슨 일인지 묻자 히코에몬이 곤혹스런 표정으로 말했다.

"시동들에게 모두 말을 타는 것을 허락했더니 행군 중에 저리 신이 나서 흡사 산에 놀러가는 것처럼 요란을 떨고 장난을 치기에 모스케에게 엄중히 단속하라고 일렀습니다. 역시 시동들은 걸어가게 하는 편이 좋지 않을까 싶습니다."

히데요시가 웃으면서 말했다.

"어릴 때는 다 그런 것이네. 너무 기뻐 그러는 것이니 그냥 내버려두게."

그러고는 시동들 쪽을 바라보며 물었다.

"누가 낙마한 듯하구나?"

"가장 나이 어린 이시다 사기치石田佐吉가 말에 익숙지 않은 것을 재미있어 한 누군가가 일부러 낙마시킨 듯합니다."

"사기치가 떨어졌구나. 낙마하는 것도 다 훈련이니 괜찮을 것이다."

다시 행군이 계속됐다. 길은 하리마播磨로 접어들었고 저물녘에는 가스야加須屋에 도착할 예정이었다.

음울하고 오직 규율과 형식만을 중시하는 시바타 가쓰이에의 통솔 아래 있을 때나 냉엄하고 준열한 노부나가의 직속 진중에 있을 때에도 하시바 군에는 늘 한 가지 특색이 있었다. 한 마디로 말하면 하시바 군에는 '양기陽氣'가 있었다. 어떤 고난이나 악전 속에서도 '양기'가 살아 있었고, 한 가족과 같은 화기애애한 분위기를 유지했다. 그래서 열두세 살부터 열일곱 살의 소년들로 이루어진 시동 조직은 서로 너무 친해서 군기가 흐트러지기 쉬웠지만 히데요시는 대체로 그냥 내버려두었다.

해질 무렵, 선봉이 반슈의 가스야로 조용히 들어갔다. 그곳은 적진 속에 있는 동맹국이었다. 거취를 정하지 못하고 사방의 중압 속에서 신음하고 있던 동맹국의 백성들은 화톳불을 피우고 환호를 하며 히데요시의 군사를 맞았다.

주고쿠 진출의 첫발이었다. 해가 지는 대지의 지축을 울리며 가스야 타케노리糟屋武則의 성으로 들어가는 두 줄의 긴 행렬을 보면 제1선은 깃발 부대, 제2선은 철포 부대, 제3선은 활 부대, 제4선은 창 부대, 제5선은 기리구소구切具足[2] 부대였다. 그리고 중군에 자리 잡은 히데요시의 전후에는 기마 무장들이 밀집해 있었다. 고수와 나졸, 마렴, 군감, 바꿔 탈 말, 짐을 운반하는 소규모 운송 부대, 척후, 대규모 운송 부대 등으로 이루어진 칠천오백여 행렬은 그것을 지켜보는 사람들의 마음을 믿음직스럽게 해주었다. 진문에 도착하니 구로다 간베가 마중을 나와 있었다.

"오."

히데요시는 구로다 간베를 보자마자 바로 말에서 내려 웃으며 다가갔다. 간베도 똑같이 대꾸하며 손을 뻗었다. 두 사람은 흡사 십년지기처럼 보였다. 그들은 나란히 성안으로 들어가 주고쿠에서 뜻을 같이하는 사람

---

2) 칼과 장도처럼 적을 베는 데 쓰는 무기.

들을 만났다. 구로다 간베가 사람들을 소개했다. 사람들은 뜻을 같이할 것을 맹세하고 차례로 자신들의 이름을 밝혔다. 이윽고 시선을 사로잡는 한 사내가 히데요시에게 인사를 했다.

"아마고尼子[3]의 가신인 야마나카 시카노스케 유키모리山中鹿之介幸盛입니다. 일전에는 진중에서 엇갈려 뵐 기회도 없었습니다만, 이번에 오신다는 말씀을 듣고 기뻐 간베 님께 청을 올려 이렇듯 먼저 와서 기다리고 있었습니다."

두 손을 짚고 엎드려 있는 모습만 봐도 보통 사람보다 어깨 넓이와 키가 훨씬 크다는 것을 알 수 있었다. 일어서자 신장은 여섯 척이 넘었다. 나이는 서른둘이나 셋, 피부는 강철빛을 띠고 있었고 눈은 사람을 압도했다.

"흐음."

히데요시가 기억을 더듬는 듯한 표정으로 한동안 바라보고 있자 간베가 말했다.

"이 사람은 모리 일족에게 멸문당한 아마고 요시히사義久를 섬기며 오랜 세월 충절을 지켜온 근래 보기 드문 신의가 강한 사내입니다. 근래 십 년 동안 오기隱岐, 이즈모, 돗도리鳥取 등지를 전전하면서도 늘 소수의 군사로 모리를 괴롭히며 옛 주인인 아마고 요시히사의 가문을 다시 세우기 위해 눈물겨운 노력을 하고 있습니다. 그러니 부디 지쿠젠 님께서 보살펴주시길 바랍니다."

"아, 이거."

히데요시는 간베의 말이 끝나기도 전에 의아한 듯 물었다.

"산인山陰의 아마고 씨 충신 중에 시카노스케 유키모리가 있다는 말은 익히 들어 알고 있었소. 그런데 일전에 진중에서 엇갈려 만나지 못했다는

3) 오우미近江 겐지源氏의 사사키佐々木 씨족의 혈족이자 무로마치 시대의 이즈모出雲의 호족.

것은? ……대체 어디를 말하는 것이오?"

시카노스케가 대답했다.

"시기 산을 공격할 때, 아케치 미쓰히데 님의 휘하에 가세하여 싸웠습니다."

"오, 시기 산 싸움에 귀공도 참가하셨소이까?"

"그렇습니다."

간베가 다시 말을 받아 대답했다.

"오랜 세월의 충절도 덧없이 모리로 인해 산인에서 패하고, 그 후에 은밀히 시바타 님을 통해 노부나가 공에게 도움을 청한 적도 있고 해서 아케치 님의 휘하에서 시기 산 공격에 참가했습니다. 그리고 그때 마쓰나가 쪽의 맹장인 가와이 히데타케河合秀武의 목을 쳐서 노부나가 공의 지우知遇에 보답했습니다."

"이거, 가와이 히데타케를 친 용장이 바로 시카노스케, 그대였구려."

히데요시는 의문이 한꺼번에 풀려 기쁘다는 듯 다시 시카노스케를 바라보았다.

히데요시 군사는 이내 실력을 발휘했다. 그달 안에 바로 사요佐用와 고즈키上月 두 성을 함락시키고 부근의 우키다 세력을 일소한 것이다. 히데요시의 좌우에는 항상 다케나카 한베와 구로다 간베가 있었다.

본진은 히메지로 이동했다. 그사이 비젠備前의 우키다 나오이에宇喜多直家는 맹주인 모리 가에 후군을 재촉하는 한편, 비젠 제일의 용맹을 자랑하는 마케베 하루쓰구眞壁治次에게 군사 팔백을 내려 고즈키 성을 탈환하는 데 성공했다.

"히데요시도 별것 아니구나!"

우키다는 어느덧 히데요시 군을 경시하기 시작했다. 그리고 날이 갈수록 고즈키 성에는 탄약과 병량과 병사들이 새로 증강되었다.

"저대로 내버려둘 수 없습니다."

한베가 말했지만 히데요시는 한없이 태연자약했다.

"그러한가?"

히데요시는 히메지에 온 뒤 주고쿠 전체를 바라볼 뿐 일개 고즈키에는 집중하지 않았다.

"이번에는 다소 어려울 듯한데 누구를 보낼 것인지요?"

"유키모리 외에는 없을 것이오."

"시카노스케 말입니까?"

"간베는 어찌 생각하시오?"

구로다 간베는 히데요시의 물음에 지극히 옳다며 찬성을 표했다.

"바라던 바입니다."

그날 밤 시카노스케는 군사를 이끌고 고즈키 성을 공격하기 위해 출발했다. 때는 12월 말, 엄동설한이었다. 시카노스케 부하들은 반드시 모리를 치고 옛 주인인 아마고 가문을 다시 일으키려는 강력하고 일관된 투혼으로 무장되어 있었다. 부대에는 아마고 스케시로尼子助四郎, 데라모토 한시로寺本半四郎, 아키아게 진스케秋上甚介, 다치하라 히사쓰나立原久綱 등 세상에 이름을 떨치고 있는 아마고 낭인 칠팔백 명이 있었다.

"뭐? 아마고 일당이 공격해온다고?"

"아마나카 시카노스케가 대장이 되어 이곳을 공격한다면 큰일이다."

우키다 군사들은 척후로부터 소식을 듣고 공포심에 사로잡혔다. 그들은 야마나가 시카노스케의 이름과 아마고 낭인이라는 말만 들어도 호랑이 앞의 가축처럼 겁을 집어먹고 당황했다. 히데요시가 직접 공격해온다는 말보다 더 무서웠던 것이다. 주고쿠의 반노부나가 세력들 사이에서 하시바 히데요시는 아직 그리 대단한 사람이 아니었기 때문이다.

그에 반해 시카노스케의 군은 충절과 무용은 강국인 모리 가조차 귀신처럼 여기며 두려워했다. 그러다 보니 히데요시가 유키모리를 고즈키 성에 보낸 것은 매우 효과적인 일이었다. 역시 생각한 대로 우키다 제일의 맹장인 마카베 하루쓰구는 병력을 잃어서는 안 된다고 생각해 싸우지도 않고 성을 버린 채 도망쳤다.

물론 이것은 일시적인 퇴각이었다. 유키모리의 부하가 히데요시에게 '무혈입성'이라고 보고한 지 얼마 되지 않아 도망친 마카베 군은 주가인 우키다 가에 원군을 청해 마카베의 동생인 하루도키治時의 군사까지 합쳐 오천오륙백의 군사로 성 밖 육십 정 앞에 있는 평야까지 역습을 가했다.

"근래 반달 넘게 비가 내리지 않았거늘, 저들은 자처해서 불속으로 뛰어드는구나."

시카노스케는 망루에서 그들을 보며 조롱하듯 뇌까렸다. 그리고 성문을 굳게 걸어 잠근 뒤 오직 수비에만 전념할 것처럼 위장했다.

그날 밤, 유키모리는 군사를 두 편으로 나눠 평야로 달려갔다. 그리고 일군의 군사로 하여금 바람이 불어오는 위쪽에서 불을 질러 일대의 메마른 풀들을 불태우게 했다. 불길에 휩싸인 우키다 진영은 동요하기 시작했다. 야마나카 시카노스케의 기습 부대가 기회를 엿보다 공격을 개시하자 적의 사상자는 수를 헤아리기 어려울 만큼 넘쳐났다. 그중에는 주장인 마카베 하루쓰구와 동생인 하루도키도 있었다.

"얼마든지 오너라."

시카노스케 군사들은 성으로 돌아가서 개가를 올리며 아마고 낭인의 존재를 과시하고 있었다. 그 무렵 본진인 히메지에서 사자가 와서 성을 버리고 즉시 히메지로 철수하라는 히데요시의 명을 전했다. 그러자 아마고 카쓰히사와 부하들은 작전상 요충지인 데다 애써 빼앗은 성을 버리고 철수하라고 하니 불평을 늘어놓을 수밖에 없었다.

“어찌 됐든 명령이니 어쩔 수 없습니다.”

시카노스케는 주군인 카쓰히사를 위로하고 부하들을 달래며 히메지로 돌아왔다. 그리고 바로 히데요시를 만나 연유를 물었다.

“기탄없이 말씀을 올리겠습니다. 수하의 장병들 모두 히데요시 님의 명에 의문을 품고 있습니다. 이렇게 말씀드리는 저 역시 그렇습니다.”

히데요시는 웃으며 말했다.

“기밀이라 사자에게는 연유를 말하지 않았네만 지금 말해주겠네. 고즈키 성은 우키다를 잡기 위한 최고의 먹잇감이네. 성을 버리면 우키다는 반드시 다시 병량과 무기와 탄약을 옮길 것이고 병마도 한층 증강할 것이네. 그리고!”

히데요시는 갑자기 몸을 앞으로 내밀더니 노부나가에게 받은 대명남만도가 그려진 부채로 비젠 쪽을 가리키며 낮은 소리로 속삭이듯 말했다.

“이 히데요시가 다시 고즈키를 공격하리라 예상하고 이번에는 분명 우키다 나오이에가 직접 대군을 이끌고 내 뒤를 공격해올 것이네. 그 의표를 찌르는 것이네. 그를 위해 고즈키 성을 버린 것이니 시카노스케, 화내지 말게.”

물론 그러한 전법은 히데요시 혼자 생각한 게 아니었다. 그의 뒤에는 참모인 구로다 간베와 다케나카 한베가 있었다. 시카노스케는 그제야 모든 것을 깨닫고 물러갔다.

해가 저물고 새해가 가까워지자 예상했던 대로 비젠의 우키다는 개미가 식량을 나르듯 수많은 군수품을 고즈키 성으로 운송했다. 그리고 고즈키 카게도시上月景利를 수장으로 정예병을 선발해서 성으로 들어갔다. 히데요시는 본군을 이용해 그들을 포위하는 한편, 아마고 카쓰히사와 야마나카 시카노스케, 그리고 군사 일만을 나눠 구마미熊見 강 기슭에 은밀히 숨겨두었다.

우키다 나오이에가 성안의 군사와 협력해 성을 포위한 히데요시 군을 협공할 요량으로 비젠에서 출전하자 아마고 낭인들이 나오이에의 병력을 질풍처럼 차단한 뒤 공격을 가했다. 우키다 군은 사분오열로 분열되었고 나오이에는 간신히 비젠으로 도망쳤다.

그렇게 아마고 낭인들과 고즈키 성을 포위한 부대가 합류하자 본격적인 총공세가 시작되었다. 전법은 화공이 주를 이뤘다. 성안의 병사들 대부분이 불에 타서 죽었는데, 후대까지 '고즈키 지옥곡地獄谷'이라는 지명이 전해질 정도로 수많은 병사가 성과 함께 죽음을 맞았다.

"이번에는 버리라고 하지 않을 터이니 굳게 지키도록 하게."

히데요시는 아마고 낭인들에게 성을 맡기고 다지마와 하리마를 제압한 뒤 일단 아즈치로 개선했다. 해가 바뀐 덴쇼 6년 1월, 호남湖南의 봄기운은 아직 먼 것처럼 느껴졌다.

모리 가의 유훈遺訓

"히데요시가 오면 내가 내리는 거라 말하고 그에게 전하라."

가신은 노부나가가 그렇게 말한 뒤 미카와 방면으로 초봄 매사냥을 떠나 아즈치에 없다고 했다. 군사를 성 밖에 주둔시키고 등성한 히데요시는 가신의 말을 전해 듣고 이내 알아차렸다.

'매사냥을 구실로 어딘가에서 도쿠가와 님과 회합하시는 듯하군.'

평소에 노부나가가 아끼는 보물창고에 보관한 오도고젠乙御前 솥이 앞에 놓여 있었다. 히데요시는 그것을 받아들고 나가하마로 돌아왔다.

"이 솥을 걸어두고 차를 마시며 쉬고 있으라는 뜻인 듯하오. 네네, 어서 솥을 화로에 걸구려. 주군께서 내린 솥으로 차 한 잔 마시고 싶소."

히데요시는 노모와 네네와 함께 차를 마셨다.

그로부터 한 달도 지나지 않은 2월 초순, 히데요시는 또다시 반슈로 갔다. 그동안 주고쿠 전역의 전황은 한층 격화된 상태였다. 우키다 나오이에는 모리에 급사를 파견해 호소했다.

"이는 단지 반슈 일국의 변이 아닙니다. 지금 아마고 카쓰히사는 야마나카 시카노스케를 필두로 히데요시의 힘을 빌려 고즈키 성을 점령했습니다. 이는 모리 가에게도 간과할 수 없는 앞날의 화근이라고 할 수 있습니다. 그들은 자신들의 주가를 멸망시킨 모리 가에 대한 복수심으로 불타고 있고, 또 빼앗긴 땅을 되찾고자 할 것이 분명합니다. 더 이상 주저할 시간이 없습니다. 속히 군사를 출정시켜 당장 그들을 섬멸해야 할 것입니다. 저희 우키다 가는 그 선두에 서서 그간 보살펴준 은혜에 보답하고자 뜻을 하나로 모았습니다."

모리 데루모토의 좌우에는 숙부에 해당하는 두 명의 명장이 있었다. 세상 사람들은 그 둘을 두고 모리 가의 '이숙二叔'또는 주고쿠의 '이천二川'이라고 불렀다. 지략이 출중한 고바야카와 다카카게小早川隆景와 재덕을 겸비한 깃카와 모토하루吉川元春가 그들이었다. 두 사람은 죽은 선친인 모토나리元就의 위대한 면모를 반반씩 나눠 갖고 있었다. 그리고 모토나리의 적손이자 현재 모리 가의 주군의 위치에 있는 데루모토를 전력을 다해 돕고 있었다. 생전에 모리 모토나리는 이들에게 이렇게 훈계를 했다고 한다.

"무릇 천하를 경륜할 그릇이 아닌 자가 천하를 원하는 것만큼 세상에 해가 되는 것은 없다. 또 그와 같은 자가 시류와 세력을 얻어 천하를 장악하더라도 이내 파멸에 이를 것은 자명하다. 너희는 자신의 분수를 잘 깨닫고 오직 주고쿠를 다스리며 그 안에서 다른 이들에게 뒤처지지 않도록 힘써야 한다."

유서 깊은 대가인 모리 가의 가풍 중에서도 가장 이상적인 것은 부자와 형제가 한마음으로 일치단결하고 있다는 점이었다. 피로써 이어진 예의와 사랑과 믿음이 군신 간의 도를 한층 굳건하게 만들어주었다. 그래서 모토나리의 유훈은 오늘날까지 사람들에게 존중받고 있다. 그들이 노부나가나 우에스기, 다케다, 도쿠가와처럼 적극적으로 나서지 않았던 이유도 바로 여기에 있었다.

모리 가가 아시카가 요시아키를 숨겨주거나 본원사와 내통하고 멀리

우에스기 겐신과 묵계를 맺은 것도 모두 주고쿠를 지키기 위해서였다. 모리 가는 노부나가의 진출에 대비해 타국의 요새를 주고쿠 방어의 최전선으로 이용해왔던 것에 지나지 않았다. 하지만 이윽고 거대한 시대의 격랑이 밀려오고 있었다. 이미 방어선 한쪽은 무너지고 주고쿠도 더 이상 시대의 격랑 밖에 있을 수만은 없었다.

"본군의 데루모토 님과 다카카게는 힘을 합쳐 고즈키를 공격하십시오. 저는 이나바, 호우기, 이즈모, 이와미石見의 군사를 이끌고 단바와 다지마의 군사와 합류하여 일거에 교토로 진출하여 본원사와 호응한 후, 곧바로 노부나가의 본거지인 아즈치를 공격하겠습니다."

깃카와 모토하루의 대담한 계책에 데루모토와 다카카게는 무모하다며 찬성하지 않았다. 그래서 일단 전군을 이끌고 고즈키 성을 공격하기로 했다.

3월, 약 삼만오천의 모리 군은 각각 본국을 출발해서 북상하기 시작했다. 고바야카와 다카카게는 우키다 군사와 함께 비젠 방면에서, 깃카와 모토하루는 미마사카에서 진군했다. 그리고 모리 데루모토는 비추의 마쓰야마로 진군한 뒤 4월 무렵 하리마를 향해 서둘러 행군했다.

그 전에 히데요시는 반슈로 내려가서 가고가와加古川 성을 진영으로 삼고 밤낮으로 군사 회의를 열었지만 그가 이끌고 온 파견군은 칠천오백 명에 불과했다. 아군인 하리마의 호족과 향사를 더해도 병력 수는 모리 쪽과 비교가 되지 않았다.

"상황에 따라 언제든지 원군이 올 것이다."

히데요시는 태연한 모습을 보였지만 아군들은 속으로 모리 군의 강대함과 병력 수에 비해 파견군의 수가 적은 것에 불안을 느끼고 거취를 망설였다. 이윽고 그런 분위기는 행동으로 나타났다. 미키三木의 성주인 벳쇼 나가하루가 배신한 것이었다. 벳쇼 일족은 동부 하리마 여덟 군에 걸친 토착 세력이었는데 덴쇼 초기부터 오데라 일족과 함께 노부나가의 유력한 아군이었다.

"히데요시와 같은 소인을 우리의 총사로 받아들일 수 없다."

벳쇼는 반기를 들고 가장 먼저 히데요시의 선봉을 공격하고 히데요시를 비방하는 데 주력했다.

"소환장이 왔을 때, 공교롭게도 성주 나가하루가 감기에 걸려 숙부인 요시스케賀相와 노신인 미야케 하루타다三宅治忠를 가고가와 성으로 보내 계책을 올렸는데 히데요시는 성주의 의견 따위는 들으려고도 하지 않고 우리 토착 세력은 그저 싸우기만 하면 된다며 계책은 오직 자신의 마음속에 있을 뿐이라고 허세를 떨었다."

물론 그것은 근거도 없는 거짓말이었고 배신을 정당화시키기 위한 날조에 불과했다. 게다가 그들은 아즈치에 있는 노부나가에게도 그런 비방을 적은 서신을 보냈다.

"아군 중에 지쿠젠 님의 횡포에 대해 원망을 품은 자가 많습니다. 우대신右大臣인 오다織田 가에 대해 누를 끼쳐서는 안 된다고 여겨 본가는 하시바 님의 휘하에서 벗어나 미기 성에 틀어박혀 홀로 싸울 각오를 하고 있습니다."

그렇게 참언을 하고, 한편에서는 모리 가의 군사 고문을 성으로 맞아들였다.

"참으로 어이가 없는 자로구나."

히데요시는 무슨 말을 들어도 그렇게 말하며 일소에 부쳤다. 그리고 간베와 한베의 진언에 따라 3월 초순, 본진을 가고가와에서 쇼사書寫 산 위로 옮겼는데 뜻밖에 에치고의 우에스기 겐신이 죽었다는 소문이 전해졌다. 출전 준비 중에 죽었다는 설도 있었고 가스가春日 산을 출발한 뒤 진중에서 죽었다는 설도 있었다. 또 평소에 술을 많이 먹었던 탓에 뇌졸중으로 쓰러진 것이 분명하다는 소문도 있었다. 그런가 하면 가스가 산성에서 뒷간에 가다가 자객에게 암살당했다고 하는 사람도 있었다. 어느 경우든 겐신의 죽음은 사실이었다. 히데요시는 그날 밤, 쇼샤 산에 올라 별을 바라보며 한동안 일대영걸인 겐신의 생애를 반추해보았다.

벳쇼 일족의 미기 성은 외성 역할을 하는 몇 개의 작은 성들에 둘러싸여 있었다.

"히데요시 따위가 감히."

"그리 적은 병력을 이끌고 주고쿠를 공략하려고 하다니 참으로 가소롭구나."

"교토가 전부인 줄 알고 세상 넓은 줄 모르는 자가 자만하여 오판한 것에 지나지 않는다."

반기를 든 오우고淡河 성, 하타야端谷 성, 노구치野口 성, 시가타志方 성, 간키神吉 성에서는 그렇게 히데요시를 비웃고 있었다. 구로다 간베가 히데요시에게 먼저 계책을 올렸다.

"저 작은 성들을 하나씩 치는 것은 성가신 일이지만, 간키 성의 간키 나가노리神吉長則, 다카사고高砂 성의 가지와라 카게유키梶原景行는 만만치 않은 자들입니다. 역시 주위의 작은 돌을 하나씩 제거해서 미기 성을 무너뜨리는 것이 가장 무난한 전법인 듯합니다."

히데요시는 간베의 말에 순순히 따랐다. 그는 좌우의 두 사람에게 늘 이렇게 말했다.

"지리地利는 간베가 밝으며 군사의 진퇴는 한베가 밝으니 무엇을 걱정하겠소. 나는 그저 그대들의 말에 따를 뿐이오. 내 금표金瓢 우마지루시는 그대들이 안내하는 곳이면 어디든지 갈 것이오."

그러다 보니 한베와 간베는 한층 더 막중한 책임을 느끼지 않을 수 없었다.

쇼샤 산을 내려온 히데요시의 군사는 먼저 노구치 성을 공격해 적장 나가이 시로자에몬長井四郎左衛門의 항복을 받아낸 뒤 간키와 다카사고와 부근 부락을 불태워 이를 잡듯 하나씩 함락시켜 나갔다. 그리고 마침내 목표로 삼고 있는 미기 성 부근까지 이르렀는데, 사요佐用의 고즈키 성에 있는 야마나카 시카노스케가 사자를 통해 '모리의 대군이 성을 포위해서 사태가 급박하니 원병을 보내달라'는 전서를 보내왔다. 시카노스케가 보낸 사자는 히데요시에게 모리 군의 강대한 군세에 대해 설명하기 시작했다.

"고바야카와 다카카게의 병력이 이만여 명, 깃카와 모토하루의 군사가 일만 육천 명, 거기에 우키다 나오이에의 군사가 일만 오천 명이 가세해 족히 오만은 될 듯합니다."

사자는 다시 이렇게 덧붙였다.

"적의 대군은 먼저 고즈키 성과 아군과의 연결을 차단하기 위해 다카구라高倉 산의 기슭과 마을들의 골짜기 사이에 긴 해자를 파고 낮은 지대와 높은 지대 모든 곳에 군사를 숨겨놓았습니다. 또 각 진지에는 목책을 세우고 가시나무 울타리를 둘러쳐 외부에서 성으로 한 발도 다가갈 수 없도록 공사를 하고 있습니다. 게다가 하리마와 세쓰 해상에는 칠백여 척의 병선을 띄우고 후군의 군사와 병량을 속속 뭍으로 옮기려고 하고 있습니다. 다만 지금이라면 무슨 수를 쓰든 외부의 후원과 연락할 방법이 있지 않을까 하는 것이 성안 아군의 유일한 희망입니다."

히데요시는 사자의 보고를 듣고 급거 진로를 바꿀 수밖에 없었다. 중대하고 급박한 문제였다. 전혀 예상하지 못한 일은 아니었다. 모리 쪽 출정은 사전 계산에 포함되어 있었다.

"흐음, 그런가."

히데요시는 다소 곤란한 듯 입을 일자로 굳게 다물었다. 그런 일이 일어날 것을 예상하고 노부나가에게 병력의 증원을 요청했지만 병력을 보냈다거나 보낼 수 없다거나 하는 연락이 아직 오지 않았던 것이다.

일전에 아마고 카쓰히사와 그 부장인 시카노스케를 남겨두었던 고즈키 성은 산촌의 작은 성이라고는 하나 비젠, 하리마, 미마사카의 삼각점에 위치한 전략상 중요한 거점이었다. 머지않아 산인山陰에 들어가기 위해서는 먼저 그곳을 장악하지 않으면 안 되는 관문이기도 했다. 모리 군이 그곳을 중시한 것은 당연한 일이었고 히데요시는 적의 안목에 감탄했지만 그렇다고 해서 자신의 휘하에 있는 군사를 나눠서 보낼 만큼 많은 병력을 보유하고 있지 않았다.

노부나가는 부하에게 대임을 맡기고 나 몰라라 할 만큼 협량한 인물이 아니었다. 하지만 어디까지나 노부나가가 모든 전권을 쥐고 있었다. 그리고 원칙상 만일 그것을 어기는 사람이 있으면 결코 용서할 그가 아니었다. 히데요시는 그 점을 잘 이해하고 있었다. 이번 주고쿠 공략의 총지휘를 맡았을 때에도 결코 우쭐대며 독단적으로 행동하지 않았다.

곁에서 보고 있으면 저런 사소한 일까지 일일이 아즈치의 지시를 청해야 하나 싶을 정도로 노부나가에게 파발이나 문서를 보내 의중을 물었다. 또 믿을 만한 가신을 몇 번이나 사자로 보내 전황을 상세하게 보고함으로써 노부나가를 안심시켰다. 그러다 보니 노부나가는 이번 일이 얼마나 긴박한지 잘 알고 있었다.

"좋다. 이렇게 된 이상, 내가 직접 가서 지쿠젠을 격려해줘야겠다."

노부나가는 그렇게 결단을 내리고 바로 출정 준비를 명했다. 그러자 장수들이 입을 모아 말했다.

"그렇게까지 하실 필요는 없을 것입니다."

사쿠마, 다키가와, 하치야, 아케치 등의 제장들은 모두 같은 의견이었고 니와 고로자에몬도 그들의 의견과 다르지 않았다. 제장들은 이렇게 말했다.

"반슈의 땅은 산악이 많아 길이 험하고 산세도 가팔라 이른바 첩첩산중에서의 싸움이라 할 수 있습니다. 일단 원군을 보내고 한동안 적의 동향을 살피는 것이 좋을 듯합니다."

"만일 또다시 주군께서 주고쿠에서 예상보다 길게 머물게 된다면 본원사의 무리가 퇴로를 끊고 해상과 육로에서 아군을 위협할 수도 있습니다."

아즈치 치세는 이제 갓 시작된 것이나 다름없었다. 노부나가는 그들의 말을 받아들여 직접 출정하는 것을 보류했다. 하지만 노부나가가 그런 결정을 내린 것은 군사 회의 때마다 히데요시에 대한 제장들의 미묘한 감정이 작용했기 때문이다. 즉 이번 일이 있기 전부터 그들은 히데요시를 경시하거나 질시했다. '그에게 너무 과한 임무다'라는 감정의 이면에는 '주군이 출정해서 그에게 공을 세우게 해서는 안 된다'는 시기심이 숨어 있었던 것이다.

질투는 여자들만의 전유물이 아니었다. 남자의 질투는 여자처럼 겉으로 드러나지 않는 만큼 더 무섭다고 할 수 있는데 전국 시대의 무사들도 그런 감정에서 자유로울 수 없었던 것이다.

다키가와 가즈마스, 니와 나가히데, 아케치 미쓰히데, 그리고 쓰스이 쥰케이 등의 원군 약 이만 명이 교토를 출발해서 반슈에 도착한 것은 5월 초순이었다. 노부나가는 그 뒤 아들인 노부타다도 보냈다.

한편, 히데요시는 원군의 선발대로 온 아라키 무라시게의 부대를 기다렸다 본군에 합류시킨 뒤 진영을 고즈키 성의 동쪽인 다카구라 산으로 옮겼다. 그곳에서 고즈키 성의 위치를 보자 성안과 연락을 취하는 일은 거의 불가능할 것처럼 여겨졌다. 이치市 강 본류와 지류가 세 방향에서 성의 산록을 둘러싸고 있었고 게다가 서북과 서남도 오가미狼 산과 다이헤이太平

산의 험준한 산세에 둘러싸여 접근할 방도가 없었던 것이다.

단지 한 줄기 통로가 있었는데 그곳에는 모리 대군이 득실댔다. 그 외에도 산을 등지고 강을 끼고 골짜기를 따라 곳곳에서 적의 깃발이 펄럭이고 있었다. 천혜의 성은 그것을 사수하는 경우에는 좋을지 몰라도 지금과 같은 상황에서 외부에 있는 아군의 후원을 받기에는 불리했다.

"이래선 도무지 어떻게 할 방도가 없군."

히데요시는 탄식했다.

"어떻게 손쓸 방도가 없다!"

히데요시는 두 번이나 그렇게 말했다. 무릇 싸움이라는 것은 직감이었다. 그는 산 위에 선 순간 그 사실을 느끼고, 직감에 따라 섣부른 공격을 엄격히 금했다. 그리고 밤이 되자 병사들에게 밤마다 화톳불을 활활 피우라고 명을 내렸다.

다카구라 산에서 미카즈키三日月 산 부근에 있는 봉우리와 골짜기마다 화톳불을 피우게 했다. 또 낮에는 높은 곳에 있는 나무들 사이에 무수히 많은 깃발을 펄럭이며 히데요시의 대군이 여기에 있다고 적에게 과시하는 한편, 고즈키 성에 있는 소수의 아군을 격려했다.

그렇게 5월까지 버티고 있을 무렵, 니와, 다키가와, 아케치 등의 삼만 원군이 당도했다. 군사의 사기는 올랐지만 전과는 올리지 못했다. 너무 잘난 대장들만 모여 있었던 것이다. 모두 히데요시와 동등한 위치에 서려고 했고 지시를 받는 것을 좋아하지 않았다. 니와와 사쿠마는 히데요시의 선배였으며, 아케치와 다키가와는 인망과 재식 면에서 히데요시와 백중지세였다.

누가 총지휘관인지 모를 지경이었다. 명령은 한 곳이 아닌 각각의 부장에게서 내려졌다. 그리고 때로는 명령들이 뒤섞여 혼란이 일기도 했다. 적들은 이런 히데요시 군의 내부 사정을 빠르게 알아차렸다.

“오다의 원군은 무서워할 필요가 없다.”

모리 군이 그런 허점을 노리고 공격해왔다. 고바야카와 다카카게의 부대가 다카구라 산의 뒤편을 우회해서 야습을 가해오자 히데요시 군은 얼마간 손실을 입었다. 또 깃카와 모토하루의 부대가 멀리 배후의 평지에서 시카마 부근까지 진출해서 오다 군의 병참 부대를 기습하거나 병선을 불태우고 유언비어를 퍼뜨리며 교란작전을 펴기 시작했다. 어느 날 아침, 히데요시가 고즈키 성 쪽을 보자 간밤에 그랬는지 망루가 파괴되어 있었다.

“어떻게 된 것이냐?”

히데요시가 묻자 부하 하나가 대답했다.

“모리 군이 가지고 있는 남만의 대포에 맞아 파괴되었습니다.”

“최신 무기와 숙달된 군사까지, 허점이 없구나.”

히데요시는 모리 군의 강대함에 연신 감탄할 뿐 여전히 적극적으로 행동하지 못했다. 그리고 그는 제장들에게 진영을 맡긴 뒤 은밀하고 신속하게 교토로 향했다.

양자택일

노부나가는 니죠 성에 와 있었다. 교토에 도착한 히데요시는 같이 온 부하들을 객사에서 쉬게 하고 먼지투성이의 군복과 수염이 자란 지저분한 얼굴로 성으로 들어가서 노부나가를 만났다.

"지쿠젠입니다."

"지쿠젠인가?"

노부나가가 놀라 되물을 정도로 히데요시의 얼굴은 완전 딴판으로 변해 있었다. 출전할 때 그의 모습과 지금 그의 모습은 흡사 다른 사람인 듯했다. 눈은 움푹 들어가고 붉은빛이 도는 성긴 수염은 수세미처럼 입술 주위에 자라 있었다.

'마음고생이 심하구나.'

노부나가는 이내 그것을 알아차렸다.

"지쿠젠."

"예."

"무슨 일로 이리 급히 왔는가?"

"전시 중, 촌각이라도 꼼짝할 수 없는 몸이어서."

"그러니 내가 무슨 일로 급히 왔는가 묻는 것이네."

"주군의 지시를 받을 것이 있어서 이리 왔습니다."

"참으로 성가신 대장이군. 이미 지휘는 자네에게 일임했을 터인데 일일이 내 의견을 묻다가는 신속히 병사를 부리는 데 있어 분명 때를 놓칠 것이네. 왜 이번에는 그리 고지식한 것인가? 자네의 과감함과 결단력은 어디 갔는가?"

"지당한 말씀이나 명령은 항상 주군으로부터만 내려져야 할 것입니다."

"자네는 내가 내린 지휘채를 왼쪽이든 오른쪽이든 마음대로 휘두를 수 있지 않은가. 그것이 내 의지라는 것을 자네가 알고 있다면 자네의 지휘는 바로 내 지휘일 터인데 무엇을 망설이는가?"

"송구하오나 그로 인하여 다소간 고심하고 있습니다. 또 한 명의 병사라도 헛되이 잃을 수 없습니다. 불초 히데요시, 제게 내리신 중임을 뼈저리게 느끼고 이렇듯 상락하였습니다."

"의논할 것이 무엇인가?"

"지금과 같은 상황이라면 아군의 승리는 미더운 일이라고 여겨집니다."

"지는 싸움이라는 것인가?"

"불초 히데요시가 군의 지휘를 맡은 이상, 결단코 비참한 패주는 허용치 않을 것입니다만 패하는 것은 피할 수 없을 것입니다. 사기와 장비와 지리적 이점 등에 있어 모리의 진용을 당해낼 수 없습니다."

"같은 말이 아닌가. 그래도 지는 건 지는 것이다. 무엇보다 대장인 그대가 그렇게 생각하고 있는데 어찌 이길 수 있겠는가."

"이길 수 있다고 오판한다면 대패를 당할 것입니다. 지금 주고쿠에 있어 아군의 정예가 일패도지를 당한다면 숨을 죽이고 있는 긴기와 시고쿠의 적들은 물론이고 본원사의 무리들까지 주군의 실족을 보고 일제히 봉기할 것입니다."

"그 정도는 이미 알고 있다."

"한 번 발을 삐끗하면 주고쿠 공략의 대사는 오다 가에게 치명상이 될 것이라는 것까지 깊이 생각하셨는지요?"

"당연히 생각하고 있네."

"그럼 어찌하여 제가 진중에서 몇 번이나 재촉했음에도 불구하고 주군께서 직접 주고쿠까지 출정하지 않으시는지요?"

"……."

"시기가 중요합니다. 때를 놓치면 싸움에서 이길 수 없습니다. 이리 말씀드릴 필요도 없이 주군께서는 시기를 가늠함에 있어 고금 제일의 무장이신데, 제가 서신으로 거듭 재촉했음에도 무슨 연유로 움직이시지 않는지 저로서는 실로 알 수가 없습니다."

"……."

"이제까지 유인해도 좀처럼 나오지 않던 모리 군이 데루모토를 필두로 깃카와, 고바야카와 외의 모든 숙장까지 대병을 이끌고 일개 고즈키 성과 미기 성으로 온 것은 실로 하늘이 내린 절호의 기회가 아닐 수 없습니다. 저는 그들을 꾀어내는 미끼로 족합니다. 그러니 부디 직접 출정하셔서 일거에 그 먹잇감들을 일망타진하시라고 호소하러 이리 온 것입니다."

노부나가는 생각에 잠겼다. 그는 이럴 때 고민하거나 망설이는 사람이 아니었다. 그런데 그런 그가 주저하는 기색을 보이자 히데요시는 마음속으로 자신의 청이 받아들여지지 않을 것이라는 사실을 깨달았다. 이윽고 노부나가가 입을 열었다.

"지금은 가벼이 움직일 때가 아니네. 먼저 모리의 의중을 면밀히 살필 필요가 있네."

이번에는 히데요시가 생각에 잠기자 노부나가가 다소 질책하는 듯한 말투로 말했다.

"아직 싸움다운 싸움도 하지 않았는데 패배를 예상하다니 자네는 모리의 군세에 다소 주눅이 든 것인가?"

"패배할 것이 자명한 싸움을 하는 것은 주군을 생각하는 충신으로서 옳지 않습니다."

"그렇게 생각할 만큼 주고쿠의 군세가 강한가? 사기가 충천한가?"

"그렇습니다. 모토나리 이래로 분수를 지키며 오로지 내실을 다지는 데 전력하여 부富에 있어서는 에치고의 우에스기나 다케다 가와는 비교가 되지 않습니다."

"부유한 나라라고 해서 반드시 강하다는 법은 없네."

"아닙니다. 그 강함은 국부에 기인하는 것입니다. 모리에게 사치스럽고 교만한 기풍이 있다면 두려워할 바 없고 오히려 그것을 이용할 수 있으나, 깃카와와 고바야카와는 선군의 유훈을 지키며 데루모토를 견실히 보좌하고, 장병들은 그 덕에 교화되어 무사도를 준수하고 있습니다. 어쩌다 포로 한 명을 사로잡아도 늠름한 기개와 적개심으로 불타는 모습을 볼 수 있습니다. 그러니 주고쿠 공략은 지극히 어려운 일이라고 통감하지 않을 수 없었습니다."

"지쿠젠, 지쿠젠."

노부나가는 마음에 들지 않다는 듯 히데요시의 말을 급히 가로막았다.

"미기 성 쪽은 어떠한가? 노부타다를 보낸 미기 성은?"

"적자이신 노부타다 님의 위용으로도 용이하게 함락시킬 수 없을 것입니다."

"성주인 벳쇼 나가하루는 어떤 장수인가?"

"그 역시 인물입니다."

"자네는 적들만 칭찬하고 있군."

"적을 아는 것은 병가에서 첫째로 꼽는 일이라고 알고 있습니다. 주군께 적의 실체를 올바르게 전하는 것이 저의 임무라고 생각하여 정직하게 말씀드리는 것입니다."

"그것도 맞는 말이네."

노부나가는 인정하긴 싫지만 마침내 적의 강함을 인정한 형국이었다. 하지만 여전히 승기를 놓고 싶어 하지 않은지 이렇게 말했다.

"맞는 말이긴 하나, 아군이 사기가 오르지 않는 데에는 또 다른 이유가 있을 것이네. 지쿠젠."

"옛?"

"총대장의 역할은 쉽지 않다. 다키가와, 니와, 아케치 모두 어엿한 무장의 그릇이니 자네가 지휘하는 대로 움직이지 않을 것이네."

"……바로 보셨습니다."

히데요시는 고개를 숙이고 얼굴을 붉히며 말했다.

"후배인 제게 과분한 대임이어서……."

히데요시는 굳이 허세를 부리지 않았다. 노부나가의 출정을 저지하는 그 이면에 숙장들의 사심이 작용하고 있다는 사실을 꿰뚫어보고 있었기 때문이다. 모리의 대군은 두려울 것이 없다고 하더라도 아군 내부의 보이지 않는 움직임에 대해 그는 깊이 경계를 하고 있었다.

"지쿠젠, 이렇게 하라!"

"예."

"잠시 고즈키 성은 적의 손에 넘겨주도록 하라! 그리고 미기 성에 있는 노부타다 군에 합류하여 벳쇼 나가하루를 먼저 치도록 하라! ……그렇게 한 후에 한동안 적의 동정을 살피도록 하라."

주고쿠 싸움에서 아군이 부진한 가장 큰 원인은 병력을 미기 성과 고즈키 성 두 편으로 나눠 공격하기 때문이었다. 어느 한쪽을 포기하고 한쪽에 전력을 집중해서 먼저 미기 성의 벳쇼 일족을 공격하는 것이 가장 좋은 작전임이 틀림없었다. 하지만 대국적 관점에서 봤을 때 과연 향후에 그것이 유리한지 불리한지를 놓고 오다 쪽 진영에서는 한동안 이론이 분분했다.

지금 고립된 고즈키 성을 지키고 있는 아마고 일족은 모리 세력권 안에서 오다 가를 믿고 오랫동안 선봉의 역할을 해왔는데 전략적 방침에 따라 하루아침에 그들을 버린다면 노부나가는 주고쿠의 다른 아군 세력들에게 신망과 믿음을 잃을 가능성이 있었다.

아마고 카쓰히사와 야마나카 시카노스케 낭인들을 고즈키 성에 들여보낸 히데요시로서는 당연히 그것을 걱정하고 있었고, 또 신의 때문이라도 그들이 몰살당하는 것을 좌시하고 있을 수만은 없었다. 하지만 히데요시는 노부나가의 명령을 거역할 수 없어서 명에 따르겠다는 대답을 하고 물러났다. 그리고 홀로 사적인 감정을 억누르기 위해 자문자답하면서 주고쿠로 향했다.

"이길 수 없는 싸움은 피하고 이길 수 있는 싸움을 하는 것은 병법에서 당연한 일이다. 수단을 위해서라면 신의도 저버릴 줄 알아야 한다. 본래 우리는 더 크고 위대한 목표를 위해 싸우고 있다. 그를 위해서 사적인 정을 끊어내지 않으면 안 된다."

히데요시는 다카구라 산으로 돌아오자 니와, 다키가와, 아케치 등의 제장을 불렀다. 그리고 노부나가의 방침을 그대로 전하며 즉시 진영을 물려서 노부타다 군에 합류할 것을 명했다.

히데요시와 아라키 무라시게의 본군은 니와 부대와 다키가와 부대를 후위로 남겨두고 먼저 퇴각하기 시작했다.

"시게노리重慈는 아직 돌아오지 않았는가?"

히데요시는 다카구라 산에서 퇴각하기 직전까지 몇 번이나 그렇게 물었다.

"아직 돌아오지 않았습니다."

히데요시의 마음을 가장 잘 알고 있는 한베도 마음을 졸이며 고즈키 성 쪽을 돌아보았다. 히데요시의 가신인 가메이 시게노리亀井重玆는 그저께 밤 히데요시의 명을 받고 고즈키 성에 사자로 간 상태였다. 히데요시는 시게노리가 적의 포위망을 뚫고 성안으로 들어갔는지, 또 야마나카 시카노스케의 아마고 낭인들이 어떤 결론을 내렸는지 궁금했다. 그는 시게노리를 고즈키 성으로 보내 작전이 바뀐 경위를 알리고 성안에서 탈출해 자신들과 합류한다면 내일 하루 진영을 물리지 않고 기다리겠다고 제안했다.

히데요시는 어제 하루 동안 마음을 졸이며 기다렸지만 성안의 아군은 미동도 하지 않았다. 또 성을 포위한 모리의 대군도 아무런 움직임을 보이지 않았다. 그는 결국 단념하고 다카구라 산에서 퇴각하기 시작했다.

일말의 바람

고즈키 성은 절망의 나락에 빠지고 말았다. 지킬 수도 없었고 그렇다고 성을 나갈 수도 없었다. 어느 쪽이든 오직 죽음만이 기다리고 있었다. 천하의 야마나카 시카노스케도 망연자실 아무런 계책이 없었다. 시카노스케는 히데요시의 사자인 가메이 시게하루에게 사정을 상세히 전해 듣고 이렇게 말했다.

"오직 하늘만 원망할 뿐 누구를 원망할 수 있겠습니까?"

그리고 주인인 카쓰히사를 비롯해 부하들과 회의를 한 뒤 시게노리에게 말했다.

"성안의 지친 병력을 데리고 성을 나가 아군 진영까지 합류하는 것은 불가능합니다. 이렇게 된 이상, 다른 계책을 강구할 수밖에 없을 것입니다. 그러니 부디 저희는 염려하지 마시고 퇴각하시라고 지쿠젠 님께 전해 주십시오."

사자를 돌려보낸 뒤 시카노스케는 은밀히 적의 총대장인 모리 데루모토에게 서찰을 보내 항복하겠다는 의향을 밝히고 깃카와와 고바야카와에게 중재를 의뢰했다. 주인인 카쓰히사와 병사 칠백 명의 목숨을 보전하기 위한 것이었다. 하지만 깃카와와 고바야카와는 시카노스케가 세 번이나 청했음에도 그것을 거부하고 성문을 열 것을 요구하며 카쓰히사의 목을 원했다.

"항복을 청하며 연민을 바라는 것은 사치와 같은 것. 카쓰히사의 목을 내어줄 수 없다면 병사 칠백 명도 죽음을 각오하라."

시카노스케는 비통한 눈물을 삼키며 카쓰히사 앞에 엎드려 고했다.

"더 이상 소신들의 힘으로는 어찌할 수 없을 듯합니다. 저희와 같은 불초한 가신들을 만나신 것을 불행이라 생각하시고, 이제 그저 각오하심이 옳으신 듯합니다."

"시카노스케, 그렇지 않네."

카쓰히사가 고개를 저으며 말했다.

"일이 이렇게 된 것은 결코 자네들의 탓이 아니네. 그렇다고 오다 님을 원망할 마음도 없네. 약속 아닌가. 오히려 나는 자네들의 충의가 고마울 따름이네. 모리에게 멸망당한 아마고 가를 한때나마 다시 세울 수 있었던 것도 다 자네들의 충의가 있었기 때문이네. 세상에서 버림받아 출가한 내가 가문을 다시 일으켜 세우겠다는 뜻을 품을 수 있었던 것도 다 자네들 덕분이었네. 그리고 오늘까지 수십 번의 싸움에서 원수인 모리 가를 괴롭혀온 것 또한 사실이네. 하여 나는 아무 미련 없이 세상을 하직할 수 있네."

7월 3일 새벽녘, 카쓰히사는 자신의 배를 갈랐다. 이때 그의 나이는 불과 스물여섯 살이었다. 모리 가와 아마고 가와의 숙연은 다이에이大永 23년(1523년), 아마고 쓰네히사尼子經久와 모리 모토나리가 갈라선 이후부터였으니 그사이의 흥망과 유혈은 그해 덴쇼 6년까지 오십 년간에 걸쳐 처절하게 이어져 온 것이었다.

그런데 그때 야마나카 시카노스케의 진퇴가 다소 의아했다. 주군인 카쓰히사에게 할복을 권한 데다 그때까지 카쓰히사 이상으로 천신만고를 겪으면서 모리 가와 싸워왔기에 주군의 뒤를 이어 할복하지 않을까 싶었지만 그는 전혀 뜻밖의 행동을 취했다.

"카쓰히사 님이 이렇듯 돌아가셨으니 아마고 가의 대도 끊어지고 우리가 처음 품은 뜻도 그 의의를 잃고 말았다……."

시카노스케는 그날 바로 성문을 열고 깃카와 모토하루의 진영으로 가서 항복을 했던 것이다.

"사람의 마음은 참으로 알 수 없는 것이다."

"아무리 충의를 가장해도 결국 마지막 순간이 닥치자 본모습을 드러낸 것에 지나지 않는다."

사람들은 시카노스케를 비난했다. 뻔뻔하게 목숨을 연명한 그의 처사를 두고 비방하는 목소리가 하늘을 찌를 듯했다. 시카노스케가 항복하고 성을 나왔을 때 그를 비난했던 사람들은 며칠 뒤 더 어이없는 이야기를 들어야 했다. 그것은 모리 가가 항복한 장수인 시카노스케에게 스오우의 땅 오천 석을 내리며 앞으로 충성을 다하겠는가 묻자 시카노스케가 기뻐하며 바로 그 자리에서 그 제안을 받아들였다는 것이다.

"짐승보다 못한 비열한 자."

"무사의 본분을 저버린 자."

사람들은 어떤 비난의 말도 부족하다는 듯 '야마나카 시카노스케 유키모리'의 이름을 경멸했다. 그의 이름은 적과 아군을 구분하지 않고 이십년이나 '백난百難에 굴하지 않는 충의의 무사!'로서 깊이 각인되었다. 그만큼 사람들은 증오심에 불타올랐고, 또 그를 과대평가했던 우매함을 통감했다.

땅에서 뜨거운 열기가 치솟는 7월 한여름이었다. 세상의 시시비비와 조소는 귀에 들리지 않는다는 듯 야마나카 시카노스케는 자신의 처자식과 일족들을 데리고 스오우의 임지로 향했다. 물론 모리 가의 군사들이 앞뒤를 뒤따르며 경호를 겸해 안내하고 있었다. 언제 날뛸지 모르는 맹호는 우리에 넣고 길들이기까지 결코 안심할 수 없다는 뜻인 듯했다.

며칠 뒤, 비추지備中路로 접어들어 마쓰야마의 산기슭에 있는 아베阿部 나루에 이르렀을 때였다.

"피곤하지 않으십니까?"

모리 가의 아마노 기이노카미天野紀伊守가 말에서 내려 시카노스케 곁으로 다가왔다. 시카노스케는 말에서 내려 강가가 보이는 큰 바위에 걸터앉아 있었다.

"자제분과 부인을 먼저 나룻배로 건너 보낼 터이니 잠시 쉬고 계십시오."

기이노카미의 말에 시카노스케는 고개를 끄덕였다. 오늘뿐이 아니라 그는 근래 세상의 평판을 의식해서인지 쓸데없는 말은 하지 않겠다는 듯 말없는 사람으로 변해 있었다. 그가 데려온 낭도들도 말없이 고개만 끄덕일 때가 많았다.

기이노카미가 강기슭에서 혼잡한 나룻배를 향해 무슨 말인가를 하고 있었다. 나룻배는 한두 척밖에 없기 때문에 번갈아가며 사람들을 가득 태우고 건너편 기슭으로 향했다. 그의 아내와 어린아이들도 시카노스케와 고생을 함께해온 삼십여 명의 낭도들 속에 파묻혀 배를 타고 갔다.

"히코구로."

바위에 걸터앉아 배를 바라보며 땀을 닦고 있던 시카노스케가 곁에 있던 종자인 고토 히코구로後藤彦九郎를 불러 명을 내렸다.

"이것을 시원한 강물에 빨아서 가져오너라."

언제나 시카노스케의 곁을 떠나지 않는 시바바시 다이리키노스케柴橋大力介는 시카노스케의 말을 끌고 물을 먹이기 위해 강기슭으로 내려가고 없었다.

날개가 파란 벌레가 시카노스케의 몸을 둘러싸고 날아다니고 있었다. 하늘에는 한낮의 달이 희미하게 걸려 있었고 땅에는 메꽃이 피어 있었다.

"신자新左, 히코에몬. 지금이다. 지금이 기회다!"

기이노카미의 적자인 아마노 모토아키天野元明가 열 마리 정도의 말을 매놓은 나무 사이 그늘에서 작은 목소리로 급히 누군가를 재촉했다. 하지만 시카노스케는 아무것도 알아차리지 못했다. 처자식과 일족을 태운 나룻배가 강 한가운데를 지나고 있었다. 그저 그 모습을 바람을 맞으며 넋을 잃고 바라보고 있었다. 그의 눈에 언뜻 눈물이 비쳤다.

"불쌍한 것들……."

문득 부모이자 남편이며 주인으로서 당장 내일을 기약할 수 없는 가족과 부하들에게 연민의 정을 느낀 듯했다. 벌레가 울고 있었다. 염천 아래, 아스라한 한낮의 달과 메꽃에 왠지 모를 애절함이 느껴졌다.

무사는 정에 약하다고 했다. 시카노스케는 다른 사람들보다 한층 다감하고 다혈질이었다. 그의 눈동자 속에는 선천적으로 가지고 태어난 의협심과 강직함이 한여름 태양보다 뜨겁게 타오르고 있었다.

노부나가에게 버림을 받고 히데요시와는 손을 끊었다. 그리고 고즈키성을 적의 수중에 넘기고 유일하게 남은 것, 즉 주군 아마고 카쓰히사의 수급까지 적에게 바쳤다. 그럼에도 그는 지금 이렇듯 살아남았고 눈빛은 여전히 빛을 잃고 있지 않았다.

"무엇을 바라고? 무슨 면목으로?"

시카노스케는 자신을 향한 세상의 조롱과 비방을 모르지 않았다. 지금 자신의 몸을 둘러싸고 날아다니는 메뚜기들보다 더 선명하게 듣고 있었다. 하지만 시원한 강바람을 가슴에 맞자 그런 것들은 더 이상 마음이 쓰이지 않았다. 그저 한여름의 풍정과도 같이 바라볼 수 있었다.

"반드시 끝까지 충의를 지키겠습니다."

어릴 적부터 그를 격려해준 어머니에게 맹세하고, 옛 주인과 하늘에 맹세하며 고전을 면치 못하는 싸움의 진두에 섰을 때 중천의 초승달을 향해 합장하면서 그렇게 맹세했던 청년 무렵의 기개를 그는 지금 새삼 가슴속에 떠올리고 있었다.

'제게 백난百難의 시련을 내려주십시오!'

시카노스케는 백난을 뛰어넘어 지금까지 버텨왔다. 그는 한 가지 어려움을 극복하고 그것을 돌아봤을 때의 거대한 생명의 숨결과 더없이 유쾌한 인생의 참맛을 '남아의 본망本望'이라고 명명했다.

'백난 그 자체는 근심할 게 없다!'

시카노스케는 백난을 겪으면서 커다란 환희도 맛보았다. 그런 마음이 있었기 때문에 노부나가의 방침이 일변했을 때나 히데요시가 보낸 사자의 말을 들었을 때에도 망연히 낙담했지만 원망하거나 슬퍼하지 않았다. 그리고 지금 이 순간에도 이젠 끝이라고 절망하지 않았다.

'나는 아직 살아 있다. 살 수 있을 때까지 살 것이다!'

시카노스케는 결의를 다졌다. 그 일말의 바람이란 깃카와 모토하루에게 접근해 그를 죽이고 자신도 그의 칼에 죽는 것이었다. 시카노스케는 아마고 가의 오랜 원수의 숨통을 끊고 저승에서 옛 주인인 쓰네히사와 요시히사를 만나겠다는 일념을 가슴속에 품고 있었던 것이다.

하지만 적도 만만한 인물이 아니었다. 모토하루는 시카노스케가 항복하기 위해 진문에 엎드렸지만 경계심을 늦추지 않았으며 쉽사리 그의 앞에 모습을 드러내지 않았다. 그리고 녹과 영지를 내리고 그곳으로 시카노스케를 보냈다. 시카노스케는 속으로 당황했다. 후일을 기약하며 기다릴 것인가 고뇌에 빠졌다. 그의 처자식과 낭도들을 태운 배가 방금 건너편 나루터에 도착했다.

"……."

그의 눈동자가 멀리 사람들 속에 섞여 배에서 내리는 아내의 모습에 고정된 찰나였다. 소리도 없이 뒤에서 날아온 칼날이 시카노스케의 어깨를 내리치고 바위에 부딪히자 불꽃이 튀었다. 시카노스케와 같은 인물에게도 빈틈은 있었다. 혈육의 정에 그만 모든 마음을 빼앗기고 있었던 듯했다. 불시에 어깻죽지를 향해 날아온 첫 번째 칼날이 그의 몸을 깊이 벤 듯했다.

"앗, 비겁한 놈!"

시카노스케는 몸을 일으키자마자 뒤에 있던 사람의 상투를 부여잡고 외쳤다. 그의 몸을 벤 칼은 하나였지만 그의 배후에는 두 명의 살수가 있었다. 한 명은 가와무라 신자에몬河村新 左衛門, 또 한 명은 후쿠마 히코에몬福間彦衛門이라고 하는 모토아키의 가신들이었다.

"네 이놈!"

시카노스케에게 머리채가 잡힌 것은 신자에몬이었다.

"시카노스케, 주군의 뜻이다. 각오해라!"

히코에몬은 그렇게 소리치면서 칼을 머리 위로 치켜들고 달려들었다. 그러자 시카노스케는 눈을 치켜뜬 채 부당하다고 고함을 치며 신자에몬을 들어 히코에몬의 옆구리를 후려쳤다. 히코에몬은 비틀거렸고 신자에몬은 땅바닥에 내동댕이쳐졌다. 그 순간, 바로 앞에 있는 강에서 첨벙하고 물보라가 크게 일었다. 그 새하얀 포말 속에 시카노스케가 있었다.

"놓치지 마라!"

모리 가의 장수인 미카미 아와지노카미三上淡路守가 소리치며 달려와 강기슭에서 창을 집어던졌다. 고래의 몸통을 꿰뚫은 작살처럼 피로 붉게 물든 강물 위에 창이 꽂혔다. 강으로 뛰어든 히코에몬이 시카노스케를 향해 달려들었다. 신자에몬도 뒤를 이어 강으로 뛰어들어 시카노스케의 다리를 붙잡고 강가로 끌어내서 마침내 목을 땄다. 무수한 피가 강가의 조약돌 사이를 타고 흘러들자 아베 강은 불에 타는 듯 빨갛게 물들었다.

"앗! 주군!"

"시카노스케 님!"

그 순간 강 위에서 통곡하듯 절규하는 소리가 들렸다. 종자인 시바바시 다이리키노스케와 고토 히코구로였다. 두 사람 모두 주인의 변을 보고 곧장 달려왔지만 애초부터 모리 쪽에서 계획적으로 벌인 일이었기 때문에 모리 쪽 무사들에게 제지당하고 말았다. 주인이 죽었다는 것을 알자 두 사람 모두 힘이 닿는 데까지 맞서 싸우다 시카노스케의 뒤를 이었다.

다이리키노스케의 목은 모리 쪽 와타나베 마타자에몬渡辺又左衛門과 우타다사에몬노쇼転左衛門尉가 거뒀고, 고토 히코구로는 적들에게 둘러싸인 채 무수한 칼을 맞고 절명했다. 이로써 시카노스케 유키모리의 삶과 뜻은 최후를 맞이하고 말았다.

"문득 짙은 쪽빛으로 물든 저녁 하늘을 올려다보면 야마나카 시카노스케 유키모리의 불요불굴不撓不屈이 떠올라 마음이 경건해지는구나."

본래 인간의 생명은 영원할 수 없는 것이지만 시카노스케의 충렬과 의로운 마음은 오랫동안 무문의 사람들 가슴속에 살아 숨 쉬며 영원한 생명을 얻었다.

시카노스케가 최후의 순간까지 목에 걸고 있었던 큰 차통과 허리에 차고 있었던 아라미구니유키新見國行의 칼은 그의 수급과 함께 깃카와 모토하루에게 보내졌다.

"만일 그대를 죽이지 않았다면 언젠가 내 목이 그대의 손에 최후를 맞았을 것이오. 그것이 무문의 관례가 아니겠소. 이렇게 되었으니 이제 그대도 모든 걸 놓고 눈을 감길 바라오."

모토하루는 시카노스케의 목을 향해 합장하면서 그렇게 말했다. 그리고 자신의 영지에 속한 이즈모 사람이었던 시카노스케의 아내는 자식들과 함께 정중히 고향으로 보내주었다.

충치

칠천오백의 히데요시 군사는 일단 고즈키를 떠나 다지마로 향하는 것처럼 보인 뒤 급히 반슈의 가고加古 강을 우회해서 오다 노부타다의 삼만 군사에 합류했다.

간기 성과 시가타 성은 7월에 노부타다 대군의 공격을 받고 순식간에 함락되었다. 이제 남은 것은 벳쇼 일족의 본거지인 미기 성뿐이었다. 이렇게 말하면 미기 성까지 이르는 동안의 싸움이 손쉬웠던 것처럼 느껴지지만, 실상은 전위의 요새들을 하나씩 제압하는 데 큰 희생과 치열한 공방을 치러야만 했다. 오다 쪽 총병력 삼만 팔천이 7월부터 공세를 시작해서 8월 중순에 이른 것만 봐도 적들이 얼마나 선전했는지 알 수 있었다. 진일보한 무기를 가지고 시시각각 변화하는 그들의 전법 역시 시간을 지체시킨 원인 중 하나였다.

주고쿠 군의 병기는 에치젠이나 북쪽의 나라, 또 고신甲信(가이甲斐와 시나노信濃)의 적들과는 비할 바가 아니었다. 오다 군은 이제껏 본 적이 없는 대철포와 강력한 화약의 위력을 처음으로 눈앞에서 목격했다. 히데요시는 적에게 많은 것을 배우면서 공격해 나갔다. 그는 가장 먼저 구식의 화통과 대포를 버리고 구로다 간베가 동분서주해서 구입한 남만에서 만든 대포를 진두의 망루에 설치했다. 그것을 본 니와 고로자에몬의 진영과 다키가와 사곤의 진영에서도 앞다퉈 최신식 대포를 설치했다. 아무래도 멀리 규슈의 히라도平戶와 하가타博多 부근에 있는 수많은 무기 상인이 이번 싸움 소식을 듣고 주고쿠로 들어온 듯했다. 그들은 목숨을 걸고 적국 모리 영지인 쇼카이멘哨海面을 건너와 하리마 해협의 무로노 나루 등에 들어왔다. 히데요시는 그들을 장수들에게 소개해 막대한 자금을 들여 무기를 구입하게 했다.

새로운 무기들은 가장 먼저 간기 성에서 위력을 발휘했다. 성벽을 공격하거나 목재로 망루를 쌓고 가장 위쪽에 대철포를 설치해 성안으로 쏘아댔다. 성의 토벽이나 문 등을 파괴하는 것도 손쉬운 일이었다. 오다 군의 가장 큰 목표는 망루와 본성의 건물이었다. 하지만 적에게도 대포가 있었고 최신식 소총과 화약도 있었다. 오다 쪽 망루는 몇 번이나 파괴되고 불에 탔지만 그때마다 다시 만들어졌다.

그렇게 악전고투하는 동안, 다른 한쪽에서는 공병들이 해자를 메우고 석벽 아래로 진격한 뒤 '가나보리모노金抗者'라고 부르는 땅을 파는 부대를 이용해 밤낮없이 지하도를 팠다. 성안의 적군들은 그것을 막기에 여념이 없었지만 마침내 성은 함락되고 말았다.

시가타와 간기의 작은 성을 함락시키는 데도 이 정도의 노력이 필요한 것을 보면, 미기 본성은 그보다 더 난공불락일 게 불 보듯 뻔했다. 성의 동쪽으로 이십 정 정도 떨어진 곳에 히라이平井 산이라고 하는 고지대가 있었다. 히데요시는 그곳에 진을 치고 병사 팔천을 배치했다.

하루는 노부타다가 히데요시의 진영으로 왔다. 두 사람은 함께 적진을 꼼꼼하게 시찰했다. 적의 남쪽에 있는 구릉과 산 들이 반슈 서부의 산악 지대까지 이어져 있었다. 북쪽으로는 미기 강이 흐르고 있었고 동쪽으로는 대나무 숲 지대와 경작지와 황무지가 펼쳐져 있었다. 그리고 적은 세 방향으로 높은 성벽을 둘러치고 본성과 성곽과 구루와曲輪[4] 세 곳을 중심으로 부근의 언덕에 몇 곳의 방루를 갖추고 있었다.

"지쿠젠, 성급히 공격할 수 없을 듯하군."

노부타다는 성을 바라보면서 혼잣말처럼 말했다.

"어차피 쉽사리 함락시킬 수는 없을 것입니다. 주변은 썩은 듯 보여도 그 뿌리는 아직 깊은 충치와 같으니 말입니다."

"충치?"

노부타다는 히데요시의 기발한 비유에 쓴웃음을 지었다. 그는 사오일 전부터 안쪽 어금니를 앓고 있었기 때문에 얼굴이 조금 뒤틀린 듯 일그러져 있었다. 그것을 본 히데요시가 미기 성의 견고함을 자신의 충치에 비유해 말하자 아프기도 하고 우스워서 볼을 감싸고 쓴웃음을 지을 수밖에 없었던 것이다.

"충치라, 재미있는 비유군. 뽑는 데에는 인내심이 필요할 듯하군."

"오체에 속했음에도 그 오체에 반하여 아군을 괴롭히는 하나의 어금니와도 같은 벳쇼 나가하루는 충치와 같은 존재라고 해도 부족할 것입니다. 그렇다고 하여 무턱대고 성급히 뽑으려 하면 잇몸은 물론이고 자칫 목숨까지 위태로울 것입니다."

"그럼 어떻게 하면 좋겠는가? 계책이 있는가?"

"수명이 얼마 남지 않았으니 저절로 뿌리가 흔들릴 때가 올 것입니다. 병량을 나르는 길을 끊고 때때로 뿌리를 흔들어주면……."

"공격할 여지가 보이지 않으면 일단 기후로 돌아오라는 아버님의 명

---

4) 성곽 안에 있는 구획을 일정하게 나눈 구역. 방어 진지와 식량과 탄약 등을 저장하는 건물을 지은 택지 및 병사들의 주둔 시설 등이 있는 성곽의 가장 중요한 시설이다. 일본의 성은 이런 구루와가 몇 겹으로 연결된 구조로 이루어져 있다.

이 있었네. 지구전이 될 듯하니 자네에게 맡기고 나는 일단 기후로 돌아가기로 하겠네."

"뒷일은 염려하지 마십시오."

"그럼 내일 아침부터 자네가 이곳을 맡도록 하게."

노부타다는 그렇게 말하고 히라이 산을 내려갔다.

다음 날, 노부타다는 히데요시 휘하에 팔천 군사를 남긴 채 장수들을 이끌고 기후로 돌아갔다. 히데요시는 팔천 군사를 미기 성의 사방에 배치하고 각각 대대사령부를 두었다. 그리고 임시 진영들을 설치하고 목책을 세우고 보초를 주둔시켜 성과 외부와의 통로를 차단했다. 특히 성의 남쪽 통로에 주둔시킨 감시 부대에 신경을 썼다. 그 길에서 서쪽으로 오 리 정도 내려가면 우오즈미漁住 해변이 나왔는데, 모리 쪽 수군이 그곳을 이용해 종종 대량의 병선으로 무기와 식량 등을 운반했기 때문이다.

"양추涼秋 8월, 좋은 달이다. 이치마쓰, 이치마쓰."

히데요시는 밖으로 나와 초저녁달을 바라보다가 진막 안을 향해 소리쳤다.

"옛!"

"예!"

"예, 무슨 일이십니까?"

나이 어린 시종들이 대답을 하며 앞다퉈 달려 나왔다. 그 안에 후쿠시마 이치마쓰는 없었다. 허락을 받고 동료와 강으로 헤엄을 치러 갔다고 했다. 히데요시는 가토 도라노스케와 이시다 사기치, 가타기리 스케사쿠 등을 둘러보며 명령했다.

"누구라도 좋으니 여기 히라이 산에서 전망이 좋은 곳에 멍석자리를 준비하라. 달구경을 하도록 하자. 전쟁이 아니니 서로 다투지 말고, 달구경을 하자꾸나."

"알겠습니다."

사기치와 스케사쿠 등이 달려갔다. 도라노스케는 잠자코 히데요시의 뒤에 서 있었다.

"오도라."

"예."

"한베에게 가서 마음이 내키면 나와 달구경하자고 말하고 오너라."

"예, 다녀오겠습니다."

도라노스케가 달려갔다.

잠시 뒤, 사기치와 스케사쿠가 자리를 마련했다고 알려왔다. 진영이 있는 곳에서 조금 올라간 히라이 산의 산정에 가까운 평지였다. 히데요시는 그곳에 오르자 감탄을 금치 못했다.

"과연, 절경이구나!"

히데요시는 다시 시동들에게 명령했다.

"저 달을 보지 못하는 것은 애석한 일일 터이니 구로다 간베도 불러오너라."

군사軍師, 한베

커다란 소나무 아래는 달구경하기에 최적의 장소였다. 네모난 쟁반에는 마른안주가, 술항아리에는 차가운 술이 담겨 있었다. 사치스럽지는 않아도 진중에서 한때의 여유를 즐기기에는 충분했다. 하물며 휘황찬란한 달이 머리 위에 떠 있었다.

히데요시를 중심으로 다케나카 한베와 구로다 간베, 세 사람은 멍석 위에 앉아 하염없이 달을 바라보았다. 히데요시는 오와리의 나카무라에 있는 고구마밭을 떠올렸다. 한베는 보다이 산에서 처음으로 세상의 신비함을 느끼게 했던 달을 떠올렸다. 그리고 간베는 그들과 반대로 구름이 달을 가리면 먹물처럼 어두워질 내일에 대해 생각했다. 달은 하나였지만 보는 사람의 마음에 따라 다르게 보였다.

"한베 님, 춥지 않으신지요?"

문득 간베가 걱정스러운 듯 말하자 히데요시도 갑자기 근심스러운 마음이 들었는지 한베의 얼굴로 시선을 옮겼다.

"아닙니다. 그다지."

한베는 조용히 웃으며 얼굴을 옆으로 저었지만 순간 그의 얼굴이 달보다 창백하게 보였다.

"재자다병才子多病인가."

히데요시는 탄식했다. 허투루 하는 말이 아니었다. 히데요시는 한베보다 훨씬 더 그의 다병을 근심했다. 나가하마에서는 말 위에서 피를 토한 적도 있었다. 북쪽 정벌의 도정에서도 자주 병을 앓았다. 두 번째 주고쿠 공략을 위해 출전할 때에는 무리라며 만류했지만 한베는 아무 일도 아니라는 듯 진중에 합류했다.

히데요시는 한베가 곁에 있으면 마음이 든든했다. 유형무형의 힘이 되었다. 가령 유비 현덕이 공명을 얻어 사사받은 것처럼 겉으로는 의로 맺어진 군신지간이었지만 마음속에서는 스승으로 우러러보고 있었다. 특히 지금, 주고쿠 공략의 난업으로 싸움이 장기전에 돌입하고, 아군 중에서 질시하는 사람들이 적지 않다 보니 히데요시는 다케나카 한베를 한층 더 의지하고 있었다.

그런데 그런 한베가 주고쿠에 온 이래로 벌써 두 번이나 병으로 쓰러졌다. 히데요시는 너무나도 근심이 된 나머지 교토에 있는 명의에게 그를 억지로 보냈지만 그는 얼마 되지 않아 되돌아왔다.

"저는 선천적으로 허약하게 태어나 늘 병을 달고 살았고, 무사가 진중에서 생활하는 것은 당연한 일이니 딱히 요양을 해도 의미가 없습니다."

한베는 그렇게 말하고 여느 때와 같이 군무에 힘쓰며 조금도 게으르지 않게 생활했다. 하지만 그는 병자였다. 아무리 정신력이 강하다고는 하나 한계가 있었다. 다지마에서 이곳으로 올 때 소나기가 내리는 날이 이어졌다. 그때 무리한 탓인지 히라이 산에 진지를 구축하고 나서 감기 기운이 있다며 이틀 동안 히데요시에게 얼굴을 보이지 않았다. 병은 점점 더 깊어지고 히데요시에게 얼굴을 보이지 않는 날도 늘어갔다. 히데요시는 걱정을 끼치고 싶지 않은 한베의 마음을 잘 알고 있었다. 그래도 근래 며칠 동안은 한베가 웃는 얼굴을 보여 오랜만에 달빛 아래에서 무릎을 맞대고 이야기를 나누고자 했던 것이다. 하지만 달빛 탓이 아닌 듯 한베의 얼굴에서는 어두운 기색이 가시지 않았다.

"아, 잊고 있었습니다."

한베는 주군인 히데요시와 벗인 구로다 간베가 같은 명석 위에서 달을 감상하면서 자신의 병을 근심하는 마음을 헤아리고 짐짓 갑자기 떠오른 듯 화제를 돌렸다.

"간베 님, 어제 본국의 가신에게 들은 소식에 따르면 적자이신 쇼주마루松壽丸 님이 드디어 낯선 주위 사람들과도 잘 어울리며 건강히 지낸다고 하니 안심하셔도 될 듯합니다."

간베가 싱긋 웃으며 대답했다.

"시게하루 님이 본국에 있는 한 쇼주마루는 아무것도 걱정할 것이 없습니다. 이제껏 한 번도 걱정한 적이 없을 정도입니다."

"하지만, 가끔은 자식의 자란 모습을 보고 싶은 적도 있지 않으십니까?"

"아무리 진중에 있는 몸이라도 부모 마음이란 것이 가끔은 생각이 나기 마련이지요."

두 사람은 한동안 자식들에 대해 이야기를 나눴다. 아직 자신이 낳은 자식이 없는 히데요시는 부모 간의 대화를 부러운 듯 듣고 있을 수밖에 없었다.

쇼주마루는 후일의 구로다 나가마사黑田長政로 간베 요시타카의 적자였다. 간베는 일찍부터 아들의 장래를 고려해 노부나가에게 보냈었다. 그 뒤 노부나가는 쇼주마루를 다케나카 한베에게 맡겼고, 한베는 쇼주마루를 자신의 고향이자 영지인 후와 군의 이와데 성으로 보내 자신의 아이처럼 키웠다.

히데요시를 중심으로 간베와 한베는 그렇게 정의로 맺어져 있었다. 그래서 서로 지략에 있어서는 공통된 면모를 지니면서도 두 사람은 공명과 지위를 두고 다투는 일이 없었다.

달을 보고 술을 마시며 고금의 영웅들의 흥망에 대해 이야기를 나누는 사이 한베도 병을 잊는 듯했다. 하지만 이야기는 결론에 도달해 있었다.

"아침에 삼군을 지휘하더라도 저녁이면 죽을지 모르고, 오늘 밤은 이렇듯 달을 보고 있지만 내일은 어떻게 될지 모릅니다. 그래도 큰 뜻을 품고 그것을 이루기 위해서는 어떤 영웅도 오래 살지 않으면 이루지 못할 것입니다. 후세에 이름을 남긴 영웅과 충신 중에는 단명인 사람도 적지 않았습니다. 하지만 그들이 더 오래 살았다면, 하는 마음은 금할 수가 없습니다. ……또 구태의연한 악폐를 철폐하고 파괴하는 것만이 영웅의 위업이 아닐 것입니다. 그 후에 세워나갈 다음 세대의 문화를 완성하고서야 비로소 영웅의 위업을 이루었다고 할 수 있습니다. 그것이야말로 영웅의 책임이 아닌가 싶습니다."

간베의 말에 히데요시는 몇 번이고 고개를 끄덕이며 동조했다.

"그렇소. 지극히 옳은 말이오."

그리고 침묵을 지키고 있는 한베를 보며 히데요시가 말했다.

"그를 위해서는 내일 어찌 될지 모르는 생명을 사랑하고 평소에 스스로 양생에 힘써 오래 살아야 할 것이오. 한베도 그런 마음가짐으로 부디 몸을 잘 건사하기 바라오."

"동감입니다."

간베가 동조하면서 말을 이었다.

"부디 무리하시지 말고 이번 가을에는 교토에 있는 사찰에라도 들어가셔서 명의를 찾아 양생에 힘쓰길 벗으로서 부탁드립니다. 또 주군을 안심시킨다는 의미에서도 그 역시 충의라고 할 수 있을 것입니다."

간베와 히데요시는 한베에게 양생에 힘쓸 것을 간곡히 권했다. 한베는 두 사람의 진심 어린 말에 무척이나 고마워했다.

"말씀대로 한동안 교토로 가서 양생에 힘쓰도록 하겠습니다. 하지만 그 전에 한 가지, 계획 중인 대사가 있으니 그것을 성공하고 나서 그리하도록 하겠습니다."

히데요시는 고개를 끄덕였다. 일찍이 한베 시게하루의 헌책으로 은밀히 이면에서 진행하는 계책이 하나 있었는데 아직 성공에 이르지 못한 상태였다.

"아카시 카게치카明石景親의 일이 걱정되시오?"

히데요시가 물었다.

"그렇습니다."

한베도 고개를 끄덕이며 말을 이었다.

"요양하기 위해 교토로 가기 전 오륙 일 정도 진영을 떠나는 것을 허락하신다면 제가 은밀히 비젠의 하치만八幡 산성에 가서, 아직 일면식도 없는 사이이지만 아카시 카게치카를 만나 대의를 논하고 이해를 따져 반드시 그를 아군으로 만들도록 하겠습니다. 허락해주시겠습니까?"

"그것이 가능하다면 큰 공임은 분명하나 십중팔구는 어려울 것이 분명한데, 그때는?"

"죽음 외에 무엇이 더 있겠습니까."

한베는 미동도 하지 않고 청아한 목소리로 대답했다.

아카시 카게치카는 우키다 가의 관리로 하치만 산성을 지키고 있었는데 미기 성이 함락되면 마주해야 할 대적이었다. 히데요시는 지금 미기 성 하나도 공략하지 못하는 역경 속에 있었다. 하지만 그는 초조해하며 눈앞의 공성에만 사로잡혀 있지 않았다.

이곳의 싸움은 하나의 국지전에 지나지 않았다. 히데요시의 목표는 주고쿠 전체를 공략하는 것이었다. 한베의 계책을 받아들여 은밀히 하치만산의 아카시 일족에게 서찰을 보내거나 사자를 보내면서 외교적 교섭을 시도하는 것도 바로 그를 위해서였다.

"가주겠소?"

"가겠습니다."

히데요시는 한베의 결의를 보고도 주저하는 기색을 보였다. 지금, 단신으로 비젠으로 들어가는 것은 너무나 많은 위험이 도사리고 있었기 때문이다. 도중에 위험은 피한다고 해도 만일 아카시 카게치카를 만나 교섭이 실패로 끝났을 때에는 적이 한베를 살려 보내지 않을 수도 있었다. 그러다 보니 히데요시는 한베가 아무 소득도 얻지 못하고 목숨도 보존하지 못할까 봐 불안했다.

'혹여 한베가 병으로 쓰러지나 적진에서 쓰러지나 똑같이 죽는 것이라 여기고 각오하는 것은 아닐까?'

히데요시는 자꾸 그런 생각이 들었다. 그때 곁에 있던 간베가 우키다 나오이에의 가신 중에는 자신이 알고 지내는 벗이 적지 않으니 이번에 한베가 아카시 가에 교섭하기 위해 간다면 자신은 그들과 화친이 이루어지도록 혼신의 힘을 다하겠다고 했다. 그 말을 들은 히데요시는 직감적으로 일이 잘될 것이라고 확신했다. 주고쿠에 들어온 이래, 비젠의 우키다라는 인물을 살펴보니 그의 행동에 꽤 미온적인 부분이 있었다.

히데요시가 보기에 우키다는 위급한 상황에서 모리의 도움을 청했지만 전폭적으로 모리와 동맹을 맺지는 않았다. 오다 쪽에 장래성이 있다면 오다에 붙을 수도 있겠지만, 얻는 것이 없다면 그럴 일은 없을 것이었다. 특히 고즈키 성도 함락되고 깃카와와 고바야카와의 대군이 본국으로 철수한다면 우키다 가는 더욱 그럴 가능성이 농후했다.

"그렇군. 우키다가 타협을 하면 그의 관리인 아카시 카게치카도 어쩔 수 없이 굴복할 것이고, 카게치카가 우리에게 항복하면 우키다도 즉시 화친을 청할 것이오. 이것은 동시에 진행하는 것이 묘수이니 속히 한베도 가도록 하시오. 또 간베도 전력을 다해 우키다 나오이에를 움직이도록 해주시오."

다음 날, 한베는 병환으로 한동안 교토로 요양을 간다며 두세 명의 무사만을 데리고 히라이 산의 진영을 떠났다. 또 며칠 뒤에는 진중에서 구로다 간베의 모습도 보이지 않았다. 하지만 간베는 행선지를 극비에 부칠 뿐 아니라 아군에게조차 히라이 산의 진중에 있는 것처럼 위장했다. 간베는 비책을 품고 비젠의 우키다 가에 세객으로 갔고, 한베 역시 하치만 성의 아카시 히다노카미 카게치카를 설득하러 갔다.

한베는 먼저 아카시 카게치카의 동생인 아카시 간지로明石勘次郎를 찾아갔다. 그와는 교토의 남선사南禪寺에서 참선할 때 두 번 정도 만난 적이 있었다.

'그는 선에도 마음을 두고 있는 무사다. 도의를 들어 설득하면 곧 깨우칠 것이고 그러면 자처해서 형인 카게치카를 설득할 것이다.'

한베가 믿는 구석은 그것에 불과했지만 실제로 간지로와 카게치카는 병구를 이끌고 적국에 사자로 온 그의 열의와 장지壯志에 마음이 움직이지 않을 수 없었다. 한베를 만나기 전까지 그들은 히데요시의 군사軍師이자 뛰어난 책사라고 알려진 그가 어떤 계책과 말로써 자신들을 설득할지 궁금해하며 기다렸다. 하지만 막상 만나서 회담을 하자 한베가 의외로 가식이나 잔꾀를 부리지 않는 그저 평범하고 담대한 인물이라는 것을 알았다.

한베는 사자의 임무를 수행할 때 성심성의를 다해 이利로써 상대를 일깨우고 궤변을 결코 늘어놓지 않으리라 마음먹었다. 사실 병가에서는 실로 눈이 어지러울 만큼 권모술수가 횡횡하고 있었다. 그런 상황 속에서 진솔한 태도로 상대방의 이利에 대해 논한 것이 큰 효과가 있었는지, 아카시 일족은 은밀히 히데요시 쪽에 가담하게 되었다. 한베 시게하루는 양쪽 모두에게 유리하도록 중재한 뒤 요양을 위해 교토로 향했다.

"그럼 한동안 양생에 힘쓰도록 하겠습니다."

그때 히데요시가 한베에게 말했다.

"나를 대신해 노부나가 님을 알현해서 아카시 카게치카의 서신을 올리고 비젠의 하치만 산성이 아군에 가담하게 된 경위를 상세히 말씀드리도록 하시오."

한베는 그길로 니죠 성에 들어가서 노부나가를 만나 히데요시의 서신을 전하고 모든 것을 고했다.

"피 한 방울도 흘리지 않고 하치만 산을 손에 넣었단 말인가? 잘했네."

노부나가는 대단히 기뻐했다. 그것은 반슈 일원에 머물고 있던 자신의 군사가 처음으로 비젠에 첫발을 내딛었다는 의의를 지니고 있었다.

"보기에 많이 야윈 듯하네. 몸을 잘 건사하고 정양하도록 하게."

노부나가는 한베의 병을 걱정하면서 약값으로 은자 스무 냥을 내리고 히데요시에게 황금 백 냥을 보냈다. 한베는 절을 하고 도성 밖에 있는 숙소인 남선사의 말사로 돌아왔다.

서약서

노부나가는 기쁠 때는 도를 넘어설 만큼 기뻐하는 성격이었다. 그는 이번 일로 히데요시를 반슈의 탄다이探題[5]로 봉했다. 히라이 산의 전황은 여전히 난공불락의 미기 성을 에워싼 채 교착상태에 빠져 있었지만 이면에서의 외교 공작은 착착 성과를 올리고 있었다.

하지만 큰 번이었던 우키다 가와의 교섭은 구로다 간베가 필사적으로 노력해도 성공을 거두지 못했다. 비젠과 미마사카 두 주를 거느리고 노부나가 대군과 모리 세력권의 중간에 있는 산요山陽의 우키다 가의 선택, 그 향배에 따라 주고쿠의 장래가 결정된다고 해도 과언이 아니었다.

우키다 가에는 대대로 이즈미노카미 나오이에和泉守直家를 보좌하는 네 명의 중신이 있었는데, 오사후네 기이노카미長船紀伊守, 도가와 비고노카미戸川肥後守, 오카 에치젠노카미岡越前守, 하나후사 스케베花房助兵衛가 그들이었다.

그중 하나후사 스케베는 구로다 간베와 일맥상통하는 점이 많았다. 간베가 세객으로 가장 먼저 그의 집 문을 두드린 것도 그런 이유에서였다.

---

5) 주요 지방의 행정과 군사를 담당하는 직명.

간베는 그와 밤을 새우며 천하에 대해 논하고 앞날에 대해 흉금을 털어놓았다.

"무릇 한 치 앞도 내다보지 못하고 승패에 대한 확신도 없이 그저 무명武名만을 외치며 싸우는 것만큼 어리석은 일은 없을 것입니다. 또한 그것은 주가와 백성을 위하는 일도 아닐 것이며, 더 나아가서는 태평성대의 도래를 늦추는 것에 지나지 않을 뿐이니, 무사의 본분은 결코 그런 데 있지 않을 것입니다."

간베는 그렇게 자신의 견해를 밝혔다. 먼저 상대방의 담력을 높이 사면서 다음 세상에 대해 이야기하며 노부나가의 포부를 밝혔다. 히데요시의 인품도 넌지시 이야기하며 어느 틈엔가 하나후사 스케베의 마음을 사로잡는 데 성공했다. 그리고 하나후사를 통해 도가와 비고노카미를 설득하고 네 명의 중신 가운데 두 명을 히데요시 쪽에 가담시켰다. 그런 다음 직접 우키다 나오이에를 만났다.

"우키다 가는 이젠 더 이상 형세를 관망하고 있을 수만은 없게 되었습니다. 모리 님께 가담할지 하시바 님과 맹약을 맺을지, 둘 중 하나를 선택해야 하는 상황이 다가오고 있습니다."

간베는 히데요시의 사자로서 단도직입적으로 확실한 답변과 분명한 태도를 요구했다.

우키다 가에게 있어 중대사였던 만큼 네 명의 중신 이하 다른 중신들까지 참여한 회의가 열렸다. 하나후사와 도가와는 당연히 간베의 입장을 대변했다.

"하시바 지쿠젠을 통해 오다 쪽에 가담하는 것이야말로 장래의 대계일 것이오."

이에 대해 오사후네 기이노카미가 자신의 의견을 밝혔다.

"히데요시는 노부나가의 병졸에서 입신하여 지금은 하리마 일대를 소유하고 머지않아 산인과 산요의 이십여 개국까지 제압하려는 기개 있는 자로 분명 범인은 아닐 것이오. 하지만 본가는 이미 자제분 중 세 분을 모리 가에 볼모로 보냈으니 지금으로서는 어찌할 수 있는 입장이 아니오."

우키다 나오이에는 오사후네의 말을 듣고 바로 결심을 굳힌 듯 눈썹을 치켜뜨며 모두에게 말했다.

"만일 천하의 대세가 동쪽에 있다고 한다면 본가는 노부나가와 히데요시의 첨병에 맞서 모리 가의 방패가 되어 멸망당하는 것에 지나지 않을 것이다. 가문이 망할 때는 부모 형제와 그 외 일족 등 몇백 명이 희생될지 모른다. 지금 세 아이를 버려 수만의 장병들을 구하고 더 나아가 천하에 도움이 될 수 있다면, 이 나오이에의 아이들은 분명 기뻐하며 적국의 땅에서 눈을 감을 것이다. 나 역시 부모의 정을 뛰어넘어 더 큰 의의를 위해 히데요시와 손을 잡는 것을 결코 무문의 수치라고 생각하지 않는다."

지금과 같은 상황에서 수장이 망설이면 다른 사람들은 나라를 걱정한다는 명분을 내걸고 서로 대립하다 내분이 발생하여 결국에는 멸망의 나락으로 곤두박질칠 것이 분명했다.

"세 명의 자식이 적국의 볼모로 목숨을 잃어도 나라를 지키고 수만 장병들을 구할 수 있다면 그보다 더 기쁜 일은 없을 것이다."

우키다 나오이에의 말에 중신들은 더 이상 이론을 제기하기 못하고 모두 침묵할 수밖에 없었다. 그 대승적인 관점 아래, 중신들의 마음은 하나로 모아졌다.

"나라가 있고 백성이 있으며, 백성이 있고 무문이 있다."

회의는 즉시 그렇게 중지가 모아져 끝이 났다. 그날 우키다 나오이에는 구로다 간베에게 화친 의사를 전하고 반슈의 히라이 산에 파발을 보낼 것을 의뢰했다.

히데요시는 간베의 서찰을 보고 크게 기뻐했다. 그는 간베의 주도면밀함에 감탄할 수밖에 없었다. 간베는 서신에 '이번 일을 완전히 성사시키고 서약서 조인을 위해 그에 걸맞은 분을 조속히 보내주시길 바랍니다'라고 적어 보냈다. 그는 그저 자신은 이면의 책사로 머물고 맹약을 맺기 위한 정사正使를 청한 것이었다.

정사로 선발된 하치스카 히코에몬은 우키다 나오이에를 만나 '당대의 가문은 물론이고 모리 가에 있는 자손들도 소홀히 하지 않겠다'는 히데요시의 말을 전했다. 나오이에는 고마워하며 서약서를 건넸다. 히데요시는 그렇게 미기 성을 함락시키기 전에 화살 한 발도 쏘지 않고 피 한 방울도 흘리지 않고 비젠과 미마사카 두 주를 손에 넣었다.

히데요시는 기쁜 소식을 주군인 노부나가에게 하루빨리 이야기하고 싶었지만 서면 상으로는 위험하다고 생각했다. 아직 극비 사항이었기 때문에 때가 올 때까지 모리 가에는 알려지지 않도록 비밀에 부쳐둘 필요가 있었다.

"간베, 수고스럽겠지만 노부나가 공께 이번 일을 고하러 가주지 않겠소?"

"제가 가도 괜찮다면 기꺼이 다녀오겠습니다."

간베는 즉시 교토로 출발해 아즈치 성에서 노부나가를 만났다. 그런데 이야기를 듣는 동안 노부나가는 심히 못마땅하다는 듯 안색이 좋지 않았다. 일전에 한베가 니죠 성에 와서 아카시 일족의 투항을 보고했을 때 기뻐하던 모습과는 완전히 딴판이었다. 간베는 노부나가의 안색을 헤아리고 말을 삼갔는데 이윽고 노부나가가 간베의 말을 끊으며 말했다.

"대체 이것은 누구의 지시를 받고 한 일인가? 지쿠젠의 명이라면 지쿠젠에게 묻도록 하라. 비젠과 미마사카 두 주의 처분을 독단으로 결정하다니 무엄하기 그지없구나. 돌아가서 지쿠젠에게 그리 말하라."

노부나가는 노기를 띠고 질타를 하더니 그래도 부족한지 이렇게 덧붙였다.

"지쿠젠의 서신에 따르면, 근일 우키다 나오이에를 데리고 아즈치로 온다고 하는데 설사 나오이에가 온다 해도 나는 만나지 않을 것이다. 나오이에는 물론이고 지쿠젠도 만나지 않을 것이라고 전하라."

노부나가의 격노에 간베는 어찌할 바를 몰라 하며 침울한 마음으로 반슈로 돌아왔다.

"이와 같은 큰 전과를 올렸음에도 어찌 노부나가 공은 기뻐하기는커녕 어불성설이라고 질타한단 말인가."

간베는 도저히 이해할 수가 없었다. 노부나가가 성격이 까다롭다는 사실은 익히 알고 있었지만 그렇다고 해도 낙담하는 마음이 컸다. 사실 그대로 말하면 히데요시가 마음고생을 할 게 분명했지만 그렇다고 숨길 수도 없는 노릇이었다. 간베는 히라이 산의 진지에 도착하자 아즈치에서의 일을 상세하게 전하며 히데요시의 안색을 살폈다. 그러자 조금 수척해진 그의 얼굴에 주름과 같은 쓴웃음이 번졌다.

"그렇군. 잘 알겠소. 불필요한 일을 독단으로 결정했다고 화를 내신 것이로군."

히데요시는 간베처럼 낙담하지 않으며 자신의 공을 무시한 주군의 폭언에 조금도 개의치 않는 듯했다.

"노부나가 공께선 비젠과 미마사카를 제압하고 우키다 가도 격퇴한 후, 그 영지를 가신들에게 나눠주려고 하셨던 듯하군. 흐음, 별일 없이 그리할 수 있다면 좋겠으나."

히데요시는 가벼운 웃음을 흘리며 다시 말을 이었다.

"전쟁이란 계산대로 되지 않기 마련이거늘, 하루를 보내는데도 어제 했던 생각이 오늘 아침에는 변하기도 하고 오늘 아침의 계획도 낮이 되면 수정해야 하는 경우도 있소. 특히 주고쿠를 평정하는 대업의 전도는 아직

요원하거늘……."

히데요시는 독백처럼 그렇게 중얼거리다 갑자기 간베를 위로했다.

"고생 많았소이다. 그리고 적정하지 마시오."

간베는 문득 히데요시를 위해서라면 죽음도 마다하지 않겠다는 생각이, 스스로 생각해도 무서울 정도로 절실하게 가슴에서 치솟는 걸 느꼈다. 히데요시는 노부나가의 마음을 정확하게 읽고 있었다. 자신이 섬기고 있는 주군의 심중을 헤아리지 못하면 진실로 봉공할 수 없었겠지만, 그렇다고 해도 히데요시가 노부나가의 짚신지기로 시작해 이십여 년 동안, 지금의 신망과 위치에 오른 것은 결코 우연이 아니라는 사실을 눈앞에서 똑똑히 목도한 느낌이 들었다.

"그럼 지쿠젠 님은 처음부터 노부나가 공의 심중을 알면서 우타기 가와 일을 도모하신 것입니까?"

"평소의 포부를 헤아리면 언젠가 그럴 것이라고 예상은 하고 있었지만, 화를 내시는 걸 보면 분명할 것이오. 앞서 다케나카 한베를 통해 아카시 카게치카가 항복한 사실을 알렸을 때에는 대단히 기뻐하시며 한베와 내게 과분한 칭찬을 하셨소. 아카시 일족의 항복은 우키다 공략을 용이하게 하고 또 영지의 분배에도 별다른 지장이 없었던 탓에 기뻐하셨을 것이오. ……하지만 우키다를 아군으로 끌어들이면 영지 전부를 몰수할 수 없으실 터이니 그것이 마음에 들지 않으셨을 것이오. 히데요시 놈이 쓸데없는 일을 독단으로 처리했다며……."

"그 말씀을 들으니 이제야 저도 이해가 갑니다. 하지만 심히 진노하셔서 쉽사리 마음이 풀어지지 않을 듯합니다. 우키다 나오이에가 오든 히데요시 님이 사죄하러 오든 만나지 않겠다고 하셨습니다."

"화가 나셨다고 해서 그것을 두려워하며 찾아뵙지 않을 수는 없소. 부부와 가족 간의 화는 서로 피해 있는 것이 방도일 수 있으나 주군이 진노했는데 피해 있는 것은 옳지 않소. 매를 맞든 호된 질책을 당하든 주군 앞에 엎드려 부복하는 편이 좋을 것이오. 또 그것이 주군의 마음을 편하게 해드리는 일일 것이오. 간베, 이번엔 내가 가야겠소. 당장 아즈치에 가야겠소이다."

우키다 나오이에게서 받은 서약서는 히데요시가 가지고 있었지만 본래 그는 파견군의 총사령관이었기 때문에 조약에 관한 문서는 노부나가의 승인을 거치지 않으면 효력이 없었다. 또 예의상으로도 나오이에가 직접 아즈치로 가서 한번은 노부나가에게 예를 갖추고 향후의 지시를 청하는 것이 순서이기도 했다. 그래서 히데요시는 며칠 안으로 나오이에와 함께 아즈치로 갈 준비를 하고 있었던 참이었다. 그는 그날 바로 나오이에와 함께 출발해서 아즈치에 도착했다. 하지만 노부나가의 진노는 그때까지도 가라앉지 않고 있었다.

"만나지 않겠다."

노부나가는 측신을 통해 일언지하에 거절했다. 히데요시는 당혹스러워하며 성의 대기소에서 고민을 했다.

"오늘은 주군의 기분이 좋지 않으신 듯하니 객사로 물러가서 잠시 기다리는 것이 좋을 듯합니다."

히데요시가 객전에서 기다리고 있는 나오이에에게 유감스럽다는 듯 말했다.

"몸이 편찮은 것인지요?"

나오이에는 불쾌한 기색을 보였다. 항복을 청했다고는 하나 결코 노부나가에게 동정을 구하고 싶지는 않았다. 비젠과 미마사카 두 주의 강병과 일족의 낭도들은 여전히 건재했다. 그저 히데요시의 열정과 간베 요시타카가 설파한 이理에 따라 바람직하지 않은 싸움은 피하려고 한 것에 지나지 않았다.

'대체 이게 무슨 냉대인가!'

나오이에는 속마음을 입 밖으로 내지 않았지만 그렇게 생각할 수밖에 없었다.

'더 이상 굴욕을 당할 수는 없다. 속히 본국으로 돌아가 진두에서 다시 얼굴을 마주하리라!'

나오이에가 그런 기색을 눈썹에 드러내며 말했다.

"아니오. 사정이 있다면 다른 때를 기약하겠소이다. 일단 성 아래 객사로 가서……."

히데요시의 배려로 상실사의 후당을 객사로 정했다. 나오이에는 서둘러 그곳으로 돌아가서 의복을 벗었다.

"밤이 되기 전에 이곳을 떠나 오늘 밤에는 도성 안에서 일박을 하겠소. 그리고 내일 아침에 나 혼자 먼저 귀국하는 것이 좋겠소."

"아니, 대체 무슨 연유입니까? 아직 노부나가 공과도 대면하지 않으셨는데 말입니다."

"이젠 만나 뵙고 싶은 마음이 없소이다."

나오이에는 처음으로 감정을 드러내며 말했다.

"노부나가 경 역시 나를 만날 생각이 없으신 듯하오. 그렇다면 이곳은 이제 나와는 무연한 타국, 속히 떠나는 편이 서로에게 좋을 듯하오."

"그래서는 제 입장이 난처해집니다."

"하시바 님께는 후일 따로 인사를 올리겠소. 그리고 그 뜻은 잊지 않겠소이다."

"아닙니다. 하룻밤 더 머물면서 마음을 돌리도록 하십시오. 어렵사리 맺은 양가의 화친을 이렇듯 쉽게 수포로 돌아가게 할 수는 없습니다."

히데요시는 나오이에를 간곡히 만류하며 말했다.

"오늘, 만남을 피하신 것은 노부나가 공께 그럴 만한 사정이 있어서입니다. 제가 오늘 밤 다시 찾아뵙고 그 이유를 말씀드리겠습니다. 저도 일단 숙소로 물러가서 의복을 다시 차려입고 올 터이니 저녁은 드시지 마시고 기다려주시길 바랍니다."

히데요시는 그를 남겨두고 일단 돌아갔다. 나오이에는 어쩔 수 없이 저녁을 들지 않고 기다리고 있었다. 히데요시는 의복을 갈아입고 다시 그를 찾아와서 저녁을 함께 먹으면서 담소를 나누었다.

"그렇지. 이번 일로 노부나가 공이 어째서 저를 박대하고 계시는지 그 연유를 말씀드리겠다고 약속했었지."

히데요시는 갑자기 생각났다는 듯 그에 대해 이야기하기 시작했다. 우키다 나오이에는 그 이야기를 듣고 싶은 마음에 출발을 연기하고 있었던 터라 히데요시의 입술을 유심히 바라보았다.

"실은 이렇습니다."

히데요시는 먼저 자신이 독단으로 일을 계획해서 실행한 것이 주군의 기분을 상하게 한 원인이라고 한 뒤 흉금을 털어놓았다.

"제 계책을 쓸데없는 독단이라고 화를 내신 노부나가 공의 심중에는 바로 이런 생각이 있었던 것입니다. 실례의 말씀입니다만 미마사카와 비젠은 시기상의 문제일 뿐 언젠가 오다 가의 손에 들어갈 것입니다. 그런데 굳이 지금 우키다 가와 화친을 맺을 필요는 없을 것이며, 무엇보다 우키다 가를 무너뜨리면 그 영지를 제장들의 공로로 나눠줄 수도 있습니다. 그런데도 아즈치의 명도 없이 화친을 맺은 것에 진노하신 것입니다. 하하하."

히데요시는 웃으면서 말했지만 그의 말은 한 치의 거짓도 없는 사실이었다. 나오이에의 얼굴은 창백해지고 말았다. 위압이라면 이보다 더 심한 위압이 없었다. 하지만 노부나가가 그렇게 생각하고 있다는 점은 의심의 여지가 없었다.

"그래서 기분이 안 좋으신 것입니다. 제게도 알현을 허락하지 않으시고 나오이에 님도 만나지 않으신 것입니다. 결코 결심을 돌리지 않으려는 생각이신 듯합니다. 그리 굳게 결심하시면 이후 결코 마음을 돌리는 법이 없으십니다. 그래서 나오이에 님께는 죄송스러운 일이나, 제게 맡기신 서약서는 임시 조약이라 주공의 직인을 받지 않는 한 아무런 효력이 없습니다. 제게 돌려달라고 하시면 기꺼이 돌려드리겠습니다. 그리고 내일 아침에 돌아가셔도 저는 어쩔 수가 없을 듯합니다."

히데요시는 일찍이 맡아놓은 서약서를 꺼내서 나오이에에게 돌려주었다. 하지만 나오이에는 그것을 받지 않고 촛대의 촛불만을 바라본 채 꼼짝도 하지 않았다.

"……."

히데요시도 미안한 듯 입을 굳게 다물고 있었다. 나오이에는 꽤 오랫동안 생각에 잠겨 있었다.

"아니오."

불현듯 나오이에가 침묵을 깨고 입을 열었다. 그러고는 공손히 양손으로 바닥을 짚으며 말을 이었다.

"다시 정식으로 부탁하겠소. 노부나가 공을 만날 수 있도록 한 번 더 진력을 다해주시길 부탁드리오."

그 전까지는 구로다 간베에게 억지로 설득당해 항복했는데, 이번에는 진심으로 항복하는 듯한 태도였다. 히데요시는 고개를 크게 끄덕이며 말했다.

"알겠습니다. 그렇게까지 오다 가를 신뢰하신다면."

나오이에는 열흘을 넘게 상실사에 머물며 소식을 기다렸다. 히데요시는 기후의 노부타다에게 부탁해서 노부나가의 마음을 돌리려고 급히 기후에 사자를 보냈다. 노부타다는 상락의 용무도 있어서 얼마 뒤 교토로 올라왔다. 히데요시는 나오이에를 데리고 노부타다를 만났고 마침내 노부타다의 중재로 노부나가의 마음을 되돌릴 수 있었다. 그리고 서약서에 직인을 찍은 날부터 우키다 일족은 모리 가와 결별하고 완전히 오다 쪽에 속하게 되었는데, 그로부터 불과 칠 일도 지나지 않아 오다 쪽의 용장인 아라키 무라시게가 노부나가를 배신하고 모리 쪽과 호응해 돌연 오다의 발밑에서 반기를 드는 일이 발생하고 말았다.

뜻밖의 모반

"거짓말일 것이다!"

노부나가는 아라키 세쓰노카미 무라시게가 모반을 일으켰다는 보고가 들어와서 아즈치를 놀라게 했을 때, 믿을 수 없다는 표정을 지으며 부정했다. 하지만 이윽고 또 다른 보고가 올라왔다.

"무라시게를 따라 다카쓰키의 다카야마 우곤高山右近과 이바라기茨木의 나가야마 기요히데中山清秀도 함께 모반을 일으켰습니다."

사태가 중대해지고 사건의 윤곽이 명확해지자 노부나가의 얼굴에는 당혹함이 역력했다. 하지만 신기하게도 분노하거나 평소의 신경질적인 증상은 보이지 않았다. 노부나가의 성격을 '화火'로 보는 것은 잘못되었다. 그의 냉정함을 보고 '수水'와 같은 사람이라고 하는 것도 잘못되었다. 노부나가는 불인 듯하면서도 물이었고 물인 듯하면서도 불과 같았다. 다시 말해 뜨거움과 차가움 둘 다 가지고 있었던 것이다.

"지쿠젠을 불러라."

침묵을 지키고 있던 노부나가가 돌연 좌우의 사람들을 향해 그렇게 말했다.

"하시바 님은 오늘 아침 일찍 하리마로 떠난 듯합니다."

노부나가에게 급변을 알리러 와서 침묵을 지키며 대기하고 있었던 다키가와 가즈마스가 대답했다.

"벌써 돌아갔단 말인가?"

바로 어젯밤 우키다 나오이에와 함께 축배를 들었던 것이다. 노부나가 얼굴에 조금씩 초조한 기색이 나타났다.

"아직 멀리는 가지 않았을 터이니 명을 내리시면 제가 달려가서 하시바 님을 불러오도록 하겠습니다."

그렇게 말하는 사람이 누구인가 살펴보니 항상 노부나가 뒤에 있는 란마루였다.

"오, 란마루구나."

노부나가는 힘을 얻은 듯 말했다.

"지금 당장 다녀오너라."

"알겠습니다. 잠시 기다려주십시오."

란마루는 인사를 하고 밖으로 달려 나갔다. 그런데 오후가 지나도록 란마루는 돌아오지 않았다. 그러는 동안, 이타미伊丹 방면과 다카쓰키 성 부근에서 척후병들의 보고가 속속 들어왔다. 그중에서도 노부나가의 간담을 가장 서늘하게 한 보고는 '오늘 새벽, 수많은 모리의 수군이 효고兵庫 해안으로 와서 아라키 시게하루의 휘하에 있는 성인 하나구마花隈 성안으로 들어갔다'는 새로운 사실이었다.

하나구마 성 아래, 니시노미야西ノ宮에서 효고에 이르는 해안길은 교토와 오사카에서 반슈로 통하는 유일한 교통로였다.

"지쿠젠도 이젠 그곳을 지날 수 없을 것이다."

노부나가는 파견군과 아즈치의 연락이 차단될 위험이 있다는 사실을 깨닫자 적의 손길이 자신의 턱밑까지 다가온 듯 초조해했다.

"란마루는 아직인가?"

"아직 돌아오지 않았습니다……."

노부나가는 다시 침묵에 잠겼다. 주고쿠의 모리와 오사카의 이시야마 본원사, 이렇게 양대 적국을 둘러싸고 그들과 이어진 산인山陰의 하타노波多野 일족과 하리마의 벳쇼, 이타미의 아라키 시게하루 등의 무리가 본성을 드러냈구나, 하는 긴장감에 온몸의 신경이 곤두서는 듯했다. 게다가 동쪽을 보면 소슈相州의 호죠 가와 가이의 다케다 가쓰요리가 근래 화친을 맺고 노부나가가 주고쿠 공략에 힘을 다 소진하기만을 기다리고 있는 상황이었다.

란마루는 말을 타고 세다勢田 촌을 지나 오쓰大津를 넘어 삼정사三井寺 아래에서 마침내 히데요시의 행렬을 따라잡았다. 히데요시는 그곳에서 휴식을 취하는 것처럼 보였지만 실은 아라키 무라시게가 배신했다는 소식을 듣고 호리오 모스케와 다른 두세 명을 보내 상황을 파악하고 있었다. 란마루는 히데요시를 만나자마자 급히 말했다.

"주군께서 히데요시 님을 뵙고 싶다며 급히 저를 보내셨습니다."

"그렇지 않아도 주군의 지시를 받기 위해 가신들을 도성으로 보낸 참이었으니 바로 가세."

히데요시는 부하들을 삼정사에 남겨두고 란마루와 함께 말을 돌려 달려갔다. 그는 가는 도중 노부나가가 무라시게의 모반에 얼마나 격노하고 있을지 생각해봤다. 무라시게가 처음 노부나가를 따른 것은 니죠의 관저를 공격해 장군 요시아키를 쫓아낼 때였다.

노부나가는 자신의 마음에 조금이라도 들면 편애하는 경향이 있었는데, 그중에서도 무라시게의 무용을 유달리 크게 인정했다. 그동안 노부나가는 무라시게를 다른 사람들보다 몇 배나 총애했다.

본래 무라시게는 아무런 세력도 없는 일개 무인에 지나지 않았다. 그런 그를 거둬서 휘하의 장수로 삼고 수족과 같은 효장의 반열에 올려 최고 대우를 해왔던 것이다. 특히 히데요시의 부장으로 주고쿠 공략의 대사에 참가시킬 정도로 신뢰했던 그에게 배신을 당한 노부나가의 마음이 어떠할지 생각하니 히데요시는 마음이 편하지 않았다.

'나에게도 절반의 책임이 있다.'

히데요시는 아즈치로 길을 재촉하며 스스로를 책망했다. 자신의 부장이자 또 평소부터 사적인 교류도 깊었던 무라시게가 바보 같은 짓을 저지를 때까지 모르고 있었다니! 단순히 몰랐다는 것만으로 그냥 넘어갈 수 없는 일이라고 자책했다.

"란마루 님."

"예."

"무슨 들은 말은 없소이까?"

"아라키 님의 변심에 대해서 말입니까?"

"무슨 불만이 있어서 노부나가 공에게 칼을 들이대게 됐는지, 그 원인을……."

갈 길이 멀다 보니 무리하면 말이 금방 지칠 터라 히데요시는 속도를 조절하며 뒤에서 따라오는 란마루를 향해 물었다.

"이전부터 소문을 들었습니다."

란마루가 운을 뗀 뒤 말을 이었다.

"아라키 님의 가신 중에 이시야마 본원사 쪽에 군량미를 판 자가 있는 듯합니다. 요즘 오사카 쪽은 육로가 차단당하고 해상이 오다 가의 구기九鬼 님의 수군에 봉쇄되어 있다 보니 병량을 모리 쪽 병선에서 가져올 수도 없는 실정이라 곤란을 겪고 있습니다. 그래서 쌀값이 치솟고 있지요. 군량 때문에 어려움을 겪는 오사카 성에 쌀을 밀매하면 막대한 이익을 얻는 것은 자명했습니다. 그런 상황에서 무라시게 님의 가신이 오사카 쪽에 쌀을 팔았습니다. 그 뒤 무라시게 님이 주군께서 죄를 물을까 봐 두려워 선수를 쳐서 반기를 든 것이라고 말하는 자들이 있습니다."

"그것은 적이 반간고육계反間苦肉計로 퍼뜨린 근거 없는 소문임이 분명하오."

"저도 거짓말이라고 생각합니다. 제 생각으로는 평소 아라키 님의 공을 질시 어린 눈으로 지켜보던 어떤 자의 참언 때문인 듯합니다."

"어떤 자라니요?"

"아케치 님 말입니다. 아케치 님은 항상 무라시게 님의 이야기가 나오면 주군께 좋게 말한 적이 없습니다. 늘 주군의 곁에서 그런 말을 들으면서 저는 내심 오늘과 같은 일을 걱정했었는데, 아니나 다를까……."

문득 란마루는 입을 다물었다. 말이 다소 지나쳤다는 것을 깨닫고 속으로 후회하는 듯했다. 란마루는 미쓰히데에게 품고 있는 감정을 드러낼 때마다 처녀처럼 부끄러워했다.

"아, 벌써 아즈치 성이 저기 보이는군. 란마루 님, 서두릅시다."

히데요시는 상대의 반응에는 전혀 개의치 않고 손가락으로 성을 가리키며 말을 재촉했다. 성의 정문은 변고를 듣고 달려온 사람들의 종자나 가까운 나라에서 달려온 사자들로 혼잡했다. 히데요시와 란마루는 그들 사이를 헤집고 본성으로 들어갔다.

"회의 중이십니다."

히데요시도 회의에 참석하려고 했지만 노부나가를 만나고 나온 란마루가 히데요시를 본성의 삼층루三層樓로 안내했다.

"주군께서 타케노마竹間에서 기다리라고 하셨습니다."

타케노마, 기리노마桐間 등의 방이 있는 일 층은 노부나가의 거실이었다. 히데요시는 혼자 자리에 앉아 호수를 바라보았다. 이윽고 노부나가가 와서 상좌에 털썩 주저앉았다. 히데요시는 예를 취한 뒤 침묵을 지키고 있었다. 오랫동안 두 사람 사이에 침묵이 흘렀다. 두 사람 모두 쓸데없는 말을 하고 있을 시간이 없었던 것이다.

"지쿠젠, 자네는 어떻게 생각하는가?"

노부나가가 비로소 입을 열었다. 그것을 보더라도 회의 자리에서는 의견이 분분해 아무런 결정도 내리지 못했다는 것을 알 수 있었다. 히데요시가 대답했다.

"아라키 무라시게라고 하는 사내는 지극히 정직한 자로, 말하자면 무용이 뛰어난 바보 같은 사내라고 할 수 있는데, 이렇게까지 어리석은 자인 줄은 몰랐습니다."

히데요시의 말속에는 자신의 부장이자 사적으로는 벗이기도 한 무라시게의 어리석은 행동을 애석해하는 진심이 담겨 있었다.

"아니네. 아니야."

노부나가는 고개를 저으며 말했다.

"그렇지 않네. 그 녀석은 자신의 꾀에 빠져 내 전도를 위태롭게 하고, 이해利害에 눈이 멀어 모리와 내통했네. 그것은 약삭빠른 자들이나 할 짓이니 무라시게는 얕은 지혜를 우쭐대는 자에 불과하네."

"그러니 바보라고밖에 할 수 없습니다. 과분한 은혜를 입고 있으면서도 무엇이 부족하여."

"모반을 일으키는 자는 어떻게 대해도 결국 모반을 일으키기 마련. 가령, 마쓰이에 단죠와 같은 자를 보더라도."

노부나가는 감정을 그대로 드러냈다. 히데요시는 처음으로 노부나가가 상대를 가리켜 '그 녀석'이라고 말하는 것을 들었다. 노부나가는 이미 모반을 일으킨 무라시게를 신하나 사람으로 인정하고 싶지 않은 게 분명했다. 그 때문인지 그는 증오나 분노를 온전히 겉으로 발산하지 못했고 회의에서도 아무런 결론을 내리지 못했다. 히데요시의 고민도 바로 거기에 있었다.

이타미 성을 칠 것인가, 아니면 무라시게를 달래서 모반을 접도록 해야 할 것인가. 문제는 이 두 가지 선택지 중에서 어떤 선택을 내릴 것인가였다. 이타미 성을 공격해서 함락시키는 것은 어려운 일이 아니었다. 하지만 겨우 주고쿠 공략의 첫발을 내디딘 지금, 그와 같은 작은 일로 군사를 이타미 성으로 돌린다면 기본 전략을 불가피하게 수정해야만 했다.

"먼저 제가 사자로 가서 무라시게를 만나 이야기해보겠습니다."

히데요시는 자처해서 사자의 임무를 맡겠다고 했다.

"그럼 자네도 지금은 군사를 동원해서 문제를 해결하는 것을 옳지 않다고 생각하는가?"

"가능하면 그렇게 하는 것이."

"고레도 미쓰히데를 비롯해 자네와 같이 무력을 동원해선 안 된다고 주장하는 자가 두세 명 있네. 하니 사자는 다른 사람을 보내도 될 것이네."

"아닙니다. 제게도 절반의 책임이 있습니다. 부장으로 제 휘하에 있던 무라시게가 저지른 일이오니."

"아니네."

노부나가는 강하게 머리를 흔들며 말했다.

"너무 친한 자를 보내서는 위엄이 서지 않을 것이네. 마쓰이 유칸, 고레도 휴가노카미, 만미 센치요万見仙千代 세 명을 보내겠네. 어르고 달래기보단 소문의 진위 여부를 따지는 게 좋을 듯싶네."

"그것도 좋을 듯합니다."

히데요시는 노부나가의 말을 거스르지 않고 벗과 주가를 위해 한 마디 덧붙였다.

"세상 속담에서는 불자佛者의 거짓말은 방편이라고 하고 무문의 변變을 전략이라고 합니다. 변은 변으로써 응해야지 변을 정면에서 맞서는 것은 엄하게 금해야 할 것입니다. 모리 쪽을 유리하게 만드는 일은 반드시 피하는 것이 좋을 듯합니다."

"알고 있네."

"평의評議의 결과도 기다리고 싶으나 하리마 쪽의 동요가 근심이 되어 저는 그만 돌아갈까 합니다."

"그런가?"

노부나가는 다소 아쉬운 듯 물었다.

"귀로는 어떻게 할 것인가? 효고 쪽 길은 이제 함부로 지날 수 없게 되었으니 말이네."

"해로도 있으니 걱정하지 마십시오."

"흐음. 그럼 결과는 파발을 통해 알려줄 터이니 자네도 연락을 게을리 하지 말게."

"너무 심려치 마십시오."

히데요시는 아즈치 성에서 물러났다. 그리고 몸도 많이 지쳐 있어서 부하에게 범선을 띄우도록 명한 뒤 오쓰로 건너가 그날 밤은 삼정사에서 일박하고 다음 날 교토로 향했다. 그리고 그곳에서 호리오 모스케와 후쿠시마 이치마쓰를 먼저 보내 사카이 해변에 배편을 준비해두라고 명하고 자신은 게아게蹴上에서 길을 돌려 남선사南禪寺에 들렀다.

사전에 잠시 휴식을 취하겠다고 알렸지만 실은 단순히 중식을 먹기 위해서는 아니었다. 남선사에 꼭 만나고 싶은 사람이 있었던 것이다. 히데요시는 상락 때마다 그를 만나는 것을 마치 애인을 만나는 일처럼 즐겁게 생각했다. 히데요시가 기다리는 사람은 사찰 안에 있는 암자에서 조용히 정양하고 있는 자신의 부하 다케나카 한베였다. 절의 승려들은 갑자기 귀빈이 찾아오자 그를 응대하느라 정신이 없었다. 히데요시가 승려를 붙잡고 말했다.

"가신들은 모두 끼니를 가지고 있으니 그저 차 한 잔으로 족하네. 또 나는 이 절에서 요양 중인 한베 시게하루의 문병을 위해 잠시 들른 것이니 주안상 등은 필요 없네. 그저 한베와 이야기를 나눈 뒤 밥 한 끼 대접받으면 그걸로 족하네."

히데요시는 그렇게 말한 뒤 이어 물었다.

"그런데 병자의 용태는 이곳에 온 후로 어떠한가?"

승려가 근심스러운 듯 대답했다.

"별다른 진전은 없는 듯합니다."

"약은?"

"아침저녁으로……."

"의원은 자주 찾아오는가?"

"예, 교토의 의원도 오시고, 노부나가 님께서 보내신 의원도 종종 찾아오십니다."

"자리에서 일어났는가?"

"아닙니다. 요 삼 일 동안은."

"자리에 누워 있었는가?"

"예."

"거처는 어디인가?"

"저편 별채가 조용하고 또 그곳을 좋아하시는 듯해서."

"그리 가야겠군. 신발은 있는가?"

히데요시가 정원을 내려갔을 때, 한베를 시중드는 어린 무사 한 명이 달려와서 고했다.

"나리께서 이제 의복을 갈아입으시고 나오실 터이니 잠시 객전에서 쉬고 계시는 것이 어떠하신지요?"

"일어나면 안 될 것이다."

히데요시는 당치도 않다는 듯 그렇게 말하며 정원 안에 있는 암자 쪽으로 걸어갔다. 히데요시가 왔다는 말을 듣자 한베는 하인에게 바로 자리를 접고 방 안을 청소하라고 명한 뒤 그사이에 의복을 갈아입었다. 그리고 신발을 신고 밖으로 나와 대나무 울타리 아래 핀 국화 사이로 흐르는 작은 개울에 입을 헹구고 손을 씻었다.

"병자가 어찌 이리 몸을 가벼이 움직인단 말이오."

히데요시가 뒤편으로 다가와 가볍게 한베의 어깨를 두드리며 말했다.

"아니, 언제 오셨습니까?"

한베는 몸이 땅에 닿을 듯 구부리며 말했다.

"자, 어서 저리로."

한베는 말끔히 청소된 방 안으로 히데요시를 맞아들였다. 히데요시는 소박한 벽에 선가의 묵적墨蹟 말고는 아무것도 없는 방에 기분 좋게 책상다리를 하고 앉았다. 아즈치 성의 화려한 색채에 파묻혔던 히데요시의 진바오리나 갑주가 검소한 암자 안에 있으니 유독 화려해 보이고 위엄 있게 보였다.

"……."

한베는 몸을 구부린 채 마루로 올라와 조용히 히데요시 옆에 앉았다. 방에는 검게 그을린 대나무의 마디를 잘라 만든 화병에 한 송이 흰 국화가 꽂혀 있었다. 한베가 그것을 살짝 한쪽으로 밀어놓았다. 들판에 있을 때는 그다지 눈에 띄지 않는 국화도 이곳에 놓으니 향기가 은은했다.

'병상은 치울 수 있지만 약 냄새나 눅눅한 냄새가 나는 것을 걱정해서 분향 대신 국화 한 송이를 꽂아둔 것이로군.'

히데요시는 속으로 그렇게 생각하며 근심스러운 얼굴로 물었다.

"이리 일어나 있어도 괜찮은 것이오?"

멀리 물러나서 정식으로 다시 절을 하는 한베의 모습에는 주군의 방문을 기뻐하는 기색이 역력했다.

"너무 심려치 마십시오. 얼마 전부터 늦가을 추위가 이어진 탓에 조심하느라 장지문을 닫고 방 안에 틀어박혀 있었습니다만 오늘부터 날이 따뜻해져서 일어날까 하던 중이었습니다."

"교토는 겨울이 빨리 찾아오고 특히 아침저녁은 춥다고 하오. 하니 겨울 동안에는 어디 따뜻한 곳으로 옮기는 것이 어떻겠소?"

"아닙니다. 병도 날이 갈수록 호전되고 있습니다. 겨울이 되기까지는 반드시 완쾌하여."

"당치 않은 소리요."

히데요시는 짐짓 놀란 듯 말했다.

"어렵사리 호전되는 기색이 보이면 이번 겨울은 더욱더 병상에서 나와서는 아니 될 것이오. 이번에야말로 완전히 나을 때까지 충분히 요양을 하시오. 그대의 몸은 그대 혼자의 것이 아니오."

"황송한 말씀입니다."

한베는 어깨를 떨어뜨리고 고개를 숙였다. 무릎에 놓여 있던 손으로 바닥을 짚으며 흐르는 눈물 때문에 한동안 아무 말도 하지 못했다.

'아, 많이 야위었구나.'

히데요시는 속으로 크게 탄식했다. 다다미를 짚고 있는 한베의 손목은 가늘었고 귀밑머리 부근은 유독 앙상했다.

'그의 지병은 불치란 말인가?'

그런 생각이 들자 가슴이 아파왔다.

'애초에 병약한 그를 억지로 난세 속으로 끌어낸 사람은 누구인가? 차가운 비바람 속에서 몇 번의 전쟁을 치렀던가. 평소에 군무 때문에 편히 쉬는 날도 없이 오늘까지 그를 혹사시킨 자는 누구인가? 게다가 본래 스승으로 우러러볼 사람을 가신처럼 대하면서 아직 그에 보답할 만한 기쁨

도 주지 못했는데…….'

히데요시는 속으로 사죄하고 자신을 책망하면서 어느 틈엔가 옆을 바라보며 눈물을 뚝뚝 흘리고 있었다. 그런 그의 눈앞에서 대나무 꽃병에 꽂혀 있는 하얀 국화가 어느새 물을 머금고 은은한 향기를 풍기고 있었다.

군신君臣과 사제師弟

한베는 군무로 마음고생이 심한 주군에게 그만 눈물을 보여 마음을 흐트러지게 한 것은 신하로서 불충이며 무사로서 불찰이라며 마음속으로 자신을 꾸짖었다.

"피비린내 나는 진중에서 심신이 지치시지 않았나 해서 정원에 핀 국화 한 송이를 화병에 꽂아두었는데 다소나마 위안이 되셨으면 더 바랄 것이 없습니다."

한베는 아까부터 얼굴을 돌리고 꽃을 바라보는 히데요시의 모습을 보며 짐짓 화제를 돌리기 위해 그렇게 말했다.

"흐음, 그렇구려."

암울하게 입을 다물고 있던 히데요시는 한베의 말에 한숨을 돌리고 꽃을 바라보며 몇 번이나 고개를 끄덕였다.

"향기가 아주 좋소."

히데요시는 그렇게 말하고 다시 말을 이었다.

"히라이 산의 진지에도 들국화가 피었을 텐데 이와 같은 향기는 맡은 적이 없고 또 저런 색도 본 적이 없소이다. 늘 피 묻은 짚신으로 짓밟고 지났을 테니 말이오. 하하하."

히데요시는 한베를 똑바로 바라보며 분위기를 밝게 하기 위해 애를 썼다. 병자인 한베가 주군인 자신을 위로하기 위해 애쓰는 마음을 느끼고 히데요시 역시 똑같이 마음을 썼다.

"문득 이곳에 앉아 절실히 느끼는 것은 심신이란 둘인 듯하지만 하나라는 사실이오. 늘 그 둘을 명징하게 유지하며 살아가기란 실로 어려운 일인 듯하오. 전쟁은 분주한 것이고 또 인간을 조잡하게 만들기도 하오. 그런 의미에서 오늘은 이리 마음이 차분해져서 참으로 기쁘기 그지없소. 어쩐지 기운이 맑아지고 마음을 새로 할 수 있을 듯하오."

"몸이 한가하고 마음이 평온해지면 인간이란 참으로 고귀한 존재가 되는 듯합니다. 하지만 지나치게 한가한 사람이 되어 공적空寂해지면 그러한 보람도 없을 것입니다. 주군께서는 지금 심신이 모두 생사를 다투는 진중에 계셔서 더없이 다망한 몸이시니 때론 이렇듯 한때의 작은 한가로움이 크게 도움이 될 것입니다. 그에 비하면 저와 같은 이는……."

한베가 다시 자신의 병을 책하며 사죄하려는 듯한 기색을 보이자 히데요시가 그의 말을 가로막았다.

"그런데 세쓰노카미의 모반 소식은 들었소이까? 그 아라키 무라시게가 멍청한 짓을 저질렀다는 소문 말이오?"

"예, 어젯밤 사람이 와서 자세히 들었습니다."

한베는 그다지 큰일도 아니라는 듯 아무 표정도 짓지 않았다.

"그래서 말인데."

히데요시가 몸을 앞으로 굽히며 말했다.

"아즈치의 평의에서는 일단 무라시게의 불평을 들은 후에 그를 달래고 설득하기로 했는데, 어떻게 생각하시오? 또 만일 무라시게가 끝까지 반기를 드는 경우에는 어떻게 해야 할지 기탄없이 그대의 의견을 듣고 싶소이다. 실은 그 일도 있고 해서 들른 것이오. 한베, 그대는 이 일에 대해 어떻게 생각하시오?"

한베는 한 마디로 대답했다.

"좋습니다. 지극히 온당한 듯합니다."

"하면 아즈치에서 사자가 가서 설득하면 이타미 성의 모반은 진정되겠소이까?"

"아닙니다."

한베는 조용히 고개를 옆으로 저으며 확신을 가지고 부정했다.

"그렇지 않을 것입니다. 한번 치켜든 반기를 그대로 접고 아즈치로 귀순하는 일은 결코 없을 것입니다."

"그렇다면 이타미 성에 사자를 보내는 것은 헛수고가 아니오?"

"헛수고인 듯해도 쓸모없는 일은 아닙니다. 신하 된 자의 잘못을 일깨우고 먼저 인ㄷ으로 대하는 것은 주군인 노부나가 님의 덕을 세상에 알리는 것과 같습니다. 또 그사이에 아라키 님도 속으로 고뇌를 하고 망설일 것입니다. 정의나 신념도 없이 무리하게 뽑은 칼은 날이 갈수록 칼끝이 무뎌지기 마련입니다."

"그렇게 마침내 그를 공격하게 됐을 때의 대책과, 또 주고쿠의 정세는 어떻게 변할 것이라 예상하시오?"

"아마도 모리나 본원사도 그리 급격하게 움직이지 않을 것입니다. 우선 이미 반기를 든 무라시게에게 싸우게 한 뒤 하리마에 있는 아군이나 아즈치의 본영이 힘을 소진하였다고 판단될 때, 바로 그 틈을 타서 사방에서 공격할 계획인 듯싶습니다."

"바로 그 점이오. 무라시게에게 무슨 불평이 있고 또 적들이 어떤 점을 이용해 그를 현혹시켰는지 모르지만, 모리와 본원사의 방패 역할을 하게 된다면 애석하게도 자멸할 수밖에 없을 것이오. 무용은 남들보다 뛰어난

데 참으로 가련한 자이오. 어떻게든 해서 살릴 수만 있다면 살리고 싶소이다만."

"그렇습니다. 최선의 방법은 그를 죽이지 않고 그와 같은 자를 살려서 아군으로 삼는 것입니다."

"하나 아즈치에서 사자가 가도 헛수고라면 누가 가서 무라시게를 복종시킬 수 있겠소."

"먼저 간베 님을 보내도록 하십시오. 구로다 간베 님이라면 세쓰노카미 무라시게를 악몽에서 깨어나게 할 수 있을지 모릅니다."

"만일 간베가 가도 소용없다면?"

"마지막 사자가 갈 수밖에 없을 것입니다."

"마지막 사자라니?"

"바로 주군이십니다."

"내가 말이오? 흐음…… 그렇군."

히데요시는 깊이 생각한 뒤 다시 물었다.

"글쎄, 내가 간다 해도 소용이 없다면?"

"의義로써 가르치고 우정으로 일깨워도 듣지 않는다면 그때는 단호하게 반역의 죄를 물어 칠 수밖에 없습니다. 그리고 그때 일거에 이타미 성을 공격하는 것은 어리석은 짓입니다. 그가 믿고 있는 것은 견고한 이타미 성이 아니라 두 사람입니다."

"이바라기의 나카가와 세베中川瀨兵衛와 다카쓰키의 다카야마 우곤 말이오?"

"그 두 사람만 떨어뜨려놓으면 그는 양손이 없는 몸통과 같습니다. 게다가 다카야마 우곤이든 나카가와 세베든 개별적으로 설득해서 무라시게 님으로부터 떼어놓는 일은 그다지 어려운 일이 아닙니다."

한베는 어느새 병도 잊은 듯 귓불이 빨개질 정도로 히데요시에게 계책을 이야기했다.

"다카야마 우곤을 항복시키기 위해 어떻게 설득하는 게 좋겠소?"

히데요시는 다시 한베에게 비책을 청했다.

"우곤은 독실한 기독교 신자입니다. 하나님의 포교를 허락한다는 조건을 내세워 설득하면 반드시 아라키와 손을 끊을 것입니다."

"흐음, 그것 참 묘책이오."

히데요시는 탄복했다. 그런 우곤을 이용해서 다시 나카가와 세베를 설득하면 이른바 일석이조가 되었다. 더 이상 물을 것도 없었고 한베도 피곤해 보였다. 히데요시가 일어서서 돌아가려고 하자 한베가 만류했다.

"잠시만."

한베는 일어서서 손을 씻는 곳까지 가더니 좀처럼 돌아오지 않았다.

"배도 고프군."

함께 온 일행들은 벌써 도시락을 다 먹었을 것이다. 히데요시는 객전으로 가서 밥이라도 한 술 뜨고 싶다고 생각했다. 그때 마침 한베의 시종인 듯한 젊은이가 간소한 상과 쟁반에 술을 담아 가져왔다.

"오래 기다리셨습니다."

그리고 자리에 앉아 술을 따르며 말했다.

"입에 맞으실지 모르겠습니다만 근처 밭에서 기른 채소와 감자이니 드셔보십시오. 한베 님은 잠시 후에 오실 것입니다."

히데요시는 술을 한 모금 마신 뒤 다소 아쉬운 듯한 얼굴로 말했다.

"한베는 어떻게 된 것인가? 이야기가 길어져서 몸이 나빠진 것은 아닌가?"

"아닙니다. 조금 전에 부엌에 들어가셔서 손수 요리를 하시고 지금은 밥을 짓고 계시니 곧 오실 것입니다."

"아니, 나를 위해 밥을 짓고 있단 말인가?"

"예."

"이 나물과 찐 감자도 한베가 손수 만든 것인가?"

"그렇습니다."

"흐음, 그랬군."

히데요시는 아직 온기가 남은 작은 감자를 입에 넣으면서 또다시 눈시울을 붉혔다. 자신의 부하라고는 하지만 육도삼략六韜三略의 요체를 한베에게 배웠다고 해도 무방했다. 평소의 치민과 경제, 인간적인 수양 등도 모두 그에게서 배웠다. 이른바 한베는 겉으로는 가신이지만 실제로는 스승이었다.

"안 되겠다. 몸에 좋지 않을 것이다."

히데요시는 문득 잔을 내려놓고 젊은이를 내버려둔 채 부엌 쪽으로 갔다. 한베는 부엌에서 밥그릇과 찻잔 등을 손수 차리고 있었다. 한베가 깜짝 놀라 히데요시를 바라보았다. 히데요시는 한베의 손을 잡고 말했다.

"이렇게까지 할 필요는 없소. 그보다 자리에 함께 앉아 이야기나 더 나누도록 합시다."

히데요시는 한베를 방으로 데려와서 술잔을 건넸지만 한베는 병 때문에 입술만 적셨다. 이윽고 밥이 들어오자 둘이서 함께 밥을 먹었다.

"병문안을 와서 오히려 병문안을 받고 돌아가는구려. 힘이 솟는 듯하오. 이제 다시 싸울 수 있을 듯하오. 한베, 부디 그대도 몸을 잘 돌보도록 하시오. 알겠소? 꼭 그리하도록 하시오."

히데요시가 종자들을 거느리고 남선사의 산문을 나왔을 때는 어느새 해가 저물고 있었고 도성의 하늘이 붉게 물들어 있었다.

옥중獄中 논쟁

총소리 하나 들리지 않고 적요했다. 이곳이 전쟁터인가 의심이 들 정도였다. 사마귀 한 마리가 마른풀 위로 떨어지는 소리까지 귀에 들렸다.

주고쿠의 가을은 깊었다. 단풍도 오늘내일 이삼일이 절정이었다. 히데요시의 눈동자까지 붉은 단풍으로 불타고 있었다. 그는 히라이 산의 진영에서 간베 요시타카와 마주 앉아 있었다. 두 사람은 언젠가 달구경을 하러 소나무 아래에 앉았을 때 몇 마디 나누기도 전에 대사를 결정했다.

"그럼 가주겠소?"

"성패는 하늘에 맡기고 기꺼이 명을 받들겠습니다."

"부탁하오."

"진인사대천명盡人事待天命, 제가 마지막 사자여야 할 것입니다. 혹 제가 살아 돌아오지 못한다면 남은 것은……."

"흐음, 무력밖에 없소."

히데요시가 고개를 끄덕이며 자리에서 일어나자 간베도 일어섰다. 서쪽 골짜기에서 직박구리의 울음소리가 들려왔다. 그곳의 단풍도 아름다웠다. 두 사람은 묵묵히 진막 쪽으로 내려갔다.

"간베."

히데요시는 앞서 비탈길을 내려가다 뒤를 돌아보았다. 간베는 두 번 다시 이곳으로 돌아오지 못할지도 몰랐다. 그런 생각이 들자 유언을 들어 두어야겠다는 생각이 든 것이다.

"뭔가 달리 하고 싶은 말은 없소?"

"없습니다."

"히메지 성에 전할 말은?"

"딱히."

"부친인 소엔宗円 님께 전할 말은?"

"그저 제가 이번에 사자로 가게 된 연유를 전해주시는 걸로 족합니다."

"알았소."

가느다란 벼랑길이 계속 이어져 있었다. 대기는 맑고 청아해서 적진인 미기 성이 선명하게 바라다보였다. 그곳으로 난 운송로는 여름부터 모두 차단되었기 때문에 성안의 기근이 얼마나 심할지는 쉽게 상상할 수 있었다. 하지만 과연 반슈 제일의 무장과 병사들이 지키고 있어서인지 그들의 사기는 가을서리와 같이 꺾일 줄 몰랐다.

적들은 장기전이 되고 병량이 고갈되자 초조했는지 때때로 싸움을 걸어왔다.

"적의 유인책에 넘어가지 마라."

히데요시는 엄명을 내려 부하들의 경거망동을 금하면서 포위망을 늦추지 않았다. 또 외부의 정보가 성안으로 들어가지 않도록 하기 위해 세심한 주의를 기울였다. 아라키 무라시게 이하 기나이畿內의 무장이 노부나가를 배신해 이곳 하리마에서도 동요하고 있다는 사실이 성안에 전해지면 성안 적들의 사기와 자신감을 높여줄 우려가 있기 때문이었다.

무라시게의 모반은 아즈치만을 당혹하게 한 것이 아니라 주고쿠 공략의 전도를 근저에서부터 위태롭게 한 사건이라고 할 수 있었다. 아라키 무라시게가 반기를 든 것을 보고 이곳 하리마에서도 고차쿠의 성주인 오데라 마사모토가 다음과 같은 성명을 발표한 뒤 등을 돌리고 말았다.

"주고쿠를 침략자의 손에 맡길 수 없다. 우리는 모리 가를 중심으로 다시 조직을 갖춰 외적을 쳐야 한다."

오데라 마사모토는 간베의 부친인 구로다 소엔의 주군이었으니 당연히 간베에게도 주군과 같은 사람이라고 할 수 있었다. 간베는 노부나가와 히데요시, 그리고 부친과 오데라 사이에서 진퇴양난에 처하게 되었다. 그는 그런 고충을 안고 사자가 되어 적지로 가고 있었다. 하지만 그는 히데요시야말로 자신의 마음을 알아주는 유일한 사람이라는 사실과 분별력을 잃지 않았다.

아라키 무라시게는 강단 있고 자부심이 강하고 대범한 사내였지만 첨예한 시대 인식과는 무연한 인물이었다. 나이는 불혹, 인간으로서 성숙미를 더해가는 사십 대였지만, 십 년 전이나 지금이나 강직한 성격이 변하지 않은 것처럼 자연스레 몸에 배게 되는 사려나 교양과 같은 인간적인 면도 전혀 깊어지지 않았다. 다시 말해 아무리 성주가 되고 권속이나 가신이 늘어나도 그는 여전히 맹장의 면모에서 한 발도 벗어나지 못하고 있었던 것이다.

노부나가가 무라시게를 주고쿠 탄다이探題의 부장으로 히데요시에게 붙여준 것은 그런 부족한 점을 보완해주기 위해서였다. 하지만 그는 그런 생각을 한 적이 결코 없었다. 무라시게는 부장의 자격으로 작전에 대해 자신의 생각을 거침없이 밝혔지만 히데요시와 노부타나는 그의 의견을 한 번도 채용한 적이 없었다.

"마음에 들지 않는 자다."

무라시게는 히데요시를 마음에 들어 하지 않았다. 하지만 그는 히데요시의 얼굴을 보며 반감을 표현할 수 없었다. 그저 그런 자신이 한심할 따름이었다.

"저자는 나를 속이는 데 용한 재주가 있다. 참으로 거북한 자다."

무라시게는 때때로 자신의 가신에게 그렇게 울분을 토로하며 웃음을 지어 보였다. 세상에는 아무리 화가 나도 화를 낼 수 없는 상대가 왕왕 존재했다. 무라시게에게는 지쿠젠이 바로 그런 상대였다. 고즈키 성을 공격할 때에도 무라시게는 한쪽 산에 진을 치고 있을 뿐 전기가 무르익거나 히데요시가 명령을 해도 싸우지 않았다.

"어찌 그때 공격하지 않았는가?"

나중에 히데요시가 질책해도 특유의 강단 있는 태도로 대꾸할 뿐 조금도 기가 죽지 않았다.

"마음이 내키지 않는 싸움은 할 수 없소이다."

그때 히데요시가 입을 크게 벌리고 웃자 그도 맞장구를 치듯 웃어서 아무 일도 없이 지나갔지만 진중의 제장들은 그를 좋게 평하지 않았다. 미쓰히데와 같은 이들은 그런 그의 소행을 크게 비난하기도 했다.

"아케치 같은 자가 감히 나를 비난하다니."

무라시게도 뒤에서 미쓰히데를 욕하며 비방했다. 그는 이전부터 아케치 미쓰히데나 호소카와 후지타카와 같은 지적인 냄새를 풍기는 무장을 '문약한 자'라며 심하게 경멸했다. 한 마디 할 때마다 입버릇처럼 그런 말이 나왔다. 그들이 진중에서 자주 렌가連歌 모임을 열거나 다도회를 갖는 풍조를 달갑게 여기지 않는 감정 때문인 듯했다.

하지만 그런 무라시게도 마음속으로 감탄하는 것이 있었다. 그것은 지쿠젠 히데요시가 이제껏 단 한 번도 주군인 노부나가나 노부타다에게 자신에 대해 고자질한 적이 없다는 점이었다. 마음속으로 히데요시가 무장으로서 자신보다 못하다고 깔보면서도 함께하는 것은 무의식중에 그런 점을 감탄하고 있었기 때문이다. 그런데 무라시게의 그런 태도를 유심히 지켜본 사람은 아군이 아닌 적장 모리였다.

"세쓰노카미 무라시게는 뭔가 불평이 있는 듯하다. 그자를 설득하면 배신할 가능성이 아주 크다."

모리의 밀사와 오사카 본원사의 밀사는 사람들의 눈을 피해 무라시게의 진중과 그의 거성인 이타미 성을 끊임없이 왕래했다. 그런 초대하지 않은 손님을 부른 사람은 바로 무라시게였다. 지모智謀의 자질이 없는 사람이 지모를 꾀하는 것만큼 위험한 불장난은 없었다. 이타미 성의 노신들은 주인인 아라키 무라시게의 불장난을 근심하며 몇 번이나 간언했다. 하지만 무라시게는 이미 모리 가에 서약서를 보냈다며 받아들이지 않았다.

무라시게는 한 장의 서약서를 그토록 절대적인 것으로 믿고 있으면서도 주군인 노부나가에게 반기를 들었던 것이다. 군신 간의 맹세를 헌 짚신짝처럼 내팽개치는 인간도 있는 난세에 어제까지 적이었던 모리의 서약서 한 장이 얼마나 효력이 있는 것인지 깊이 생각하지도 않았고, 또 그런 모순을 모순이라고 느끼지도 못했다.

히데요시가 노부나가에게 '그는 지극히 정직한 자로 화를 낼 수도 없는 자'라고 말한 것은 분명 노부나가를 달래는 데 있어 최선의 말이었다. 하지만 노부나가는 무라시게가 강하고 용맹하고 중요한 위치를 차지하고 있었기 때문에 절대로 가볍게 넘길 수 없었다. 게다가 이번 일이 휘하의 장수들에게 어떤 영향을 미치게 될지도 중요했다. 그래서 노부나가는 아케치 미쓰히데나 마쓰이 유칸을 보내 무라시게를 설득하거나 백방으로 다른 수를 써보았지만 무라시게는 말을 듣지 않았다.

"한번 반기를 들었는데 섣불리 감언이설에 넘어가 아즈치의 소환에 응한다면 죽임을 당하든가 감옥에 갇힐 것이 자명하다."

무라시게는 의심을 거두지 않고 오히려 군비를 증강하고 있었다.

11월 9일, 마침내 노부나가는 아라키를 치기 위해 직접 군사를 이끌고 야마사키山崎까지 출전했다. 아즈치의 대군은 세 편으로 편제되었다. 한쪽은 다키가와 가즈마스와 아케치 미쓰히데와 니와 고로자에몬 등의 부대로 편성되어 이바라기 성의 나카가와 기요히데를 포위했다. 그리고 또 한쪽은 후와, 마에다, 사사, 가나모리 등의 부대가 연합해서 다카쓰키의 다카야마 우곤을 포위했다. 노부나가의 본군은 아마노天野 산에 진을 쳤다. 노부나가는 그렇게 장대한 포진을 전개하면서 피를 흘리지 않고 반군을 제압하기 위한 희망의 끈을 놓지 않았다. 그 바람은 하리마로 돌아간 히데요시와 이어져 있었다.

"아직 한 가지 계책이 남아 있습니다."

히데요시가 그렇게 고해왔던 것이다. 그 말의 이면에는 무라시게의 무용을 아까워하고 평소의 우정으로 노부나가에게 간절히 청하는 마음이 담겨 있었다.

히데요시의 오른팔인 구로다 간베 요시타카가 히데요시의 명을 받고 홀연히 히라이 산에서 모습을 감춘 것은 바로 긴박한 전운이 감돌고 있던 때였다. 다음 날 간베는 부친인 소엔의 주군이자 고차쿠 성의 성주인 오데라 마사모토를 급히 찾아갔다.

"본성이 세쓰의 아라키 님과 합세해서 오다 가에 등을 돌리고 모리 쪽에 가담했다는 소문이 돌고 있습니다. 그것이 사실입니까? 아니면 단순히 헛소문에 지나지 않습니까?"

간베는 단도직입적으로 물으며 먼저 마사모토의 의중을 떠보았다. 마사모토는 희미한 웃음을 띠며 듣고 있었다. 나이로 보면 자신의 아들과 같았고 신분으로 보면 가신의 자식에 지나지 않았기 때문에 물음에 답하는 그의 말투는 더없이 무례하고 노골적으로 들렸다.

"간베, 몹시 흥분한 듯한데 대체 본가가 노부나가의 휘하에 들어간 이래 어떤 득이 있었는지 생각해보게. 아무것도 얻은 것이 없을 것이네."

"지금은 단순히 손득의 문제가 아닐 것입니다."

"그럼 뭐가 문제인가?"

"신의의 문제입니다. 일찍부터 당가當家가 이곳 하리마에서 오다 쪽의 아군이었다는 것은 숨길 수 없는 사실인데, 아라키 무라시게의 모반에 가담하여 하루아침에 오다를 배신하는 것은 무문의 신의를 저버리는 것과 같습니다."

"당치 않네."

간베가 흥분하면 할수록 마사모토는 비웃듯 말했다.

"본래 내가 노부나가에게 가담한 것은 결코 신의 때문이 아니었네. 자네와 자네 부친인 소엔이 '향후의 천하는 노부나가의 손에 있고, 본가를 위해 노부나가가 중앙에 진출한 지금 화친을 맺어두는 것이 좋다'고 권했기 때문에 그렇게 한 것이네. 그런데 그 뒤, 노부나가는 실로 위태롭기 그지없었네. 가령, 물 위에 떠가는 큰 배를 육지에서 볼 때는 대단히 믿음직스럽고 그 배에 올라 시대의 물결을 타고 넘으면 지극히 안전한 듯 보이기 마련이네. 그런데 그 배를 타고 운명을 함께할 것을 약조하고 일신을 맡기고 보니 안태하기는커녕 좀처럼 마음을 놓을 수가 없네. 파도에 부딪힐 때마다 마음이 불안하고 배의 힘을 의심하게 되는 것은 인지상정이라 할 수 있네."

"바로 그 점입니다……."

간베는 앞으로 바싹 다가가며 말했다.

"그러니 한번 배에 오른 이상, 중간에 그 배에서 내려서는 안 됩니다."

"어째서 안 된다는 것인가? 도저히 지금의 격랑을 타고 넘을 수 없는 배라고 생각되면 난파되기 전에, 과감하게 배를 버리고 본래의 육지를 향해 헤엄쳐 돌아오는 것이 목숨을 건지는 길이 아니겠나?"

"그건 천박하고 비열한 생각입니다. 한때의 거친 날씨와 풍랑을 두려워해서 이미 몸을 맡긴 배를 의심하고 배 안의 사람들을 배신하고 저 혼자 황망히 바닷속으로 뛰어들어 도망치려는 자는 반드시 풍랑에 휩쓸려 바다에 빠져 죽을 것입니다. 그리고 나중에 날이 갠 뒤 위험하게 보인 배는 돛을 한가득 펴고 목적지에 도착하고, 사람들은 그 바보와 같은 자를 돌아보며 비웃을 것입니다."

"하하하, 말로는 자네를 당할 수가 없구먼. 하지만 현실은 훨씬 가혹한 것이네. 처음에 자네는 이 주고쿠 따위는 노부나가가 손을 대는 즉시 평정될 것이라고 말했네. 그런데 주고쿠 탄다이로 온 히데요시의 군세는 불과 오륙천. 그 후에 노부타다와 다른 장수들이 원군으로 왔지만 기나이나 교토의 배후가 불안해서 오래 진을 칠 수도 없는 상황이 아닌가. 그리고 나는 그저 노부나가와 히데요시의 손끝에서 놀아나며 병마와 병량을 징발당하고 적국을 막기 위한 방벽으로 이용당하며 고전하고 있을 뿐이네. 노부나가의 총애를 받으며 중용된 아라키 무라시게가 하루아침에 모리 가와 손을 잡고 기나이의 정세를 뒤엎은 것만 봐도 오다 가의 전도는 충분히 가늠할 수 있을 것이네. 내가 무라시게와 함께 오다 가를 떠난 것도 그런 명백한 이유가 있었기 때문이네."

"실로 구차하고 장황한 논리입니다. 분명 머지않아 후회하실 것입니다."

"자네는 아직 젊네. 싸움에서는 강할지 모르나 세상사에서는……."

"나리."

"말해보게."

"마음을 돌리시길 바랍니다. 부디 생각을 바꾸시길 바랍니다."

"그럴 수 없네. 무라시게와 서약을 하고 반기를 든 후 모리 쪽에 가담한다는 방침을 가신들에게 명백하게 밝혔는데 어찌."

"그럼 다시 한 번 숙고하시길 바랍니다."

"나를 설득하기 전에 아라키 무라시게를 설득하고 오게. 세쓰노카미 무라시게가 생각을 돌리면 나도 그렇게 하겠네."

어른과 아이의 논쟁이었다. 주고쿠의 신인新人이라거나 당대의 지략가라는 말을 듣는 간베도 옳고 그름에 상관없이 오데라 마사모토는 당해낼 수 없는 상대였다. 흡사 놀림을 당했다고밖에 할 수 없었다.

"어쨌든 이것을 가지고 이타미로 가게. 그리고 바로 답변을 들려주게. 세쓰노카미의 생각을 분명히 확인한 후에 나도 답을 하겠네."

마사모토는 무라시게에게 보내는 서찰 한 통을 건네며 말했다. 간베는 그의 서찰을 품속에 넣고 이타미로 발길을 재촉했다. 긴박한 상황이었다. 그의 행동에 따라 결과는 천하의 향방이 크게 달라질 터였다. 간베는 일신의 위험 따위를 생각할 틈조차 없었다. 이타미 성이 가까워지자 곳곳의 들판과 강가에서 참호를 파고 목책을 세우는 병사들을 만났다.

"나는 히메지의 구로다 간베로 세쓰노카미를 만나러 가는 중이다. 한 개인의 자격이지만 화급히 의논할 것이 있어 가는 것이다."

단신인 간베는 아라키의 병사들을 만날 때마다 그렇게 말하며 길을 재촉했다. 몇 개의 진문을 지나고 이윽고 이타미 성문도 지났다. 그리고 드디어 무라시게를 만날 수 있었다. 그를 만났을 때, 간베는 의외로 무라시게가 그리 강하지 않을 것 같다는 인상을 받았다.

사실 무라시게의 안색은 밝지 않았다. 간베는 그런 무라시게를 보며 어떻게 오다 노부나가와 같은 시대의 영웅과 맞서려고 하는 것인지, 더군다나 어쩌다가 그런 인물을 배신하고 적이 되어 싸울 마음이 들었는지 의아하기만 했다.

"이거, 오랜만이오."

무라시게가 망연히 말했다. 그 말조차 어딘지 아부하는 것처럼 들렸다. 맹장 무라시게의 태도에 간베는 그의 심중에 아직 망설임이 있다는 것을 깨달았다.

"무탈하셨소?"

간베는 태연히 인사를 건네며 그를 응시했다. 그러자 무라시게는 심히 부끄러운지 얼굴을 붉히며 우물쭈물했다.

"그런데 무슨 일로 오셨소이까?"

"소문을 듣고서 이렇게 왔소이다."

"음, 내가 반기를 들었다는 소문 말이오?"

"정말 대단한 일을 벌이셨소이다."

"세상에선 뭐라 말하고 있소이까?"

"시시비비 말이오?"

"제각각일 것이오. 어찌 됐든 세상의 평은 싸움이 끝나고 난 뒤, 죽은 후에나 정해질 것이오."

"죽은 후의 일도 생각하신 적이 있소이까?"

"그야 있소이다."

"있는데, 이번 일은 귀공답지 않게 돌이킬 수 없는 일을 벌이고 말았소이다."

"어째서?"

"큰 은혜를 내린 주군을 향해 칼을 겨눴다는 악명은 백 세까지 씻을 수 없을 것이오."

"……."

무라시게는 입을 다물고 말았다. 관자놀이가 씰룩거릴 만큼 감정이 일렁였지만 간베의 말에 논리로써 반박할 입담은 지니고 있지 못했다.

"술상 준비가 다 됐습니다."

"그런가."

가신이 와서 고하자 무라시게는 이제 살았다는 듯 자리에서 일어났다.

"요시타카, 안으로 들어오시오. 어찌 됐든 오랜만이니 한잔합시다."

무라시게는 간베를 환대하기 위해 본성 안에 술자리를 마련했다. 술자리에서는 논리 따윈 필요하지 않았다. 무라시게의 얼굴빛도 꽤 부드러워졌다. 그러자 간베가 다시 본론을 꺼냈다.

"그 이야기는 그만."

"허세를 부릴 때가 아니오."

"나는 허세를 부리기 위해 대사를 일으킨 것이 아니오."

"그야 그럴 것이오. 하지만 어찌 됐든 세상은 귀공의 싸움에 명분이 없다고 하고 있소. 반역이라고 하고 있소. 그래도 좋소이까?"

"자, 술이나 듭시다."

"오늘 술은 쓰구려. 나는 벗을 위해 진심으로 말하는 것이오."

"하시바 지쿠젠의 부탁을 받고 온 것이 아니오?"

"그렇소. 하시바 님도 가슴 아파하고 계시오. 한쪽 팔을 잃은 것처럼 한탄하고 계시오. 게다가 그분은 다른 사람들이 귀공에 대해 뭐라고 해도 귀공을 극구 감싸고 계시오. 아까운 인재다, 그대와 같이 무용이 뛰어난 인물을 잃어서는 안 된다고 밤낮으로 걱정하고 계시오. 나 역시 귀공을 이대로 포기할 수 없소이다."

"고맙게 생각하오."

무라시게는 다소 취기가 가라앉은 듯 마음속에 있는 말을 조금씩 내비쳤다.

"실은 지쿠젠이 나를 설득하려고 몇 번이나 서신을 보내왔소. 그의 우정에 마음이 흔들리기도 했소. 하지만 일전에 노부나가 공의 사자로 아케치 미쓰히데와 니와 나가히데, 마쓰이 유칸이 차례로 왔으나 모두 거절을 하였소. 그런데 이제 와서 지쿠젠의 말을 들을 수는 없소이다."

"아니오. 그렇지 않소. 지쿠젠 님께 맡기면 그분이 노부나가 공께 잘 중재해주실 것이오."

"그렇지 않소."

무라시게가 씁쓸한 표정으로 말했다.

"아케치, 사쿠마와 같은 이들은 내가 반기를 들었다는 말을 듣고 손뼉을 치며 기뻐했다고 하오. 특히 미쓰히데는 나를 설득하러 사자로 와서 온갖 미사어구로 달랬지만 주군 앞에 가서는 어떻게 고했을지 모르오. 섣불리 성문을 열고 노부나가 공에게 무릎을 꿇으면 그때는 마지막일 것이오. 내 멱살을 잡고 목을 치라며 명하실 것이오. 가신들 모두 다시 노부나가 공의 밑으로 들어가는 것에는 반대하고 있소. 상황이 이러니 오직 끝까지 싸울 수밖에 없소. 이젠 나 혼자만으로 어떻게 할 수 없는 상황이오. 하리마에 돌아가면 부디 지쿠젠에게 나를 너무 나쁘게 생각하지 말라고 전해주시오."

쉽사리 마음을 돌릴 수 없을 듯했다. 간베는 일단 끈기와 인내심을 갖기로 마음먹었다. 그리고 얼마간 이야기를 나누다 잊고 있었다는 듯 오데라 마사모토의 서찰을 꺼내 무라시게에게 건넸다. 서찰은 봉해져 있지 않아서 간베도 내용을 알고 있었다. 얼마 되지 않는 짧은 편지였지만 마사모토는 무라시게의 행동에 대해 간절히 간하고 있었다.

"……."

무라시게는 촛불을 끌어당겨 서찰을 읽었다.

"잠깐 실례하겠소,"

무라시게는 서찰을 읽은 뒤 그렇게 말하고 안으로 들어갔다. 그 순간, 입구와 서원의 창과 마루 끝에서 십여 명의 무사들이 우르르 안으로 들어오더니 간베를 둘러싸고 말했다.

"일어서시오."

간베가 술잔을 놓고 험상궂은 무사들의 얼굴을 둘러보며 물었다.

"어떻게 할 셈인가?"

부장 한 명이 침통한 목소리로 말했다.

"세쓰노카미 님의 명이오. 성안의 옥사까지 안내하겠소."

"옥사로?"

간베는 속으로 아차 싶었다. 무라시게의 함정에 너무나 감쪽같이 걸려든 자신이 우습게 여겨졌다.

"흐음, 그렇군."

간베는 웃으며 자리에서 일어나 얼굴이 경직된 무사들에게 재촉했다.

"가세. 아니, 세쓰노카미의 호의이니 순순히 갈 수밖에 없을 듯하군."

"……."

무사들은 아무 말도 하지 않은 채 간베를 둘러싸고 복도 쪽으로 몰려나왔다. 어두운 복도와 계단을 몇 개나 오르내렸다. 아무것도 보이지 않는 곳도 지나왔다.

'이러다 죽일 심사일까?'

속으로 그런 생각도 들었지만 그럴 기색은 보이지 않았다. 그러던 중 덜컹하고 무거운 문이 열리는 듯했다.

"걸어라."

간베는 무사들이 말하는 대로 열 걸음 정도 똑바로 걸어갔는데, 이미 그곳은 감옥 안이었다. 뒤에서 쿵 하고 문이 닫혔다.

"하하하."

간베는 어둠 속에서 큰 소리로 웃었다. 그리고 시라도 읊는 것처럼 벽을 향해 자조하듯 말했다.

"내가 세쓰노카미 무라시게의 계책에 넘어가다니. 세상인심이 참으로 복잡해서 더 이상 상도常道는 통하지 않는 듯하구나."

무기고 아래인 듯싶었다. 바닥에는 발바닥에도 느껴질 만큼 나무 마디가 있는 두꺼운 판자가 깔려 있었다. 간베는 사방의 벽을 따라 유유히 걸었다. 실내는 대략 스무 평 정도인 듯싶었다.

"무라시게는 참으로 어리석은 자로구나. 나를 감옥에 가두고 어쩔 생각인지, 무슨 효과가 있다고 믿고 있단 말인가. 이로써 그의 지모가 어느 정도인지 알 수 있을 듯하다. 하하하."

간베는 한가운데인 듯한 곳에 책상다리를 하고 앉았다. 멍석이 없어 엉덩이가 차가웠다.

'칼은 압수하지 않았군.'

고마운 마음이 들었다. 칼만 있으면 언제든지 자결할 수 있다고 생각했다. 차츰 엉덩이에 감각이 사라지는 듯했지만 정신을 잃으면 안 된다고 다짐했다. 이럴 때는 청년 시절에 힘썼던 선이 다소 도움이 될지 모른다고 생각했다.

'내가 와서 다행이군.'

그다음 떠오른 생각이었다. 만일 히데요시가 직접 왔다면 큰일이었다.

"……."

차츰 마음이 진정되자 그곳으로 걸어오는 동안 결코 냉정을 잃지 않으려고 했지만 흥분했는지 가벼운 피로감이 밀려왔다. 인간의 의지와 생리는 하나인 듯 별개라는 사실을 깨닫고 사색에 잠겼다. 그런데 얼굴 옆으로 희미한 불빛이 비쳤다. 간베는 불빛이 들어오는 쪽으로 조용히 시선을 향했다. 창이 있었다. 튼튼한 격자창 맞은편에 사람의 얼굴이 불빛에 흔들리고 있었다. 아라키 무라시게와 무사들이었다.

"간베, 춥지 않소?"

누군가 물었다. 무라시게의 목소리였다. 간베는 눈을 가늘게 뜨고 응시하다 차분한 목소리로 대답했다.

"아직 술기운이 있어서 괜찮소. 하지만 한밤중이 되면 몹시 추울 듯하오. 만일 구로다 간베가 얼어 죽었다는 소식을 들으면 하시바 님은 하리마에서 당장 달려와서 귀공의 목을 가만히 내버려두지 않을 것이오. 세쓰, 그대는 참으로 지략이 없는 사내이오. 나를 붙잡아두고 무엇에 쓰려는 생각이오?"

"……."

무라시게는 아무 말도 하지 않았다. 자신의 부끄러운 행동을 잘 알고 있었다. 하지만 곧 그런 부끄러움을 물리치며 껄껄 웃었다.

"간베, 불평은 그만두시오. 내가 지략이 없다고 하는데 그런 내 계책에 빠진 그대는 대체 뭐란 말이오? 그러고도 주고쿠의 장량張良이라고 할 수 있소이까?"

"세쓰, 험담은 그만두고 진지하게 이야기하는 것이 어떻소?

"……."

"그대는 나를 책사나 모략가로 여기고 경계하는 듯한데 이 구로다 간베는 대책은 도모하나 소책은 경원하오. 소위 벗에게 계략을 써서 공을 세우고자 하는 마음이 추호도 없소. 단지 그대를 생각하고 지쿠젠 님의 고충을 헤아리고, 또 노부나가 공을 중심으로 여기에 있는 우리 모두가 하나가 되어 하루빨리 통업을 이루는 것이 천하를 구하는 대계라고 믿고 있기 때문에 혈혈단신으로 이곳으로 온 것이오. 모르겠소? 지쿠젠 님의 우정과 내 신의를?"

무라시게는 반박할 말을 찾지 못하고 한동안 침묵하다 항변했다.

"우정이나 도의라고 하는 것은 태평한 날에나 빛을 발하는 말로 지금은 다르오. 전국戰國이고 난세이오. 상대를 속이지 않으면 내가 속고, 먼저 치지 않으면 내가 당하기 마련이오. 젓가락을 들고 있을 때조차 벨 것인가

베일 것인가 생각해야 하는 험악한 세상이오. 어제의 아군이 오늘은 적이 되고, 적이 되면 비록 벗일지라도 어쩔 수 없이 감옥에 가둬야 하오. 그것이 전략이오. 죽이지 않은 것을 다행이라고 생각하시오."

"그렇군. 이것으로 그대의 세상을 바라보는 생각과 싸움에 대한 평소의 사고방식, 또 도의道義의 정도를 알게 되었소. ……시류를 보지 못하는 가련한 장님과는 더 이상 말을 나누는 것도 불결하니 마음대로 하시오."

"뭐라, 장님이라고?"

"그렇다! ……흐음, 이렇게 됐어도 아직 조금이나마 남아 있는 그대에 대한 우정을 버릴 수 없어 마지막으로 가르쳐줄 것이 있소."

"무엇인가? 오다 쪽에 은밀한 책략이라도 있는 것인가?"

"그런 이해 손실에 관한 것이 아니오. 그대는 아까운 인재이오. 뛰어난 무용을 천하에 떨치면서도 지금과 같은 전국을 헤쳐 나갈 처세를 모르고 있소. 인간으로서 이 난세를 정화하려는 정열이 없다는 것은 짐승과도 같소. 그럴진대 어찌 무장이라고 할 수 있겠소. 일개 상인이나 농부보다 못할 것이오."

"뭐라, 짐승과도 같다고?"

"그렇소. 짐승 말이오."

"네 이놈!"

"화를 내고 분개하시오. 바로 그대 자신에게 말이오! 세쓰노카미 들어보시오. 만일 인간 세상이 도덕과 신의를 잃어버린다면 그것은 짐승들의 세상과 무엇이 다르겠소. 싸움이 끊이질 않고 악업과 분란이 끊이지 않아도, 세상이 어지럽고 혼탁해질수록 우리만큼은 그런 세상에서 끝까지 사람들 마음속의 진실을 지켜나가야 할 것이오. 전쟁의 흥정, 외교 술책을 이루기 위한 간계 등을 보고 그대와 같이 도의와 인정까지 버린다면 오다님의 적을 넘어 세상의 적이자 해악이 될 것이오. 만일 그대가 그러한 인물이라면 내가 그 목을 가만두지 않을 것이오."

간베가 할 말을 다하고 입을 닫고 있는데 웅성거리는 소리가 들렸다. 창밖에서 아라키 무라시게를 둘러싸고 있던 부장과 측신 들이 제각각 큰 소리로 떠들고 있었다. 당장 베어버리라거나 죽여서는 안 된다는 말들이 들렸다. 무라시게는 간베를 끌어내서 당장 죽여야 한다는 사람들과 죽이면 자신들에게 오히려 좋지 않다고 주장하는 사람들 사이에서 결정을 내리지 못하고 있는 듯했다. 결국 죽이더라도 서두를 필요가 없다고 결론이 났는지 이윽고 그들은 자리를 떴다.

"……분열되어 있구나."

간베는 그것만으로도 성안의 분위기를 헤아릴 수 있었다. 성문에 반노부나가의 깃발을 세웠지만 아직도 싸워야 한다고 주장하는 사람들과 타협해야 한다는 사람들이 서로 충돌하고 갈등하는 상황이라는 것을 똑똑히 읽을 수 있었다.

자신을 죽이라고 한 사람들은 주전파이고, 죽이면 안 된다고 반대하는 사람들은 주화파인 것이 분명했다. 그리고 아라키 무라시게는 두 세력을 품고 혼자 망설이고 있는 것이 분명했다. 그런 상황 속에서 그는 노부나가의 사자를 쫓아버리고 군비를 증강하고 자신을 투옥시킨 것이었다.

"운이 다했다는 건 바로 지금 그의 모습을 두고 하는 말일 것이다. 그런 줄도 모르고……."

간베는 자신의 운명을 슬퍼하는 것도 잊고 무라시게의 몽매함을 통탄했다. 사람들이 물러간 뒤, 문득 바라보자 감옥의 감시창도 닫혀 있는데 바닥에 종잇조각이 떨어져 있었다. 간베는 그것을 주웠지만 그날 밤에는 읽지 않았다. 자신의 손가락조차 보이지 않을 만큼 어두웠기 때문이었다.

다음 날, 아침 잔광이 비치자 간베는 어제 주운 종이를 떠올리고 펼쳐보았다. 그것은 하리마 고차쿠의 오데라 마사모토가 무라시게에게 보낸 서찰이었다.

간베가 찾아와서 내게 마음을 돌리라고 끈질기게 간언했습니다. 그래서 세쓰노카미 님을 먼저 설득하고 오라고 속이고 보냈으니 머지않아 이 편지와 동시에 도착할 것입니다. 그는 재략이 뛰어난 자인 만큼 우리에게는 방해가 되는 자입니다. 이타미에 도착하면 기회를 엿봐 두 번 다시 세상에 나오지 못하도록 처리해주시길 바랍니다.

간베는 깜짝 놀랐다. 서찰의 날짜를 보면 자신이 마사모토에게 간언하고 고차쿠 성을 떠난 바로 그날이었다.

"흐음, 그럼 그 후에 바로 이 편지를 보낸 것이구나."

간베는 어이없는 얼굴로 그렇게 중얼거리며 세상에는 참으로 지략이 뛰어난 사람이 많다고 생각했다. 그런데도 세상은 잔꾀와 술수를 경원하는 그를 두고 오히려 재략가라고 말했다.

"세상이란 참으로 재미있구나."

간베는 천장을 올려다보며 신음을 내뱉었다. 그의 목소리가 감옥 안에 맑게 울려 퍼졌다. 간베는 그날부터 열흘이나 감옥에 갇혀 있었다.

돌아오지 않는 사자

이타미, 다카쓰키, 이바라기 세 성을 포위한 노부나가 진영은 언제든지 공격을 가할 준비를 마쳤다. 그럼에도 불구하고 아마노 산의 본진에서는 좀처럼 공격 명령이 떨어지지 않았다. 모든 진영의 장병들이 넌더리를 낼 만큼 아무런 일도 벌어지지 않았다.

"아무런 연락도 없군. 지금이라도 당장."

노부나가는 어제도 그 말을 두 번이나 했다. 그가 학수고대하고 있는 것은 장병들이 목을 길게 빼고 기다리는 소식과 정반대의 것이었다.

현재 오다 가는 주고쿠나 간토 방면, 호쿠에츠北越(에치고越後와 엣추越中)는 별개로 치더라도 여기 기나이에서 대단히 위험하고 복잡한 상황에 처해 있었다. 그러다 보니 가능한 한 지금, 이 지역에서 전쟁을 벌이고 싶지 않았다. 노부나가는 날이 갈수록 어떻게든 이곳에서 싸우지 않고 해결할 수 있는 방법을 고심하고 있었던 것이다. 그는 고심할 때 반드시 히데요시를 떠올렸다.

"히데요시가 곁에 있었더라면."

그렇게까지 의지하고 있던 히데요시는 얼마 전 '간베 요시타카가 옛 주인인 오데라 마사모토를 설파하고 바로 이타미로 들어갔습니다. 세쓰노카미 무라시게와 대면해서 주군의 뜻을 전하기 위해 죽을 각오를 하고 갔으니 잘 해결되리라 믿고 기다려주시길 바랍니다'라는 말을 남기고 떠났다.

'그가 그토록 자신 있게 장담했으니 머지않아 좋은 소식이 올 것이다…….'

노부나가는 그렇게 생각하며 초조함을 달랬다. 하지만 진중의 공기는 점점 더 험악해졌다. 히데요시가 사소한 잘못이라도 저지르면 그 즉시 잠자고 있던 불씨가 활활 타오를 것이었다.

"간베를 보낸 히데요시의 의중을 모르겠군. 본래 간베가 누구인가? 그 근원을 따지면 오데라 마사모토의 가신이지 않았나. 또 그의 부친인 소엔은 아직도 마사모토의 노신으로 그를 섬기고 있네. 그 마사모토는 아라키 무라시게와 손을 잡고 모리 가와 내통하여 우리를 배신하고 이타미와 호응해서 반기를 들었는데, 그런 자와 근본이 같은 간베에게 막중한 사자의 임무를 맡기다니."

그렇게 히데요시를 비난하고 더 나아가서는 히데요시 역시 반슈의 하수인으로 비밀리에 모리 가와 교섭하고 있는 것이 아닌가, 하는 의혹을 입에 담는 사람도 없지 않았다. 그런 장수들 역시 제각각 다양한 정보들을 입수하고 있었는데 노부나가조차 인정할 수밖에 없을 정도로 그 정보들은 한결같이 일치했다.

"오데라 마사모토는 간베에게 설득당하기는커녕 드디어 노부나가 공을 헐뜯고 주고쿠에서의 오다 가의 약세를 퍼뜨리며 주고쿠에 있는 오다의 아군들을 떼어놓기 위해 혈안이 되어 있다. 또 모리 가와는 점점 더 빈번하게 왕래하고 있다. 게다가 간베의 행동은 눈속임에 불과한데 그런 그에게서 희소식을 기다리는 동안, 적들은 긴밀히 연락하며 방비를 강화하고 있으니 아군이 맹공을 가하더라도 아무런 효과를 거둘 수 없을 것이다."

노부나가는 여러 사람에게 그런 이야기를 듣고 있었다. 그런 와중에 드디어 히데요시에게 연락이 왔다. 하지만 그것은 길보가 아니었다.

간베 요시타카, 아직도 돌아오지 않고 있으며 안부 역시 불명. 이렇게 된 이상…….

절망하는 탄식이 들리는 듯한 서찰이었다. 혀를 차는 소리가 들리는가 싶더니 이내 노부나가는 서찰을 서기 앞으로 내던졌다.

"이제 와서!"

노부나가는 불쾌한 듯 중얼거리더니 돌연 큰 소리로 외쳤다.

"서기, 히데요시에게 당장 서찰을 보내 이리 오라고 하라. 한시도 지체하지 말고 아마노 산으로 오라고 말이다."

"옛!"

노부나가는 다시 사쿠마 노부모리를 보며 물었다.

"다케나카 시게하루가 교토의 남선사에 칩거하며 요양 중이라는 말을 들었는데 아직 그곳에 있는가?"

"그런 듯합니다."

노부모리가 대답하자 노부나가가 재빨리 말했다.

"그럼 그곳으로 가서 한베 시게하루에게 똑똑히 전하라. 일찍이 히데요시가 그의 본국에 맡긴 구로다 간베의 아들인 쇼주마루의 목을 베서 간베가 있는 이타미 성으로 보내라고 말이다."

"옛!"

노부모리가 머리를 숙이며 대답했다. 하지만 노부나가의 좌우에 사람들이 노부나가의 격노에 어쩔 줄을 몰라 하며 엎드려 있자 노부모리도 한동안 자리를 뜨지 못하고 있었다.

노부나가는 너무 쉽게 기분이 바뀌고 너무 쉽게 화를 냈다. 청천벽력이라는 말은 그런 그를 두고 하는 말 같기도 했다. 하지만 그것이야말로 그의 천성이다 보니 속으로 참고 인내하는 법이 없었다. 그래서 일단 자제심을 잃고 큰소리를 내고 귓불이 빨개지기 시작하면 아무도 그를 말릴 수가 없었다.

"주군, 잠시만 기다려주십시오."

"누군가? 다키가와 가즈마스인가."

"그렇습니다."

"왜 만류하는가? 이리 앞으로 나오너라. 내게 무슨 간언이라도 할 요량인가?"

"제가 어찌 간언 따위를 하겠습니까만, 어찌 갑자기 구로다 간베의 자식을 죽이라고 명하시는지요? 잠시 숙고하신 연후에."

"간베의 죄를 묻는데 숙고할 것이 뭐가 있겠느냐. 오데라 마사모토를 설득하겠다고 위장하고, 또 아라키 무라시게를 말로써 굴복시키겠다고 속이며 십여 일이나 내 손발을 묶어놓은 것은 분명 간베의 책략일 것이다. 히데요시가 지금에서야 그렇게 알려왔다. 그 역시 간베와 같은 자의 책략에 넘어가다니 참으로 어리석었다."

"하지만 지쿠젠 님을 불러 사정을 들어보시는 것이 좋을 듯합니다. 또 간베의 아들의 처벌 역시 그와 의논한 뒤에 하시는 것이."

"지금과 같은 때에 평시처럼 절차를 밟을 수는 없다. 히데요시를 부르는 것도 그의 의견을 듣기 위함이 아니다. 그런 실패를 저지른 그의 책임을 묻기 위해서다. 노부모리, 어서 빨리 출발하라."

"예. 그럼 그와 같은 뜻을 한베에게 전하면 되겠는지요?"

"다시 확인할 필요는 없다."

노부나가는 고함을 치며 서기에게 물었다.

"다 썼느냐?"

"그러하옵니다."

"어디……."

노부나가는 서찰을 받아들고 일독한 뒤 다시 쓰카이반使番[6]인 안도 소고로安藤惣五郎에게 건네 즉시 하리마로 보내라고 명령했다. 그 파발이 채 출발하기 전이었다. 산기슭에서 하치야 요리타카가 올라오더니 노부나가가 앞으로 가서 고했다.

"방금 지쿠젠 님이 진중에 도착했습니다. 곧 이리 오실 것입니다."

"뭐라, 지쿠젠이?"

그 순간, 노부나가의 얼굴에 있던 노기가 다소 누그러진 듯했다. 잠시 뒤, 여느 때처럼 쾌활한 울림을 지닌 히데요시의 목소리가 들렸다.

'왔군.'

노부나가는 히데요시의 목소리를 듣자 그때까지의 노기 띤 얼굴을 유지하기 위해 애를 썼다. 사람의 심리란 참으로 이상한 것이었다. 그렇게 격노하던 노부나가였는데, 자신도 모르게 햇빛을 받은 얼음처럼 가슴속 분노가 풀리는 것은 어쩔 수 없었다. 히데요시가 왔다는 말만 들었을 뿐인데 그렇게 변한 것이었다.

히데요시는 밝은 모습으로 안으로 들어와 안에 있는 제장들에게 인사하듯 손을 들더니 허리를 구부렸다. 그리고 사람들 앞을 지나 노부나가 앞으로 가서 예를 취하고 노부나가의 얼굴을 바라보았다.

---

6) 전시에는 주군의 명을 전달하는 전령사가 되거나 평시에는 관리들을 감찰하는 임무를 맡고 있는 직책명.

"……."

노부나가는 '왔는가' 하는 말도 하지 않았다. 흡사 아이가 자신이 화가 많이 났다는 것을 보라는 듯한 모습이었다.

노부나가가 그런 표정과 침묵을 보이면 대부분의 장수들은 두려워 부복하지 않을 수 없었다. 숙장인 시바타 가쓰이에나 사쿠마 노부모리라고 해도 노부나가가 그런 눈으로 바라보면 아연실색했다. 니와, 다키가와와 같은 노련한 노장들도 어쩔 줄을 몰라 하며 아부를 하기에 급급했다. 총명한 아케치 미쓰히데도 당황하긴 마찬가지였고 모리 란마루 역시 말을 붙일 엄두도 내지 못했다.

하지만 히데요시만은 그럴 때 대하는 방식이 달랐다. 노부나가가 화를 내고 아무리 노려보며 얼굴을 붉혀도 그는 아무런 반응을 보이지 않았다. 그것도 결코 주군을 경시하는 것이 아니라 오히려 다른 사람보다 더 송구해하고 삼가면서 말이다.

'아하, 또 화를 내고 계시는구나.'

그는 한바탕 소나기라도 퍼부을 하늘이라도 바라보듯 지극히 초연하고 평범한 얼굴을 하고 말을 삼가고 있을 뿐이었다. 그것은 다른 사람들이 흉내 낼 수 없는 그의 천성인 듯했다. 만일 가쓰이에나 미쓰히데가 그런 흉내를 냈다고 하면 타는 불에 기름이라도 부은 격으로 그 즉시 노부나가는 신경질적인 발작을 폭발했을 것이 분명했다.

"……지쿠젠, 뭐 때문에 왔는가?"

끈기 싸움에서 졌는지 노부나가가 먼저 물었다. 그러자 히데요시도 비로소 이마가 땅에 닿을 듯 공축하며 대답했다.

"꾸지람을 듣기 위해 왔습니다."

'말주변이 좋은 녀석.'

노부나가는 내심 히데요시가 얄밉게 여겨졌다. 그런 대답을 들으면 누구라도 화를 내기 어렵기 때문이었다. 노부나가는 일부러 언성을 높이며 말했다.

"뭐라, 꾸지람을 듣기 위해 왔다고? 사죄를 하면 끝날 일이라고 생각하고 왔는가? 이 노부나가에게, 아니 전군에게 이렇듯 대사를 오판하게 만들어놓고 말일세."

"제가 먼저 파발로 보낸 서찰은 도착했는지요?"

"보았네!"

"간베 요시타카를 세객으로 보낸 건은 명백히 실패로 끝났습니다. 따라서."

"변명하는 것인가?"

"아닙니다. 전화위복으로 삼고 사죄를 겸해서 다음 계책을 고하기 위해 전력을 다해 효고 가도의 적지를 달려왔습니다. 바라건대 사람들을 물려주시든가, 다른 곳으로 자리를 옮기셔서 제 말을 한번 들어주시길 청합니다. 그런 후에 제게 어떠한 처분을 내리시더라도 기꺼이 감수하도록 하겠습니다."

"흐음……."

노부나가는 생각에 잠겼다. 그리고 그의 청을 받아들여 사람들을 물렸다. 제장들은 히데요시의 배짱에 어이없어 하며 물러갔다. 죄를 범한 사람의 몸으로 어떻게 저리 뻔뻔한가, 하고 비방하는 사람도 있었다. 이기적이라며 혀를 차는 사람도 있었다. 히데요시는 그런 말에 전혀 개의치 않는 얼굴로 혼자 남아 있었다. 두 사람만 남게 되자 노부나가의 태도도 다소 누그러졌다.

"뭔가? 일부러 하리마에서 달려올 정도의 계책이란?"

"이타미를 공격하는 수단입니다. 상황이 이렇게 된 이상, 아라키 무라시게를 단호히 치는 수밖에 없습니다."

"그렇다. 하지만 이타미는 요새라고 할 정도는 아니지만 오사카가 배후에 있고 모리와 호응하고 있으니 만만치 않을 것이다."

"꼭 그렇지는 않습니다. 너무 성급하면 아군의 손실이 클 것이고, 게다가 아군 내부에 조금이라도 균열이 생기면 지금까지 쌓아온 제방이 한순간에 무너질 염려도 있습니다."

"자네라면 어떻게 하겠는가?"

"제 생각은 아닙니다만 일찍부터 교토에서 요양 중인 다케나카 한베가 오늘과 같은 상황을 예상하고 제게 이렇게 말했습니다."

히데요시는 일전에 한베에게서 들은 계책을 그대로 노부나가에게 고했다. 그것이 마치 자신의 머리에서 나온 계책인 듯 자랑하고 싶은 마음은 전혀 없었다. 그는 다른 사람의 지혜를 훔쳐 자신의 공으로 삼지 않으면 안 될 만큼 머릿속이 빈곤하지 않았고, 또 그런 것에 대해 귀신같이 낌새를 알아차리는 노부나가였기 때문에 혹여 주군을 속이려고 했다가는 오히려 화를 당할 수 있다는 것을 잘 알고 있었다.

히데요시가 노부나가에게 고한 계책은 시일은 걸리겠지만 가능한 아군 병력을 잃지 않는 것을 전제로 먼저 무라시게의 오른쪽 날개를 자르는 데 전력을 기울여서 그를 고립시키는 방침이었다.

"아주 좋은 방법이다."

노부나가는 그 계책을 채용하는 데 조금도 주저하지 않았다. 그가 생각하던 계책도 대략 그와 비슷했던 것이다. 전략이 정해지자 노부나가는 히데요시를 책하는 일 따윈 벌써 새카맣게 잊어버리고 이후의 작전을 실행하는 데 필요한 이런저런 일들을 물었다.

"급한 용무가 끝났으니 저는 오늘 바로 반슈로 돌아가려고 합니다."

히데요시는 해가 지는 하늘을 바라보며 하직 인사를 했다. 하지만 노부나가는 히데요시에게 육로는 위험하니 밤에 배를 타고 돌아가라고 말한 뒤 수군인 구기九鬼 일족에게 호위를 명했다. 그러고는 아직 시간이 있으니 술을 한잔하고 가라며 놓아주지 않았다.

"그럼."

히데요시가 다시 자리에 앉더니 갑자기 생각이 난 듯 물었다.

"이젠 저를 용서하신 것인지요?"

"글쎄, 어떨 듯싶나?"

노부나가는 웃음을 지으며 히데요시를 놀렸다.

"용서한다는 말씀을 하지 않으시면 술잔을 받아도 그 술이 제대로 넘어가지 않을 듯싶습니다."

히데요시가 거듭 말하자 그제야 노부나가도 쾌활한 목소리로 말했다.

"하하하, 알았네, 알았어."

"그러시다면."

히데요시는 그 말을 기다렸다는 듯 다시 말했다.

"간베 요시타카에 대한 처분도 거두어주실 수 없으신지요. 그의 아들의 목을 치라고 벌써 사자를 보냈다고 알고 있습니다."

"구로다 간베의 마음은 자네도 보증할 수 없을 것인데 어찌 처분을 거둘 수 있겠나. 그 명은 거둘 수 없네."

노부나가는 고압적인 자세로 히데요시가 더 이상 말하지 못하도록 입을 막아버렸다.

선교사, 오르간티노

히데요시는 그날 밤, 반슈로 돌아갔다. 돌아갈 때, 은밀히 사자를 통해 교토의 남선사에 있는 다케나카 시게하루에게 서찰 한 통을 보냈다. 서찰의 내용이 무엇인지는 나중에 저절로 알려졌는데, 히데요시가 둘도 없이 아끼는 구로다 간베의 아들을 걱정하는 내용이었다.

한편 노부나가의 사자는 교토를 향해 길을 재촉했다. 사자는 남선사를 찾아가 에이로쿠永祿 이래로 일본에 와 있는 선교사 오르간티노를 데리고 다시 노부나가 진영이 있는 아마노 산으로 돌아왔다.

오르간티노는 이탈리아 출생의 선교사였다. 히라도平戶와 나가사키長崎 부근은 물론 사카이, 아즈치, 교토, 기나이 곳곳에 수많은 선교사가 들어와 있었는데, 오르간티노는 노부나가가 좋아하는 선교사 중 한 명이었다.

노부나가는 천주교를 싫어하지 않았다. 불교의 법성을 불태워버렸음에도 불교를 싫어하지 않은 것과 마찬가지로 종교가 지닌 본래의 가치를 인정하고 있었다. 하지만 그는 천주교에 귀의해서 세례를 받는 일은 꿈에도 상상하지 않았다. 오르간티노뿐 아니라 때때로 아즈치로 초대받은 많은 선교사가 어떻게든 노부나가를 자신들의 교단에 넣기 위해 노력했지만 노부나가의 마음을 사로잡기란 흡사 물에 비친 달을 잡는 일과 같았다.

한 선교사는 자신이 해외에서 함께 데려온 흑인 노예를 노부나가가 대단히 신기하게 여기자 노부나가에게 헌상했다. 노부나가는 성 밖으로 나갈 때나 교토로 갈 때에도 흑인 노예를 데리고 다녔다.

어느 날 남만사南蠻寺라고 불리는 교회의 선교사들이 그것을 질투하며 노부나가에게 물었다.

"공은 흑인 노예가 아주 마음에 드시는 듯합니다. 대체 어떤 부분이 마음에 들어 그리 총애하시는 것입니까?"

그러자 노부나가가 대답했다.

"자네들도 모두 데리고 다니지 않는가."

그 말로 노부나가가 선교사들을 어떻게 생각하는지 잘 알 수 있었다. 그가 오르간티노를 좋아하는 것이나 다른 선교사들을 보는 시선은 이른바 흑인 노예를 아끼는 것과 같은 의미라고 할 수 있었다.

오르간티노는 처음 노부나가를 알현했을 때 선물을 헌상했다. 철포 열 정, 망원경과 안경 여덟 개, 침향에서 채취한 향료 백 근, 호랑이 가죽 오십 장, 여덟 첩疊 모기장, 그 외에 시계와 지구의, 직물, 도기 등 모두 진귀한 물건뿐이었다.

노부나가는 어린아이처럼 그것들을 늘어놓고 바라보았다. 특히 지구의와 철포는 그의 마음을 사로잡았다. 노부나가는 그 지구의를 앞에 두고 오르간티노의 고향인 이탈리아 이야기와 해상의 이정표, 북유럽과 남유럽의 풍물에 대해 이야기를 들었다. 또 인도, 베트남, 필리핀, 남지나 등의 여행 이야기를 몇 날 밤 동안 들었는지 몰랐다. 그리고 그 자리에는 반드시 노부나가 이상으로 열심히 귀를 기울이며 자주 질문을 하는 사내가 있었다. 그 무렵에는 도기치로라고 불렸던 지금의 하시바 지쿠젠노카미 히데요시였다.

"잘 왔소이다."

노부나가는 기분 좋게 오르간티노를 맞이했다. 일본어를 조금 할 수 있었던 오르간티노는 일본식으로 예를 취하며 말했다.

"이리 급작스레 부르시다니 무슨 일이신지요?"

"자, 우선 앉으시오."

노부나가는 그곳에 놓여 있는, 선가에서 쓰는 의자를 가리키며 말했다.

"고맙습니다."

오르간티노는 의자에 앉았다.

"신부, 일찍이 그대는 일본에 와 있는 선교사를 대표해서 내게 탄원서를 낸 적이 있을 것이오. 교토와 기나이에 교회를 지을 수 있게 해달라는 것과 야소교耶蘇敎를 포교할 자유를 허락해달라며 말이오."

"저희는 그날을 얼마나 갈망하고 있는지 모릅니다."

"아무래도 허락할 날이 가까워진 듯하오."

"예? 그럼 허락해주시는 것입니까?"

"대신 조건이 있소. 무릇 우리 무문에서는 아무런 공도 없는 자에게 은전을 내리는 일이 없소. 공을 세워줬으면 하오."

"무슨 말씀이신지요?"

"다카쓰키의 다카야마 히다노카미의 아들은 열네 살 무렵부터 기독교에 귀의했다고 하는데 신부와 각별히 친하다고 알고 있소."

"다카야마 우곤 님을 말씀하시는 것인지요?"

"그렇소. 바로 그 우곤이오. 그대도 알고 있는 대로 그는 아라키 무라시게의 모반에 가담하여 두 명의 아들을 이타미 성에 보내 아무런 연유 없이 내게 칼을 겨누고 있소."

"참으로 애석한 일입니다. 저희도 그로 인해 얼마나 가슴 아파하며 천제의 가호를 빌고 있는지 모릅니다."

"그렇소? 오르간티노, 그러니 이러한 때, 예배당에서 기도만 하고 있어서는 아무런 소용도 없을 것이오. 그렇게까지 우곤을 걱정한다면 내 뜻을 받들어 다카쓰키 성으로 가서 다카야마 우곤의 어리석음을 일깨워주는 것이 어떻겠소?"

"제가 할 수 있는 일이라면 언제든지 가겠습니다만, 이미 그의 성은 노부타다 경과 후와, 마에다, 사사 님 등의 군세에 둘러싸여 있어 저희가 가는 것을 허락하지 않을 것입니다."

"아니오. 내가 군사를 붙여주고 또 통행증도 주도록 하겠소. 그러니 다카야마 부자를 잘 설득해서 내게 항복하게 한다면 그것은 바로 그대의 공이니 내 명으로 포교의 자유와 교회를 짓는 것을 허락하도록 하겠소."

"아아, 그럼."

노부나가는 기쁨에 겨워하는 오르간티노를 바라보며 다시 말을 이었다.

"하나 만약 그와 반대로 다카야마 부자가 그것을 거절하고 끝까지 내게 대항할 때에는 선교사 일문 모두 다카야마와 같은 뜻을 품고 있다고 보고 남만사를 치는 것은 물론 종파와 신도와 선교사 들의 목을 칠 것이니 그리 아시오. 그런 각오를 한 후에 가는 것이 좋을 것이오. 어떻소? 가겠소이까?"

"……."

오르간티노는 핏기가 사라진 얼굴로 한동안 고개를 숙이고 있었다. 한 척의 범선을 타고 멀리 유럽에서 이곳으로 올 만큼 그들은 대담했지만 노부나가의 말 앞에서는 공포를 느끼지 않을 수 없었다. 노부나가의 모습이 특별히 악마처럼 보이는 것도 아니었고 오히려 그의 모습과 말투는 품위가 있었지만 그들은 노부나가가 내뱉은 말은 반드시 실행에 옮긴다는 것을 잘 알고 있었다. 에이 산을 불태우고 나가시마를 토벌한 선례를 보았고 그가 실행한 정책들을 늘 보아왔기 때문이다.

"가겠습니다. 가서 우곤 님을 만나도록 하겠습니다."

오르간티노는 마침내 약속했다. 그리고 얼마 뒤 십여 명의 기마무사의 호위를 받으며 다카쓰키 성으로 향했다.

오르간티노가 떠난 뒤, 노부나가는 자신의 생각대로 됐다고 여겼다. 하지만 노부나가의 위협에 다카쓰키 성으로 향한 오르간티노는 마음속으로 잘된 일이라며 기뻐했다. 노부나가가 생각하고 있는 만큼 그들은 만만한 사람들이 아니었다.

오르간티노는 노부나가를 만나기 전, 이미 다카야마 우곤과 편지를 자주 주고받고 있었다. 우곤의 부친인 히다노카미도 '어떻게 하는 것이 하늘의 뜻을 따르는 것일까' 하며 그에게 물었던 것이다.

"주군을 배반하는 것은 옳지 않다. 노부나가 공은 아라키의 주군이자 당신의 주인이 아닌가?"

오르간티노는 거듭 그렇게 답신을 보냈다. 그리고 우곤에게 본심을 담은 서신을 받았다.

"두 아이가 아라키 쪽에 볼모로 붙잡혀 있기 때문에 아내와 노모만 노부나가 공에게 굴하는 것을 강하게 반대하고 있소. 그 문제만 해결된다면 나는 반역자라는 오명을 듣고 싶지 않소이다."

오르간티노는 이번 사명을 성공했을 때 노부나가가 약속한 것은 이미 받은 것이나 마찬가지라고 생각했다. 우곤이나 히다노카미는 자신의 권유에 동의할 것이라는 확신을 가지고 있었던 것이다. 단지 반대를 하는 우곤의 모친과 아내가 문제였다.

'여자와 노인은 하느님의 교리로써 눈물과 끈기를 가지고 호소하고 설득하면…….'

오르간티노는 다년간의 경험상 두 사람을 충분히 설득할 자신이 있는 듯 전혀 걱정하지 않았다. 이렇게 다카야마 가의 마음과 내부 사정에 깊이 관여하고 있는 오르간티노가 이번 일을 실패할 리 없었다. 그런데 다카쓰키 성에서 돌아온 오르간티노는 다음과 같이 말하고 바로 교토로 돌아가 버리고 말았다.

"실패했습니다. 우대신 가의 자비 어린 권유도, 제 간절한 바람도 다카야마 부자는 완강하게 받아들이지 않았습니다."

그 뒤 다카야마 우곤은 처자식에게 원망을 듣는 한이 있더라도 교단의 멸망을 모른 체할 수 없고, 성과 일족은 버려도 인도人道는 버릴 수 없다며 그날 밤 몰래 성을 나와 남만사로 몸을 피했다. 그와 반대로 우곤의 부친인 히다노카미는 아들의 배신을 괘씸해하며 이타미의 아라키 무라시게에게 달려가서 사정을 호소했다.

무라시게의 진중에는 다카야마 가와 연이 있는 친족이나 친한 사람이 많았다. 만일 가열한 처분을 내리거나 수중에 있는 볼모를 학대하면 내부 분란을 피할 수 없을 것이었다.

"어쩔 수 없게 됐군. 우곤이 성을 탈출했다면 이젠 두 아이는 아무 쓸모가 없다."

무라시게는 전후 사정이 이상하다고 여기면서도 성가시다는 듯 두 아이를 히다노카미에게 돌려보내고 말았다. 그 소식을 들은 오르간티노는 우곤과 함께 남만사를 나와 아마노 산으로 가서 노부나가를 만났다.

"아주 잘했네."

노부나가는 크게 기뻐하며 우곤에게 반슈의 아쿠타가 군을 내리겠다고 말했다. 그리고 말과 피륙 등을 선물로 내렸다.

"저는 머리를 깎고 남은 여생 동안 신을 섬기고자 합니다."

우곤은 그렇게 호소했지만 노부나가는 그것을 허락하지 않았다.

"바보 같은 소리. 그대는 아직 젊다."

노부나가가 바라던 대로 이루어진 일은 모두 오르간티노가 예상한 것이었다. 다시 말해 우곤의 진퇴와 두 아이를 되찾기 위한 계책은 모두 오르간티노의 머릿속에서 나온 것이었다.

천하의 봄날

어제의 정세는 더 이상 오늘의 정세라고 할 수 없었다. 상황은 시시각각 변했다. 거취를 망설이는 것도 무리가 아니었고, 잘못된 야망으로 스스로를 망치는 사람이 속출하기도 했다.

어느덧 11월도 다 지나갔다. 아라키 무라시게의 한쪽 팔로 신임을 받고 있던 야마나카 기요히데가 돌연 성을 나가 노부나가에게 귀순했다. 이바라키 성이 노부나가의 수중에 넘어간 것이었다.

"찬하대사를 앞둔 시기, 작은 잘못은 책하지 않겠다."

노부나가는 죄를 묻지 않을뿐더러 기요히데에게 황금 삼천 냥을 내렸고 그를 따라온 가신 세 명에게도 황금과 의복 등을 내렸다. 그리고 공을 세운 다카야마 우곤에게는 칼과 말을 수여했다.

"지나친 처우다."

휘하의 장수와 하급 무사들까지 노부나가가 무엇 때문에 그들을 우대하는지 의아해했다. 노부나가도 마음속으로는 부하들 중에 불평이 있는 사람이 있을 것이라고 생각했지만 전쟁의 목적을 완수하기 위해 그렇게 할 수밖에 없었다.

본래 회유와 외교와 인내는 그의 기질과 맞지 않았다. 그래서인지 다른 한편에서는 적을 향해 치열한 공격을 퍼붓고 있었다. 가령, 아라키와 모리의 양군이 연합해서 틀어박혀 있는 효고의 하나구마花隈 성에는 끊임없이 공격을 가하면서 스마須磨, 이치노타니一之谷, 로코六甲 일대의 사원과 마을들을 가차 없이 불태워버렸다. 아무리 사소한 적대 행위를 해도 남녀노소를 불문하고 용서하지 않았다.

이렇듯 노부나가는 한쪽에서는 책략을 쓰고 다른 한쪽에서는 위협을 가해 성공을 거두고 있었다. 이제 아라키 무라시게에게는 양쪽 날개가 꺾인 이타미 성만 남아 있었다. 노부나가는 오른쪽 날개였던 다카야마 우곤과 왼쪽 날개였던 나카야마 기요히데를 잃은 무라시게의 진형을 두고 '바람에 금방이라도 쓰러질 허수아비'라고 하며 언제라도 마음만 먹으면 취할 수 있다고 판단했다.

마침내 12월 초순, 총공격이 시작됐다. 첫날 싸움은 8일 해질녘부터 밤 11시까지 이어졌다. 그런데 의외로 적의 저항은 완강했다. 그날 일진의 장수인 만미 센치요万見仙千代가 전사하고 병사 중에서도 많은 사상자가 속출했다.

둘째 날과 셋째 날 사상자는 늘었지만 성벽의 한쪽도 무너뜨리지 못했다. 무용이 뛰어난 아라키 무라시게의 휘하에는 과연 용감무쌍한 장병이 많았다. 거기에다 일족이나 부장들은 무라시게가 노부나가의 설득에 넘어가 한 차례 반기를 접으려고 했을 때 '지금에 와서 항복하는 것은 스스로 목을 바치러 나가는 것과 같다'며 강하게 만류한 책임감 때문이라도 죽을힘을 다해 저항하고 있었다.

난세의 복잡한 정세 속에서 싸움이 벌어지자 그 영향은 반슈를 필두로 오사카는 물론이고 단바와 산인 지방까지 일파만파로 번지고 있었다. 먼저 주고쿠에서는 히데요시가 때를 놓치지 않고 포위 중이던 미기 성을 공격했고, 원군인 사쿠마 군과 쓰쓰이 군은 모리의 준동을 비젠의 경계에서 막고 있었다. 세쓰 지방의 전쟁 소식을 들은 모리 대군이 일거에 상락을 꾀하려는 기운이 보였기 때문이다. 단바에는 하타노 히데하루波多野秀治 일족이 이때를 틈타 끊임없이 분란을 일으키고 있었다. 이 방면은 아케치 미쓰히데와 호소카와 후지타카가 다스리고 있던 영지여서 두 사람이 제압하러 달려갔다.

그렇게 노부나가와 히데요시, 미쓰히데 등이 당면한 적들은 양대 세력, 다시 말해 해로를 통해 서로 긴밀하게 연락을 취하고 있는 오사카의 이시야마 본원사와 모리 가의 손에 조종당하고 있는 꼭두각시들이라고 할 수 있었다.

"이젠 이곳의 싸움도 끝이 났군."

노부나가는 이타미 성을 바라보며 말했다. 이타미 성은 완전히 고립되었지만 아직 함락되지 않았다. 하지만 노부나가의 눈에는 이미 함락된 것과 마찬가지였다. 12월 25일, 노부나가는 아군의 포위망을 남겨두고 급히 아즈치로 돌아갔다. 정월은 아즈치에서 보낼 생각인 듯했다.

그렇게 예측할 수 없는 전란과 원정에 쫓기면서 한 해가 저물어갔지만 성 아래의 마을을 내려다보면 새로운 문화들이 눈부시게 발흥하고 있었다. 정리정연하게 구획된 마을의 크고 작은 점포들은 처마를 나란히 하고 노부나가의 경제정책의 성공을 여실히 대변하고 있었다. 객사와 역사에는 손님들이 넘쳤고 호반에는 정박한 배들의 돛대가 숲을 이루고 있었다. 또 무사들의 주택가나 무장들의 웅장한 저택도 대부분 완성되었다. 사원도 증축되고 있었고 일전에 허가를 얻은 오르간티노 교단의 선교사들도 땅을 골라 교회를 건립하고 있었다.

문화라는 것은 신비스러운 안개와 같았다. 본래 그것을 파괴하는 일만 해왔다고 할 수 있는 노부나가의 발밑에 바야흐로 획기적인 신문화가 발흥하고 있었던 것이다. 음악, 춤, 그림, 문화, 종교, 다도, 의식주 등 모든 분야의 문화가 일제히 구태의연함을 벗어던지고 일신하고 있었다. 가령, 여자들이 입는 옷 하나를 보더라도 서로 경쟁하듯 아즈치 문화의 창의성을 보여주고 있었다.

정월, 노부나가는 마을을 내려다보며 그러한 새로운 문화를 눈으로 보고 귀로 듣고 혀로 맛보면서 만족하고 있었다.

"이것이 내가 고대하며 기다리던 정월의 모습이다. 천하의 봄날이다."

파괴보다 건설이 즐겁다는 것은 말할 것도 없었다. 그의 파괴는 건설을 위한 사전 작업이었다. 언젠가는 지금 아즈치에서 발효하고 있는 생기발랄한 신문화가 동쪽 지방과 미치노쿠陸奧는 물론이고 북쪽과 주고쿠와 규슈를 개펄이 썰물에 잠기듯 가득 채울 것이다. 그리고 전국 방방곡곡의 사민들까지 모두 이곳의 사민과 똑같은 생활을 향유하게 될 것이다.

"바로 그러한 때, 나는 무엇을 하며 이 세상을 향유할 것인가?"

그것이 자신의 사명이라고 생각했을 때, 노부나가는 이때까지의 고난에 찬 길이 오히려 부족한 듯했다. 그럼에도 아즈치 성의 누각에서 성 아래의 번성한 모습을 볼 때마다 늘 문화라는 것의 정체에 대해 신비한 마음이 드는 것은 어쩔 수가 없었다.

파괴할 때는 무를 이용했지만 새로운 문화를 키워나가는 데는 거시적인 방향만을 제시한 것 외에 무나 권력은 이용하지 않았다. 또 다양한 문화의 새로운 양상도 결코 노부나가가 새로 만들어낸 것이 아니었고 그의 구상도 아니었다. 그럼에도 불구하고 어느새 구태의연함은 흔적도 없이 사라지고 생기발랄하고 새로운 문화가 형성되고 있었다. 게다가 전통의 본질을 잃지 않고서 말이다.

대체 어떤 위대한 작가가 그 모든 것을 지휘하고 만든 것일까. 확실히 말할 수 있는 것은 문화성文化性이라는 것만 있을 뿐 작가는 없다는 것이다.

굳이 문화를 만든 작가를 찾는다면 그것은 시대라고 할 수밖에 없다. 그해 덴쇼 7년(1579년)이라는 '시대'가 바로 그 작자라고 할 수 있을 터였다.

"참으로 좋은 봄날 하늘인 듯합니다."

노부나가가 그런 생각에 잠겨 있을 때, 화창한 햇살을 등에 받으며 사쿠마 노부모리가 누각의 일실로 새해 인사를 하러 왔다. 노부나가는 노부모리의 모습을 보고 불현듯 무언가 떠오른 듯했다.

"그렇지, 그 일은 그 후에 어떻게 됐는가? 그 일은?"

노부나가가 손에 든 술잔을 시종을 통해 노부모리에게 건네며 뜬금없이 물었다.

"그 일이라 하시면?"

노부모리는 잔을 물리면서 노부나가의 눈썹을 바라보았다. 노부나가가 또 무엇인가 떠올리려고 하는 듯 손을 눈썹에 대고 있었기 때문이다.

"그렇지. 쇼주마루라고 했지. 다케나카 한베의 고향에 맡겼다는 간베의 아들 말이네."

"아, 그 일 말씀이십니까?"

"자네를 사자로 보내 교토에서 요양 중이던 한베 시게하루에게 목을 쳐서 이타미로 보내라고 했는데, 그 후 목을 쳤다거나 보냈다거나 아무 보고가 없었네. 자네는 대답을 들었는가?"

"아닙니다. 저도 아직."

노부모리가 고개를 저으며 작년 사자로 갔던 일을 떠올리는 듯한 표정을 지었다. 사자의 임무는 확실히 끝냈지만 쇼주마루는 다케나카 한베의 영지인 미노美濃의 후와 군에 있었기 때문에 당장 확인할 수 없었다.

"우대신 가의 명령이라면 거역할 수 없으니 며칠 말미를 주십시오."

그 당시 한베는 그렇게 말했고 사쿠마 노부모리는 알았다며 다시 다짐을 받았다.

"그럼 분명히 전하였으니 잘 처리하게."

그리고 노부모리는 곧바로 돌아와 노부나가에게 그대로 고했다. 하지만 노부나가는 군무로 다망했고 얼마 뒤 철군을 하느라 그 일을 잊어버렸다. 노부모리도 한베가 직접 노부나가에게 결과를 보고했을 것이라고 생각했는지 그 일에 대해 까맣게 잊고 있었던 것이다.

"흐음, 그럼 그 후, 지쿠젠이나 한베로부터 아무런 보고가 올라오지 않았습니까?"

"오지 않았네. 아무 말도 없었네. 그 일에 대해서는."

"기이한 일이군요."

"자네는 분명 한베에게 내 명을 전한 것인가?"

"분명 전했습니다."

노부모리는 덧붙여 말했다.

"기껏 배신자의 볼모 한 명의 처분이라고는 하나 엄중한 군명을 받고 아직껏 아무런 처분을 내리지 않았다면 그 죄를 가만둘 수는 없습니다. 제가 돌아가는 중 교토에 들러 한베에게 어떻게 되었는지 물어보도록 하겠습니다."

"……그래야겠지."

노부나가는 그다지 마음이 내키지 않는 듯한 반응이었다. 기억이 나기는 했지만 엄명을 내리던 그때의 상황과 지금과는 심경에 큰 변화가 있었다. 하지만 노부모리를 보내 일단 명을 내린 것을 아무런 이유도 없이 내버려두라고 할 수는 없었다. 또 그래서는 사자로 간 사람의 체면이 서지 않는다고 생각해서인지 그저 고개만 끄덕였다.

그런데 노부모리는 노부나가가 자신이 사자의 임무에 소홀했다고 생각하는 것이 아닌지 오직 그 점만을 걱정하며 이윽고 새해 인사를 끝내고 퇴성했다. 그리고 이타미를 포위한 진중으로 돌아가는 도중 일부러 말 머리를 돌려 남선사를 찾았다.

“병중에 찾아와서 안됐으나, 노부나가 공께서 명하신 건에 대해 한베 님에게 물어볼 것이 있으니 말을 전해주길 바라네.”

노부모리는 혹여 거절당할까 봐 근엄하게 면회를 청했다. 말을 전하러 갔던 승려가 곧 돌아왔다.

“병중이라 방 안이 어지럽지만 괜찮다면 들어오시라고 말씀하셨습니다.”

“괜찮네.”

노부모리는 그렇게 말하며 승려의 뒤를 따라갔다. 별채의 장지문은 닫혀 있었고 연신 기침 소리가 들렸다. 한베가 어쩔 수 없이 병상에서 일어나 있는 듯했다. 노부모리는 잠시 밖에서 서성거리고 있었다. 눈이라도 내릴 듯한 하늘이었다. 낮이지만 남선사의 이슥한 산그늘은 춥기만 했다.

“들어오시지요.”

안에서 그렇게 말하며 작은 서원의 장지문을 연 것은 시중을 드는 가신이었다. 안을 들여다보니 한베도 병중인 몸을 일으켜 방 귀퉁이에서 손님을 맞았다.

“어서 오십시오.”

노부모리는 뚜벅뚜벅 안으로 걸어 들어가서 인사를 한 뒤 이내 한베에게 물었다.

“작년, 내가 군명이라며 전했던 쇼주마루의 목을 치라는 일은 이미 처리했다고 생각하오만, 그 후 확실한 보고가 없어서 주군께서도 의아하게 생각하고 계시오. 오늘은 그 일을 확인하기 위해 나를 다시 사자로 보내신 것이오. 시게하루 님, 어찌 되었소이까?”

“그 일이라면.”

한베는 세잔한 등을 보이고는 양손으로 땅을 짚으며 고했다.

"제가 그만 게을러서 이런 염려를 끼친 듯합니다. 병이 조금 회복되는 대로 서둘러 군명을 받들겠습니다."

"뭐, 뭐라? 지금 뭐라 했소이까?"

노부모리는 당황했다. 아니 당황했다기보다 얼굴빛으로 알 수 있듯 너무나 의외의 대답에 분노에 휩싸여 입안의 혀라도 꼬인 듯한 모습이었다. 한베는 얼굴을 들고 병자 특유의 눈빛으로 진노한 노부모리의 얼굴을 차분하게 바라보았다.

"아니 그럼……."

두 사람의 상반된 시선이 서로를 응시하고 있었다. 노부모리가 기침을 하며 물었다.

"귀공은 아직 그 볼모의 목을 치지 않았소이까? 그 목을 이타미 성에 있는 구로다 간베에게 보내지 않았단 말이오? 그렇소이까?"

"생각하시는 그대로입니다."

"생각하는 그대로라고? 그런 기외한 대답은 처음 듣소이다. 그대는 군명을 어기면 어떻게 되는지 알면서도 군명을 어긴 것이란 말이오?"

"당치도 않습니다."

"그럼 어찌 베지 않은 것이오?"

"볼모는 제 고향에 분명히 잡아놓고 있으니 그리 서두르지 않아도 언제라도 그리할 수 있다고 생각하여."

"가당치 않은 말이오. 내 이제껏 그러한 불손한 말을 사자로서 주군께 전한 예가 없소이다."

"본시 사자의 잘못이 아닙니다. 제 판단에 의해 일부러 늦춘 것입니다."

"일부러?"

"중요한 일이라고 생각하면서도 그만 병환에 있는 몸이어서……."

“본국에 전서 한 통만 날리면 될 일인 것을.”

“아닙니다. 다른 가문의 자식이라고는 하나 수년 동안 맡고 있으면 저절로 정도 들고 가련한 마음이 들어 평소에 그를 돌보던 이들은 쉽사리 벨 수 없을 것입니다. 만일 가신들이 분별없이 다른 이의 목을 보내기라도 하면 노부나가 공께 큰 죄를 짓는 거라 고민한 끝에, 제가 직접 가서 베려고 생각하고 있었습니다. 그러는 동안 병도 곧 나으리라…….”

한베는 그렇게 말하다 추운 듯 기침을 심하게 하더니 품속에서 종이를 꺼내서 입을 감쌌다. 한번 기침이 시작되면 좀처럼 멎지 않았다. 옆에 있던 가신이 한베의 뒤로 가서 괴로워하는 등을 연신 쓸어내렸다.

“…….”

노부모리는 어쩔 수 없이 입을 다문 채 한베가 진정되기를 기다렸다. 그러다 기침을 하며 병든 몸을 주무르고 있는 한베를 계속 바라보는 것이 괴로웠던 듯 먼저 말을 꺼냈다.

“자리에 들어 몸을 누이는 것이 어떻겠소?”

노부모리는 처음으로 근심하듯 권했지만 얼굴에는 일말의 동정도 보이지 않았다.

“어쨌든 귀공이 한 말을 근일 중에 반드시 실행에 옮기도록 하시오. 귀공의 태만에 대해 지금 여기서 말해본들 소용이 없을 것이니, 아즈치에는 내가 서신을 보내 그대로 고하도록 하겠소. 아무리 병중이라고는 하나 더 이상 지체하면 주군의 노여움을 부추기는 것과 같을 것이오. 다시 한 번 말하지만 소홀함이 없도록 하시오.”

노부모리는 여전히 기침으로 괴로워하는 한베를 무시하며 그렇게 말하고 자리에서 일어서서 툇마루로 나왔다. 그때 그는 쟁반에 약탕을 들고 오는 여인과 마주쳤다.

“오.”

"아니."

여인은 급히 쟁반을 내려놓으면서 노부모리 발밑에 몸을 숙였다. 노부모리는 마루에 엎드린 여인을 자세히 바라보며 말했다.

"아니, 그대는 언젠가 만난 적이 있는 듯하구려. 그렇지, 지쿠젠 님의 초대를 받고 나가하마에 갔을 때군. 그때 지쿠젠 님을 섬기고 있지 않았소?"

"예, 나리께서 오라버니의 간병을 하라며 허락해주셔서 한동안 이곳에 머물고 있습니다."

"하면 그대는 한베 님의 누이동생이오?"

"오유라고 합니다."

"오유 님. 흐음…… 그렇군."

노부모리는 그렇게 되뇌며 댓돌로 내려섰다. 오유는 그저 고개를 숙이고 있었다. 장지 너머로 한베의 기침 소리가 연신 들려왔다. 오유는 손님의 감정을 헤아리기보다 탕약이 식는 것을 근심하는 모습이었다. 밖으로 나선 노리모리가 돌아보며 그녀에게 물었다.

"하리마에 있는 지쿠젠 님은 근래 소식이 있었소?"

"아닙니다. 별다른 소식은."

"노부나가 공의 군명을 일부러 소홀히 한 것은 설마 지쿠젠 님의 지시 때문은 아니겠지만, 그렇게 의심을 받을 염려도 있소. 그리되면 지쿠젠 님도 어떤 일을 당할지 모를 일이오. 하여 거듭 당부하니 부디 구로다 간베의 볼모 문제는 신속하게 처리하는 것이 좋을 것이오. ……아, 눈이 오는군."

노부모리는 하늘을 올려다보며 급히 걸음을 재촉했다.

멀어져가는 그의 뒷모습 뒤로 흰 눈이 남선사의 큰 지붕을 스치며 점점이 내리고 있었다.

"오유 님, 오유 님!"

문득 기침이 멎은 장지 안에서 가신의 다급한 목소리가 들렸다. 오유는 가슴이 철렁해서 장지문을 열었다. 그러자 한베가 새빨개진 종이로 입을 막은 채 바닥 쪽으로 몸을 구부리고 있었다.

"아, 피! 오라버니!"

춘설이 순식간에 초암 주위를 새하얗게 뒤덮고 있었다.

간베 구출

노부나가의 전쟁은 히데요시가 맡은 주고쿠中國 진영, 미쓰히데가 활약하는 단바丹波 방면의 전선, 그리고 포위망을 치고 해를 넘겨 장기전에 들어간 이타미의 전선, 이렇게 세 방면에서 전개되었다. 주고쿠와 이타미는 여전히 교착상태를 벗어나지 못했고, 다소 활발한 움직임을 보이는 곳은 단바 방면뿐이었다.

세 전선에서 매일 노부나가에게 올라오는 문서와 보고의 수는 실로 엄청났다. 물론 참모와 유히쓰祐筆[7] 등을 거쳐 중요한 것들만 노부나가에게 올라왔다. 그중에서 사쿠마 노부모리의 서찰을 읽은 노부나가는 심히 불쾌한 기색으로 그것을 내던졌다. 다 읽은 문서는 란마루가 정리했다.

'뭐가 마음에 들지 않으셨던 걸까?'

란마루는 나중에 그것을 살짝 읽어보았다. 하지만 딱히 노부나가의 기분을 언짢게 할 만한 내용은 없었다. 서찰 속에는 그저 이타미로 돌아가는 도중, 다케나카 한베를 방문해서 일전에 내린 명을 재촉했다고 적혀 있었

---

7) 주군을 대신하여 각종 문서와 기록을 담당하는 무가의 직책. 서기.

다. 그 이면에 담긴 의미를 깊이 생각하면 노부모리가 말하려고 하는 바가 무엇인지 헤아릴 수 있었다.

즉, 뜻밖에도 한베가 아직 명을 실행에 옮기지 않아 한베에게 다시 엄중하게 독촉했으니 가까운 시일 안에 명을 완수할 것이라 말하고, 이를 확인하지 못한 자신의 소홀함을 너그럽게 용서해주기를 청하며 자신의 죄를 변명하기에 급급했을 것이다.

'주군께서는 그것이 마음에 들지 않으셨던 게로군.'

란마루는 노부모리의 일을 제외한 다른 부분에서는 대수롭지 않게 생각했다. 하지만 노부나가는 이 서찰로 인해 노부모리를 다시 보게 되었는데, 후일 그러한 인식의 변화가 겉으로 드러나게 되기까지는 노부나가 외에 어느 누구도 노부모리의 속내를 이해하지 못했다.

노부나가는 노부모리의 서찰을 본 뒤 한베 시게하루가 명을 어긴 것과 그 태만에 대해 딱히 격노하는 모습도 보이지 않았고, 아무것도 묻지 않고 독촉하지도 않았다. 그러니 다케나카 한베 역시 노부나가의 복잡하고 미묘한 기분의 변화를 알 리가 없었다. 한베가 며칠이 지나도 노부나가의 명을 실행에 옮기려 하지 않자 한베를 간병하고 있는 오유나 가신들은 노부나가가 벌을 내릴까 봐 아무 말도 못하고 벙어리 냉가슴 앓듯 가슴만 졸이고 있었다.

그러는 사이에 한 달이 훌쩍 지나 2월 중순으로 접어들었다. 남선사의 산문 부근과 초암의 처마 주변에도 매화가 피었다. 햇살은 날이 갈수록 따스해졌지만 한베의 병은 가볍지 않았다. 하지만 본래 지저분한 것을 싫어하던 한베는 매일 아침 습관처럼, 병실을 청소시키고 남쪽 툇마루 끝에 앉아 아침 햇살을 쬐며 지칠 때까지 묵연히 앉아 있었다. 그러면 오유가 한베에게 차를 가져왔는데 찻잔에서 피어오르는 김이 햇살 속에 눈부시게 보였다.

"오늘 아침은 혈색이 아주 좋아 보입니다."

"그렇게 보이느냐?"

한베는 찻잔을 쥐고 있던 야윈 손으로 자신의 뺨을 어루만지며 웃어 보였다.

"내게도 봄이 온 듯 기분이 아주 좋구나. 요 이삼일은 특히 더 그렇구나."

근래 이삼일은 혈색도 좋고 특히 기분이 좋아 보였다. 오유는 그런 한베를 바라보며 크게 기뻐했다. 그러다 문득 언젠가 의원이 넌지시 일러준 말이 떠올라 다시 근심에 휩싸였다.

"애초부터 완쾌는 기대할 수 없습니다."

하지만 오유는 속으로 이렇게 마음먹고 있었다.

'의원이 불치의 병이라고 해도 나은 예는 얼마든지 있다. 내가 정성을 다해 간병해서 반드시 오라버니를 건강하게 만들 것이다.'

그리고 어제, 하리마에 있는 히데요시가 그녀에게 한베를 잘 부탁한다는 편지를 보내왔다.

"오라버니, 이런 상태로 몸이 호전된다면 벚꽃이 필 무렵에는 분명 자리를 털고 일어나실 수 있을 것입니다."

"오유야……."

"예."

"너한테 미한하구나."

"무슨 말씀을 하실까 했는데…… 그런 말씀은 마세요."

"하하하."

한베는 사랑스러운 눈빛으로 힘없이 웃으며 말했다.

"형제자매인 탓에 오히려 고맙다는 말도 제대로 한 적이 없지만, 오늘은 왠지 고맙다는 말을 하고 싶구나. 이것도 기분이 좋은 탓일 게다."

"그럼 다행입니다만……."

"돌아보면, 벌써 십 년이 넘었구나. 보다이 산의 성을 나와 고향인 구리하라 산 속에 들어갔던 때로부터 말이다."

"세월이 정말 빠른 듯합니다. 저도 돌아보면 모든 게 꿈인 듯 여겨집니다."

"벌써 그 무렵부터 내 곁에서 아침저녁으로 밥을 짓고 간병까지 모두 네가 도맡아 해주었구나. 그 오랜 세월 고생이 참으로 많았다."

"아닙니다. 그것도 한순간에 지나지 않은 듯합니다. 그 무렵부터 오라버니는 자주 병이 낫지 않을 거라고 말씀하셨지만, 병이 호전되자 히데요시 님의 휘하에 들어가셔서 아네 강의 싸움과 나가시노 싸움, 그리고 에치젠과 오사카, 이세지를 오가며 그토록 건강하게 지내오지 않으셨습니까."

"그렇구나. 이런 몸으로 잘도 견뎌왔구나 하는 생각이 들 때도 있다."

"그러니 이번에도 정양을 잘하시면 분명 나을 것입니다. 본래의 건강한 상태로 회복하실 수 있을 것입니다."

"아직 죽고 싶지는 않구나."

"그런 일은 절대 없을 것입니다."

"더 살고 싶구나. 살아서 이 어지러운 세상이 평화로워지는 모습을 보고 싶구나. 또 적어도 주종의 인연을 맺은 히데요시 님의 장래도……. 아아, 몸만 건강하다면 미력하나마 힘이 닿는 데까지 봉공하고 싶구나."

"부디 꼭 그렇게 하도록 하십시오."

"하나……."

한베는 문득 기운 없는 목소리로 말을 이었다.

"사람의 천수란 마음대로 할 수 있는 것이 아니다. 아무리 애를 써도 그것만큼은……."

한베는 안타까운 듯 중얼거렸다. 오유는 한베의 눈을 보고 한베가 이미 각오하고 있는 듯싶어 가슴이 먹먹해졌다.

남선사의 종이 한가로이 정오를 알리고 있었다. 전국戰國 시대였지만 매화가 피면 지팡이를 짚고 매화를 보러 오는 사람도 있었고, 그 매화가 지면 슬퍼하는 휘파람새의 울음소리도 들렸다.

아직 이른 봄인 2월, 병세가 호전되었다고는 하지만 밤이 되면 한베의 기침 소리에 초암의 등불은 여전히 추운 듯 가늘게 흔들렸다. 그래서 오유는 몇 번이나 한밤중에 일어나 오라비의 등을 쓰다듬으며 밤을 새워야 했다. 가신들도 있었지만 한베는 그들에게 그런 일을 시키지 않았다.

"그들은 내가 전쟁에 임했을 때, 내 앞에서 싸우는 사람들이다. 내 등이나 쓸어내리는 일을 하기에는 아까운 자들이다."

그날 밤도 오유는 밤중에 일어나서 한베의 등을 쓸어내리거나 부엌에 가서 탕약을 달였다. 그런데 문득 문밖에서 울타리의 대나무 가지를 밟는 듯한 소리가 들리더니 은밀히 중얼거리는 소리가 들려왔다. 오유는 가만히 귀를 기울였다.

"아, 불이 켜져 있습니다. 기다리십시오. 누가 일어나 있는 듯합니다."

잠시 뒤, 문밖에서 들리던 사람 소리가 처마 밑으로 다가오더니 가볍게 문을 두드렸다.

"누구세요?"

"오유 님이십니까? 구리하라 구마타로입니다. 이타미에서 지금 돌아왔습니다."

"아, 돌아오셨군요. 오라버니, 구마타로가 돌아왔습니다."

오유는 상기된 목소리로 문 쪽으로 다가가 빗장을 열었다. 구마타로 혼자인 줄 알았는데 세 사람이 서 있었다. 구마타로는 오유에게서 물통을 빌려 두 사람을 데리고 우물 쪽으로 갔다.

"누굴까?"

오유는 그 자리에 서 있었다. 구마타로는 한베가 구리하라 산에 한거하던 무렵부터 가까이 둔 가신이었다. 당시에는 고구마라고 불렸는데, 지금은 벌써 삼십 대의 어엿한 무사가 되어 있었다.

구마타로는 두레박으로 물을 퍼서 물통에 담고, 다른 두 사람은 손발에 묻은 흙과 옷자락에 묻은 피를 씻어냈다. 오유는 한베의 지시대로 서둘러 작은 서원에 불을 밝힌 뒤 나무 화로에 불을 넣고 손님들이 깔고 잘 요를 준비했다.

"구마타로가 데려온 손님 중 한 명은 분명 구로다 간베일 것이다."

한베의 말에 오유는 적잖이 놀랐다. 작년부터 그가 이타미 성안에 붙잡혀 있다거나 아라키의 편에 가담했다는 소문이 떠돌고 있었기 때문이다. 한베는 평소 공무나 군사기밀에 대해서는 가신에게도 일절 말하지 않았기 때문에 오유도 구리하라 구마타로가 작년부터 대체 어디에 무엇을 하러 가서 오랫동안 돌아오지 않는 것인지 전혀 알지 못했다.

"오유야, 옷을 다오."

한베는 일어나서 옷을 갈아입었다. 오유는 걱정이 됐지만 오라비의 성격상 아무리 병이 위중한 때라도 손님을 맞을 때에는 자리에서 일어나서 옷을 갈아입는 습관을 잘 알고 있었기 때문에 순순히 대답했다.

"예."

오유는 뒤에서 한베가 옷을 갈아입는 것을 도왔다. 한베가 헝클어진 머리를 빗고 입을 헹군 뒤 서원으로 나오자 구마타로와 다른 두 사람이 벌써 자리에 앉아 조용히 주인을 기다리고 있었다.

"오!"

손님 중에 한 사람이 그렇게 외치자 한베도 감정 어린 소리로 답했다.

"오, 이렇듯 무사히."

한베가 자리에 털썩 앉자, 두 사람은 서로 손을 마주 잡았다.

"걱정했소이다."

"난 이처럼 무사하오."

"정말 다행이오."

"그대에게도 심려를 끼쳤소이다. 정말 면목이 없소."

"어쨌든 이렇게 다시 만난 것은 천우신조일 것이오. 내게 근래 없는 기쁜 일이오."

"모두 주군과 귀공 덕분이오. 잊지 않겠소."

두 사람이 기뻐하는 모습에 옆에 있는 사람들까지 눈시울이 뜨거워질 정도였다. 손님 중 한 명은 새삼 말할 것도 없이 바로 이타미에서 탈출한 구로다 간베 요시타카였다. 또 다른 손님인 고령의 무사는 두 사람의 감격스러운 해후를 방해하지 않으려는 듯 처음부터 시종 침묵을 지키고 앉아 있었다. 이윽고 그가 간베의 권유를 받고 자신을 소개했다.

"저는 하시바 가의 무사로 늘 진중에서 멀리서나마 모습을 뵙고 있었습니다만, 평소에는 진중에 있는 경우가 적은 간자 조직에 적을 두고 있기 때문에 저를 본 적이 없으실 것입니다. 저는 하치스카 히코에몬의 조카인 와타나베 덴조라고 합니다. 앞으로 잘 부탁드리겠습니다."

한베는 무릎을 치며 말했다.

"오, 와타나베 덴조 님이 바로 그대였소이까? 소문은 익히 들었소이다. 그러고 보니 어딘가에서 한두 번 본 적이 있는 듯하기도 하오."

말석에 앉은 구마타로가 덧붙여 말했다.

"실은 뜻밖에 이타미 성안에서 같은 목적으로 잠입해 있던 덴조 님과 성의 망루 아래에 있는 옥사 앞에서 만났습니다."

덴조가 이어 말했다.

"우연이랄까, 천우신조랄까, 구마타로 님을 만난 덕분에 그 엄중한 성안에서 간베 님을 구출할 수 있었습니다. 만일 저 혼자나 구마타로 님 혼자였다면 실패하고 도중에 적들의 칼을 맞고 죽었을지도 모릅니다."

두 사람은 서로 바라보며 미소를 지었다. 그동안 구로다 간베를 구출하기 위해 히데요시 쪽에서도 많은 노력을 기울였다. 어떤 때는 사람을 보내 아라키 무라시게에게 간베의 신변을 인도해달라고 청하기도 하고, 어떤 때는 무라시게가 믿고 있는 승려를 보내 넌지시 설득하는 등 갖은 방법을 시도해봤지만 무라시게는 완강하게 간베의 신변을 인도하지 않았다. 그러자 히데요시가 최후의 수단으로 와타나베 덴조에게 명을 내렸다. 천재지변이든, 병화든 성안에서 변고가 일어나기를 기다렸다가 옥중의 간베를 구출하라고 명한 것이었다.

덴조는 성안으로 잠입해서 기회를 엿보고 있었다. 그리고 이삼일 전날 밤, 무슨 축하할 일이라도 있는 듯 아라키 무라시게 일족과 장병들이 모두 모여 대청에서 주연을 열었다. 마침 그날 밤은 달도 없고 바람도 불지 않는 캄캄한 밤이었다.

'오늘 밤에는 반드시.'

덴조는 미리 눈여겨보았던 망루 아래의 옥사로 기어갔다. 그런데 한 사내가 자신과 똑같이 몰래 침입해서 옥사 안을 연신 엿보고 있는 것이었다. 처음에는 수상히 여겨 유심히 지켜보고 있다가 아무래도 성의 병사는 아닌 듯싶어 다가가서 자신의 정체를 밝혔다.

"나는 하시바 지쿠젠노카미 님의 간자인 와타나베 덴조라고 하오."

그러자 상대도 자신의 신분을 밝혔다.

"나는 다케나카 한베의 가신인 구리하라 구마타로라고 하오."

이윽고 두 사람은 서로의 목적이 똑같다는 사실을 알게 되었다. 그리고 서로 협력해서 옥사의 창을 부수고 안에 있던 간베를 구출한 다음 성벽과 담장을 넘어 수문 근처에 있는 작은 배를 타고 해자를 건너 도망쳐 왔던 것이다.

"구마타로에게 명을 내렸지만 십중팔구 어려울 것이라고 걱정하고 있었는데, 이렇듯 성공한 것은 오로지 천지신명께서 돌봐주신 듯하다. 그런데 그 후, 며칠 동안 어떻게 보내며 이곳까지 당도하였는가?"

일의 전말을 상세하게 들은 한베가 구마타로에게 묻자 구마타로는 자신의 공을 자랑하는 듯한 기색도 없이 겸허하게 말했다.

"비교적 성 밖까지는 별 어려움 없이 탈출했으나, 그 이후가 문제였습니다. 곳곳의 검문소나 관문에서 아라키 군사들이 야영을 하고 있었습니다. 그래서 몇 번이나 그들에게 포위당해 뿔뿔이 흩어질 뻔하기도 했습니다만 간신히 적들을 베고 도망쳤는데, 그만 간베 님께서 왼쪽 무릎에 적의 칼을 맞아 멀리 갈 수 없게 되었습니다. 하여 어쩔 수 없이 농가의 헛간에서 잠을 자면서 밤에 움직이고 길가의 사당에서 쉬면서 교토까지 온 것입니다."

구마타로의 말이 끝나자 간베가 이어 말했다.

"그렇게까지 하지 않고 멀리 성을 둘러싸고 있는 오다 군 진영으로 도망치면 됐을 터지만, 아라키 무라시게가 말하길 노부나가 공께서 나를 심히 의심하고 있다고 했소이다. 무라시게는 그것을 이용해 자신에게 가담하라며 계속해서 설득했소이다. 나는 그것을 일소에 부치고 말았으나 솔직히 자세한 사정도 모르고 의심받는 것을 의외라고 생각하지 않았소. 그래서 일부러 아군의 도움을 청하지 않고 교토까지 온 것이오. 일이야 어찌 됐건 귀공을 만나고 싶다는 일념으로 말이오."

간베가 씁쓸한 미소를 짓자 한베도 묵연히 고개를 끄덕였다. 서로 묻고 싶은 말과 하고 싶은 말이 다 끝나자 어느덧 날이 하얗게 새고 있었다. 오유는 벌써 부엌에서 아침밥을 짓고 있었다.

수의壽衣

밤을 새우며 이야기를 나눈 탓에 네 사람의 얼굴은 피곤해 보였다. 그들은 아침을 먹고 나서 얼마간 수면을 취한 뒤 다시 얼굴을 마주했다.

"그런데."

한베가 간베에게 물었다.

"다소 급한 감은 있으나, 나는 오늘 이곳을 떠나 본국인 미노美濃에 들렀다가 다시 아즈치로 가서 노부나가 공을 뵙고자 하오. 귀공의 일은 내가 잘 말씀드릴 터이니 지금 바로 반슈로 가시는 것이 어떻겠소이까?"

"나도 하루빨리 그러고 싶은 마음이나……."

간베는 근심스런 얼굴로 한베의 얼굴을 응시했다.

"아직 병중의 몸으로 급히 여정에 오르는 것은 좋지 않을 듯싶소. 더욱이 본국으로 가는 것이라면 근심할 바가 없으나."

"아니오. 오늘부로 자리에서 일어날 생각이었소이다. 언제까지 병을 이유로 누워 있을 수도 없고, 근래에는 기분도 훨씬 나아졌소."

"하나, 흔히 병을 앓고 난 뒤 요양이 중요하다고 하였소. 얼마나 급한 용무인지는 모르나 좀 더 요양하는 것이 어떻겠소이까?"

"마음속으로 봄이 오기 전에 속히 병상에서 일어나려고 했으나, 실은 귀공의 안부를 확인할 때까지 미루고 있었던 것이오. 이렇듯 무사한 모습을 보았으니 이젠 더 이상 마음에 걸리는 일도 없소. 속히 아즈치 성으로 가서 노부나가 공의 처분을 기다려야 하니, 오늘 여기서 작별을 하고자 하오."

"노부나가 공의 처분을 기다려야 한다니, 그게 대체 무슨 말이오?"

"아직 말씀드리지 않았으나 실은……."

한베는 그제야 작년부터 노부나가의 명을 어긴 사정을 간베에게 이야기했다. 간베는 물론 모두 처음 듣는 이야기에 깜짝 놀랐다. 간베는 노부나가가 자신을 그렇게까지 의심했고, 또 그로 인해 자신의 아들인 쇼주마루의 목을 치라는 엄명을 내리라고는 꿈에도 상상하지 못했다.

"그랬었구려."

간베는 신음하면서 문득 노부나가에게 냉소에 찬 공허한 감정을 느꼈다. '혈혈단신으로 이타미 성에 들어가서 구사일생으로 살아 돌아온 것은 과연 누구를 위한 것인지'라는 생각이 들 수밖에 없었다. 또 그와 반대로 히데요시의 깊은 정과 한베의 우정에 눈시울이 뜨거워졌다.

"그럼 아즈치에 간다는 것은 노부나가 공을 뵙고 그 죄를 고하기 위함이란 말이오?"

"그렇소. 일찍부터 결심하고 있던 일, 아울러 귀공의 결백도 고할 생각이오."

"송구한 말이나, 어찌 내 아들 때문에 귀공이 처분을 받는 것을 보고 있을 수만 있겠소. 그런 일이라면 내가 직접 아즈치로 가서 모든 것을 고하겠소. 그러니 귀공은 이곳에 있도록 하시오."

"아니오. 오늘까지 군명을 어긴 죄는 내게 있소. 그대는 모르는 일이오. 단지 귀공에게 부탁하고 싶은 것은 앞으로도 하리마의 히데요시 님의 곁에 있으며 잘 보좌해주기를 바라는 것 외에는 없소이다. 죗값을 치르든 용서를 받든 모두 이 병든 한베가 감수해야 할 일이니, 부디 그대는 일각이라도 빨리 하리마로 가도록 하시오."

한베는 청을 하듯 벗을 향해 고개를 숙였다. 병자의 몸이었지만 생각이 깊고 신중하기 그지없던 한베는 자신의 입으로 내뱉은 말을 결코 거두는 법이 없었다.

"그렇게까지 말씀한다면."

결국 간베는 한베의 뜻을 따를 수밖에 없었다.

그날 두 사람은 각각 동쪽과 서쪽으로 말 머리를 향했다. 간베 요시타카는 와타나베 덴조와 함께 하리마로 갔고, 한베는 병구를 이끌고 본국인 미노의 후와 군으로 향했다. 한베는 가신들과 동생인 오유를 초암에 남겨둔 채 구리하라 구마타로만 데리고 떠났다.

오유는 남선사 문 앞에서 울며 한베를 배웅했다. 그녀는 한베가 다시 돌아오지 못할 것이라고 생각했다. 함께 배웅하던 승려들이 몸을 가누지 못할 정도로 슬퍼하는 그녀를 부축해 산문 안으로 데리고 들어갔다. 한베도 필시 같은 생각을, 아니 그보다 더 비통한 심정이었을 것이다. 그는 게아게蹴上까지 이르자 갑자기 무언가가 생각난 듯 고삐를 멈추더니 구마타로를 불렀다.

"한 가지 말하지 못한 것이 있구나. 여기서 편지를 써줄 테니 돌아가서 오유에게 전하도록 하라."

한베는 종이를 꺼내 말 위에서 무언가 재빨리 적은 뒤 구마타로에게 건넸다.

"나는 슬슬 앞서가고 있을 테니 나중에 뒤따라오너라."

구마타로는 편지를 공손히 받아 재빨리 달려갔다.

"아아, 내 잘못이다. 내가 걸어온 길은 추호도 후회하지 않으나, 누이

동생은 여자의 길을…….”

한베는 다시 한 번 남선사 경내를 내려다보며 그렇게 중얼거렸다. 그리고 말 머리를 돌려 길을 향했다.

무사의 길은 외길이었다. 설사 오늘 삶이 끝난다고 해도 한베는 일찍이 구리하라 산을 내려온 이래로 걸어온 길을 후회하지 않을 것이다. 하지만 그의 마음을 끊임없이 괴롭힌 것은 동생인 오유가 히데요시의 측실로 있는 것이었다. 그것은 극히 자연스럽게 이루어진 운명이라고 할 수 있었지만 그의 결백함은 그것을 허락하지 않았다. 또 여자로서 자신의 길을 선택해야 할 중요한 시기에 오유를 자신의 곁에 붙잡아둔 것을 끊임없이 자책하고 있었다.

하지만 그것도 벌써 십 년 전 일이었다. 한베는 자신에게 잘못이 있지 동생은 아무 잘못도 없다고 생각했다. 그럼에도 그는 여전히 자신이 죽은 다음 동생의 앞날이 어떻게 될지 걱정하고 있었다. 특히 그는 죽음을 각오하고 있는 무사의 인생에서 한 점의 오점을 남겼다는 생각에 늘 가슴이 아팠다. 그래서 몇 번인가 주군에게 사죄하고 물러나든지, 동생에게 그런 심정을 털어놓고 다른 곳으로 보내려고 했지만 적당한 기회를 잡지 못하고 어느덧 시간만 흘렀던 것이다.

“하지만, 이젠.”

한베는 이번에 떠나면 두 번 다시 돌아오지 못할 것이라고 생각하며 오유에게 말할 용기를 냈다. 동생의 애처로운 모습을 보고 있을 때는 입이 떨어지지 않았지만 서신으로는 자신의 뜻을 전할 수 있을 듯했다. 필시 오유는 노래의 가사 속에 담긴 뜻을 헤아릴 수 있을 것이다. 그리고 자신이 죽은 뒤에는 오라비를 추도한다는 구실로 지금의 상황에서 벗어날 수 있을 것이다.

“이젠 아무것도 마음에 걸리는 것이 없다.”

그날 한베의 심경이 바로 그러했다. 야마나시山科 부근, 한가로운 봄날의 해는 아직 중천에 떠 있었다.

한베 시게하루는 후와에 도착한 뒤 조상들의 성묘로 하루를 보내고, 잠시 보다이 산에 머물면서 고향의 산하를 바라보며 회상에 잠겼다. 오랜만에 돌아온 고향이었지만 오래 머물 수는 없었다.

다음 날 아침, 한베는 일어나자마자 바로 머리를 묶고 병 때문에 좀처럼 할 수 없었던 목욕을 한 뒤 이토 한에몬伊東半右衛門을 부르라고 명령했다.

보다이 산자락의 들판과 성안의 나무들 사이에서 휘파람새 울음소리가 연신 들려왔다. 또 어딘가에서 소고 소리도 들려왔다.

"한에몬, 여기 대령했습니다."

이윽고 호방한 늙은 무사가 하얀 장지문을 등에 지고 부복했다. 쇼주마루를 감시하고 보호하는 임무를 맡고 있는 사내였다.

"한에몬, 왔는가? 이리 가까이 오게."

한베는 그를 가까이 불러 말했다.

"일찍이 자네에게 소상히 일러둔 대로 드디어 볼모인 오마쓰於松(쇼주마루) 님을 아즈치에 데리고 가지 않으면 안 될 날이 왔다. 당장 오늘 출발해야 하니 자네가 함께 갈 자들에게 일러 즉시 출발 준비를 하라고 이르라."

한에몬은 주인의 고충과 사정을 잘 알고 있었음에도 안색이 창백해지고 관자놀이가 떨리는 것을 주체하지 못하고 물었다.

"예? 그럼, 오마쓰 님의 목숨은 도저히?"

한베는 안심하라는 듯 지극히 평온한 미소를 지어 보였다.

"아니네. 그럴 일은 없을 것이네."

한베는 다시 말을 이었다.

"내 목숨과 바꾸더라도 노부나가 공의 분노를 풀어 보일 것이네. 오마쓰 님의 부친인 간베 님은 이미 이타미를 탈출해서 하리마 진중으로 가 있으니 그의 결백이 증명된 것이나 다름없네. 이제 남은 것은 군명을 어긴 나의 죄뿐이네."

한에몬은 아무 말 없이 물러나서 아이들의 방 쪽으로 걸음을 옮겼다. 그곳으로 가까이 가자 신나게 떠드는 소년들의 밝은 목소리와 북소리가 들려왔다. 쇼주마루를 중심으로 춤 실력이 뛰어난 고도쿠幸德라고 하는 동자승과 집안의 소년들이 북을 치며 놀고 있었다.

몇 년 동안 쇼주마루는 다케나카 가에서 볼모로 지냈지만 볼모로 여겨지지 않을 정도로 다케나카는 쇼주마루에게 잘 대해주었다. 그는 평소에도 쇼주마루의 교육과 건강을 챙길 뿐 아니라 자신의 아들 이상으로 애정과 책임감을 가지고 보살폈다.

구로다 가 쪽에서 이구치 헤이스케井口兵助와 오노 구로자에몬大野九郞左衛門이 따라왔지만 다케나카 가에서는 이토 한에몬을 가신으로 삼아 금과옥조처럼 키우고 있었다. 그런 한베의 호의 아래, 자세한 내막을 모르고 있었던 이구치 헤이스케와 오노 구로자에몬은 지금 당장 길을 떠나야 한다는 이야기를 듣고 아연실색했다. 두 사람은 어렴풋하게나마 사정을 헤아리고 있었던 것이다.

"그러면 아즈치로?"

이구치 헤이스케와 오노 구로자에몬이 절망적인 얼굴로 서로를 바라보며 탄식하자 한에몬이 달래듯 말했다.

"걱정할 것 없소. 설사 아즈치로 데려간다고 해도 주인인 시게하루 님을 굳게 믿고 모든 것을 맡기면 될 것이오."

아무것도 모르는 쇼주마루는 동자승인 고도쿠를 비롯해 소년들과 북을 치고 춤을 추거나 깔깔거리며 노느라 정신이 없었다. 쇼주마루는 올해

열세 살이었는데 마쓰치요 혹은 오마쓰라고도 불렸다. 후일의 구로다 나가마사黑田長政가 바로 이 소년이었다. 다른 가문의 볼모로 있었지만 부친인 요시타카의 강직함과 전국 시대에 나고 자란 아이답게 조금도 위축되거나 주눅이 든 모습을 보이지 않았다.

"헤이스케, 뭐야? 한에몬이 뭐라고 했어?"

오마쓰는 북을 놓고 이구치 헤이스케 곁으로 달려왔다. 또 다른 보호무사인 오노 구로자에몬과 헤이스케가 서로 얼굴을 바라보며 탄식하는 모습을 보고 오마쓰의 마음에도 걱정이 생긴 듯했다.

"아닙니다. 걱정할 일은 아닙니다."

두 가신은 먼저 그렇게 말하고 달래듯 다시 말을 이었다.

"지금 여행을 떠날 준비를 하시고, 한베 시게하루 님과 함께 아즈치로 가실 것입니다."

"누가?"

"도련님이 말입니다."

"나도 가야 한다고? 아즈치로?"

"예."

그 말을 들은 오마쓰는 눈물을 뚝뚝 흘리며 얼굴을 돌리는 두 가신을 바라보지도 않고 소리쳤다.

"정말? 이야, 신난다!"

오마쓰는 손뼉을 치고 펄쩍펄쩍 뛰며 다다미방 쪽으로 다시 뛰어가다가 같이 놀고 있던 소년들과 고도쿠를 보며 외쳤다.

"아즈치에 간다. 이곳 성주님과 함께 여행을 떠난다. 이젠 춤과 북은 그만, 그만하자."

그리고 오마쓰는 큰 소리로 재촉했다.

"헤이스케, 구로자, 옷은 이대로 괜찮아?"

그때 이토 한에몬이 와서 주의를 주었다.

"성주님께서 목욕을 시키고 머리도 단정하게 묶어주라고 말씀하셨습니다."

두 가신은 오마쓰를 목욕탕으로 데려가서 목욕을 시키고 머리를 단정하게 묶어주었다. 그리고 오마쓰에게 다케나카 가에서 보내준 옷을 입혔는데, 속옷과 고소데小袖 모두 순백의 수의였다.

"역시 한에몬 님의 말씀은 우리를 위로하기 위해 한 것이고 실은 노부나가 공의 면전에서 목을 칠 생각인 듯하다."

두 사람은 그렇게 생각하고 비통한 눈물을 흘렸지만 오마쓰는 그것을 전혀 알아차리지 못하고 흰 수의 위에 붉은 비단으로 지은 진바오리와 중국 비단으로 만든 하가마를 입었다. 하얀 고소데 위에 붉은 비단을 걸친 모습이 실로 아름답고 앳돼 보여 두 가신은 눈물을 감출 수 없었다.

채비가 끝나자 두 사람은 오마쓰를 데리고 다케나카 한베의 방으로 갔다. 한베는 벌써 채비를 다 마치고 오마쓰를 기다리고 있었다. 그렇게 몇 사람만이 모여서 송별 잔치를 벌였다.

"여행을 떠나면 말도 금세 배가 고픈 법이니 밥을 많이 먹어두어라."

한베가 말하자 오마쓰가 씩씩하게 대답했다.

"예! 그럼 한 그릇 더 먹겠습니다."

오마쓰는 식사를 다 끝낸 뒤 슬픈 표정으로 앉아 있는 두 가신을 전혀 개의치 않고 두 번이나 한베를 재촉했다.

"자, 그럼 가시지요."

"그럼 다녀오도록 하겠네."

마침내 한베가 자리에서 일어났다. 그리고 방 안에 있는 일족과 가신들의 얼굴을 내려다보며 말했다.

"뒷일을 잘 부탁하네."

나중에 생각하면 '뒷일'이라는 짧은 말 속에는 그의 만감과 자신이 죽은 뒤의 일을 부탁한다는 마음이 담겨져 있었다.

아네 강의 싸움에서도 그렇고, 그 뒤 공을 세울 때마다 다케나카 한베는 몇 번이나 노부나가를 알현하고 은전을 받았다.

"히데요시에게 듣기로 그대는 히데요시의 가신인 동시에 스승으로 히데요시가 공경하고 있다고 하는데, 그래서 그런지 나도 그대를 소홀히 생각하고 있지 않네."

아네 강의 싸움에서 공을 세웠다는 말을 들은 노부나가는 한베에게 직접 그렇게 말을 했고, 기후 성에 있을 때부터 한베를 직신으로 대하고 있었다.

이윽고 아즈치 성에 도착한 한베는 여느 때와 달리 성장盛裝을 한 채 자신의 옆에 간베 요시타카의 적자인 오마쓰를 데리고 노부나가가 있는 누각으로 향했다. 전날 밤 한베로부터 연락을 받은 노부나가는 한베가 오기를 기다리고 있었다. 얼마 뒤 한베가 도착하자 노부나가가 한베를 보며 온후한 태도로 말했다.

"잘 왔네. 더 가까이 오라. 누가 한베에게 깔고 앉을 것과 요를 주도록 하라."

노부나가는 멀리서 엎드려 있는 한베의 등을 바라보며 파격적이라고 할 만큼 그를 위무했다.

"이제 병은 다 나았는가? 하리마에서 오랫동안 진중에 머물러 심신이 피곤할 것이네. 내가 보낸 의원에게 듣자니 당분간 전쟁은 무리이고 적어도 일이 년은 정양을 해야 한다고 들었네만……."

근래 이삼 년간 노부나가는 신하에게 상냥하고 온화하게 말한 적이 별로 없었다. 한베는 당혹스러워 기쁜지 슬픈지 분간하기조차 어려웠다.

"과분한 말씀이십니다. 전쟁에 나가서는 병구의 몸이었고 후방에 머물며 제대로 봉공조차 하지 못했음에도 군은君恩만 입었습니다."

"아니네. 그대가 건강해야 지쿠젠도 힘을 얻고 근심이 없을 것이네."

"그렇게 말씀하시니 소신, 몸 둘 바를 모르겠습니다. 이곳에 오는 것이 염치가 없는 일인 줄 알면서도 감히 오늘 이렇듯 알현을 청한 것은 다름이 아니라 작년, 사쿠마 노부모리 님을 통해 제게 쇼주마루 님의 목을 치라는 명을 제 마음대로 오늘까지."

"잠깐."

노부나가는 한베의 말을 가로막으며 한베와 나란히 엎드려 있는 소년을 보고 물었다.

"오마쓰가 저 아이인가?"

"예, 그러하옵니다."

"흐음, 과연 어리지만 간베를 닮아 어딘지 다른 구석이 보이는군. 믿음직한 아이구나. 한베, 앞으로도 사랑으로 잘 보살펴주도록 하라."

"그럼, 오마쓰 님의 목은?"

한베는 얼굴을 들어 노부나가를 응시했다. 그는 만약 노부나가가 지금 당장 오마쓰의 목을 치라고 하면 목숨을 걸고 그 부당함을 간할 각오로 왔던 것이다. 그런데 노부나가는 그런 기색을 조금도 보이지 않을뿐더러 한베가 자신을 응시하자 돌연 웃음을 터뜨리며 자신의 어리석음을 자책하듯 말했다.

"그 일은 그만 잊어주게. 실은 나도 그 뒤 내가 얼마나 의심이 많은 사내인가 생각하며 후회하고 있었네. 지쿠젠에게나 간베에게도 면목이 없게 됐네. 후일 과연 지혜로운 그대가 내 명을 무마하고 오마쓰의 목을 치지 않았다는 것을 알고 속으로 가슴을 쓸어내렸네. 그러니 어찌 그대에게 죄를 물을 수 있겠는가. 죄는 내게 있네. 내 부덕함을 용서하게."

노부나가는 머리만 숙이지 않았을 뿐 속내를 솔직히 털어놓았다. 그리고 어서 빨리 그 문제에서 다른 곳으로 화제를 돌리고 싶다는 표정을 지어 보였다. 하지만 한베는 노부나가의 용서를 쉽사리 받아들이지 않았다. 노부나가가 잊어달라고 말했지만 한베는 기뻐하지 않았다.

"일단 내리신 명을 이대로 유야무야 넘기시는 것은 앞으로 군명의 위엄에도 큰 누가 될 것입니다. 하여 부친인 요시타카의 결백과 공을 감안하여 쇼주마루의 참수는 거두는 대신 쇼주마루에게 그에 응당한 표본을 보이라 명하시고, 또 군명을 어긴 제 죄도 그와 마찬가지로 스스로 공을 세워 속죄하라고 명하심이 옳은 줄 압니다."

한베가 그렇게 고하고 다시 엎드려 노부나가의 공명정대한 처분을 청하자 본래 노부나가도 같은 마음이었는지 한베의 청을 승낙했다. 한베는 정식으로 노부나가의 관대한 용서를 받은 뒤 옆에 있는 오마쓰를 향해 노부나가에게 감사의 인사를 올리라고 말했다. 그리고 노부나가를 향해 다시 말했다.

"저희 두 사람, 어쩌면 이것이 금생에서 주공을 마지막으로 보는 것일지도 모르겠습니다. 그럼 주공의 무궁한 무운을 빌며 갈 길이 바쁘니 오늘은 이로써."

그러자 노부나가가 의아한 얼굴로 물었다.

"금생의 마지막이라니 왜 그런 이상한 말을 하는가? 그 말은 다시 내 뜻을 거스르겠다는 말인가?"

"그럴 리가 있겠습니까."

한베는 고개를 저은 뒤 옆에 있는 오마쓰의 행색을 바라보며 말했다.

"여기 이 아이의 모습을 보십시오. 지금 바로 부친인 요시타카가 있는 하리마의 진영으로 가서 생사의 백척간두에 서서 부친에게 뒤지지 않는 공을 세울 각오를 하고 있습니다."

"뭐라? 그러면 전쟁터로 갈 심사인가?"

"요시타카는 이름 있는 무사이고 오마쓰는 그런 그의 아들이니 그저 주공의 관대함에 안주하고 있을 리가 없다고 생각하여 제가 그렇게 하도록 했습니다. 이 아이가 초전에 임하기 전에 한 마디, 용맹하게 싸우라고 격려의 말씀을 해주신다면 더 이상 바랄 것이 없을 것입니다."

"으음, 그런데 자네는."

"병구의 몸이라 아군에게 아무런 힘도 도움도 되지 못할 것이나, 마침 좋은 기회라 여겨 오마쓰를 데리고 진중으로 돌아갈 생각입니다."

"몸은 괜찮겠는가?"

"무문에 태어나서 게다가 오늘과 같은 가을날, 이불 위에서 죽는다면 그 얼마나 애석한 일이겠습니까. 죽을 자리를 찾아 신명을 다하고자 합니다."

"흐음, 자네의 각오가 그러하다면……. 그렇지, 오마쓰의 초전도 축하해줘야겠군."

노부나가는 오마쓰를 손짓으로 불러 직접 비젠備前의 가네사다兼定[8]가 만든 칼을 내렸다. 그리고 가신에게 명해 황밤과 토기를 가져오게 한 다음 술잔을 주고받으며 전별식을 열었다.

소년의 나이 열셋, 결코 빠르지 않은 초전이었다. 오마쓰는 이곳에 등성하기 전날 밤, 한베에게 가르침을 받았기 때문에 그다지 놀라지도 기뻐하지도 않았다. 그는 조용히 예의를 취하고 한베와 함께 노부나가 앞에서 물러나왔다.

노부나가는 누각의 난간에서 오마쓰의 모습과 한베의 그림자가 성문을 나갈 때까지 바라보았다.

---

8) 이즈노카미 가네사다和泉守兼定. 무로마치 시대, 미노美濃의 세키關를 대표하는 도공이다.

다음 날 아침, 두 사람은 하리마로 가기 위해 서둘러 아즈치를 떠나 교토를 지났다. 또 남선사에는 들르지 않고 게아게蹴上 위에서 남선사 지붕과 숲을 내려다보기만 했다. 한베의 마음속에는 더 이상 누이동생이나 고향은 없었다. 오직 진중에 관한 생각뿐이었다.

아리마有馬 온천

아리마 온천 마을에 어둠이 내리고 있었다. 이케노보 기쓰에몬池之坊橘右衛門이 운영하는 온천에 두 명의 무사가 몰래 들어왔다. 한 사람은 여행 행색을 하고 있었고 또 다른 사람은 다리를 심하게 절고 있었다. 의복은 남루하고 때에 절어 곁으로 가면 냄새가 날 정도였다.

"바로 자리를 펴주게."

방에 들어와서 앉자 한 사람이 온천 사람에게 말했다. 절름발이 남자는 바로 자리에 누웠다.

"아프십니까?"

"무릎의 상처가 불에 덴 듯 뜨겁군."

절름발이 남자는 며칠 전, 남선사 암자에서 다케나카 한베와 헤어진 간베 요시타카였다. 그때는 상처 부위를 헝겊으로 감싸고 있어서 상처나 통증이 얼마나 심한지 실감하지 못했지만, 아리마로 몇 리를 걸어오는 동안 도저히 견딜 수 없을 정도로 극심한 통증이 밀려왔다.

이타미 성에서 탈출하던 어두운 밤, 적에게 왼쪽 다리의 관절 부분에 칼을 맞았다. 헝겊을 풀자 혈농이 잡힌 상처 부위가 석류 씨처럼 크게 벌어져 있었는데, 하얀 뼈가 보일 정도로 상처가 깊었다.

"이대로 진중으로 간다고 해도 치료할 수 없을 것입니다. 차라리 며칠 늦어지더라도 아리마 온천에서 치료를 하고 가는 편이 좋을 듯합니다."

동행인 와타나베 덴조가 계속 그렇게 권했던 것이다. 생각해보면, 제대로 움직일 수 없는 몸을 이끌고 무리해서 가다가 경계가 심한 효고 가도 부근에서 아라키 군사들에게 다시 붙잡히는 것만큼 어리석은 일은 없을 터였다.

"그렇게 하세."

간베는 덴조의 권유를 받아들여 길을 바꿨다. 그렇지만 이곳 아리마 온천 마을에 들어오는 데에는 세심한 경계를 요했다. 곳곳에 아라키 쪽 보초들이 망을 보고 있거나 검문소가 있었기 때문이다.

다음 날, 이케노보의 문어귀에서 한 상인이 온천의 여자를 붙잡고 세상 이야기를 하고 있었다. 그 순간 밖에서 돌아온 와타나베 덴조의 귀에 얼핏 거슬리는 말이 들렸다.

"분명히 있을 거네. 마을 사람들에게 다 들었네. 어제 저물녘, 발을 저는 남루한 손님이 묵었다고 말이네."

여자는 스쳐 지나가는 덴조의 모습을 못 본 체했다. 어제 도착하자마자 덴조가 온천 주인을 불러 입단속을 시킨 덕분에 여자는 아무 말도 하지 않았다. 덴조가 방에 들어와 이불 속에 누워 있는 간베를 보며 물었다.

"어떻습니까? 어젯밤과 오늘 아침, 아직 두 번밖에 온천을 하지 않아 별다른 효과는 없겠지만 조금 괜찮아지셨는지요?"

베개를 베고 누워 있던 간베가 돌아보며 말했다.

"많이 좋아졌네. 온천은 정말 효능이 좋구먼."

"좋아졌다니 다행입니다만, 아무래도 오늘 밤에는 이곳을 떠나야 할 듯합니다."

"뭐? 흐음, 그렇군. 적들이 냄새를 맡았나 보군."

"아무래도 그런 듯합니다."

"어쩔 수 없군. 언제라도 떠날 수 있으니 절대 어려워하지 말고 말하게. 위험한 순간이 닥치면 한쪽 다리가 없어도 달릴 수 있으니 말이네. 하하하."

장지문 밖에서 인기척이 들리자 덴조가 바로 자세를 틀었다. 간베는 손을 뻗어 칼을 집어서 이불 속에 넣었다.

"실례합니다. 무료하지 않으신지요?"

온천의 시종이 차 쟁반을 들고 방 안으로 들어와 차를 만들며 세상 이야기를 하기 시작했다. 하지만 간베와 덴조는 장지문 뒤편의 수상쩍은 움직임에 신경을 곤두세우고 있었다.

"누군가? 거기 밖에 누군가 쭈그리고 있는 듯하구나."

간베가 불쑥 외치며 시종의 안색을 살폈다.

"예, 실은."

시종은 말하기 곤란한지 어물거렸다.

"꼭 나리를 만나게 해달라고 하며 물러가지 않아서 말입니다."

시종은 그렇게 말하고는 장지문 밖의 안쪽 마루를 향해 목을 내밀며 말했다.

"신시치 씨, 들어오시오. 예까지 와서 뭘 그리 꾸물거리고 있소."

아까 덴조가 문어귀에서 본 상인이었다. 덴조는 마침내 올 것이 왔다는 듯 눈을 번뜩이며 기다리고 있었다. 그런데 막상 사내를 보자 전혀 뜻밖이라는 생각이 들었다.

"쉬시고 계신데 이렇게 방해해서 죄송합니다."

방으로 쭈뼛쭈뼛 들어온 사내를 자세히 보니 아라키의 부하가 변장한 것처럼 보이지는 않았다.

'내가 잘못 생각한 듯하구나.'

덴조는 오랜 세월 간자의 일을 업으로 삼아 변장에 대해 무척이나 잘 알고 있었다. 그랬기에 사내를 보는 순간 의심했던 마음이 사라진 것이다. 덴조는 간베가 자신의 마음을 눈치챌 수 있도록 지극히 허물없는 말투로 물었다.

"자, 들어오게. 자네도 이곳에서 온천을 하고 있는가?"

"아닙니다. 저는 이타미 성 아래에서 세공을 하는 신시치라고 합니다."

"이타미에서?"

"예, 비녀나 작은 금구 등에 금은 세공을 하고 있습니다."

"흐음, 그런데 무슨 일인가? 이분들에게 세공물이라도 청하려고 그러는가?"

"그것도 있습니다만."

사내는 가볍게 웃으며 온천 시종에게 넌지시 보따리를 건넨 다음 귀에다 대고 속삭였다.

"알겠소? 부탁하오."

시종은 고개를 끄덕이더니 이내 자리에서 일어나 나갔다. 간베는 사내를 의심하며 노려보았지만 신시치는 조금도 주눅이 든 모습을 보이지 않았다.

"이젠 다른 사람이 없으니 부디 두 분도 안심하시길 바랍니다."

"대체 자네는 누구인가?"

"아까 말씀드렸듯이 이타미의 신시치라고 합니다."

"거짓말."

"왜 그리 생각하십니까?"

"자네와 같은 상인과는 아무 연고도 없네."

"아니, 있습니다. 그것도 크게 말입니다. 장소가 장소이고 사람들의 눈도 있어서 아까부터 무례를 범했습니다만, 하리마의 오데라 마사모토 님의 가신이신 간베 요시타카 님이 아니십니까?"

"뭐라!"

덴조가 칼을 잡아당기며 살기를 띤 눈으로 노려보자 신시치가 깜짝 놀라 펄쩍 뛰며 간베 쪽으로 도망쳤다.

"용서하십시오. 놀라셨다면 더 이상 아무 말도 하지 않겠습니다."

사내는 엎드린 채 벌벌 떨며 말했다.

"베지는 않을 것이네."

덴조는 무의식적으로 나온 자신의 행동을 웃음으로 무마하며 온화하게 물었다.

"그걸 어떻게 알고 있는가?"

신시치는 입도 떨어지지 않는 듯 잠시 가만히 있다가 이윽고 옆을 바라보더니 품속에서 한 통의 서신을 꺼냈다.

겉봉을 뜯어 서신을 읽던 간베의 얼굴에 놀라움과 감동이 교차했다. 구로다 가의 가신인 모리 타헤이母里太兵衛와 구리야마 젠스케栗山善助와 이노우에 구로井上九郎, 세 사람이 함께 쓴 서신이었다.

주군께서 이타미의 성안에 유폐된 이래로 저희 세 사람은 무슨 수를 써서라도 주군을 구출하기 위해 일찍부터 성 아래에 있는 상인의 가게에 몸을 숨기고 기회를 엿보길 반 년, 마침내 목적을 이뤄 성안에 있는 자에게 뇌물을 줘서 무라시게의 생일 축하연이 열리는 밤, 성안에서 불을 놓고 주군께서 계신 옥사까지 잠입하였는데, 어찌 된 일인지 옥사는 이미 파괴되고 주위는 불바다여서 주군을 찾을 수가 없었습니다.

하여 저희는 무라시게가 재빨리 손을 써서 주군을 다른 곳으로 옮긴 것이라 여기고 한때는 비탄하고 절망한 나머지 자결하려고 했습니다. 그런데 그 뒤, 성안에서도 주군의 행방을 찾고 있다는 소식을 듣고 무사히 도망치신 것이 아닌가, 그렇다면 저희의 노력이 헛된 것이 아니었다고 기뻐하고 있었습니다.

그런데 마침 어제저녁, 주군께서 모습을 바꾸고 아리마 온천에 은밀히 들어가셨다는 신시치의 연락을 받고 당장이라도 그곳으로 가서 뵈려고 했으나, 그곳은 적지에서 멀지 않은 곳인 탓에 다른 사람의 시선도 있고 또 갑자기 놀라게 하는 것도 좋지 않을 듯하여 이렇듯 먼저 서신을 보내니 상세한 것은 신시치에게 직접 들으시기 바랍니다.

"신시치, 이 서신에 따르면 모리와 구리야마, 이노우에, 세 사람은 내가 이타미 성안에 잡혀 있을 때부터 자네의 집에 숨어 있었다고 하는데, 세 사람은 아직도 자네 집에 있는가?"

"예, 나리께서 성 밖으로 무사히 도망쳤다는 사실은 알게 됐지만, 나리의 생사를 명확하게 파악하기 전까지는 움직일 수 없다 하시며."

"그런데 세 사람은 자네와 어떤 연고가 있는가?"

"제 누이동생이 모리 타헤이 님의 댁에서 봉공하였는데 시집갈 때까지 돌봐주셨습니다."

"그랬군. 그들이 나를 구출하기 위해 와 있었다는 것은 몰랐네."

"이곳에 머물고 계시다는 말을 들으시고 세 분 모두 당장이라도 뵙기 위해 오려고 했습니다만, 이곳 아리마도 방심할 수 없는 곳이어서 제가 만류하고 직접 온 것입니다."

"그런가. 정말 잘했네. 이곳은 사람의 눈이 많은 곳이니 내가 이곳을 떠날 때까지는 오지 말라고 전해주게. 다리의 상처가 나을 때까진 며칠 걸릴 것이나, 급한 대로 통증만 줄어들면 하리마로 떠날 생각이네. 오륙일 정도 온천을 하고 말이네."

"그럼 돌아가서 그렇게 전하도록 하겠습니다. 하지만 멀리서나마 나리의 신변을 지켜보며 보호할 터이니 이곳에 있는 동안에는 안심하고 느긋하게 치료하도록 하십시오."

신시치는 그렇게 말하고는 바로 돌아갔다.

다음 날, 이케노보의 대각선 쪽에 있는 숙소에 세 명의 보부상이 도착해서 머물렀다. 그들은 바깥쪽으로 난 이 층의 장지문을 닫고 방 안에서 번갈아가며 망을 보고 있었다.

칠팔일째 되는 날, 구로다 간베는 와타나베 덴조를 데리고 이케노보 대문을 나섰다. 다리의 통증도 상당히 좋아진 듯 걸을 때 그다지 발을 절지 않았다. 마을 어귀에서 간베는 말을 빌려 타고 오른편에 있는 롯코六甲산을 바라보며 효고지를 향해 길을 재촉했다.

붉은 소나무 가지에 등나무 꽃이 매달려 있었고 널찍한 길이 산그늘을 끼고 이어져 있었다. 문득 간베가 말을 멈추며 덴조에게 말했다.

"덴조, 이 부근에서 쉬도록 하세. 누군가 따라온 듯하네."

그러자 멀리서 자신들을 부르는 소리가 덴조의 귀에도 들렸다. 누군지 알 듯했다. 간베는 부드러운 봄 햇살을 정면으로 맞으며 아지랑이가 피어오르는 벼랑의 풀밭을 등에 지고 그루터기에 앉아 있었다. 그곳에 세 명의 보부상이 숨을 헐떡이며 앞다퉈 달려왔다. 그들은 구로다 가의 가신들로 간베가 젊었을 때부터 곁에 있었는데, 지금은 스스로 이름을 밝히지 않으면 알아볼 수 없을 정도로 얼굴과 모습이 달라져 있었다.

"오오."

"주군!"

간베가 자리에서 일어서자 세 사람 모두 간베의 발밑에 엎드렸다.

"이렇듯 무사한 모습을 뵙게 되어……."

모리 타헤이, 이노우에 구로, 구리야마 젠스케 중 한 명이 오열을 삼키며 간신히 쥐어짠 목소리로 말했다. 세 사람 모두 울고 있었다. 기쁨의 눈물이자 사내의 눈물이었다. 전쟁터에서는 귀신도 두려워하지 않고, 가정에서는 평소 눈물 한 번 흘린 적 없는 사람들이 어린아이처럼 통곡하고 있었다.

간베도 무슨 말을 해야 할지 몰라 망연히 서 있었다. 기쁘기도 했고 미안하기도 했다. 세 사람이 자신을 구출하기 위해 고심하고 있었다는 사실을 그들의 변한 모습에서 확인할 수 있었기 때문이다. 세 사람은 보부상 행색뿐 아니라 외모까지 완전히 바꿨던 것이다. 모리 타헤이는 한쪽의 살쩍을 인두로 지져 대머리처럼 만들었고, 구리야마 젠스케는 앞니를 몇 개 뽑았고, 본래 전쟁에서 한쪽 눈을 잃은 이노우에 구로는 얼굴을 불로 지져 마맛자국까지 만들었다. 두 줄기 눈물이 간베의 뺨을 타고 흐를 때, 조금 떨어져서 길가를 살피고 있던 와타나베 덴조가 말했다.

"이젠 간베 님의 신변에 대해 안심해도 될 듯하니 저는 먼저 가도록 하겠습니다. 그럼 천천히 오십시오."

덴조가 먼저 출발하자 간베가 다시 자리에 앉아 세 사람을 바라보며 말했다.

"기뻐해주게. 이렇듯 다시 하늘을 바라볼 수 있게 되었네. 하늘이 이 간베를 버리지 않으신 것은 이 간베에게 아직 세상에서 이뤄야 할 일이 있다는 명을 내리신 거라 생각하네. 이타미의 감옥 안에 있는 동안, 설마 자네들이 성 아래에서 이처럼 나를 위해 고심하고 있다고는 꿈에도 생각하지 못했네. 하지만 다행히 히데요시 님이 보낸 와타나베 덴조와 다케나카 님이 보내준 구리하라 구마타로, 두 사람의 도움으로 탈출할 수 있었네. 지금 생각하면, 그 모든 게 자네들이 보이지 않는 곳에서 온갖 방책을 강구한 덕분이었네. 머리를 깊이 숙이고 고맙다는 말을 하고 싶네. 어떻게 고맙다는 표현을 하면 좋을지 모르겠네. 그저 이처럼 변변치 못한 주인을 향한 자네들의 충절이 고마울 따름이네. 그리고 지금은 오직 천은으로 얻은 이 목숨을 앞으로 어떻게 써야 할지, 그대들에게 어떻게 보답해야 할지, 그것만 생각할 뿐이네. 용서하게. 나도 울지 않을 수가 없네."

간베는 팔꿈치를 들어 얼굴을 감싸더니 한동안 어깨를 들썩이며 세 사람과 함께 울었다.

소년 무사들

미기 성은 아직도 함락되지 않고 있었다. 벳쇼 나가하루, 나가사다 형제와 그 일족이 그 작은 성에 틀어박힌 채 장기간에 걸쳐 버틸 줄은 어느 누구도 예상하지 못한 일이었다.

오다 군에게 포위당한 뒤 공격을 받은 지 삼 년, 히데요시 군에게 성 밖과의 길을 완전히 차단당하고 고립된 지 반 년이 넘었다.

히데요시 군은 성안의 병사들이 무엇을 먹으며 어떻게 살고 있는지, 멀리서 그들이 움직이는 모습을 보고 활기찬 목소리를 들을 때마다 '기적'이라고 생각할 수밖에 없었다. 또 어떤 때는 왠지 께름칙한 기분이 들기까지 했다. 아무리 때리고 걷어차고 목을 졸라도 끈질기게 살아 꿈틀대는 생물과 싸우는 듯한 무기력함이 아군들 사이에 팽배해서 사기가 저하되기도 했다.

"초조해하거나 지친 기색을 보이지 마라."

히데요시는 자칫 무기력감에 빠지기 쉬운 전군의 사기를 세심하게 살피며 스스로를 경계했다. 하지만 그의 입가의 수염이나 움푹 들어간 눈가에는 장기전의 피로와 초췌함이 역력히 드러나 있었다.

"명백한 오산이다. 아무리 오래 버틴다고 해도 지금까지 함락시키지 못할 줄은 몰랐다."

히데요시는 솔직하게 인정하고 있었다. 그리고 전쟁이라는 것이 반드시 병력의 수나 병법의 이치만으로 판가름 나지 않는다는 사실을 새삼 절실하게 깨달았다.

병량을 운반하는 길과 수로가 끊겨 외부와 단절되면 성안에 있는 삼천 오백 명의 사람들이 1월 중순 정도에는 아사 직전에 처할 것이라고 판단했다. 그런데 1월 말이 되어도 성은 함락되지 않았고, 2월이 되어도 완강하게 버티고 있었다. 그렇게 3월이 지나고 4월이 되었는데도 아무런 변화가 없었다. 게다가 성안의 사기는 점점 높아갈 뿐 항복할 기색은 전혀 보이지 않았다.

당연히 식량은 없을 터였다. 성의 병사들은 말과 소를 잡아먹고 나무뿌리와 풀까지 뜯어 먹고 있을 게 분명했다. 그런데도 불굴의 정신으로 적에게 석축 하나 내어주지 않는 것은 그런 역경에 처할수록 하나로 똘똘 뭉쳐서 싸우고자 하는 투지가 있기 때문이었다.

이른바 지금 미기 성은 투지 그 자체였다. 병량을 옮기는 길을 끊고 물길을 차단해도 그것은 성을 함락시키는 수단이 되지 못했다. 오히려 성의 병사들을 한층 일치단결하게 만드는 자극밖에 되지 못했다.

지난 2월 11일 밤, 성안에서 이천 명의 결사대가 시소메志染 강을 건너와 히데요시의 진지에 야습을 가한 것만 보더라도 그들의 결의가 어느 정도인지 헤아리고도 남았다.

그날 밤의 싸움으로 히데요시 쪽도 상당히 큰 피해를 입었다. 성의 병사들은 새벽이 되자 부장 서른다섯 명, 병사 칠백팔십 명의 시신을 수습해서 의기양양 물러갔지만 히데요시 쪽은 그들의 배가 되는 사상자를 냈다. 아침 해가 봉우리 위로 솟았을 때, 시소메 강가와 근처의 벼랑과 골짜기는 말 그대로 시체들이 산을 이루고 강은 피로 붉게 물들어 있었다.

또 3월에는 이런 일도 있었다. 벳쇼 나가하루의 가노인 고토 쇼겐後藤將監의 가신 약 칠십 명이 뼈가 앙상하게 드러난 모습으로 비틀거리며 항복해왔다.

히데요시 군사들이 일단 죽을 주고 진중에 포로로 잡아두었는데, 밤이 되자 포로들이 일제히 달려들어 요새를 점령한 뒤 무기를 빼앗고 불을 지르며 기세를 몰아 히라이 산의 히데요시 본진 근처까지 공격을 가해왔다. 그들은 곧 몇 배의 적들에게 포위당해 섬멸되었지만 히데요시 군은 그들의 결의와 강인함에 혀를 내두를 수밖에 없었다. 그리고 시신들을 모두 땅에 묻고 헌화를 하며 장례를 치러주었다.

성병들의 죽음을 각오한 저항은 여기에서 멈추지 않았다. 벳쇼 가의 무사인 나카무라 타다시게中村忠滋는 히데요시 쪽 장수인 다니 다이젠谷大膳과 이전부터 연고가 있었던 탓에 서로 대치하는 동안에도 이따금 노래를 적은 편지를 보내왔다. 다이젠은 그것을 보고 타다시게에게 두 마음이 있다고 판단하고 은밀히 그에게 밀사를 보냈다.

"아군에 가담해서 성안으로 군사를 들여보내준다면 성을 함락한 후, 하시바 님께 청해 그대 가문의 안위를 보장하는 것은 물론 크게 대우하도록 하겠소."

나카무라가 제안에 응하자 다이젠은 만일을 위해 그에게 인질을 요구했고 나카무라는 밤에 열예닐곱 되는 묘령의 처녀를 보내왔다.

"됐다!"

그 뒤 다이젠은 나카무라와 공격할 시기와 방법 등을 의논했다. 그리고 어느 날 밤에 나카무라의 부하의 안내를 받아 첨병 일천 명을 미기 강의 건너편 절벽을 통해 성벽 안으로 들여보냈다.

"곧 불길이 치솟을 것이다!"

다이젠과 군사들은 침을 삼키며 신호를 기다리고 있었다. 그런데 성안의 호응이나 불길은커녕 오히려 곳곳의 성문은 한층 경비가 강화되어 끝내 날이 샐 때까지 다이젠의 군사들은 한 발도 움직이지 못했다. 그리고 나카무라 타다시게의 안내를 받아 성안으로 들여보낸 일천 군사는 한 명도 살아서 돌아오지 못했다. 그들은 안으로 들어가자마자 모두 섬멸당하고 말았다.

"참으로 가증스런 자다!"

다이젠은 발을 구르며 분해했다. 그리고 히데요시 앞에서 참회하며 말했다.

"이제 와서 귀중한 아군을 일천이나 잃은 죄, 뭐라 드릴 말씀이 없습니다. 바라건대 제 목을 쳐서 아군의 사기를 진작시키도록 하십시오."

"바보 같은 소리 하지 말게. 자네 한 명의 목을 친다고 될 일이 아니네."

히데요시는 그를 꾸짖으며 물었다.

"인질로 온 소녀는 어떻게 됐는가?"

다이젠이 대답했다.

"오늘, 미기 강으로 끌고 가서 그의 부친인 나카무라 타다시게와 적병들이 보는 앞에서 책형을 가할 생각입니다."

"책형?"

"그것으로 부족한 것인지요?"

"그것이 아니네. 그것은 위험한 생각이네."

히데요시는 급히 명을 내려 나카무라의 딸을 본진으로 데려오게 했다. 부친인 나카무라의 뜻을 받들어 적진에 인질로 올 만큼 대담한 처녀는 이미 죽을 각오를 하고 있는 듯했다. 하지만 히데요시는 그녀를 공개적으로 죽일 마음이 없었다. 히데요시는 눈을 크게 뜨고 그녀를 노려보며 말했다.

"부친인 타다시게와 미리 짜고 우리를 속이다니. 당장 목을 쳐서 시체를 뒤편 골짜기에 내다 버리도록 하라."

무사들은 그녀를 히라이 산의 뒤편 골짜기 위로 끌고 올라갔다.

"성병들은 저 소녀를 가련하게 여길 것이다. 그런 자를 미기 강에서 책형에 처한다면 적들의 결의를 굳게 만들어주고 한층 결속하게 만드는 것과 같을 것이다. 아무도 모르게 처형하는 편이 득책이다."

히데요시는 다이젠과 부장들에게 그렇게 이야기했지만, 실은 그사이에 측신인 호리오 모스케를 보내 나카무라의 딸이 전쟁터 밖으로 멀리 도망치도록 풀어주었다.

이 일은 아무도 몰랐지만 미기 성이 함락된 뒤, 히데요시가 단바에서 붙잡힌 나카무라 타다시게 앞에서 그의 딸을 부르자 세상에 알려지게 되었다. 그 뒤 나카무라 타다시게가 히데요시를 따를 것을 맹세한 것은 말할 필요도 없다.

성안의 결속이 얼마나 공고했는지 나카무라가 자신의 딸을 인질로 보냈을 때에도 절감했지만 그 뒤 작은 싸움에서도 다음과 같은 일이 있었다.

열다섯 정도의 소년이 있었다. 그는 늘 적들이 공격해오면 선두에 서서 몸집에 어울리지 않는 민첩한 몸놀림으로 히데요시 군의 목을 친 다음 수급을 가지고 돌아갔다.

"또 그 꼬마에게 당했다."

히데요시 군은 혀를 차며 분해했고 언제부터인지 히데요시 군 사이에서 소년은 유명해졌다.

"그 꼬마는 벳쇼 나가하루를 섬기는 자로 이름은 이시이 히코시치石井彦七이고 올해 겨우 열다섯 살이다."

히데요시에게도 시동은 많았다. 그 소문을 들은 이시다 사기치, 가토 마고로쿠, 도라노스케, 가타기리 스케사쿠 등의 시동들은 이를 갈며 벼르고 있었다.

"다음에 만나면 반드시 목을 따오겠습니다."

당연히 히데요시는 허락했다. 그러던 어느 날 아침, 적의 결사대가 미기 강의 남쪽 목책 입구를 공격해왔는데, 적들 사이에서 키가 작은 무사 하나가 분전하는 모습이 보였다. 스케사쿠와 도라노스케, 사기치 등이 앞다퉈 달려갔다.

"시동들이 다치지 않도록 하라."

그 모습을 본 히데요시가 위험하다고 여겨 명을 내리자 갑주를 찬 무사들이 시동들의 앞뒤를 둘러쌌다. 그러자 멀리서 누군가 적과 아군 사이에서 분전하고 있던 이시이 히코시치를 향해 활을 쏘았다. 화살은 히코시치의 코 밑에 명중했다. 히코시치는 뒤로 쿵하고 쓰러졌다.

"바로 네놈이구나."

그곳으로 달려간 시동들이 소년을 사로잡아 발로 걷어차며 히데요시 앞으로 끌고 왔다. 소년의 코 밑에는 깊숙이 꽂힌 화살이 그대로 남아 있었다. 히데요시가 그 모습을 안쓰럽게 바라보며 말했다.

"멈춰라. 코 밑의 화살부터 먼저 뽑아주어라."

"알겠습니다."

한두 명이 화살을 뽑으려 했지만 화살촉이 뼈에 걸렸는지 히코시치의 몸에 발을 대고 당겨도 뽑히지 않았다. 히코시치는 얼굴이 피로 물들어도 아무 말 없이 참고 있었다. 하지만 고통이 너무 심했는지 히데요시에게 호소했다.

"진막의 기둥을 빌려주십시오. 그렇지 않으면 뽑을 수 없을 것입니다."

"어떻게 할 생각인가?"

히데요시가 허락하자 히코시치는 일어서서 진막의 기둥에 자신의 머리와 가슴을 밧줄로 단단히 묶어달라고 한 뒤 다시 말했다.

"집게가 있습니까? 집게로 화살을 똑바로 잡고 단숨에 뽑아주십시오."

그 말을 들은 무사는 기가 질렸지만 히코시치는 조금도 동요하지 않았다. 그 모습을 보고 있던 아사노 나가마사는 히데요시에게 히코시치의 목숨을 살려줄 것을 간청하고 나중에 자신의 가신으로 삼았다.

어린 소녀나 이제 갓 부모의 슬하에서 벗어난 소년도 이 정도 기백을 갖추고 있었으니 작은 성에 불과한 미기 성을 쉽사리 함락시킬 수가 없었던 것이다.

그렇게 미기 성 쪽 병사들의 기개만 이야기하면 공격하는 군사들은 그저 수동적으로 당하기만 하는 것처럼 생각될지 모르지만, 히데요시 휘하에도 그들에게 뒤지지 않는 젊은 무사가 많았다. 시동 중에는 열여섯 살 먹은 와키자카 하야토脇坂隼人가 있었다. 어느 날 히데요시가 주위 사람들에게 한 장의 좋은 붉은 덮개를 보이며 말했다.

"이 덮개를 가지고 싶은 자는 없는가? 원하면 주겠다."

금실로 수가 놓여 있었고 붉은 천에 하얀 와치가이輪交[9]가 염색되어 있었다. 모두들 갖고 싶어 했지만 아무도 나서는 사람이 없었다. 화려한 덮개를 걸치면 그에 부끄럽지 않을 만큼 무공을 세우겠다고 맹세하는 것이었기 때문이다. 그 순간 열여섯의 와키자카 하야토가 나서며 말했다.

"제게 그것을 주십시오."

"갖고 싶으냐?"

히데요시는 하야토를 돌아보며 천을 던져주었다. 그 뒤 하야토는 성의

9) 두 개 이상의 원이 교차해서 절반 이상이 겹쳐진 형태. 또는 그 형태를 무늬로 한 가문家紋이나 문장文章.

서쪽 언덕에서 벌어진 싸움에서 그것을 걸치고 분투했다. 그리고 허리춤에 적의 수급을 두 개나 매달고 돌아왔다.

"잘했다. 잘했어. 그 문장도 네게 주겠다."

히데요시는 와치가이 문장을 그에게 내렸다. 하야토는 그것에 감격해서 며칠 뒤, 다시 성벽 아래로 싸우러 갔다가 적이 쏜 총에 맞아 쓰러졌다.

"앗, 위험하다."

우노 덴쥬로宇野伝十郎가 그를 안아 일으켜서 후퇴하려고 했다.

"놓아라. 물러갈 수 없다. 이 정도는 아무것도 아니다."

하야토는 몸부림을 치며 덴쥬로의 손에서 벗어났다. 총알은 투구의 장식에 맞았기 때문에 그 충격으로 쓰러져서 잠시 눈이 어지러웠던 것뿐이었다. 와키자카 하야토는 덴쥬로의 손을 뿌리치고 옆에 있던 바위에 걸터앉더니 유유히 투구의 끈을 고쳐 맨 뒤 떨어뜨린 창을 주워들었다. 그리고 다시 진홍빛 덮개를 걸치고 적진으로 달려갔다.

후쿠시마 이치마쓰도 미기 성을 공격할 때, 벳쇼 가에서 용맹하기로 이름이 높은 스에이시 야타로末石弥太郎를 베어 히데요시로부터 크게 칭찬을 받았다. 스에이시 야타로는 약관의 이치마쓰가 이길 수 있는 상대가 아니었던 것이다. 그날 이치마쓰는 부상을 당한 스에이시 야타로가 수풀 속에서 물을 마시며 쉬고 있는 것을 보았다.

"이치마쓰다! 하시바의 가신, 후쿠시마 이치마쓰다!"

몰래 다가간 이치마쓰는 자신의 이름을 대며 불시에 공격을 가했던 것이다. 그때 이치마쓰는 스에이시 야타로에게 먼저 옷깃이 붙잡혀서 목숨이 위태로웠는데, 호시노星野라고 하는 그의 낭도가 뒤에서 칼로 야타로를 무차별적으로 베어버렸다. 그렇게 두 주종은 간신히 야타로의 수급을 베었던 것이다.

그 외에 오사키 도조大崎藤蔵나 후루다 기치자에몬古田吉左衛門, 하치스카 헤코에몬의 아들인 이에마사家政까지 그들이 세운 군공을 일일이 세자면 끝이 없을 정도로 히데요시 군에도 인물이 많았다. 그럼에도 벳쇼 일족이 틀어박혀서 지키고 있는 미기 성은 여전히 건재했던 것이다. 그런 상황 속에서 한동안 진중을 떠나 있던 다케나카 한베가 전쟁에 처음 참전하는 소년인 구로다 쇼주마루를 데리고 돌아온 것이었다.

한베의 유언

앞서 히데요시는 와타나베 덴조의 보고를 통해 구로다 간베가 무사히 이타미 성의 감옥에서 구출된 소식을 들었다. 하지만 병중인 다케나카 한베가 돌아올 줄은 꿈에도 상상하지 못했다. 게다가 간베는 아직 도착하지 않은 상태였다.

"아니?"

히데요시는 뜻밖이라는 표정으로 한베를 맞이했다.

"이곳은 어찌?"

두 사람은 오랜만에 장막 안에서 마주 앉았다. 히데요시는 한베와 쇼주마루에게도 의자를 내어주고 자신도 의자에 앉았다. 한베가 머리를 숙이며 말했다.

"장진長陣에 얼마나 고충이 크실지 걱정하고 있었습니다만 뜻밖에 건강하신 모습을 뵈니 기쁘기 그지없습니다. 저도 주군 덕분에 보시는 바와 같이 근래 건강을 회복해 군무에 자신이 생겨 허락도 없이 진중으로 돌아왔습니다. 악전고투 중에 잠시 진중을 떠나 군무를 게을리했습니다만 이젠 마음을 놓으시길 바랍니다."

한베는 여느 때와 같이 조용하고 침착한 태도로 말했다. 히데요시는 한베가 불시에 나타나자 처음에는 걱정했지만 이야기를 나누면서 마음속으로 안도했다.

'이젠 쾌차한 듯하구나.'

한편 구로다 간베가 도착한 것은 그로부터 삼 일 뒤였다. 간베는 히데요시를 만나자 눈물을 흘리며 말했다.

"이번 고난을 겪으면서 처음으로 주군의 진정을 깨닫게 되었습니다. 이 은혜는 죽을 때까지 잊지 않겠습니다."

그리고 한베에게도 말했다.

"귀공의 깊은 우정에 대해, 그 고마움을 표현할 말이 없습니다. 그저 이 목숨, 앞으로 힘이 닿는 데까지 성심을 다하고자 합니다."

간베는 몇 번이고 고마움을 표했다. 그러자 한베가 쇼주마루를 불러 일렀다.

"오랫동안 볼모로 제 슬하에 있었습니다만, 이젠 그럴 필요도 없고 노부나가 공께서도 집으로 돌아가는 것을 허락하였으니, 오랜만에 부자가 상봉하시지요."

간베가 크게 자란 아들의 모습을 보며 말했다.

"왔느냐?"

그리고 쇼주마루의 행장을 살피며 훈계하듯 일렀다.

"이곳은 전쟁터, 네가 한 명의 어엿한 무사가 되는가 마는가 하는 초전의 자리이니, 아비 곁에 돌아왔다는 여린 생각 따윈 하지 말도록 하여라."

히데요시가 양팔이라고 여기며 믿고 있는 두 사람이 돌아오자 오랫동안 활기를 잃었던 진막 안이 갑자기 생기를 띠기 시작했다. 그러한 변화는 이내 전군의 사기에도 큰 영향을 미쳤고, 성을 공략하는 작전도 활기를 띠기 시작했다. 이윽고 히데요시는 성의 남쪽과 서쪽에 있는 요새들의 빈틈을 노려 공격을 가했다.

5월이 되자 우기에 접어들었다. 이곳은 주고쿠의 산지이기 때문에 보통 때에도 비가 많이 왔고 그럴 때마다 길은 급류로 변하고 물이 말라 있던 해자는 탁류로 넘쳤다. 히라이 산의 본진을 오르내릴 때에는 진흙 때문에 미끄러지는 게 다반사였다. 그래서 근래 다소 활기를 띠며 전과를 올리고 있던 공성전도 자연의 힘에 저지당해 재차 교착상태에 빠지고 말았다.

구로다 간베는 히라이 산의 본진에서 사 리에 걸친 전선의 각 진영을 하루도 쉬지 않고 가마를 타고 돌아보았다. 한쪽 다리의 상처는 끝내 완치되지 않았다. 그는 평생 절름거리며 살아야 한다고 자조하면서도 전투 중에 병졸들에게 가마를 들게 한 뒤 그것을 탄 채 지휘를 했다.

"저런 모습을 보고 내 어찌……."

한베는 간베의 모습을 보며 자신의 병고도 잊은 채 군무가 아무리 고되어도 소홀히 하지 않았다.

"이 유막은 참으로 기구하구나."

누군가 그렇게 중얼거렸다. 히데요시가 양팔로 믿고 있는 책사 두 명이 모두 온전한 몸이 아니었다. 한 명은 깊은 지병을 앓고 있는 병든 군사軍師였고, 또 한 명은 가마를 타고 싸움을 지휘하는 절름발이 군사였다. 히데요시는 두 사람의 비장한 모습을 볼 때마다 감격해서 눈물을 흘리지 않을 수 없었고, 그의 진중은 완전히 일심동체가 되었다. 그 모습을 본 군사들 역시 결의로 넘쳤고, 그 뒤 반년이나 시간이 더 소요됐지만 마침내 난공불락의 미기 성을 함락시킬 수 있었다.

만일 히데요시의 진중에 그러한 일체감과 중심축이 없었다면 미기 성은 끝내 떨어지지 않았을지도 모른다. 또 모리의 수군이 포위망 한쪽을 돌파해서 미기 성에 병량을 보급하거나 혹은 비추에서 산야를 넘어 구원군을 보내 성의 병사들과 협력해서 히데요시 군의 포위망을 분쇄하고 하시바 지쿠젠노카미 히데요시의 숨통을 끊어버렸을지도 모른다.

그래서 히데요시도 때때로 간베가 민첩하게 군사를 움직이거나 생각지도 못한 기지機智를 발휘할 때마다 경탄하며 '저 절름발이가 또!' 하고 농담조로 말하면서도 내심 깊이 존경하고 있었다. 그 사실은 그가 서기를 통해 남긴 기록에도 잘 나타나 있다. 그렇게 히데요시는 간베와 한베에게 탄복하고 그들을 절대적으로 신뢰하고 있었다.

그런데 그런 히데요시의 마음에 큰 상처를 남기는 일이 일어났다. 우기가 지나고 불볕 같은 여름도 지나고 선선한 가을로 접어들 8월 무렵, 한베는 병이 위중해져서 두 번 다시 갑옷과 갑주를 차지 못할 중태에 빠지고 말았다.

"아아, 하늘이 마침내 이 히데요시를 버리셨구나. 아직 젊고 영민한 한베의 목숨을 거둬 가려는구나."

히데요시는 그렇게 한탄하며 막사에 틀어박혀 밤낮으로 한베를 돌봤다. 하지만 그날 저녁, 한베의 용태는 시시각각 위급해져 갔다.

다카노오鷹之尾와 하치만八幡 산 등지에 있는 적의 방루도 저녁 안개에 휩싸여 있었다. 어둠이 내리고 있었다. 하얀 안개 속에서 총소리가 메아리쳤다. 히데요시는 히라이 산의 일각에 서서 적진으로 간 채 아직 돌아오지 않고 있는 간베를 걱정하고 있었다.

"절름발이가 적지로 너무 깊이 들어가지 말아야 할 텐데."

그때 분주한 발소리가 들리더니 그의 옆에서 멈췄다. 살펴보자 땅바닥에 넙죽 엎드려서 울고 있는 사람이 있었다.

"오마쓰가 아니냐?"

"예."

간베의 아들인 쇼주마루는 한베 시게하루를 따라 이곳 히라이 산의 아군 진영에 온 이래로 벌써 몇 번이나 전쟁에 참가하고 있었다. 그 얼마 되지 않는 사이에 그는 몰라볼 정도로 건장해지고 어른스러워져 있었다. 일주일 전부터 한베의 용태가 급변하자 히데요시는 오마쓰에게 자신을 대신해서 간병을 하라고 명령을 내렸던 것이다.

"내가 베갯머리를 지키는 것보다 네가 있는 것이 한베도 기쁠 것이다. 내가 돌보고 싶지만 그러면 병자가 오히려 마음이 편치 않을 것이다."

오마쓰는 수년 동안 훈육을 받은 스승이자 생명의 은인인 한베 곁에서 밤낮으로 정성을 다해 시중을 들고 있었다. 지금 그런 구로다 쇼주마루가 달려와 울면서 땅에 엎드리자 히데요시는 직감적으로 가슴이 철렁 내려앉았다.

"울기만 해서는 무슨 일인지 알 수가 없다. 오마쓰, 무슨 일이냐?"

히데요시가 짐짓 질책하듯 물었다.

"용서하십시오."

오마쓰는 팔꿈치로 눈가를 닦으며 말했다.

"시게하루 님께서 말씀하지 못할 만큼 기력이 약해지셔서, 오늘 밤을 넘기지 못할 듯싶습니다. 그러니 어서 가보시길 바랍니다."

"위독하다는 것이냐?"

"예, 예."

"의원이 그리 말했느냐?"

"그렇습니다. 하지만 한베 님께서는 제게 자신의 용태를 주군께나 다른 사람들에게 절대로 알리지 말라고 하셨습니다. 하지만 의원이나 다른 가신들이 주군께 마지막 작별 인사라도 하는 것이 좋을 것이라고 해서 이렇게 급히 달려왔습니다."

"알았다."

히데요시는 그렇게 말하며 단념한 듯 눈을 감았다.

"오마쓰, 너는 내 대신 잠시 여기에 서 있어라. 곧 네 아비가 다카노오 싸움에서 돌아올 테니 말이다."

"아버지께선 다카노오로 나가셔서 싸우고 계십니까?"

"그렇다. 여느 때처럼 가마를 타고 지휘하고 있다."

"그럼 제가 다카노오로 가서 아버지를 대신해서 병사들을 지휘하고 아버지를 한베 님께 보내면 안 되겠는지요?"

"네게 그런 용기가 있다면 그리하도록 해라."

"그럼 다녀오겠습니다."

쇼주마루가 바로 일어서더니 다시 말했다.

"한베 님도 돌아가시기 전에 아버지를 뵙고 싶어 할 것입니다. 말을 하지는 않았지만 한베 님도 아버지를 만나고 싶으실 것입니다."

쇼주마루는 결연히 그렇게 말하고 몸집에 비해 지나치게 커 보이는 창을 옆에 들고 산자락 쪽으로 달려갔다. 히데요시는 쇼주마루와는 반대 방향으로 발길을 돌려 걸어가다 이윽고 큰 걸음으로 성큼성큼 길을 재촉했다. 진중에 몇 개로 나눠져 있는 가옥 중 한 곳에서 불빛이 새어나오고 있었다. 그곳이 다케나카 한베가 누워 있는 병동이었는데, 마침 그 가옥의 지붕 너머로 초저녁달이 아스라이 떠 있었다.

베갯머리에는 히데요시가 붙여준 의원과 다케나카 가의 가신이 있었다. 얇은 판자를 둘러친 것에 지나지 않는 가옥의 돗자리 한쪽에 장인들이 일하는 그림이 그려진 병풍이 쳐져 있었다.

"한베, 나를 알아보겠소? 히데요시네. 지쿠젠이네. 기분은 어떠하오?"

히데요시는 조심스레 한베 곁에 앉아 한베의 얼굴을 바라보았다. 어스름 때문인지 한베의 얼굴은 벽옥처럼 아름답게 보였다. 사람이 이렇게까지 야윌 수 있는지 눈물을 감출 수 없었다. 히데요시는 가슴이 아파 도저히 한베를 바라볼 수가 없었다.

"의원."

"예."

"어떠한가?"

"……."

의원은 아무 말도 하지 못했다. 의원은 침묵으로 얼마 남지 않았다고 대답했지만 히데요시는 어떻게 손을 쓸 수 없겠는가 하고 묻고 싶었던 것이다. 그때 혼수상태에 있던 한베의 손이 미세하게 움직였다. 한베는 히데요시의 목소리를 들은 듯 희미하게 눈을 뜨더니 옆에 있는 무사에게 무슨 말을 전하려고 했다.

"히데요시 님이 오셨습니다. 주군께서 바로 곁에 계십니다."

"……."

한베는 고개를 끄덕이더니 답답해하며 자신을 일으키라고 말하는 듯했다.

"어떻게 하면 좋겠소?"

무사가 의원을 돌아보며 묻자 의원은 곤혹스런 표정을 지었다.

"일어나고 싶어 한다고? 가만히 누워 있으시오. 가만히."

히데요시는 한베의 뜻을 헤아리고 아이를 달래듯 진정시켰다. 그러자 한베는 미세하게 고개를 젓더니 무사를 꾸짖듯 눈에 힘을 주었다. 두 명의 무사가 한베의 명령대로 뻣뻣한 판자와 같은 한베의 몸을 안아 일으켰다.

한베는 침구로 몸을 지탱하면서 무사들을 물리더니 입술을 깨물며 병상에서 조금씩 몸을 끌어내렸다. 당장이라도 숨이 끊어질 듯한 병자에게 그런 행동은 필사적인 노력임이 분명했다. 히데요시를 비롯해 의원과 가신들은 숨을 죽이고 지켜보고 있을 수밖에 없었다.

한베는 간신히 두 척 정도 병상에서 벗어나서 돗자리 위에 단정히 앉았다. 세잔한 어깨와 앙상한 다리, 그리고 가느다란 두 손은 흡사 여인의 모습처럼 보였다. 조용히 입을 다물고 숨을 고르는 듯하더니 이윽고 양손을 땅에 대고 허리를 숙이며 말했다.

"어느덧 하직 인사를 올릴 때가 닥쳐온 듯합니다. 다년간의 깊은 은혜, 새삼 감사의 인사를 올립니다."

한베는 그렇게 말하고는 조금 시간을 두고 다시 말을 이었다.

"꽃이 피고 지고 사람이 살고 죽는 것도 광활한 우주에서 보면 봄과 가을의 순환과도 같은 것이 아닌가 싶습니다. 주군과 인연을 맺은 뒤 깊은 은혜를 입었습니다만 돌아보니 제대로 봉공도 못했습니다. 임종을 앞둔 지금 단지 그것만이 마음에 걸릴 뿐입니다."

가느다란 실 같은 목소리가 입에서 새어나오고 있었다. 사람들은 얼핏 기적이라도 지켜보는 심경으로 엄숙하게 서 있었다. 특히 히데요시는 옷깃을 여미고 고개를 숙인 채 양손을 무릎에 얹고 공손한 태도로 한베의 말을 한 마디도 놓치지 않기 위해 귀를 기울이고 있었다.

촛불은 꺼지기 직전에 마지막으로 선명한 빛을 발했다. 지금 한베의 모습은 흡사 그러한 숭고한 촛불의 마지막 순간과도 닮아 있었다. 한베는 필사적으로 세상에서의 마지막 말을 히데요시에게 고하기 위해 혼신의 힘을 다하고 있었다.

"향후의 다사다난, 세상의 변화무쌍함이 실로 걱정스러울 뿐입니다. 거대한 변혁기의 경계에 서 있는 지금, 살 수만 있다면 이 한베도 살아 그 앞날을 지켜보고 싶습니다. 진실로 그러길 바라 마지않으나 천수란 인력으로 어찌할 수 없습니다."

점차 그의 목소리가 또렷해지고 있었다. 하지만 정신력만으로 버티고 있는 듯 이따금 육신은 크게 숨을 헐떡이다가 다음 말을 하기 위해 숨을 고르곤 했다.

"하지만, 주군. 당신이야말로 이러한 시대에 태어나고 또 선택받은 사람이라는 생각이 들지 않으시는지요? 이 한베가 곰곰 헤아려본 바로는 주군은 천하의 주인이 되려는 야망을 품고 있지 않습니다."

한베는 다시 잠시 숨을 고르며 말했다.

"오늘까지는 그것이 주군의 장점이자 특징이기도 했습니다. 송구하지만, 주군은 짚신지기일 때에는 그 직분에 성심을 다하고, 또 일개 무사의 신분일 때는 그 직분에 전력을 다하며 결코 자신의 윗분만 바라보는 망상가가 아니었습니다. 지금도 필시 그런 마음으로 주고쿠 공략의 직분을 어떻게 하면 완수할 수 있을까, 어떻게 하면 노부나가 공의 기대에 부응할 수 있을까, 또 어떻게 하면 눈앞의 미키 성을 함락시킬 수 있을까 전념할 뿐 일신의 영달 따위는 생각하지 않고 있을 것입니다."

"……."

주위에 아무도 없는 것처럼 숨소리조차 들리지 않았다. 히데요시는 깊이 숙인 머리를 드는 것도 잊은 채 미동도 하지 않고 한베의 말을 듣고 있었다.

"하지만, 하늘은 이러한 시대를 평정하는 큰 인물을 반드시 세상에 내려주십니다. 천하는 군웅들로 넘쳐나서 모두들 자신이 이 난세의 여명을 짊어지고 도탄에 빠진 만민을 구할 자라며 중원의 패업을 다투고 있습니다. 하지만 이미 겐신과 신겐은 세상을 떴고, 서쪽의 모토나리는 제 분수를 알고 자손을 지키라는 유훈을 남기고 유명을 달리했습니다. 그 외에 아사이 아사쿠라는 자멸했으니 그러한 대업을 이룩할 사람이 과연 몇이나 있겠습니까? 손가락을 꼽아볼 필요도 없을 것입니다."

"……."

그때 히데요시가 얼굴을 번쩍 들었다. 그러자 한베는 쏘아보는 듯한 시선으로 그의 얼굴을 응시했다. 순간, 이제 죽음을 눈앞에 둔 임종의 눈과 언제까지 살지 모르는 히데요시의 눈이 마주쳤다. 서로 아무 말도 하지 않고 노려보고 있었다.

"노부나가 공, 우대신 가를 제쳐두고 무슨 말을 하는가, 하고 당신은 마음속으로 제 말을 꾸짖고 있을 것입니다. 그런 마음은 잘 알고 있습니다. 하지만 노부나가 공은 그분이 아니면 불가능한 사명을 가지고 천하를 호령하고 계십니다. 지금의 난세를 혁파할 위세, 오늘날까지 백난을 극복해온 그 신념은 도쿠가와 님이나 주군이라고 해도 쉽게 이룰 수 있는 일이 아닐 것입니다. 노부나가 공을 제외하고 누가 혼란한 시대를 여기까지 이끌어올 수 있겠습니까. 하지만 그렇다고 해서 만천하를 혁신할 수 있다고는 할 수 없을 것입니다. 주고쿠를 정벌하고 규슈를 공략하고 시고쿠를 평정하고 미치노쿠를 제압해도 그것만으로 조정과 백성들을 안심시키고 새로운 문화를 건설하고 세세손손 번창할 기틀을 놓았다고 할 수는 없습니다. 결코 없습니다."

시대가 영웅을 낳고 영웅이 시대를 만드는 것이었다. 또 파괴하는 영웅이 있다면 창조하는 영웅이 있기 마련이다.

만일 천수天數와 인명人命, 우주의 섭리를 천의天意라고 한다면 천의는 그 시대에 어울리는 영웅을 만들고 그 영웅의 기량에 맞는 사명을 내린다고 할 수 있었다. 춘추삼국 시대의 역사를 돌아보고 또 일찍이 일본의 치란흥망을 되돌아보아도, 한베는 그것을 깊이 깨닫고 있는 듯했다. 역사를 통해 현재를 통찰하고 시류를 통찰하며 다년간 히데요시의 휘하에 머물러 있었지만 그의 마음은 구리하라 산의 높은 산정에서 천하의 움직임과 시대의 귀추를 대관하며 시대의 향방에 대한 결론을 가슴 깊이 숨기고 있었던 듯했다.

한베는 연을 맺고 다년간 보필해온 자신의 주인이야말로 파괴의 시대 이후를 계승할 새 인물이라고 믿고 있었다. 그리고 그와의 인연을 크게 기뻐하며 임종의 순간까지 살아온 보람을 느끼고 있었다.

"이제까지 말씀드린 것 외에, 더 드릴 말씀이 없습니다. 주군, 부디 자신을 소중하게 보살피십시오. 자신을 믿으시고 제가 죽은 후에도 한층 공부에 힘을 쓰셔서……."

그렇게 말한 순간, 한베의 가슴이 썩은 나무가 부러지듯 앞으로 꺾였다. 한베는 자신의 몸을 지탱하기 위해 가는 손으로 땅을 짚었지만 그 손에는 이미 아무 힘도 남아 있지 않았는지 멍석 위에 고꾸라지고 말았다. 그 순간 얼굴과 멍석 사이에서 붉은 모란이 피듯 빨간 피가 번졌다. 각혈이 있었던 것이었다. 흥건하게 흐르는 피가 한베의 무릎과 가슴을 붉게 물들였다.

"시게하루! 나, 나를 두고 그대 혼자 가는가! 그대가 가버리면 앞으로 싸움에서 나 혼자 어떻게 하란 말인가! 시게하루!"

히데요시는 한베를 끌어안고 대성통곡을 했다. 히데요시의 무릎에서 고개를 늘어뜨리고 있는 하얀 얼굴은 웃음을 지으며 히데요시를 달래는 것처럼 보였다.

"걱정하지 마십시오. 당신은 앞으로 더 이상 그런 근심을 할 필요가 없을 것입니다."

히라이平井 산의 무덤

아침에 본 사람을 저녁에 볼 수 없었고 저녁에 본 사람도 다음 날 아침에는 죽어 있었다. 전쟁터에서 이런 일은 나무에서 떨어지는 낙엽처럼 흔한 일이었음에도 히데요시는 한베 시게하루의 죽음을 깊이 슬퍼했다.

히데요시는 그곳에서 함께 슬퍼하던 사람들조차 의아하게 여길 정도로 비통해했다. 이윽고 그는 가슴을 진정시키고 정신을 차린 뒤 차가워진 한베의 몸을 안아 하얀 이불 위에 살며시 눕히고 한베를 보며 살아 있는 사람에게 말하듯 중얼거렸다.

"다른 사람보다 몇 배나 오래 살아도 다 이룰 수 없을 정도의 큰 이상을 품고 있음에도 아직 그 바람의 절반은커녕 첫발도 떼지 못했는데……. 죽고 싶지 않았을 것이오. 시게하루, 얼마나 아쉬움이 많겠소. 그와 같은 재주를 가지고 세상에 태어나서 애석하게도 백분의 일도 이루지 못했으니 죽고 싶지 않은 것이 당연할 것이오."

히데요시는 시신을 향해 한없이 넋두리를 늘어놓았다.

"유비 현덕은 어렵사리 촉을 세우고 공명에게 아들을 부탁하며 세상을 떴소. 공명은 침식도 잊을 만큼 슬퍼했다고 하오. 그런데 그대와 나는 그 반대이구려. 공명을 먼저 떠나보낸 유비와 같구려. 아아, 공명을 먼저 떠나보내고 홀로 남겨진 유비, 생각만 해도 참으로 적막하기만 하오. 이 슬픔과 고통을 어찌해야 하겠소."

그때 밖에서 분주한 소리가 들려왔다. 간베가 쇼주마루의 말을 듣고 전쟁터에서 가마를 타고 급히 돌아온 것이었다.

"뭐라? 이미 죽었단 말인가? 내가 늦었단 말인가!"

간베는 큰 소리로 그렇게 외치고는 다리를 절룩이며 안으로 들어왔다. 그리고 붉어진 눈으로 베갯머리에 앉아 있는 히데요시의 모습과 차가운 시신으로 누워 있는 한베 시게하루의 모습을 보고 무거운 신음을 흘리더니 그 자리에 무너지듯 주저앉아버렸다.

간베와 히데요시는 그저 망연히 한베의 시신에 눈길을 향한 채 아무 말도 하지 못하고 앉아 있었다. 어느새 날이 져서 실내는 마치 동굴처럼 어두워져 있었지만 촛불을 켜는 사람은 아무도 없었다. 하얀 이불만이 깊은 골짜기에 내린 눈처럼 하얗게 보였다.

"……간베."

이윽고 히데요시가 탄식하듯 입을 열었다.

"애석하구려. 일찍부터 어렵다고 생각하고는 있었으나……."

간베가 히데요시와 같은 표정으로 말했다.

"아아, 사람의 목숨이란 참으로 알 수 없는 것인 듯합니다. 이타미 성에 사로잡혀 죽을 목숨이라고 포기하고 있던 저는 이렇게 살아남고, 병이 호전되었다고 하던 시게하루 님이 그로부터 반년도 지나지 않아 이리 되리라고는."

간베는 문득 생각이 난 것처럼 다시 말했다.

"여봐라, 모두 언제까지 이렇게 슬퍼하고 정신을 놓고 있을 생각인가. 어서 촛불을 켜도록 하라. 그리고 시게하루 님의 시신을 깨끗이 닦고 실내를 청소한 후에 안치하도록 하라. 또 비록 진중이나 장례도 소홀함이 없도록 준비하라.”

간베가 지시를 내리기 시작하자 어느 틈엔가 히데요시의 모습이 보이지 않았다. 흔들리는 촛불 속에서 사람들은 슬픔에 찬 모습으로 청소를 시작했다. 그러자 시게하루의 베게 밑에서 한 통의 편지가 나왔다. 한베가 죽기 이틀 전에 구로다 간베에게 쓴 편지였다.

가을바람이 소슬하게 부는 한낮에 히라이 산 한편에 임시로 시게하루의 시신을 묻은 간베는 지친 심신을 이끌고 적막에 잠겨 있는 진막 안으로 돌아와 히데요시에게 한 통의 편지를 내밀었다.

“한베의 유서가 베개 밑에 있었단 말이오? 그대에게 쓴 것이오?”

히데요시는 바로 편지를 펼쳐서 읽어 내려가면서 몇 번이나 손으로 눈가를 훔치더니 한동안 편지를 읽지 못하고 얼굴을 돌리고 있었다. 죽기 이틀 전에 심우心友인 간베 요시타카에게 쓴 편지였지만 그 안에는 단 한 마디도 자신의 바람이나 벗에 대해서는 언급하고 있지 않았다. 처음부터 끝까지 오로지 주군인 히데요시의 신변과 장래의 대계에 대한 근심을 이야기하며 선처를 부탁하고 있었고, 또 평소 가슴에 품고 있던 경략을 상세하게 적어놓았다.

설사 땅속의 백골이 되더라도 주군께서 소신의 충심을 잊지 않고 기억해주신다면 이 시게하루의 혼백은 영원히 주군의 가슴속에 살아 숨쉴 것이며, 풀잎이 되어서라도 봉공할 것이며…….

살아 있는 동안에 제대로 봉공하지 못한 것을 사죄하며, 젊은 나이에 세상을 뜨는 것도 원망하지 않고 백골이 되더라도 봉공할 길이 있다고 믿으며 죽음을 기다리고 있었던 시게하루의 진심을 읽으며 히데요시는 눈물을 흘리지 않을 수 없었다. 아무리 마음을 다잡아도 눈물이 흘렀다.

"주군, 언제까지 그렇게 슬퍼하고 있을 때가 아닙니다. 부디, 편지의 다른 부분을 보시고 마음을 정하시길 바랍니다. 한베 님이 그곳에 미기 성을 공략하는 계책을 적어놓았을 것입니다."

이윽고 간베가 강한 어조로 말했다. 간베는 이전부터 히데요시를 강하게 몰아붙이는 경우가 많았는데, 이번에도 히데요시가 슬픔에 빠져 헤어나오지 못하자 다소 한심하다는 듯한 표정을 지어 보였다.

시게하루는 유서에 '미기 성은 앞으로 백 일을 견디지 못할 것'이라고 예언하고 있었다. 하지만 함부로 힘으로 밀어붙여서 군사를 잃어서는 안 된다고 강조하며 아군을 위해 최후의 계책을 적어놓았다.

미기 성안에서 사리 분별을 갖춘 인물이라고 하면 역시 벳쇼의 가노인 고토 쇼겐 모토구니後藤將監基國일 것입니다. 제가 보기에 그는 대세의 귀추도 분간하지 못하고 맹목적으로 싸울 아둔한 장수가 아닙니다. 싸움이 있기 전, 히메지 성에서 몇 번인가 이야기를 나눈 적도 있어 비록 깊지는 않지만 교류가 있는 사람이라고 할 수 있습니다.

따로 그에게 보내는 서신 한 통을 적어놓았으니 그것을 가지고 그를 찾아가, 그로 하여금 이해를 들어 자신의 주군인 벳쇼 나가하루를 설득하고 대세의 흐름을 논하면, 반드시 마음을 돌려 성문을 열고 화친을 청해올 것입니다.

다만, 그것을 행하는 데 있어 때를 가늠함이 중요합니다. 늦가을, 땅에 마른 낙엽이 떨어져 바람에 날리고 하늘에는 소슬한 달이 빛나는, 병사들의 마음에는 부모 형제를 생각하고 고향을 그리는 마음이 간절해지는 때가 가장 좋을 것입니다. 겨울이 다가오면 기아에 직면한 성의 병사들은 죽음이 멀지 않았음을 알고 마음의 각오를 하고 있을 것입니다. 그러한 때, 오직 힘으로 밀어붙여 공격하면 오히려 그들에게 죽을 곳을 부여하는 것과 마찬가지일 것입니다. 하여 지금은 싸움을 멈추고 그에게 조용히 사색에 잠길 시간을 준 뒤, 제 서신을 보내 예를 갖추며 진정을 다해 성주와 가노를 설득하면 분명 연내에는 결착을 볼 수 있을 것입니다.

한베는 그렇게 쓴 뒤 '일의 성패란 그 일을 실행함에 앞서 제 스스로 의심을 하면 그 일을 성사시킬 수 없다'고 덧붙이고는 신념을 가지고 실행에 옮기기를 당부했다. 그럼에도 불구하고 히데요시가 성패를 의심하는 듯한 태도를 보이자 간베는 다음과 같이 말했다.

"실은 한베 님이 생전에도 그 계책에 대해 한두 번 이야기한 적이 있었는데 아직 시기가 이르다며 미루고 있었던 것입니다. 주군께서 허락하신다면 언제든 제가 사자로 성안의 고토 쇼겐을 만나러 가겠습니다."

"아니, 잠깐……."

히데요시는 고개를 저으며 말했다.

"지난봄이었던가, 아사노 야헤의 중재로 성안의 한 장수에게 그 계책을 쓴 적이 있소. 그런데 아무리 기다려도 대답이 없어 나중에 알아보니 그가 주인인 벳쇼 나가하루에게 항복을 권하자 장병들이 화를 내며 그 자리에서 죽여버렸다고 하오. 한베의 비책은 그와 비슷하거나 똑같은 것이 아니오? 자칫하면 아군의 약점만 적에게 노출시키고 얻는 것은 아무것도 없을 것이오."

"아닙니다. 한베 님이 계책을 실행함에 있어 때를 가늠하는 것이 중요하다고 한 것은 바로 그런 연유일 것입니다. 지금이 바로 적기라고 여겨집니다."

"적기?"

"저는 그리 확신합니다."

"……."

그때 진막 밖에서 사람 소리가 들려왔다. 귀에 익숙한 병사들의 목소리 외에 여자의 목소리도 얼핏 들렸다. 뜻밖에 히데요시를 찾아온 그 여인은 바로 죽은 한베의 동생인 오유였다. 그녀는 한베가 위독하다는 연락을 받자마자 마지막으로 얼굴이라도 보기 위해 몇 명의 종자만을 데리고 교토에서 위험을 무릅쓰고 온 것이었다. 하지만 여자의 몸으로 적지를 피해 오느라 끝내 한베의 임종을 지키지 못했던 것이다.

"오유인가!"

히데요시가 수척해진 오유의 얼굴과 행장을 바라보며 말하자 간베와 시종들이 진막 밖으로 자리를 피했다.

"……."

오유는 눈물이 앞을 가려 히데요시의 얼굴을 바라보지 못했다.

"한베가 죽었다는 말을 들었소?"

"들었습니다."

"어쩔 수 없는 일이니 마음을 단단히 먹으시오."

히데요시가 위로할 수 있는 말은 그게 전부였다. 하지만 오유는 히데요시가 근심 어린 마음으로 위로를 하자 눈이 녹듯 마음이 무너져내렸는지 땅바닥에 주저앉아 눈물을 쏟으며 통곡했다.

"그만 진정, 진정하시오."

히데요시는 황망히 의자에서 일어났지만 바로 장막 밖에 있는 가신들의 이목이 마음에 쓰이는 듯 이렇게 말했다.

"둘이서 한베의 묘지로 참배하러 갑시다. 오유, 따라오시오."

히데요시는 앞장서서 진막 뒤편의 산길을 따라 야트막한 언덕 위로 올라갔다. 한 그루 소나무가 늦가을의 소슬한 바람에 흔들리고 있었다. 그 아래 아직 흙의 빛깔이 선명한 봉분이 봉긋하게 솟아 있었고, 돌 하나가 비석 대신 세워져 있었다. 예전에 간베와 한베, 그리고 히데요시는 이 소나무 아래에 멍석을 깔고 둘러앉아 달구경을 하며 세상에 대해 논한 적이 있었다.

"……."

오유는 수풀을 둘러보며 헌화할 꽃을 찾은 다음 히데요시에 이어 봉분을 향해 엎드렸다. 그녀는 더 이상 울고 있지 않았다. 사람의 수명을 한탄하기에는 산 위의 자연이 만추의 초목을 통해 우주의 당연한 섭리를 일깨워주고 있었다. 가을이 가면 겨울이 오고 겨울이 가면 봄이 찾아오는 순리를 자연은 슬퍼하거나 아파하지 않고 순순히 받아들이고 있었다.

"나리……."

"왜 그러오?"

"오라버니의 무덤 앞에서 올릴 청이 있습니다."

"으음, 그렇소?"

"아마 나리께서는 이미 알고 계실 것입니다."

"알고 있소."

"제가 떠날 수 있도록 해주십시오. 나리께서 제 청을 받아주신다면 땅속에 계신 오라버니도 한시름 놓지 않을까 싶습니다."

"시게하루는 비록 몸이 땅속에 묻히더라도 그 혼백은 한결같이 봉공할 것이라고 말했소. 그런 시게하루가 생전에 늘 가슴 아파하던 일이었는데 내가 어찌 그것을 반대할 수 있겠소. 그대 뜻대로 하시오."

"고맙습니다. 나리께서 허락하셨으니 오라버니의 바람대로 오라버니의 유품을 가지고……."

"어디로 가려 하오?"

"어디 산속 깊은 마을의 비구니들이 있는 사찰에라도……."

다시 오유의 눈에서 눈물이 솟구쳤다. 단풍이 지고 새들이 울고 있는 청아한 자연 속에 머물고 있지만 인간은 역시 번뇌를 끊어낼 수 없는 존재인 듯, 히데요시는 다른 곳을 바라보며 서 있었다.

거문고 소리

오유는 다음 날 바로 떠날 준비를 마치고 하직 인사를 하기 위해 히데요시를 찾았다.

"그만 떠날까 합니다. 부디 옥체를 잘 돌보시길 바랍니다."

그러자 히데요시가 만류하며 말했다.

"이삼일 정도 이곳에 머물도록 하게."

오유는 할 수 없이 멀리 떨어진 임시 가옥 안에서 며칠 동안 오라비를 조문하며 지냈다. 그런데 닷새가 지났는데도 히데요시로부터 아무런 연락이 없었다. 산에 서리가 내리고 비가 내릴 때마다 사방에 둘러진 산에서는 나뭇잎들이 우수수 떨어졌다. 드물게 달이 환한 초저녁 무렵, 시종 한 명이 가옥을 들여다보며 히데요시가 찾는다고 말했다.

"지금 떠날 채비를 하고 바로 한베 님의 무덤이 있는 산 위로 오라고 하십니다."

시종은 그렇게 전하고 먼저 가버렸다. 채비라고 해봤자 미리 싸놓은 보퉁이가 전부였다. 오유는 한베의 가신이었던 구리하라 구마타로와 다른 두 명을 데리고 무덤이 있는 곳으로 올라갔다. 풀과 나무도 메말라서 산길의 풍경은 적막하기 그지없었지만 그날 밤은 서리라도 내린 것처럼 달빛이 새하얗게 보였다.

히데요시의 주위에는 예닐곱의 검은 그림자가 서 있었고, 그중 한 명이 오유가 온 것을 고하고 있었다. 그곳에 있는 사람 중에 간베의 모습도 보이는 듯했지만 오유가 히데요시에게 가까이 다가갔을 때에는 주위에 아무도 없었다.

"오유, 그 후로 그만 군무에 쫓겨 찾지도 못하고 날도 눈에 띄게 추워져서 마음이 불안했을 것이오."

히데요시가 부드러운 목소리로 말했다. 그는 여자라면 누구에게나 친절하고 부드럽게 대했는데, 지금 그의 그런 태도는 정 때문만이 아닌 듯했다.

"평생 혼자 산속 깊은 마을에서 살려고 마음먹었기 때문인지 이젠 어디에 있더라도 외롭다는 생각이 들지 않습니다."

그녀의 말을 들으며 히데요시는 연신 고개를 끄덕였다.

"한베가 극락왕생하도록 제사를 잘 지내주길 부탁하오. 어디에 살더라도 살아 있으면 다시 만날 때가 있을 것이오."

히데요시는 한베의 무덤이 있는 소나무 아래를 돌아보며 말했다.

"오유, 저기 준비해놓았소. 이젠 그대의 거문고 소리를 듣지 못하겠구려. 오래전, 그대는 오라비인 한베와 함께 노부나가 공에 맞서던 미노의 쵸테이겐長亭軒의 성에 가서 거문고를 연주해 성안의 군사들의 마음을 달래주고, 결국에는 성문을 열고 항복하게 만들었소. 내 마지막으로 한베의 무덤 앞에서 그대의 거문고 소리를 듣고 싶구려. 혹여 그대의 거문고 소리가 바람을 타고 지척에 있는 미기 성까지 울려 그들의 마음에 온정을 불러일으켜 무의미한 죽음을 깨닫게 해준다면 그것은 큰 공이 될 것이고 지하에 있는 한베도 크게 기뻐할 것이오."

그때까지 그녀는 깨닫지 못했지만 소나무 아래에 돗자리가 깔려 있었고 그 한쪽에 거문고가 놓여 있었다.

전쟁이 삼 년에 걸쳐 이어지자 주고쿠의 장수와 병사 들의 모습에서 가미가타上方 무사는 겉만 화려하고 경박하기 그지없다며 깔보던 기색을 더 이상 찾아볼 수 없었다.

"당장 내일 죽을지 모르지만 하다못해 굶어 죽는 일만은 피하고 싶다."

그들은 단지 굶어 죽지 않기만을 바랄 만큼 궁지에 몰려 있었다. 사람의 형상을 하고 있었지만 죽은 말의 뼈다귀를 빨아 먹거나 들쥐를 잡아먹고, 나무껍질과 풀뿌리까지 뜯어먹고 있었다.

"이번 겨울도 다다미와 흙벽의 지푸라기를 삶아 먹는 것 외에 다른 먹을 것이 없다."

움푹 들어간 눈들이 서로를 불쌍하게 여기며 푸념을 늘어놓고 있었다. 하지만 흙벽의 지푸라기를 삶아 먹는다고 해도 이번 겨울을 버틸 기백만큼은 잃지 않아서 적이 조금이라도 접근해오면 여전히 굶주림조차 잊고 맞서 싸웠다.

그런데 적들은 이상하게 근래 반달 정도 공격해오지 않았다. 성의 군사들로서는 오히려 지금과 같은 상황이 더욱 고달팠다. 날이 지면 성안은 등불 한 점 밝힐 기름조차 없어 깊은 수렁에 빠진 듯 캄캄했다. 어유魚油나 채유菜油까지 모두 먹어버렸던 것이다. 병사들이 아침저녁으로 성안의 겨울나무에 무리를 지어 앉아 있는 때까치나 참새와 같은 작은 새를 잡아먹다 보니 근래에는 새들조차 성안으로 날아오지 않았다. 까마귀를 잡아먹은 적도 수없이 많았는데 이젠 그런 까마귀조차 구경하기 힘들었다.

불현듯 어둠 속에서 족제비가 달려가는 듯한 소리가 들리자 이내 보초의 눈빛이 번뜩였다. 그럴 때면 본능적으로 위가 위액을 분비하기 마련이어서 보초들은 얼굴을 찡그리고 배를 쥐어짜며 아파했다.

그날 밤, 성의 병사들은 밝은 달을 보며 한탄하듯 중얼거렸다.

"아아, 저 달은 먹을 수가 없구나."

망을 보고 있는 성채나 성문의 지붕에 낙엽이 우수수 떨어졌다. 병사 한 명이 우걱우걱 단풍을 먹고 있었다.

"맛있는가?"

보초가 묻자 다른 한 명이 낙엽을 한 움큼 입에 집어넣으며 말했다.

"지푸라기보단 낫네."

하지만 이내 속이 안 좋은지 연신 기침을 하더니 먹은 것을 그대로 토해냈다.

"앗, 가노께서 오셨다."

누군가 그렇게 중얼거리자 모두 정신을 차리고 창에 잔뜩 힘을 준 채 다시 망을 보았다. 벳쇼 가의 가노인 고토 쇼겐 모토구니였다.

"수고가 많다. 이상은 없느냐?"

"별다른 이상은 없습니다."

"그렇군……."

쇼겐이 손에 들고 있던 화살을 들어 보이며 말했다.

"저녁 무렵, 히라이 산의 적진에서 이 화살에 서신을 묶어 쏘았다. 이 서신에 따르면 하시바의 책사인 구로다 간베 요시타카가 오늘 밤 나와 면담을 하기 위해 이곳으로 온다고 하였다."

"예? 간베가 온다고 하셨습니까? 그는 옛 주인을 배신하고 오다 진영으로 도망쳐 주고쿠 무사의 체면을 더럽힌 자가 아닙니까. 어디 오기만 하면 때려죽이겠습니다."

"아니다. 히데요시의 사자로 사전에 연락하고 오는 사람을 죽일 수는 없다. 사자를 죽이지 않는 것은 병가의 약속이다."

"다른 자라면 몰라도 간베는 그 육신을 질근질근 씹어 먹어도 속이 풀리지 않을 것입니다."

"적에게 우리의 속내를 들켜서는 안 된다. 웃으면서 맞이하라. 웃으면서."

쇼겐이 그렇게 병사들을 달래고 있을 때, 문득 멀리서 거문고를 켜는 듯한 소리가 아련히 들려왔다. 미기 성은 일순 정적에 휩싸였다. 먹물처럼 새카만 밤의 어둠 속에는 사람들의 숨소리조차 들리지 않았고, 하늘에는 바람에 날리는 불길한 낙엽 소리가 떠돌아다니고 있었다.

"아, 거문고 소리다!"

병사 한 명이 돌연 눈을 들어 하늘을 바라보며 신음하듯 뇌까렸다. 물끄러미 서 있던 다른 병사도 그 말에 이끌리듯 중얼거렸다.

"거문고 소리가 들린다!"

"거문고 소리다!"

그들은 흡사 사무치게 그리운 사람이라도 만난 듯 눈을 가늘게 뜨고 귀를 기울이며 거문고 소리를 듣고 있었다. 그곳뿐 아니라 필시 망루 위나 무사 대기소, 방루 여기저기에서도 똑같은 생각에 휩싸여 있을 터였다.

삼 년 동안 아침저녁으로 총소리와 고함과 절규 소리만 들으며, 가족과 멀리 떨어져 성안에서 굶주림에 고통을 받아도 굴하거나 물러서지 않고 싸우던 성안 병사들의 귀에 문득 들려온 거문고 소리는 그들의 마음을 흔들어놓기에 충분했다.

고향은 오늘 밤 죽을 목숨인 줄 모르고 나를 기다리는구나.

성의 군사들은 겐코元弘[10]의 충신인 기쿠치 다케도키菊池武時가 적장인 쇼니 오오토모少弐大友 군사에 포위당하자 고향의 아내를 생각하며 지은 노래를 아들인 다케시게武重에게 맡기고 내보냈다는 일화를 떠올리며 입으로 되뇌고 있었다.

멀리 떨어져 있는 노모를 생각하거나 소식이 끊긴 아들과 형제를 떠올리는 병사도 있을 터였다. 아무도 돌볼 사람이 없는 신세인 병사들도 거문고 소리에 마음이 흔들려 아무 이유 없이 눈물을 흘렸다.

고토 쇼겐 역시 그런 병사들과 같은 마음이었지만, 문득 주위 병사들의 얼굴을 바라보고 정신을 차린 듯 마음을 다잡았다. 그리고 성문의 병사들을 향해 짐짓 쾌활한 목소리로 말했다.

“적진에서 거문고 소리가 들린다고? 바보 같은 소리. 그건 거문고 소리가 아니라 적들이 오랜 싸움에 지쳐 마을에서 노래를 부르는 여자를 불러 희롱하고 있는 것일 게다. 우리 군사들은 그런 것에 마음이 동하고 흐트러질 만큼 나약하지 않다.”

쇼겐은 그렇게 고무하면서 이내 정신을 차린 군사들에게 다시 말을 이었다.

“모두 한 치의 소홀함 없이 각자 맡은 위치를 굳게 지키도록 하라. 이 성채는 홍수의 탁류를 막고 있는 제방과 같다. 제방이 아무리 길고 튼튼하더라도 어디 한곳에 금이 가면 모두 무너지고 말 것이다. 모두 죽을 각오로 한 발도 물러서지 마라. 어느 한곳이 무너져 미기 성이 함락되었다고 하면 너희의 선조는 땅속에서 통곡할 것이고, 너희의 자손은 온 나라의 웃음거리가 될 것이다. 알았느냐! 모두 정신을 바짝 차리고 굳게 지키도록 하라.”

---

10) 가마쿠라 말기인 1331년부터 1333년까지의 연호. 그 당시 천황은 고다이고後醍醐다.

쇼겐이 그렇게 군사들을 독려하고 있을 때였다. 성 밑 언덕 아래에서 두세 명의 병사가 달려 올라오더니 지금 막 구로다 간베가 가마를 타고 산 아래 책문에 왔다고 보고했다.

간베는 가마를 타고 기다리고 있었는데 가마는 나무와 짚과 대나무로 만들어서 가벼워 보였다. 지붕 덮개도 없고 양쪽의 팔걸이도 낮았으며 겨우 몸을 지탱할 정도로 가죽 끈을 십자 모양으로 묶어 가마 위에 앉아 대검을 휘둘러 적과 싸울 수 있도록 한 구조였다. 그래서 멜대가 앞뒤에 따로 달려 있었고, 병졸 네 명이 앞뒤로 각각 떨어져서 가마를 메고 적진을 누비며 마음껏 싸울 수 있었다.

하지만 간베는 오늘 밤 평화의 사자로 왔기 때문에 갑옷 안에 황색 옷을 받쳐 입고 갑주를 차고 하얀 비단 진바오리를 걸치고 가마 위에 책상다리를 하고 앉아 있었다. 간베는 몸집이 오 척 정도로 작았고 체중도 다른 사람보다 가벼웠기 때문에 사졸들도 그다지 힘이 들지 않았고 간베 자신도 불편함을 느끼지 않았다. 이윽고 성채의 문 안에서 발소리가 들렸다. 병사 몇 명이 언덕 위에서 달려 내려온 듯했다.

"사자를 들여보내라!"

눈앞의 책문이 활짝 열렸다. 어둠 속에서 북적거리는 병사들의 그림자로 보아 백 명이 넘을 듯했다. 병사들의 그림자가 일렁거릴 때마다 번뜩이는 창끝이 눈에 어른거렸다.

"수고했네. 내가 절름발이인 탓에 가마를 탄 채 지나가야 하니 무례를 용서하라."

간베는 그렇게 말하고 함께 온 마쓰치요 나가마사(쇼주마루)를 돌아보며 명령했다.

"마쓰치요, 앞장서거라."

"옛!"

마쓰치요는 부친의 가마 앞으로 가서 창이 번뜩이는 적병들 속을 향해 곧바로 걸어갔다. 네 명의 사졸이 가마를 메고 그 뒤를 따라 책문 안으로 들어갔다.

아버지와 아버지

적들은 의외로 사자로 온 간베에게 호의를 느꼈다. 전쟁의 승패와는 별개로 무사로서의 진정성을 느꼈기 때문인 듯했다. 하지만 그것만으로 성문을 열고 항복하라는 간베의 제안을 받아들일 리가 없었다. 간베는 등불도 없는 성안의 한 방에서 고토 쇼겐과 반 각 정도 회견을 가졌다.

"그럼 대답을 기다리겠습니다."

간베가 그렇게 말하고 자리에서 일어섰다.

"주군인 나가하루 님을 비롯해 제장들과 상의한 후 답을 하겠소이다."

쇼겐도 그렇게 말하며 일어섰다. 그날 밤의 교섭은 그렇게 성립될 것처럼 보였지만 그 뒤 오 일이 지나고 칠 일이 지나도 성에서는 아무런 연락이 없었다.

그렇게 12월도 지나고 결국 서로 대치한 채 정월을 맞이했다. 히라이산의 진영에서는 떡도 빚고 술도 조금씩 나눠 마셨지만 성 쪽 병사들은 어떻게 연명하고 있는지 알 수가 없었다.

간베가 사자로 간 11월 말부터 12월에 걸쳐 미기 성은 실로 적막할 만큼 숨을 죽이고 있었다. 이미 적들에게는 아군에게 쏠 철포의 총알조차 없다는 사실을 간파하고 있던 히데요시는 성안 병사들이 얼마 버티지 못할 것이라고 판단하고 불필요한 공격을 자제하고 있었다.

단순히 인내력 싸움이라면 결코 지금의 상황이 곤란하거나 역경이라고 할 수 없었지만, 이번 싸움은 히데요시만의 싸움이 아니었다. 이번 싸움에서 히데요시는 노부나가의 패권에 대항하는 서남북의 연환계를 돌파하려는 노부나가의 수족에 불과했던 것이다. 그래서 노부나가는 싸움이 장기전으로 흐르자 초조한 마음이 들었고, 또 평소에 히데요시를 달갑지 않게 여기고 있던 주위 사람들도 '지쿠젠은 처음부터 그런 대임을 맡기엔 역부족'이라거나 '이대로 그에게 맡길 수만은 없다'며 비방하고 나섰다. 그 증거로 '히데요시는 토착민들의 환심을 사기에 여념이 없어서 군자금을 함부로 낭비하고 있다'거나 '진중의 장병들에게 반감을 살 것을 두려워해서 금주령도 엄격히 지키지 않고 있다'는 등 그에 대한 중상모략이 횡행하고 있었다.

하지만 히데요시는 그런 것들을 전혀 개의치 않았다. 그 역시 사람이어서 감정이 있는 이상 신경이 쓰였을 테지만 '그런 세세하고 사사로운 일들은 조사하면 언제든 명백하게 규명될 일'이라며 안중에 두지 않았다.

단지 그가 가장 걱정하고 있는 것은 이러고 있는 동안 서쪽의 강대국인 모리가 전열을 정비한 뒤 오사카 본원사 세력을 비롯해 멀리 동쪽의 호조와 다케다와 긴밀히 협력하고, 북쪽 단바의 하타노 일족을 통해 각지의 제후들을 끌어들여 철벽과 같은 반노부나가 연합을 한층 공고하게 만드는 것이었다.

그것이 얼마나 위험하고 심각한 위협인지는 현재 중앙군이 아라키 무라시게 일족의 이타미 성조차 함락시키지 못하고 있는 것만 봐도 잘 알 수 있었다. 무라시게 일족이나 이곳의 벳쇼 일족이 끝까지 버티면서 저항하는 연유도 '곧 모리 군이 도우러 와서 노부나가를 칠 것'이라고 믿고 있기 때문이었다.

거기에 정면의 적보다 상대하기 거북한 것은 음지의 적이었다. 이시야마 본원사와 서쪽의 모리가 노부나가의 최대의 적인 것만은 분명했지만, 바로 눈앞에서 죽을힘을 다해 노부나가의 이상을 물고 늘어지는 이타미의 아라키 무라시게와 미기 성의 벳쇼 나가하루 등은 음지의 적이라고 할 수 있었다.

"흉금을 터놓고 이야기하면 알 수 있을 것을 적이 아닌 적과 이렇듯 사투를 벌이며 긴 시간을 허비하고 있다니."

그날 밤도 히데요시는 화톳불을 피워놓고 한밤의 추위를 견디고 있었다. 그러다 문득 뒤를 돌아보았다. 시종들 중에서도 나이가 어리고 몸집이 작은 아이들이 1월의 엄동설한에 반라의 모습으로 화톳불에 모여 뭔가 이상한 것이라도 있는지 소란을 떨고 있었다.

"사기치, 마쓰치요. 너희는 아까부터 대체 뭐가 그리 신이 나서 떠들고 있는 것이냐?"

히데요시가 부러운 듯 묻자 근래에 시종 조직에 들어온 구로다 마쓰치요가 황망히 갑주를 다시 차며 말했다.

"아무것도 아닙니다."

그러자 이시다 사기치가 말했다.

"주군, 마쓰치요 님은 불결하다고 여겨 말씀드리지 않았습니다만 이상하게 여기실지 모르니 제가 말씀드리겠습니다."

"그래, 뭐가 불결하다는 것이냐?"

"모두 함께 이를 잡고 있었습니다."

"이를?"

"예, 처음에는 스케사쿠 님이 제 옷깃에 기어 다니는 걸 발견하고, 그 다음에 도라노스케 님이 센고쿠仙石 님의 소매에서 발견해 모두가 놀리고 있었는데, 이렇게 화톳불을 쬐고 있다 보니 다른 사람들의 갑옷 밖으로 이가 스멀스멀 기어 나왔습니다. 그러자 모두 갑자기 가려워져서 '적들을 모두 섬멸하자, 에이 산 때처럼 화공으로 공격하자'며 이를 잡고 있었던 것입니다."

"하하하, 그랬느냐! 이렇듯 싸움이 길어지니 이들도 지쳤나 보구나."

"하지만 미기 성과 달리 이들에게는 먹을 것이 풍부하니 화공을 쓰지 않으면 섬멸할 수 없습니다."

"그 이야기는 그만하자. 나도 가려워지는 듯하구나."

"주군께서도 십여 일, 목욕을 하지 않으셨으니 분명 이가 구름처럼 몰려 있을지 모릅니다."

"사기치, 그 얘기는 그만."

히데요시가 일부러 시동들에게 몸을 흔들어 보이자 시동들은 자신의 몸에만 이가 있는 것이 아니라는 사실을 알고 크게 기뻐하며 춤을 추며 화톳불 주위를 빙글빙글 돌았다. 그때 진막 밖에서 병사 한 명이 안을 들여다보며 물었다.

"구로다 마쓰치요 님이 이곳에 계십니까?"

"예, 여기 있습니다."

마쓰치요가 대답하고 일어서서 나가 보니 병사는 부친의 부하였다.

"아버님께서 저쪽 가옥에서 별일 없으면 잠깐 들르라고 하십니다."

마쓰치요는 히데요시에게 가서 허락을 구했다.

"다녀와도 되겠는지요?"

평소에 드문 일이라 히데요시는 무슨 일인가 궁금해했다. 그리고 고개를 끄덕이며 말했다.

"다녀오너라."

마쓰치요는 부친의 부하를 따라 달려갔다. 진막마다 불을 피우고 있었고 모든 부대는 활기에 차 있었다. 떡과 술도 이젠 다 떨어졌지만 정월 기분만큼은 아직 남아 있었다. 그날 저녁은 1월 15일이었다.

간베는 진막 안에 없었다. 추운 날씨인데도 진막에서 한참 떨어진 산등성이 한쪽에 의자를 놓고 앉아 있었다. 일대를 조망하는 데 방해가 되는 것이 하나도 없다 보니 매서운 한풍이 몰아쳐 뼛속까지 얼 정도였다. 그런데도 간베는 마치 나무로 조각한 무사상처럼 꼼짝도 하지 않고 드넓은 어둠을 바라보고 있었다.

"아버님, 마쓰치요입니다."

마쓰치요가 곁으로 다가가 무릎을 꿇자 비로소 간베가 몸을 조금 움직였다.

"주군의 허락을 받고 왔느냐?"

"예, 말씀드리고 왔습니다."

"잠시, 나 대신 이 의자에 앉아 있도록 해라."

"예."

"눈을 똑똑히 뜨고 이곳에서 정면에 보이는 미기 성을 보아라. 별빛도 흐리고 성 쪽에는 한 점 불빛도 없어 잘 보이지 않겠지만 유심히 바라보면 희미하게 보일 것이다. 성의 그림자가, 적의 기척이……."

"부르신 연유는 그뿐인지요?"

"그렇다."

간베는 의자를 내주며 다시 말을 이었다.

"요 삼 일 동안, 내가 본 바로는 성안의 움직임이 느껴졌다. 반년이 넘게 보이지 않던 연기도 피어오르고 있다. 유일하게 조망을 가리고 있던 성을 둘러싼 나무들도 모조리 베어서 땔감으로 쓰고 있는 흔적도 보인다. 깊은 밤, 이곳에서 눈과 귀를 집중해 들어보면 통곡하는 것 같기도 하고 웃는 것 같기도 한, 잘 분간이 되지 않는 사람의 목소리도 들리는 듯하다. 정월 15일을 넘기면서부터 저들 내부에서 여느 때와는 다른 움직임이 일어나고 있는 것만은 사실이다."

"그렇습니까."

"하나 그것은 어떤 형태로 나타나고 있지는 않다. 자칫 함부로 입에 담아 아군에게 불필요한 긴장감을 유발시키거나 혹여 그것이 잘못 본 것이라면 돌이킬 수 없는 결과를 초래할 수 있다. 또 적에게 허점을 제공할 수도 있다. 단지 나는 그것을 느끼고 있기 때문에 이렇듯 그젯밤과 어젯밤에도 의자에 앉아 성을 바라보고 있었다. 눈으로 보지 말고 마음의 눈으로 보아야 할 것이다."

"어려운 일인 듯싶습니다."

"그렇다. 어렵다. 하나 쉬운 일이기도 하다. 망상에 사로잡히지 않고 마음만 맑게 유지한다면 될 것이다. 그래서 다른 사졸들에게는 맡길 수가 없어 잠시 동안이지만 네게 맡기려 하는 것이다."

"알겠습니다."

"졸지 말도록 해라. 바람이 매섭지만 익숙해지면 자신도 모르게 졸릴 것이다."

"염려 마십시오."

"그리고 만일, 성에서 조금이라도 불기운이 보이면 즉시 다른 자에게 확인하도록 해라. 또 성안의 병사가 성 밖으로 나오는 모습을 확인하면 거기에 있는 봉화통에 불을 붙이고 즉시 주군이 계시는 곳으로 달려가거라."

"알겠습니다."

마쓰치요는 땅에 꽂혀 있는 눈앞의 봉화통을 힐끗 바라보며 고개를 끄덕였다. 간베는 마쓰치요에게 한 번도 힘들지 않느냐고 물어본 적이 없었다. 하지만 마쓰치요는 무슨 일이건 기회가 있을 때마다 부친이 이렇듯 병법을 가르쳐주고 있다는 것을 잘 알고 있었다. 그리고 부친의 그런 엄격함 속에서도 남모를 온정을 느끼며 행복한 사람이라고 생각하고 있었다.

간베는 지팡이를 짚고 진막 쪽으로 걸어가고 있었다. 혼자서 묵묵히 산을 내려가는 모습을 보고 당황한 종자가 어디를 가느냐고 묻자 간베는 산기슭까지 간다고 대답했다.

"가마는 필요 없다."

간베는 손을 저으며 그렇게 말하고 능숙하게 지팡이에 의지해서 가볍게 뛰듯 산길을 내려가기 시작했다. 그러자 미리 명을 받았는지 모리 타헤이와 구리야마 젠스케가 간베의 뒤를 따라 달려 내려갔다.

"주군, 주군."

간베는 지팡이를 멈추고 산허리에서 뒤를 돌아보았다.

"오, 자네들이군."

"이리 빠르게 가실 줄 몰라 놀랐습니다. 불편한 다리로 다치기라도 하면 어쩌려고 그러십니까?"

"하하하, 다리를 저는 것도 이젠 많이 익숙해졌네. 오히려 조심해서 걸으면 넘어지기 쉽다. 근래에는 감각과 요령으로 걷고 있는데 보기에 어떠한가?"

"전투 중에는 어떠신지요?"

"전투 중에는 가마가 낫네. 접전이 벌어지면 칼을 양손으로 쓸 수 있고 적의 창을 빼앗아 찌를 수도 있는데, 다만 진퇴만은 마음대로 되지 않네."

"그러시리라 헤아리고 있었습니다."

"하나 역시 가마가 가장 낫네. 가마 위에서 물밀듯 들이닥치는 적군을 바라보면 온몸에서 투지가 피어오르고, 그렇게 고함치는 내 목소리에 적군이 물러설 것처럼 생각되기도 하네."

"아, 위험합니다. 이 부근의 비탈길과 산그늘은 눈이 있어서 미끄러질 수도 있습니다."

"아래는 계류가 아닌가?"

"제가 업어드리도록 하겠습니다."

모리 타헤이가 등을 보이자 간베는 그의 등에 업혀 계류를 건넜다. 어디로 가는지 두 사람은 묻지 않았다. 방금 전, 산기슭의 목책에서 무사 한 명이 전령으로 와서 간베의 손에 서찰 한 통을 전하는 것을 보았지만, 그것만으로 무슨 일인지 짐작할 수 없었다. 단지 간베는 마쓰치요를 부를 때, 다른 부대에 있던 타헤이와 젠스케를 데리고 함께 산기슭으로 오라고 명했을 뿐, 그 연유는 말하지 않았다.

"주군……."

한참을 걸은 뒤, 구리야마 젠스케가 간베에게 물었다.

"오늘 밤, 산기슭에 있는 부장에게 부르신다는 말씀을 듣고 왔습니다만?"

그러자 간베가 껄껄 웃으며 말했다.

"자네는 어디 술이라도 마시러 간다고 생각했는가? 언제까지 정월 기분에 취해 있을 수는 없는 법. 지쿠젠 님의 다도회도 끝이 났고……."

"하면 어디로?"

"목적지 말인가?"

"그렇습니다."

"미기 강의 목책이네."

"옛? 강가의 목책 말씀입니까? 그 부근은 위험합니다."

"당연히 위험할 것이네. 하나 적들에게도 위험한 곳이네. 서로의 진지가 인접한 곳이니 말이네."

"그렇다면 군사들을 더……."

"아니네. 적도 많은 수를 데리고 오지 않을 것이네. 종자 한 명에 시동

한 명 정도일 것이네."

"시동?"

"그렇다네."

"이해가 가지 않습니다."

"잠자코 따라오게. 알려줘도 무방하겠지만 지금은 비밀로 하는 편이 좋을 터. 지쿠젠 님께도 성을 함락시킨 뒤 알려드릴 생각이네."

"성이 함락되겠는지요?"

"그럼 자넨 함락되지 않는다고 생각하는가?"

"그것이 아니라 가까운 시일 안에 함락되겠는가 여쭙는 것입니다."

"앞으로 삼 일도 걸리지 않을 걸세. 잘하면 당장 내일이라도."

"예? 정말입니까?"

두 사람은 간베의 얼굴을 응시했다. 간베의 얼굴이 물빛을 받아 희미하게 일렁이고 있었다. 바람에 처연하게 흔들리는 마른 갈대와 물소리가 귓가에 들려왔다. 그 순간 모리 타헤이와 구리야마 젠스케는 그 자리에 우뚝 멈춰 섰다. 강가에 있는 갈대밭 속에서 적인 듯 보이는 사람의 그림자가 보였기 때문이다.

"저기, 누군가……."

적장인 듯했다. 종자 한 명에게 아이를 안게 하고 그 외 다른 무사들은 한 명도 데리고 오지 않은 듯했다. 그는 적대시하는 기색을 보이지 않고 이쪽에서 다가오기만을 기다리며 서 있었다.

"자네들은 여기서 잠시 기다리고 있게."

간베의 말에 두 사람은 이것이 모두 주인의 의도임을 깨달았다.

"조심하십시오."

두 사람은 그렇게 대답하고 앞서서 걸어가는 간베의 모습을 지켜보았다. 간베가 다가가자 갈대 속에 서 있던 적장도 얼마간 앞으로 걸어 나왔다. 두 사람은 서로를 확인하자 십년지기라도 되는 듯 친근하게 인사를 나누었다.

이런 곳에서 은밀히 적과 만나는 것이 발각되면 그 즉시 적과 내통하고 있다는 의심을 받을 것이 분명했지만, 두 사람은 전혀 개의치 않는 듯 세상 이야기를 나누었다. 그리고 이야기 말미에 미기 성의 가노인 고토 쇼겐 모토구니가 이렇게 말했다.

"저기 등에 업혀 있는 아이가 염치없이 서면으로 부탁드린 제 아들입니다. 내일이라도 성과 함께 목숨을 다할 몸이지만 자식을 걱정하는 부모의 마음은 어찌할 수 없어 이렇게. 아직 철이 없어 아무것도 모르는 아이입니다."

작년 늦가을 무렵, 히데요시의 사자로 항복을 권하러 간 간베를 정중하게 맞아 면담했던 쇼겐이었다.

"오, 데려오셨습니까? 어디 얼굴을 보고 싶군요. 거기 그 아이를 이리 데려오너라."

간베가 그렇게 말하자 쇼겐의 뒤에 있던 종자가 조심조심 앞으로 나와 등에 업고 온 어린아이를 내려놓았다.

"몇 살이냐?"

"여덟 살입니다."

평소에 보모 역할을 맡았던 사람인지 그는 아이를 등에 업고 묶었던 끈으로 눈물을 닦으며 그렇게 말하고 뒤로 물러섰다.

"이름이 무엇이냐?"

이번에는 부친인 쇼겐이 대답했다.

"이와노스케巖之助라고 합니다. 모친도 이미 죽고, 나도 살 날이 얼마 남지 않았으니, 간베 님, 부디 잘 부탁드리겠습니다."

"너무 걱정하지 마십시오. 저 역시 아이의 아버지이니 쇼겐 님의 심정을 잘 알 수 있습니다. 반드시 제가 잘 보살펴 후일 어른이 되어 고토 가의 가명을 잇도록 하겠습니다."

"그 말씀을 들으니 내일 날이 밝아도 이젠 아무 근심 없이 죽을 수 있을 듯합니다. 이와노스케."

쇼겐은 무릎을 꿇은 뒤 어린아이를 품에 안고 타일렀다.

"이 아비가 하는 말을 잘 들어라. 너도 이젠 여덟 살이니, 무사의 자식은 어떤 때라도 눈물을 흘려서는 안 된다. 아직 관례를 올리려면 멀었고 평소라면 어머니의 사랑을 받으며 아버지 곁에 있고 싶을 나이이나, 지금 세상은 싸움이 끊이지 않는 난세다. 하여 부모와 헤어지는 것은 어쩔 수 없는 일이며 또 주인과 함께 죽는 것은 너 하나만의 불행이라고 할 수 없다. 너는 아직 이렇듯 아비의 곁에 있으니 행복한 아이인 것을 천지신명께 감사해야 할 것이다. 알았느냐? 그리고 오늘 밤부터는 저기 계시는 구로다 간베 요시타카 님을 주인이자 부모라고 생각하고 잘 섬겨야 할 것이다. 알았느냐, 알아들었느냐!"

쇼겐이 머리를 쓰다듬으며 타이르자 이와노스케는 아무 말 없이 눈물을 뚝뚝 흘리다 몇 번 고개를 끄덕였다.

어느덧 미기 성의 운명도 눈앞에 닥쳐와 있었다. 성안의 수천 군사와 성주인 벳쇼 나가하루는 죽음을 맹세하고 장렬하게 싸울 각오를 하고 있었다. 가노인 고토 쇼겐 역시 그런 마음에는 한 치의 흔들림이 없었다. 하지만 그에게는 어린 아들인 이와노스케가 있었다. 그 철없는 아이까지 죽게 만들 수는 없었다. 또 무문의 본분을 다하게 하기에 이와노스케는 아직 너무 어렸다. 그래서 쇼겐은 비록 적이지만 신의가 있는 인물로 생각한 간베 요시타카에게 편지를 보내 아이를 부탁한다는 청을 넣었다.

서로 아버지이자 무사로서 쇼겐 님의 뜻을 받아들이겠습니다. 내일 밤, 미기 강가로 데리고 나오십시오.

쇼겐은 간베의 답신을 받고 종자에게 이와노스케를 업혀서 데려온 것이었다. 아무리 죽음을 각오한 몸이지만 아이를 타이르면서 이것이 마지막이라는 생각이 들자 눈물이 솟구칠 수밖에 없었다. 쇼겐은 그런 자신의 마음을 힐책하듯 이와노스케를 떼어놓으며 말했다.

"이와노스케, 너도 잘 부탁드린다는 말씀을 올리도록 해라."

쇼겐이 무릎을 세우고는 일부러 간베가 있는 쪽으로 이와노스케의 등을 밀었다.

"반드시 제가 잘 돌볼 터이니 걱정하지 마십시오."

간베는 이와노스케의 손을 잡고 약속한 뒤 모리 타헤이를 불러 명을 내렸다.

"진지까지 업고 가도록 해라."

타헤이가 이와노스케를 업고 젠스케가 옆에 붙어서 함께 따라갔다.

"……그럼."

"그럼 이만."

쇼겐은 그렇게 말한 뒤에도 돌아서지를 못했다. 간베 역시 마음을 다잡고 빨리 돌아가는 것이 좋다고 생각하면서도 발길을 돌리지 못하고 같은 말만 되풀이하고 있었다. 그러자 쇼겐이 말했다.

"간베 님, 내일은 싸움터에서 뵙도록 하겠습니다. 그때에는 서로 오늘 밤의 정에 이끌려 전력을 다하지 않는다면 후대에 오명을 남기게 될 것이고, 자칫하면 그대의 목을 벨지도 모르니 부디 그러한 일이 없도록 전력을 다하길 바랍니다."

쇼겐이 웃으면서 한 마디를 덧붙였다.

"그럼 안녕히."

쇼겐은 말을 마친 뒤 걸음을 재촉해서 성 쪽으로 뚜벅뚜벅 걸어갔다. 서둘러 히라이 산으로 돌아온 간베는 이와노스케를 데리고 히데요시 앞에 나갔다.

"좋은 공덕功德이니 잘 키우도록 하시오. 아주 총명해 보이는 아이구려."

아이를 좋아하는 히데요시는 유심히 이와노스케의 얼굴을 바라보다 곁으로 불러 머리를 쓰다듬었다. 이번 정월에 여덟 살이 된 이와노스케는 모르는 사람들만 있는 본진 안에서 그저 눈을 동그랗게 뜨고 여기저기 살피고 있었다. 후일, 구로다 가의 유수한 무사 중에서도 진정한 구로다 무사라는 말을 들었던 고토 마타베 모토쓰구後藤又兵衛基次가 바로 천애고아가 된 이와노스케였다.

덴쇼 8년(1580년) 정월 17일, 마침내 미기 성의 함락을 고하는 날이 다가왔다. 성주인 벳쇼 나가하루는 동생인 도모유키友行와 일족인 하루타다治忠와 함께 할복하면서 가신인 우노우에몬宇野卯右衛門을 사신으로 보내 히데요시에게 항복한다는 서신을 전했다.

"항전 삼 년, 무문으로서의 본분은 다했습니다. 충용한 수천의 부하와 가련한 일족을 모두 죽음으로 내모는 것은 너무 가혹한 듯하여 이렇듯 엎드려 관대함을 청하는 바이니, 귀공의 뜻을 알고 싶습니다."

히데요시는 당연히 벳쇼 나가하루의 청을 받아들였고 마침내 미기 성은 히데요시의 수중에 들어갔다.

히메지姫路 성 입성

항복 사절인 우노우에몬이 나가하루 이하 세 명의 목을 바치고 미기 성에 있는 수천 명의 목숨을 청한 날, 히데요시 쪽에서는 아사노 야헤浅野弥兵衛가 그들을 맞이했다. 수급 검사도 끝나고 성문을 열고 항복의 절차도 모두 무사히 끝나자 히데요시는 전군에게 명을 내렸다.

"성안의 사람들을 정중하게 대하라. 먼저 큰 솥에 죽을 끓여서 굶주린 사람들에게 나눠주도록 하고, 병자들에게는 약을 주고 부상을 당한 자들은 치료해주도록 하라."

성문을 연 날은 죽을 쑤고 치료를 하느라 날이 저물었고, 양쪽 사람들 모두 서로에게 호의를 품게 되었다.

"히데나가."

히데요시는 의제義弟인 하시바 히데나가羽柴秀長를 불러 이렇게 말했다.

"이후 미기 성은 자네가 지키도록 하라. 힘겹게 얻은 성이니 성심을 다해 지키도록 하라."

"예."

히데나가는 막중한 책임감을 느낀 듯 머리를 숙였다. 히데나가는 훗날의 야마토다이나곤大和大納言 히데나가로 불렸다. 부친은 다르지만 히데요시와 같은 오와리 나카무라의 초가집에서 태어나 같은 어머니 손에 크며 가난과 고난을 함께한 가족이었다. 그리고 지금은 형인 히데요시의 조력으로 어엿한 부장이 되어 스노마타와 나가하마 이래로 늘 히데요시와 함께하고 있었다.

그때 히데요시가 미기 성을 동생에게 맡기고 떠난 것은 그의 의지 때문이 아닌 간베 요시타카의 제언 때문이었다. 히데요시는 자신이 미기 성에 들어갈 생각이었지만 간베가 만류하며 역설했다.

"그것은 득책이 아닙니다. 하리마 일원을 제압하려면 응당 히메지姬路에 임해야 합니다."

지형적으로는 요충지에 있는 미기 성이 훨씬 유리했지만 정치와 교통에 있어서는 히메지가 단연 유리했다. 또 주고쿠 공략과 시고쿠 평정 등 장래의 대계를 생각하면 히메지 성에 거점을 두는 것이 두말할 것도 없이 유리했다.

"하지만……."

히데요시가 조심스레 말했다.

"히메지 성은 이전부터 그대 일족의 거성이 아니오? 그런데 내가 입성하면……."

"저희에게 따로 성을 내리지 않아도 괜찮습니다."

"흐음, 그럼 그리하도록 하겠소."

"자랑은 아닙니다만 히메지 성은 남쪽으로 시카마飾磨 항구를 품고 있어 배편이 편리하고, 다카사고高砂와 야시마屋島 등지로의 왕래도 좋고, 이치市 강과 가고加古 강과 이호伊保 강 등의 하천을 끼고 있으며, 쇼사書寫 산과 마스이增位 산 등의 험지를 등에 지고 주고쿠의 요지에 자리하여 중앙으로 나가는 데도 편리합니다. 그러하니 대사를 이루는 데 히메지를 능가할 만한 곳은 없습니다."

그래서 히데요시는 곧장 히메지로 들어갔던 것이다. 구로다 부자의 주인이었고 일단 오다 쪽에 가담했다가 중간에 배신한 고차쿠의 오데라 마사모토는 미기 성이 함락됐다는 소식을 듣자마자 싸우지도 않고 성을 버린 채 빈고備後 방면으로 도망치고 말았다. 세상 사람들은 그런 마사모토를 비웃었지만 간베는 몇 번이고 통탄하며 주가의 비참한 말로를 슬퍼했다.

후일의 일이지만, 덴쇼 10년에 간베는 마사모토가 여기저기를 떠돌다 빈고의 도모鞆에서 죽자 노부나가에게 사죄하고 히데요시에게 애원해서 마사모토의 아들 우지모토氏職를 구로다 가의 빈객으로 맞았다. 그는 그만큼 옛 주인의 은혜를 잊지 않았다. 그 사실만으로도 간베가 얼마나 주가의 말로를 슬퍼했는지 알 수 있다.

히메지 성은 주고쿠 단다이探題의 거성으로 실로 최고의 거점이었다. 히데요시는 이곳에 들어오자 즉시 일족인 아사노 야헤에게 성을 새롭게 개축할 것을 명했다.

"지금의 성곽도 좋으나 모두 지난 양식이다. 이 성을 지을 때는 한 지방의 방루로서 지었을 테지만 지금은 시대가 변했고 목적도 다르다. 노부나가 공의 도남서패圖南西覇의 거점으로서 내가 그 선구를 맡고 있는 것이다. 그러니 더 웅대하고 진중한 풍모를 갖추지 않으면 안 된다."

히데요시의 건축은 실생활 중심의 건축과는 전혀 달랐다. 이른바 건설이라고 할 수 있었다. 구태를 파괴하는 노부나가 옆에서 그는 새로운 것을 세워나갔다. 노부나가의 성격은 파괴할 때 잘 나타났다면 히데요시의 특성은 건설할 때 잘 나타났다.

"이렇게 큰 공사를 하면 노부나가 공이 의심하지 않겠는지요?"

노부나가의 일면을 잘 알고 있던 간베가 걱정했지만 히데요시는 웃으며 말했다.

"이 성에 내 어머님과 처자식을 맞아들이지만 않으면 괜찮을 것이오. 내 어머님과 아내는 나가하마에 있지 않소이까."

"그렇군요."

간베도 수긍했다.

"그리고 요시타카, 그대는 오데라 마사모토가 버리고 도망친 고차쿠 성에 들어가 살도록 하시오."

"과분한 말씀입니다."

"그리 말하면 오히려 내가 면목이 없소. 고차쿠 성에 사는 건 쉬운 일이 아닐 것이오. 지금도 모리 쪽에 속한 아가英賀 성에 미기 미치아키三木通秋와 야마사키山崎 성의 우노 스케기宇野祐清요, 쵸즈朝水 산의 성에 우노 마사요리宇野政賴 등이 버티고 있으니 말이오."

"그것은 걱정할 필요가 없습니다. 그 정도의 작은 성과 산성은 시간을 내서 하나씩 제압할 수 있습니다."

"나도 그리 생각해서 그대에게 고차쿠로 가라고 하는 것이니 부탁하오. 그리고 오카야마岡山의 우기타 나오이에宇喜多直家와 연합해 고지마児島 지방의 요새를 튼튼히 해서 먼저 모리 대군을 그곳에 붙잡아두도록 하시오. 나는 다지마와 하리마 일대를 일소한 뒤 그다음 계책으로 넘어가 합류하도록 하겠소."

이 약속은 6월부터 7월에 걸쳐 실현되었다. 7월 20일, 점령지의 내정과 성곽의 대공사, 군의 재정비 등이 끝난 뒤 고차쿠에 있는 간베 휘하의 군사를 포함한 전군이 이나바因幡와 호키伯耆로 들어갔다.

이 두 나라에 있던 지방의 군웅들은 서쪽의 모리와 동쪽의 오다를 비교하며 아침에는 화친을 청하고 밤에는 배신을 하는 성가신 존재였다. 하지만 히데요시의 깃발을 눈앞에서 목격하자 모두 다 히데요시 앞으로 와서 항복을 약속했다.

그렇게 주고쿠 공략의 패업은 비로소 서광이 비추기 시작했다. 한때는 전도가 암담했지만 미기 성 함락 이후, 히데요시 군은 급속도로 기세를 떨치며 다지마, 하리마, 이나바, 호키의 네 개 나라를 자신들의 세력 아래 두게 되었다.

"아아, 한베가 하다못해 반년만 더 살아 있었더라면 좋았을 것을."

히데요시는 지금의 상황을 지하에 있는 한베에게 보여주고 싶다는 생각이 들 때마다 노부나가에게 서신을 보내 '초지일관 신의를 다한 간베 요시타카야말로 오늘의 일등 공신'이라며 간베에게 반슈에 있는 일만 석의 영지와 은전을 내려줄 것을 청했다.

간베는 그때 처음으로 다이묘의 반열에 오르게 되었다. 또 그때까지는 옛 주인인 오데라 가에게 받은 오데라 성을 가지고 있었지만 그때부터 옛 성을 버리고 구로다라는 성으로 다시 돌아갔다.

후일의 구로다 죠스이黒田如水, 즉 간베 요시타카는 자타가 공인하는 어엿한 무장이 되었다. 뜻하지 않게 한쪽 다리는 불구가 됐지만 그것은 아무 문제가 되지 않았다. 그 뒤에도 간베는 군명을 받아 고차쿠 성에서 야마사키 성으로 성지를 옮기게 됐다.

간베는 거듭되는 경사를 가문의 무사들과 함께 나누기 위해, 또 수많은 전쟁터에서 제 몸을 아끼지 않고 신명을 다한다는 상징으로 내걸었던 군기軍旗를 위해 하루 동안 큰 연회를 열었다. 온 마을이 일손을 놓고 쉬었고 성안의 무사들은 부레이코無礼講[11]를 열어 마치 정월 초하루처럼 대낮부터 술에 취해 얼굴이 새빨개졌다.

"저길 봐라. 오늘부터 하사받은 우리의 군기를."

---

11) 신분이나 지휘 여하를 막론하고 다 함께 마음을 터놓고 즐기는 주연.

"가문의 문장도 정해졌구나."

사람들은 신기한 눈으로 성두를 올려다보았다.

그때까지의 깃발은 구로다 가의 가문으로 정해진 것이 없어서 불호佛號나 별자리 이름, 간지干支 등을 사용하고 있었는데, 간베는 더 이상 그런 주술적인 의미를 쓸 수 없다며 목욕재계를 하고 소샤惣社 신사의 신 앞에서 새로운 깃발을 늘어놓은 뒤 제주를 올리고 칠 일간 기원을 드리며 깃발을 점지받았다.

그것은 실로 커다란 깃발이었다. 폭은 명주비단으로 세 폭, 길이는 일장丈 세 척, 상하 일 척 오 촌 정도는 검게 물들였고, 상부의 검은색 안에는 영락전永樂錢[12] 문양이 있었다. 또 그 간두竿頭에는 '마네키'라고 부르는 한 폭 세 척 정도의 오색 천을 무지개처럼 매달아놓았다.

깃발에 어울리게 우마지루시도 웅대했다. 가신 중 한 명이 너무 지나친 것이 아닌가 하고 간베에게 말하자 '지쿠젠 님은 저리 호기롭고 웅대한 것을 좋아한다'며 받아들이지 않았다. 또 종래의 영락전 문양 외에 등꽃을 소용돌이 모양으로 만든 문양을 가문으로 덧붙였다. 이것도 간베의 생각이었는데 가신들이 왜 등꽃 소용돌이 문양을 골랐는지 묻자 간베는 이렇게 대답했다.

"일찍이 내가 이타미 성의 옥중에 잡혀 있을 때, 옥사 창에 등꽃이 피어 있었네. 이 등꽃이 만개했을 무렵, 나는 더 이상 목숨을 부지할 수 없을 것이라고 생각하며 아침저녁으로 각오하고 있었네. 그런데 뜻밖에 그대들의 충의와 지쿠젠 님과 다케나카 한베 님의 온정으로 다시 태양을 볼 수 있는 몸이 되었네. 비록 이렇듯 한쪽 다리가 불구가 되었어도 세월이 흘러 언젠가 그날의 고통과 은혜를 잊고 마음이 방만해지는 것을 스스로

12) 명나라에서 주조한 청동으로 만든 동전.

경계하기 위한 것이네. 하여 일부러 가문에 등꽃을 고른 것이고, 옷소매에 문양을 보면 이타미 성의 옥중을 떠올리도록 한 것이네. 내 생애뿐 아니라 자자손손까지 잊지 않도록 말이네."

그날 히데요시는 일부러 야마사키까지 와서 자리를 함께했다. 그리고 깃발과 우마지루시를 보며 대단히 기뻐했다.

"간베 그대처럼 참으로 호방하오."

간베가 오래된 한 통의 편지를 꺼내 보이며 말했다.

"이것을 주군 앞에서 불태울까 합니다."

"그것이 무엇이오?"

히데요시가 의아하게 여기며 살펴보자 그것은 히데요시가 직접 써서 간베에게 준 편지였다. 주고쿠로 출정할 때, 히데요시는 '그대를 형제처럼 생각할 것이며 절대로 소홀하게 대하지 않을 것'이라고 써서 간베에게 건넸다.

"이것을 계속 가지고 있으면 오히려 좋지 않을 듯합니다. 군신 간에는 엄격함만 있으면 족합니다."

간베는 그렇게 말하며 히데요시 앞에서 편지를 불태워버렸다.

오판

주고쿠를 공략하는 도중 시대의 향방을 예단한 아라키 세쓰노카미 무라시게가 돌연 주장인 히데요시와 맹주인 노부나가를 배신하고 미기 성을 근거로 반기를 든 것은 '미기 성은 함락당하지 않을 것'이라고 판단했기 때문이다.

또 그는 곧 모리의 수군이 해로를 통해 동진할 것이고, 깃카와吉川와 고바야카와小早川의 정예군이 히데요시를 격파한 뒤 반슈를 제패하고 호족들을 규합해서 노도처럼 중앙을 공략할 것이라고 굳게 믿었다. 그와 동시에 본원사도 떨쳐 일어날 것이고 동쪽에서는 단바의 하타노波多野를 비롯해 에치젠의 잔당이 합세해 노부나가를 에워싸고 일제히 공격해 섬멸할 것이라는 공상에 빠져 있었다. 하지만 그것은 결코 공상에 지나지만은 않았다. 사전에 모리 가로부터 '반드시 수륙 양쪽에서 공격하며 올라가겠다'는 서약서도 받았고 세세한 동맹 조약 문서도 나누었기 때문이다.

그런데 재작년 6월, 반기를 들고 성에 틀어박힌 이래로 가을이 돼도 모리는 오지 않았다. 겨울이 되고 해가 바뀌어도 형세는 달라지지 않았다. 거기에 일 년을 버티고 올해는 반드시 모리 데루모토와 깃카와, 고바야카와가 니시노미야 부근에 상륙해서 일제히 노부나가를 압박할 것처럼 보였지만 위협만 가하면서 제자리에 머물고 있었다. 그러는 사이에 미기 성이 위험하다는 소식이 전해졌다.

"모리 군이 미기 성조차 구하지 못한다면?"

무라시게는 당황하기 시작했지만 때는 이미 너무 늦었다.

"아뿔싸! 내가 믿어서는 안 될 자를 믿었구나!"

무라시게는 발만 동동 구르며 자신의 망상과 어리석음을 책망할 수밖에 없었다. 돌이켜보면 좌우의 날개로 믿고 있었던 나카가와 세베와 다카야마 우곤도 이미 적의 항복 권유에 넘어가서 이타미 성은 지금 완전히 고립된 상태였다. 모든 수단을 동원해서 모리에게 원군을 재촉했지만 8월에 가겠다'거나 9월에는 사정이 있으니 10월에는 원군을 보내겠다'며 미루기만 해서 무라시게도 이제는 단념하고 있었다.

주인을 향한 아라키의 활고자, 쏘려 해도 쏠 수 없는 아리오카(有岡, 이타미) 성.

적병들부터 세상 사람들까지 그러한 노래를 지어 부르고 있었다. 당연히 무리시게를 따라 지금까지 버텨온 성안 병사들의 사기는 완전히 땅에 떨어져버렸다.

9월 중순 무렵이었다. 보병 대장인 나카니시 신하치로中西新八郎와 와타나베 간다유渡辺勘太夫를 비롯한 많은 사람이 무리시게를 버리고 성을 도망쳐서 노부나가에게 항복을 청했지만 노부나가는 그들을 한 명도 받아들이지 않고 모두 처벌했다.

"한 번 무사도를 저버린 자들을 거두어봤자 아무 도움도 되지 않으니 모두 베어버려라!"

무라시게는 매일 탈영하는 부하들을 원망할 수 없었다. 신념을 잃어버린 집단은 아무런 힘도 없었고 급속하게 와해되어갈 뿐이었다.

부하들의 탈주가 끊이지 않는 9월 중순 어느 날 밤, 주장인 아라키 무라시게는 일족에게도 알리지 않고 근신 대여섯 명만을 데리고 돌연 성을 빠져나와 아마가사키尼ケ崎 방면으로 도망쳤다.

"대체 무슨 짓이란 말인가!"

뒤에 남은 사람들이 분개한 것은 말할 필요도 없었다. 모두 발을 구르며 무라시게의 비열함을 욕했다. 모리 군이 도우러 올 것이라는 주인 무라시게의 말을 믿고 함께 성에서 싸웠던 사람들은 그 주인에게 배신을 당한 것이었다.

"이렇게 된 이상……."

노신인 아라키 규자에몬荒木久左衛門을 비롯한 장수들은 성문을 열고 자신들의 처자식을 인질로 바치며 오다 노부즈미織田信澄에게 항복을 청했다.

"저희가 무라시게를 만나 결판낸 뒤, 아마가사키와 하나구마花隅 두 성을 바칠 터이니 부디 목숨만을 살려주시길 청합니다. 만일 무라시게가 받아들이지 않는 경우에는 저희가 오다 군에 앞서 일치단결하여 무라시게를 쳐서 두 성을 빼앗아 노부나가 공에게 바치겠습니다."

한편 무라시게는 자신의 목숨에만 집착해서 외성에 숨어 무조건적인 항복에는 동의하지 않고 있었다. 그러자 이타미 성에도 돌아가지 않고 그렇다고 아마가사키 성을 빼앗을 방법도 없었던 규자에몬을 비롯한 일족은 마침내 비열한 본성을 드러내고 제각기 도망치고 말았다. 오다 노부나가의 일군은 그 틈을 놓치지 않고 이타미 성에 들어가서 성을 점령했다.

노부나가는 격노했다. 적국의 붕괴는 아군에게 승리를 가져다주었지만 그것을 기뻐하기 전에 무문의 본분을 망각한 너무나 비열하고 추한 적들의 행태에 분노가 폭발하고 말았다.

"무문에 몸담으면서 위험이 닥치자 처자식과 형제자매를 인질로 내보내고 자신의 안위만을 돌보기 위해 도망치다니……. 그 추악한 자들을 한 놈도 살려두지 마라. 그 처자식과 권속, 모두 본보기로 처벌하라."

노부나가의 분노는 무사도를 위한 공분에서 나온 것이었다. 하지만 그 가혹한 처벌이 적들뿐 아니라 그들의 처자식과 권속까지 이르자 모두 얼굴을 가리고 말았다. 그때 노부나가는 사로잡은 적국의 처녀 백이십 명과 하녀 삼백팔십 명을 모두 한곳에 모아놓고 창과 칼과 철포 등으로 죽여버렸다. 당시 슬퍼하며 울부짖는 소리가 천지에 메아리치는 것을 눈으로 보고 귀로 들은 사람들은 오랫동안 그날을 잊을 수 없었다.

처형은 한층 더 가혹했다. 그들을 섬기고 있던 시녀와 젊은 무사 등의 백수십 명은 주위에 건초를 높게 쌓은 빈집에 갇혀 일각도 되지 않는 시간에 모두 불에 타 죽고 말았다. 또 어린아이들과 유모를 일고여덟 명씩 태우고 교토 시내를 끌고 다니다 이윽고 로쿠조六條 강가에서 목을 쳤다.

그 와중에도 당시 세상 사람들이 동정의 눈물을 흘리고 칭찬한 사람이 있었는데, 바로 아라키 규자에몬의 열네 살 된 아들과 불과 여덟 살밖에 되지 않은 이타미 안다유伊丹安太夫의 아들이었다. 두 아이는 처형장에 끌려와서도 조금도 굴하지 않았다.

"내가 죽을 자리가 여기인가?"

두 아이는 그렇게 말하고 강가에 놓인 멍석에 앉더니 손을 합장하고 떳떳이 죽음을 맞았다.

"참으로 의젓하구나."

"가여운 것들."

"부모들이 어떤 표정을 짓고 있을지 보고 싶구나."

세상 사람들은 이 모든 것이 아라키 무라시게 한 사람의 모반 때문이라며 그의 죄를 힐책하면서 인질들을 버리고 도망친 부모들을 욕했다. 하지만 아라키 무라시게와 그들의 부모는 미워해도 아무 죄가 없는 어린아이와 여자들까지 가혹하게 처형하는 것은 지나친 처사가 아닌가 하며 노부나가를 좋게 생각하지 않았다.

"무서운 분이다."

사람들은 그렇게 생각할 뿐 노부나가가 무문의 절의를 올바로 세우기 위해 내린 대승적인 결단을 헤아리지 못했다.

"그분에게 반기를 드는 사람은 모두 저런 신세가 된다. 우대신 님이 일부러 본보기를 보이기 위해 저리하는 것이다."

노부나가를 우호적으로 해석하는 사람들마저 그렇게 생각했다. 그리고 모두들 이 일을 하루빨리 기억에서 지워버리려고 노력했다.

한편 이타미 성을 비롯해 하나구마나 아마가사키의 외성을 버리고 곳곳으로 도망친 남자들은 당연히 발견되는 즉시 죽임을 당했다. 그들 중에는 중이 되면 살 수 있지 않을까 싶어 갑주와 칼을 버리고 절로 숨어들어 머리를 깎고 염주와 법의로 갈아입어 목숨을 부지하려고 한 사람들도 있었다. 하지만 모두 처벌하라는 노부나가의 엄명에 오다 군은 그들을 산문에서 끌어내서 베어버렸다.

그때에도 이번 참극을 일으킨 장본인인 아라키 무라시게가 포위망을 피해 재빨리 도망치자 세상 사람들은 이를 갈며 분개했다. 소문에 따르면 하나구마에서 효고의 해변으로 나가 배를 타고 빈고의 오노미치尾道로 도망쳤다고 하는데 그 뒤로 행방이 묘연했다.

오다의 수군

이번 아라키 무라시게와의 싸움에서 오다 쪽에서 눈에 띄는 활약을 펼친 부대가 있었는데 바로 구기 요시타카九鬼嘉隆가 이끄는 수군이었다.

세쓰의 하나구마 성이 함락되는 날, 그들은 해상에서 안개를 헤치고 나타나 수십 척의 전선을 강가에 댄 뒤 거룻배에서 내렸다. 그리고 즉시 하구에서 거슬러 올라가 곳곳에 부대를 상륙시켰다. 그런 다음 하나구마에서 도망쳐오는 적들의 목을 모조리 베서 노부나가에게 바쳤다.

"수군은 해상에서만 쓸모가 있다고 생각했는데 이번에 상황에 맞게 육상에서 큰 활약을 펼쳤다."

노부나가는 한층 수군의 정비에 전력을 다하라며 구기 요시타카에게 칠천 석의 봉록을 내렸다.

오다 군의 수군은 생긴 지 삼 년 정도밖에 되지 않았고 대단히 유치한 수준이었다. 하지만 그 짧은 시간 동안 수군을 양성한 것치고는 눈부신 발전을 이뤘다고 할 수 있었다. 최근까지도 노부나가조차 군사라고 하면 공성과 야전만 생각했지 해상의 군비까지 고려하지 않았다.

노부나가에게 그런 통념을 깨고 수군의 필요성을 통렬하게 깨닫게 해준 것은 바로 서쪽의 강대국인 모리였다.

오사카의 이시야마 본원사의 강력한 전투력은 노부나가가 아무리 기나이畿內의 육지에서 포위하고 교통로를 차단해도 쇠퇴하는 기미가 보이지 않았다. 그 지구력과 저항력은 오히려 날이 갈수록 더욱 강력해졌다. 그래서 그 원인을 조사했더니 무기와 탄약은 물론 수많은 병량을 상선으로 위장한 모리 쪽의 병선이 해상을 통해 아지安治 강 하구에서 오사카 시내로 운송하고 있다는 사실을 알게 됐다.

"해상을 차단하지 않으면 승산이 없다."

노부나가는 육상의 장비와 훈련도 받지 않은 어선 등을 모아 오사카의 하구에서 모리의 수군을 저지했다. 그것이 삼 년 전, 덴쇼 4년 무렵이었다. 하지만 오다 군은 참패를 당하고 말았다.

그 뒤 노부나가는 수전에서는 자신이 모리의 적수가 되지 못한다는 것을 뼈저리게 통감했다. 그리고 은밀히 수군을 창설하기 위해 고심했지만 쉬운 일이 아니었다.

조조가 위나라의 정예병을 이끌고 적벽대전에서 완패를 당한 것도 당초 그의 군사들 대부분은 북쪽의 야전에서 활약하던 이들이었는 데 반해 강남의 오나라의 병사들은 대하에 익숙하고 남해의 강물에 단련되어 있었기 때문이다.

아즈치에 철벽과 같은 성을 지은 노부나가가 그 세력과 부를 가지고 병선을 만드는 일은 크게 어려운 일이 아니었다. 또 이미 비와 호를 왕래하는 거대한 선박을 갖추고 있었다. 하지만 그가 어려움을 겪고 있는 것은 배의 크기나 수 때문이 아니었다. 기동력의 핵심과도 같은 사람이었다. 시바타, 사쿠마, 다키가와를 위시한 하시바 지쿠젠 같은 이들은 적임자가 아니었다. 서해의 거대한 번인 모리와는 애초부터 질적으로 차이가 있었다.

그런 와중에 마침 노부나가에게 접근해온 인물이 있었다. 군살도 없고 기골이 장대하고 피부가 검게 탄 구기 요시타카라고 하는 사내였다. 이른바 바닷바람에 단련된 피부와 숭어처럼 펄떡이는 눈매가 인상적인 사내였다.

"제게 맡겨주신다면 반드시 몇 년 안에 모리에게 뒤지지 않는 수군을 만들어 보이도록 하겠습니다."

구기 요시타카는 확신에 찬 말투로 말했다. 요시타카는 이세 출생이고 그의 아들 중 한 명은 도바鳥羽의 성주인 하라 겐모쓰原監物의 사위였기 때문에 노부나가도 크게 예우하며 그의 말에 큰 관심을 가졌다. 게다가 요시타카는 호남이었고 해상에 관한 지식도 풍부했다.

'큰 도움이 될 사내다.'

노부나가는 속으로 그렇게 생각했다. 노부나가에게 수군의 창설을 위임받은 구기 요시타카는 도바와 구마노熊野 등지에 있는 배를 만드는 장인이나 오랜 세월 수상에서 지낸 뱃사람 등을 규합했다. 그리고 큰 배 일곱 척을 만들어 사카이 항구로 보냈다.

그의 임무는 서쪽에서 운반되어 오는 군수품을 실은 배를 오사카의 하구에서 봉쇄하는 것이었다. 당연히 모리 쪽에서도 홀연 사카이 항구에 나타난 선단을 탐지하고 있었다. 하지만 그들은 하루아침에 만들어진 오다의 수군을 얕잡아보고 여느 때와 같이 병량과 무기를 가득 실은 뒤 구기의 수군 앞을 유유히 지나갔다.

요시타카는 때를 가늠하고 있었다. 그리고 그해 7월, 열풍이 부는 밤에 모리 쪽 대선단이 오사카 항에 들어간 것을 끝까지 지켜본 뒤 공격을 감행했다. 당시의 기록을 보면 '구기 요시타카는 아홉 척의 큰 배에 무수한 작은 배를 거느리고 산처럼 장식하고 적선을 가까이 끌어들여 순식간에 대철포를 퍼부었다'라고 적혀 있을 정도였다. 여기서 '산처럼 장식'했다는 말은 선교와 선수에 깃발이나 창과 갈퀴를 달았다는 것으로 보인다.

그날 밤 풍랑이 높았기 때문에 정박 중이던 모리 쪽 배들은 모두 서로 밧줄로 연결되어 있었고 해저 깊이 닻을 내리고 있었다. 배 한 척에서 불길이 일었다. 모리 쪽 수군이 깜짝 놀라 대응하려고 했을 때에는 이미 불길이 다른 배들로 번지고 있었다. 적에게만 시선을 빼앗기고 있던 모리 군은 밧줄을 끊고 불이 붙은 아군의 배를 먼저 피해야 한다는 사실을 잊고 있었다.

"됐다. 철수하라!"

구기 요시타카는 불에 타는 몇 척의 적선들에 활과 소총을 퍼붓고 재빨리 단노와淡輪 방면으로 도망쳤다. 모리 쪽 수군은 격분했다.

"모리 수군의 명예를 걸고서라도 이세와 구마노의 어부 놈들을 섬멸하라."

모리의 수군은 남은 전선과 전투선을 규합해 선단을 꾸려 단노와 방면으로 쫓아갔다. 정찰선을 보내 적선들의 행방을 찾는 중에 날이 샜고, 아침 안개 사이로 양쪽에서 활과 소총을 쏘아대며 전투가 벌어졌다. 그런데 예기치 못한 방향에서 안개를 뚫고 또 다른 선단이 모리의 수군을 향해 공격을 가해왔다. 대장선인 듯한 한 척에는 다키가와 사곤 쇼겐의 깃발이 펄럭이고 있었다. 매복하고 있었던 것이다.

구기 요시타카가 타고 있는 큰 배에는 구마노 곤겐熊野權現의 큰 깃발과 히노마루日之丸가 펄럭이고 있었다. 니혼마루日本丸라고 부르는 그 배는 동체가 일곱 간間, 세로가 수십 간에 이르렀다. 니혼마루는 거친 파도를 헤치며 고래처럼 맹활약을 펼쳤다. 적선에 다가가서는 횃불을 던지고 멀리 물러서면 대철포를 쏘아댔다.

7월의 태양이 해수면을 뜨겁게 달구듯 하늘 높이 솟았을 무렵, 단노와의 해상은 검은 연기로 가득 차 있었다. 모리 쪽 배는 거의 대부분 불에 타 물속으로 침몰했다. 풍랑이 심한 날이었기 때문에 불길이 높이 솟아 한층 더 비장해 보였다.

해전의 결과는 사카이와 오사카 사람들에게 큰 충격을 주었다. 노부나가의 위세를 알면서도 모리 쪽의 강대함과 부력을 훨씬 높게 평가하고 있었던 일반 사람들의 생각까지 뒤바꿔버린 것이다.

빈틈이 없는 노부나가는 자신에게도 이런 강한 수군이 있다는 사실을 과시하기 위해 호장하게 장식한 큰 전선들을 나란히 정박시켜놓고 날을 잡아 고노에近衛 공을 비롯한 공경들을 사카이로 초대해 연회를 열었다. 물론 백성들도 잊지 않았다.

귀천과 승속僧俗, 남녀노소를 가리지 않고 모두에게 배를 구경할 수 있도록 허용했다. 사카이는 며칠 동안 축제로 들썩였다.

단바丹波와 단고丹後

산인山陰[13]은 산요山陽[14]의 북부에 있었다. 그리고 이 두 지역을 합친 것이 주고쿠였다. 주고쿠 공략은 당연히 이 두 방면에 걸쳐 이루어질 수밖에 없었다.

히데요시가 산요에서 싸우고 있는 동안, 산인 방면의 사령관에 임명된 아케치 미쓰히데는 근래 몇 년 동안 부장인 호소카와 후지타카와 함께 단바와 단고의 성들을 하나씩 공략해서 함락시키며 공을 세우고 있었다.

이 지방의 맹주는 단연 하타노 히데하루波多野秀治 일족이었다. 이곳은 미쓰히데가 토벌에 나서기 전에는 하타노 일족의 야카미八上 성을 중심으로 오다 노부나가에게 반감을 표하고 있는 크고 작은 지방의 호족들이 각지에 산재한 사십여 개의 성과 삼십여 개의 요새에서 반기를 들고 있었다.

그런 적들을 근래 몇 년 동안 공략해서 삼분의 일까지 평정한 고레도 미쓰히데의 공은 산요의 히데요시의 무공과 비교해도 결코 손색이 없었

13) 주고쿠 지방의 일본해(우리나라의 동해)에 연한 지역.

14) 주고쿠 지방의 세토나이카이瀬戸内海 연안 지역.

다. 거기다 노부나가의 미쓰히데에 대한 신뢰와 공로에 대한 평가도 결코 히데요시보다 못하지 않았다.

"지쿠젠과 휴가日向(미쓰히데)는 오다 군의 쌍벽이다. 두 사람 모두 뛰어나고 젊다. 둘의 활약을 지켜보는 일은 당대의 장관이라고 할 수 있다. 그들이 시대를 잘 타고났듯, 나 역시 그들과 같은 좋은 장수를 좌우에 둘 수 있어 참으로 다행이다."

어느 날, 노부나가는 노신들에게 그렇게 말했는데 그 말은 결코 정치적인 의도가 담긴 말이 아닌 그의 솔직한 심정이었다. 그 증거로 미쓰히데에게 고레도라는 성을 내리고 단바에 있는 가메야마龜山의 성에 육십만 석을 하사해서 일문의 권속까지 모두 그 은전을 받고 있었다. 지금의 아케치 휴가노카미 미쓰히데明智日向守光秀는 더 이상 예전의 영락해서 표박하던 시절의 쥬베 미쓰히데가 아니었다.

"주군의 깊은 은혜를 잊어서는 안 된다."

미쓰히데는 여섯 명의 자식들과 조카와 질녀 등의 일족에게 입버릇처럼 이야기했다. 그러한 마음가짐은 필연적으로 영지에 대한 내치나 법령에도 잘 나타나 있었다. 그는 노부나가의 이름에 누를 끼치지 않는 다이묘로서 영민들이 기꺼이 따르도록 선정을 펼치고 있었다.

성의 정원에 오늘도 도라지꽃[15]이 피었네.

영민들은 그렇게 노래를 부르며 새로운 영주의 온정과 그 가문을 축복했다. 명석한 미쓰히데가 펼치는 문화 진흥책과 새로운 정치는 이전의 지방 호족의 시정과는 비교가 되지 않았던 만큼 토착민들은 기뻐하며 미쓰

---

15) 아케치 미쓰히데 가문의 문장이 도라지꽃이다.

히데를 따랐다. 또 그의 풍모를 흠모해서 싸우지 않고 그에게 투항하는 지방 호족도 적지 않았다.

올봄에는 사카이 마고자에몬酒井孫左衛門, 가지미 이와미加治見石見, 요모다 다지마노카미四方田但馬守, 하기노 히코베萩野彦兵衛, 나미가와 카몬노스케並河掃部助 등이 자신들의 성채를 버린 채 부하들을 이끌고 미쓰히데의 가신이 되었다.

하지만 가장 중요한 단바 제일의 적이 도사리고 있는 요새인 야가미 성만은 여전히 함락시키지 못하고 있었다. 호소카와 후지타카와 오다 노부즈미, 다키가와 가즈마스, 니와 고로자에몬 등의 장수가 미쓰히데를 도와 몇 년 동안 공략에 나섰지만 하타노 히데하루가 귀순했다가도 다시 반항하며 위세를 떨치고 있어서 도저히 성을 함락시키고 적대감을 뿌리 뽑을 수 없었다.

덴쇼 7년 5월, 히데요시는 노부나가에게 지금이 바로 야가미를 칠 기회라고 고하며 지금이라면 반슈 방면에 있는 자신의 군사를 이동시킬 수 있다고 말했다.

"일거에 야가미를 함락시켜라."

노부나가는 총공격의 명을 내렸다. 즉 미쓰히데의 본군은 야마시로山城 방면에서, 히데요시의 동생인 히데나가는 다지마 방면에서, 그리고 니와 고로자에몬의 군사는 세쓰구치, 이렇게 세 방면에서 앞다퉈 하타노 일족의 아성인 야가미 성으로 진격했다.

하시바 나가히데, 니와 고로자에몬이 이끄는 부대는 자신들이 맡은 지역에서 착실하게 전과를 올리며 적대적인 요새와 성지를 제압해 나갔다. 하지만 주력군인 미쓰히데의 부대는 얼마 나가지 못하고 답보 상태에 빠지고 말았다. 그의 앞에는 반드시 격파하지 않으면 안 되는 적의 아성인 야가미가 버티고 있었던 것이다.

"아케치 군의 명예를 걸고 성을 함락시켜라."

미쓰히데는 여느 때와 달리 격앙되어 있었다.

"어떤 희생을 치르더라도 성을 함락시켜라."

그는 적들이 숨을 쉴 틈도 없을 만큼 밤낮을 구별하지 않고 야습과 기습을 가하며 부하들을 맹렬히 독려했지만 야가미 성은 함락되지 않았다. 그러는 동안, 하시바 군과 니와 군이 혁혁한 전공을 올리고 있다는 소식이 들려왔다. 미쓰히데는 교착상태에 빠진 자신의 부대를 바라보며 스스로를 부끄럽게 여겼다. 다른 사람들보다 노부나가에게 각별한 총애를 받고 있다는 생각을 할수록 그의 초조함은 한층 더해갔다.

"지금과 같은 상태는 치욕과도 같다."

그는 유유자적 정치와 군사에 대한 경략을 펼치고 이념을 논할 때 세상에서 보기 드문 대기大器이자 뛰어난 인재였다. 하지만 그 이면에 숨겨져 있던 감정이 앞서면 흡사 다른 사람이 된 것처럼 사고가 흐트러졌다. 그의 명석한 두뇌는 눈앞의 사소한 일에 지나치게 사로잡혀 감정에 지배당하는 경우가 많았던 것이다.

미쓰히데는 평소에 다른 사람들이 자신의 내부에 그런 취약한 결점이 있다는 사실을 알아차릴 말이나 행동을 전혀 하지 않을 만큼 총명하고 신중했다. 일족의 근신에게조차 마찬가지였다. 하지만 스스로 그렇게 경계하고 있을 만큼 그의 마음속 고뇌는 몇 배나 클 것이 자명했다.

"안 됩니다. 어떤 작전을 써도 성안의 적들에게는 아무 소용이 없습니다. 지금은 그저 해자를 깊게 파고 목책을 세워 장기전을 준비하며 적이 지치는 것을 기다릴 수밖에 없을 듯합니다."

휘하의 책사와 부장 들은 모두 같은 생각이었다. 그 무렵, 미쓰히데의 병법과 계책은 이미 모두 소진된 듯 보였다. 게다가 그는 당장 내일이라도 야가미 성을 격파해야만 한다는 초조한 마음에 사로잡혀 있는 상태였다.

'노부나가 공도 한심한 자라고 생각하고 계실 것이다. 하시바나 니와 역시 내가 고전하는 모습을 보고 속으로 웃고 있을 것이다.'

미쓰히데는 홀로 마음을 졸이며 고뇌하고 있었다. 게다가 단바 지역은 자신이 사령관을 맡고 있는 지역이라 책임감도 강했고 고레도 휴가노카미라는 이름에 대한 자부심 때문이라도 결코 지금과 같은 교착상태가 계속되는 것을 보고만 있을 수 없었다.

"뭐라, 장기전을 준비할 수밖에 없다고? 아니다. 내게 이미 전부터 생각해놓은 계책이 있다. 아무것도 하지 않고 아군의 눈부신 전공을 그저 바라만 보고 있을 수만은 없다. ……사쿠자에몬!"

미쓰히데는 한쪽에 있는 부장들 중에서 한 사람의 이름을 부르며 명을 내렸다.

"일전에 자네가 본군에 데려온 대선원大善院의 화상을 이리 불러오라. 밤이어도 상관없으니 즉시 불러오라."

명을 받은 직속 부장인 신시 사쿠자에몬進士作左衛門은 즉시 말을 타고 다기多紀 군에 있는 대선원으로 향했다.

몇 달간 공성전이 이어지고 계절은 어느새 여름으로 접어들어 있었다. 땅거미가 내릴 무렵, 미쓰히데는 야가미 성을 눈앞에 두고 독충과 모기를 쫓기 위해 피운 화톳불 연기 속을 아무 말도 하지 않고 걷고 있었다. 대선원의 주지가 신시 사쿠자에몬과 함께 미쓰히데의 진문으로 온 것은 그로부터 얼마 되지 않은 때였다.

"밤중에 고생했소."

미쓰히데는 주지를 진막 안으로 맞이한 뒤 좌우의 사람들을 물렸다. 그리고 측근 두세 명과 주지와 함께 밀담을 나누었다. 야가미 성의 하타노 일족과 대선원과는 서로 연이 깊은 관계였다.

"그대의 노력 여하에 따라 도탄에 빠져 신음하는 영지의 백성들이 구원받고 성안 몇천의 목숨도 보존할 수 있을 것이오. 이것이야말로 승려인 그대에게 있어 당연한 사명이 아니겠소이까."

미쓰히데는 열심히 주지를 설득했다. 성안으로 들어가서 하타노 히데하루 형제를 설득하라고 명을 내리면서도 이치를 따져 거절할 수 없도록 명석한 논리로 설복시켰다.

대선원 쪽이 보기에는 야가미 성을 두고 싸우는 양쪽의 승부는 어느 쪽이 이기고 질지 모를 정도로 팽팽한 상태였다. 오히려 공격하는 쪽이 다소 지친 듯하고 지키는 쪽의 사기가 훨씬 높은 것처럼 보였다. 하지만 대선원의 주지는 어쩔 수 없이 승낙하고 말았다.

"일의 성패 여부는 하늘에 맡기고 최선을 다하도록 하겠습니다."

미쓰히데는 불안했다. 주지의 말에서 이미 실패할 것이라는 예감이 들었다.

"아무런 조건도 없이……."

주지의 얼굴에서 이번 교섭에 임하는 열의를 전혀 느낄 수가 없었다. 내심 공명심에 쫓기던 미쓰히데가 한 가지 구체적인 조건을 제시하자 주지는 초조해하는 미쓰히데를 가련하게 여기며 말했다.

"그렇다면 단순히 항복을 권하러 사자로 가는 것이 아니니 수장의 체면도 세워주고, 일을 도모하는 데에도 크게 도움이 될 듯합니다."

주지는 가능성이 있다는 말을 하고 물러갔다.

다음 날, 대선원에서는 혼모쿠本目의 서장원西藏院과 협의를 한 뒤 화친을 중재하기 위한 만전의 준비를 하고 있었다. 얼마 뒤, 미쓰히데의 본영에서 한 명의 늙은 여자를 서장원으로 보내왔다. 표면적으로는 미쓰히데의 어머니라고 했지만 사실은 그가 보살피고 있는 숙모라는 것을 가신들도 모두 알고 있었다.

서장원과 대선원 쪽에서도 그런 사실을 어렴풋하게 알고 있었지만 끝까지 미쓰히데의 어머니로 정중하게 대하며 야가미 성과 교섭하면서 하타노 히데하루에게 그녀를 인질로 보냈다. 당연히 대선원 주지도 그녀와 함께 사자로 가서 히데하루를 만났다.

"애초에 노부나가 공의 본의는 무로마치 이후의 난세를 하나로 통합하는 데 있지 절대로 각지의 가문과 영지를 혁파하고 토벌하는 데 있지 않습니다. 미쓰히데 님이 가장 강조하고 있는 점도 그것이어서, 혹여 성문을 열더라도 본래의 영지와 가문의 존속을 보장하겠다고 약조하셨습니다. 이렇듯 미쓰히데 님이 자신의 모친까지 이곳으로 보낸 성의를 감안해서라도 부디 깊고 현명하게 생각하시길 간절히 바랍니다."

그 말에 하타노 히데하루는 마음이 움직인 듯 말했다.

"대등한 위치에서 화친 회담을 하겠다면 모를까 항복하는 것은 싫소이다. 하나 일단 미쓰히데와 회담을 한 후에……."

마침내 하타노 히데하루는 미쓰히데와 허심탄회하게 이야기를 나누기로 하고, 날을 잡아 서장원에서 회담을 하기로 약조했다.

두 개의 문

"다시 한 번 생각하는 것이 어떠신지요. 지금이라도 거절하는 것이 좋을 듯합니다."

일부 부장들은 하타노 히데하루가 성을 나가는 것이 불안한 듯 간절히 말했다. 히데하루는 미쓰히데를 만나러 가기 위해 이미 의복을 다 갖추고 일행들과 성을 나설 참이었다. 히데하루는 이제 와서 그게 무슨 말이냐는 듯한 표정을 지었다.

"아무리 미쓰히데라고 해도 자신의 노모를 성에 인질로 보내놓고 나를 위해할 리가 없다. 안심하라."

히데하루는 웃으며 그렇게 말한 뒤 성을 나섰다. 화친을 위한 회견이었기 때문에 복장은 무장을 하지 않은 예복을 입는 것이 예의였다. 하지만 만일의 경우를 생각해 수행하는 이들은 모두 날래고 무예가 능한 사람들로 선별했다. 기마와 보병, 모두 합해 팔십여 명을 데리고 갔다.

행렬이 혼모쿠의 서장원에 도착하자 주지를 비롯한 승려들이 나와 그들을 맞이했다. 히데하루는 산문에 말을 매고 경내로 들어갔다. 아케치 미쓰히데 쪽은 이미 와 있었다. 대선원의 두 칸 방의 장지문을 떼어내 합친 서쪽 편에는 하타노 일행이, 동쪽 편에는 미쓰히데 일행이 마주 보고 앉았다. 어제까지 성벽과 해자를 사이에 두고 격전을 벌이던 적과 아군이 지금 문턱 하나를 사이에 두고 마주 앉은 것이다.

"……."

번뜩이는 눈과 시선이 서슴없이 서로의 얼굴을 응시하고 있었다. 이 순간에도 적과 아군이라는 의식은 감출 수 없는 듯 얼굴 근육과 어깻죽지에는 팽팽한 긴장감이 흐르고 있었다. 하지만 서장원과 대선원의 주지가 나서서 화친을 위한 회견의 자리가 마련된 것을 기뻐하며 이제까지의 싸움이 평화적으로 수습되고 하타노 가의 영지도 보존된다면 영민들이 얼마나 기뻐하겠는가 이야기하자 그제야 양쪽의 긴장이 다소 풀린 듯 친근한 분위기가 감돌기 시작했다.

"변변하게 차린 것도 없습니다만."

승려들이 주안상을 들고 들어왔다. 미쓰히데는 술상을 보며 친근하게 말했다.

"이렇게 문턱을 사이에 두고 있으면 언제까지나 대치하고 있는 듯한 형세여서 마음이 편치 않으니 한데 섞어 앉는 것이 어떻겠는지요? 한 명씩 말입니다."

하타노 히데하루는 미쓰히데보다 훨씬 호방하고 상대가 진심으로 대하면 자신이 입고 있는 옷까지 벗어줄 인물이었다.

"옳은 말씀이오."

히데하루는 미쓰히데의 말에 동의를 표하며 먼저 미쓰히데의 곁으로 가서 앉았다. 미쓰히데가 술잔을 권하면서 그동안의 농성에 대해 입이 닳도록 칭찬을 하자 히데하루가 웃으며 말했다.

"그렇습니까? 그리 애를 먹었습니까? 이거 면목이 없습니다. 고레도 미쓰히데 님의 군세를 그리 만들었다고 하니 그것참……."

히데하루는 술이 센 듯 술잔을 단숨에 들이켜고 미쓰히데에게 돌려주면서 다시 말을 이었다.

"공성의 성패는 눈 깜짝할 사이에 결정됩니다. 어느 시기가 지나도록 함락시키지 못하면 그 성은 함락되지 않는 것입니다. 성안의 사람들은 굶주림과 위험에 익숙해지기 때문이니 말입니다. 자랑인 듯하지만 이미 저희 야가미 성도 이렇듯 버텨왔으니 앞으로도 일 년이나 일 년 반은 너끈히 버틸 수 있을 거라 해도 좋을 것입니다. 하하하."

문득 미쓰히데가 자리를 둘러보았다. 성 쪽 사람들은 입이라도 맞춘 듯 아무도 젓가락을 들지 않고 술도 입에 대지 않고 있었다.

'아아, 과연 저런 마음가짐이라면…….'

미쓰히데는 그 모습을 바라보며 속으로 감탄했다.

'모두가 평소의 굶주림을 참아왔던 만큼 그토록 먹고 싶었을 음식을 앞에 놓고도 저리 참고 있구나.'

성안에는 이미 이십 일 전부터 병량이 바닥났을 터였다. 이곳에 있는 사람들도 배불리 먹고 있을 리 없었다. 그런데도 그들은 진수성찬을 앞에 두고 아무렇지도 않은 표정으로 초연하게 앉아 있었다. 미쓰히데가 히데하루에게 말했다.

"가신 분들 모두 주군인 히데하루 님의 눈치를 보고 있는 듯한데 부디 히데하루 님께서 음식을 들라고 말씀해주시지요. 저희 쪽 사람들은 저렇듯 마음 내키는 대로 음식을 들고 있으니 말입니다."

"아, 신경 써주셔서 고맙습니다."

히데하루는 기뻐하며 부하들을 향해 말했다.

"자, 어서 마시도록 하라. 미쓰히데 님이 생각해서 그리 말씀하시는 것을 사절하는 것은 무례를 범하는 것과 같다. 술을 마시지 않는 자는 음식을 먹도록 하라."

성 쪽 사람들은 묵연히 머리를 조금 숙이더니 더없이 조심스럽게 젓가락을 들고 술잔을 들기 시작했다.

처음부터 오늘의 회견은 이른바 담판이 아니라 술자리에서 담소를 나누며 화친하고자 하는 마음이 생기면 화친을 맺고 아니라고 생각되면 그대로 헤어진다는 조건으로 모인 것이었다. 그래서인지 그 뒤 미쓰히데와 히데하루는 그 부분에 대해 이야기를 나누는 듯한 모습이었다. 호방한 무인 기질인 하타노 히데하루는 미쓰히데가 온화하면서도 교만하지 않은 태도로 자신을 대하자 완전히 감복한 듯했다.

"성안 사람들의 목숨과 앞날을 보살펴준다는 보증만 해주신다면, 저에 대한 처분은 미쓰히데 님에게 맡기겠습니다."

히데하루는 파격적이라고 할 수 있을 만큼 성문을 열겠다는 의사를 확실히 전했다.

"히데하루 님께서 그토록 저를 믿어주신다면 제 신명을 걸고 노부나가 공께 야가미 성의 영지 보존과 가신들의 안위를 고하도록 하겠습니다. 결코 히데하루 가의 명예를 손상시키는 일은 없을 것입니다."

미쓰히데는 진심을 담아 답했다. 술자리가 끝나고 다시 회담에 들어갔고 마침내 화친이 성사되었다.

"모든 일은 미쓰히데 님께 일임하도록 하겠습니다."

하타노 히데하루의 말에 미쓰히데가 의견을 물었다.

"지금의 휴전 상태를 길게 끌면 혹여 군사들 사이에 불필요한 다툼이 일어날 수도 있을 것입니다. 그러니 이곳에서 바로 저와 함께 아즈치로 가셔서 노부나가 공을 직접 만나 뵙는 것이 어떻겠는지요?"

"그렇게 하시지요."

히데하루는 끝까지 호방하게 답을 했다. 이윽고 야가미 성에 소식이 전해졌고, 오다 군 쪽 진영에도 '화친 성립, 수일간 휴전'이라는 미쓰히데의 전령이 전해졌다.

그렇게 점심 무렵 시작된 회담은 반나절 만에 결착이 났다. 곧 저녁을 먹을 시간이었기 때문에 미쓰히데는 술과 안주를 가져오게 해서 만찬을 대접했다. 히데하루와 가신들도 이제는 완전히 마음을 열었는지 한결 편안한 모습이었다. 그리고 등불을 켤 무렵, 두 사람은 준비를 마치고 바로 아즈치로 출발하기로 했다.

히데하루는 마지막으로 방을 나와 서너 명의 측신의 호위를 받으며 사찰의 현관을 나섰는데, 그곳에서 안내를 하기 위해 기다리고 있던 미쓰히데 쪽 사람들이 말했다.

"타고 가실 말은 서문 입구에 준비해놓았습니다. 가신 분들도 이미 그곳에서 기다리고 있습니다."

"수고가 많소이다."

히데하루는 인사를 한 뒤 어둠이 내린 경내를 지나 서문 쪽으로 따라갔다. 그런데 밖에서 기다리고 있던 미쓰히데 쪽 무사들이 히데하루보다 먼저 도착한 하타노 가의 가신들을 향해 말했다.

"하타노 님이 타고 가실 말은 동문 밖에 준비해놓았으니 그쪽으로 가시지요."

그렇게 그들은 자신들의 주인이 곧 뒤따라올 것이라고 믿고 히데하루의 방향과 정반대 방향인 동문 쪽으로 갔다. 하지만 동문 밖으로 나선 순간, 기다리고 있어야 할 말과 종자 들의 모습이 보이지 않고 그저 괴괴한 어둠만이 기다리고 있을 뿐이었다. 그들은 문득 의심스런 마음이 들었다.

"말과 시종들은 어디에 있습니까?"

무리를 지어 서성이던 하타노 가의 가신들이 미쓰히데 쪽 사람들에게 물었다. 그런데 그 말이 채 끝나기도 전에 사방의 어둠 속에서 일제히 총소리와 화약 연기가 피어올랐다. 그곳에 있던 사오십 명의 사람들은 서로 뒤엉키며 고꾸라졌고 어떤 이들은 뒤로 자빠지고 펄쩍 뛰어오르며 고함을 쳤다.

"앗, 총을 쏘다니!"

"비, 비겁한!"

신음 소리와 절규 소리가 메아리쳤지만 그것도 순간에 지나지 않았다. 간신히 총알을 피한 삼분의 일 정도 되는 사람들이 고함을 치며 미쓰히데 쪽 무사들을 향해 칼을 빼들고 눈을 부라리며 돌진해 들어갔다. 하지만 그에 대비해서 두 번째 방비를 준비해놓았던 미쓰히데 쪽 무사들은 즉시 나무 뒤편과 그늘에서 창 부대를 불러내서 포위를 했다.

"한 놈도 놓치지 마라!"

달빛 아래, 푸르스름하게 비치는 것은 모두 선혈이었다. 살아서 야가미 성으로 돌아간 사람은 채 열 명도 되지 않았고, 시종들은 이미 모두 날이 새기 전에 포로가 되어 있었다.

동문에서의 총소리는 당연히 초저녁 정적을 깨뜨리고 서문 쪽까지 들렸다. 히데하루와 근신 서너 명은 때마침 서문 밖으로 발을 내딛은 참이었다. 대범한 히데하루였지만 휴전 중의 총소리에 놀란 듯 낮은 돌계단 중간에 멈춰 섰다. 그리고 앞뒤를 둘러보며 외쳤다.

"미쓰히데 님! 고레도 님!"

그 순간에도 그는 미쓰히데가 보여준 호의나 온화한 태도, 그리고 굳게 맹세한 화친에 대해 일말의 의심을 하지 않았다.

"보이지 않으십니다."

"방금 전까지도 함께 왔었는데?"

히데하루는 내려가던 돌계단을 다시 되짚어 올라갔다. 그리고 자신이 너무 앞서 왔나 싶어 서문에 얼굴을 들이밀고 경내를 살펴보았다. 캄캄한 문 옆에서 얼핏 물고기를 닮은 듯한 한 줄기 빛이 비쳤다 사라졌다. 커다란 삼지창이었다. 히데하루가 무의식적으로 외쳤다.

"이놈!"

산문의 기둥이 쿵하고 울릴 만큼 커다랗고 무서운 목소리였다. 그와 동시에 그는 차고 있던 칼로 전광석화처럼 창대를 베어버렸다. 그의 눈에 비친 것은 그 창 하나뿐이었지만 사실은 뒤쪽에서도 또 하나의 창이 그의 몸을 겨누고 있었다.

히데하루는 칼로 앞에 있는 창을 벤 순간, 몸을 흡사 헤엄치듯 옆으로 허우적거렸다. 두 대의 창을 맞은 상처를 버틸 수가 없었던 것이다.

"으윽, 비겁한 놈!"

미쓰히데의 비겁한 술수를 욕하는 듯했다. 히데하루는 그렇게 신음을 내뱉으며 산문의 벽에 몸을 부딪힌 뒤 그대로 숨을 거두고 말았다.

히데하루의 근신 서너 명도 무사할 리가 없었다. 그들 역시 그물 안의 물고기 신세였다. 주위에 숨어 있던 갑주를 찬 수많은 무사가 곧바로 그들을 포위해서 어떻게 죽였는지 모를 정도로 신속하고 처참하게 숨통을 끊어놓았다. 야가미 성은 그렇게 함락되고 말았다. 수장도 없고 핵심 부장들도 모두 성 밖으로 나와 기습을 받고 죽은 이상, 아무리 용감무쌍한 군사라고 해도 버틸 재간이 없었다.

하나의 시련을 극복한 미쓰히데 군은 뒤를 이어 아카이赤井 일족의 우쓰宇津 성을 격파하고 진격해서 후쿠치야마福知山의 오니가鬼ヶ 성을 제압해 마침내 단바 전역을 평정했다. 그렇게 미쓰히데는 원군인 니와와 오다 노부즈미의 아군에 대해서도 일단 체면을 유지할 수 있었고, 아즈치에도 승전보를 전할 수 있었다. 하지만 미쓰히데가 이번 싸움에서의 승리를 진심으로 기뻐했는지는 알 수 없었다.

그 뒤 항복해온 야가미 성의 잔병들은 모두 미쓰히데에게 진심으로 굴복한 듯한 기색을 보였지만 미쓰히데에 대한 세상의 평판은 좋지 않았다.

“아무리 공을 세우는 것이 중요하고 게다가 그것이 적장을 속이기 위한 계책인 만큼 얼마나 위험한 일인지 잘 알고 있음에도 노모를 성에 인질로 보내는 처사는 용서받을 수 없는 일이다.”

미쓰히데와 같은 사람은 결코 자신의 노모를 그런 일에 이용할 리가 없었다. 실은 인질로 보낸 사람은 그의 숙모였다. 미쓰히데가 속으로 자위를 했을지 모르지만 그의 마음속에는 풀리지 않는 응어리가 남아 있음이 분명했다. 그는 아라키 무라시게처럼 신경이 둔한 사람이 아니었다. 오히려 남들보다 몇 배나 섬세하고 옳고 그름과 선악을 분명하게 구분할 줄 아는 인물이었다. 그런 만큼 씁쓸함을 지울 수가 없었다.

그 뒤 미쓰히데는 가메야마 영지를 다스리는 데 있어 명군이라거나 인군人君이라고 존경받는 정치적인 수완과는 어울리지 않게 군사적인 면에서 초조함에 쫓기는 기색이 보이기 시작했고 부적절한 처신과 실수가 눈에 띄었다. 특히 미기 성과 여타 지역 공략을 완수한 히데요시의 활약과 비교하면 그것은 한층 더 도드라져 보였다.

본원사本願寺 몰락

노부나가는 다망했다. 특히 근래 삼 년 동안 더욱 그러했다. 그가 있는 곳은 정무의 중추가 되었고 그가 가는 곳은 군의 본영이 되었다. 그러는 동안에도 자신이 좋아하는 스모를 보거나 산요와 산인을 비롯한 다른 전쟁터에서 돌아오면 때때로 자신을 수행하는 부장들을 위로하며 성대한 주연을 열어 '인간 오십 년, 하천에 비하면 환몽과 같구나. 인간은 누구나 죽는다'며 노래를 부르고 춤을 추었고, 또 가신들의 중매까지 서기도 했다.

노부나가는 호소카와 후지타카가 단고의 잇시키 요시나오一色義直를 격파하고 다나베田邊 성을 헌상하자 후지타카에게 단고를 내렸다. 그 뒤 단고 일원의 땅은 후지타카의 영지였다. 그런 호소카와와 이웃한 단바의 아케치 미쓰히데는 친척 이상으로 서로 친밀함을 유지해오고 있었다. 두 사람은 노부나가를 섬기기 이전부터 교류하던 사이였다. 미쓰히데가 시류와 주인을 만나지 못해 에치젠의 아사쿠라 가의 객이 되어 찾아오는 사람도 없이 초라한 가옥과 적은 녹을 받고 있을 무렵, 처음으로 문을 두드리고 장래의 대계를 논한 사람이 호소카와 후지타카였다.

두 사람은 앞으로 노부나가가 천하의 패권을 잡을 것이라 내다보고 함께 에치젠을 탈출해서 기후 성으로 간 이래로 지금까지 그 뜻을 펼쳐왔던 것이다. 그래서 두 사람은 서로 만나기만 하면 생사고락을 함께한 지난날을 떠올리며 이야기를 나누었는데, 주위 사람들은 그런 그들의 모습을 부러운 시선으로 바라보았다. 노부나가도 누대의 가신 이상으로 두 사람의 공을 인정하고 있었다. 특히 명문가인 호소카와 후지타카에게는 각별한 존경을 표하고 있었다.

"유사이幽齊의 아들인 요이치로 타다오키与一郎忠興는 몇 살이 되었소?"

어느 날, 노부나가가 갑자기 하야시 사도에게 물었다. 유사이란 호소카와 후지타카의 도호道號였다. 와카和歌나 다도 분야에서는 유사이가 노부나가보다 훨씬 정통했다. 노부나가는 친근함을 표하기 위해서인지 호소카와를 유사이라는 도호로 부르는 경우가 많았다.

"글쎄요."

사도가 손으로 이마를 짚으며 대답했다.

"기록원에 가서 조사해보겠습니다."

사도가 일어서자 노부나가가 제지하며 말했다.

"그럴 것까지는 없소."

노부나가는 혀를 차며 사도에게 '근래 들어 다소 노망기가 있는 것 같다'고 말했다.

"스무 살은 넘었을 듯한데."

"호소카와 님의 적자는 초전에서 공명을 크게 떨쳤으니 아마도 그럴 것입니다."

"미쓰히데에게 딸이 많다고 하던데."

"언젠가 일곱 명 중 다섯째까지 모두 여자아이라고 하며 푸념한 적이 있습니다."

노부나가는 이야기를 나누는 동안 호소카와와 아케치의 가정사에 대해 한층 소상히 알게 되었다. 두 사람과 연고가 있는 다른 신하들에게도 많은 이야기를 듣고 있었던 것이다.

그해 9월, 양가 사이에 성대한 혼례가 열렸다. 중매를 선 사람은 바로 노부나가였다. 혼례식이 끝난 뒤, 신랑 신부가 노부나가에게 인사를 하기 위해 아즈치로 왔다. 천생연분이었다. 신랑은 요이치로 타다오키, 바로 후일의 호소카와 산사이細川三齊였다. 신부는 아케치 가의 셋째 딸로 꽃다운 열여섯이었는데, 후일 호소카와 가의 안방마님인 가라샤伽羅奢 부인이라고 하면 그녀의 얼굴도 본 적 없는 사람들까지 미인이라고 할 정도로 절세가인이었다.

노부나가는 안으로는 신하들의 사소한 일에도 마음을 쓰면서 밖으로는 대사들을 착착 진행시키는 것도 잊지 않았다. 지금 그가 최대의 과제로 생각하고 은밀히 도모하는 일은 본원사와의 정치적인 타협이었다. 그것을 성사시키는 데 있어 지금이 기회라고 판단한 것이었다.

노부나가가 악전고투하며 밤낮으로 고심하고 있던 것은 본원사 문도들의 움직임이었다. 표면적으로는 교단이라고 하는 더없이 소극적인 집단으로 보이지만 그들의 집요한 반항과 잠재력을 뿌리 뽑을 수가 없어 애를 먹어왔던 것이다. 그런 본원사를 일격에 말살하기 위해 오사카 출병을 단행해서 가와구치川口, 사쿠라노기시桜ノ岸에 위풍당당 진을 쳤지만, 오히려 그들의 결속과 항전 의식만 강화시켰을 뿐이었다. 그렇게 아무런 전과도 올리지 못하고 퇴각한 겐기元龜 원년(1570년) 이래 올해 덴쇼 8년까지 꼬박 십일 년이 흘렀다.

본원사 군과 오다 군이 전쟁을 벌인 지 십일 년째였던 것이다. 이 긴 세월 동안, 노부나가가 이 불가사의한 적에게 입은 유형무형의 손실을 생각하면 그것은 말로 표현할 수 없을 정도였다. 하지만 마침내 그 환부의 근원을 도려낼 때가 도래했다. 노부나가는 지금이야말로 결판을 낼 때라고 여기고 은밀히 행동에 나선 것이었다.

덴쇼 8년 2월, 교토를 나선 노부나가는 대규모 군사의 위세를 과시하며 야마사키, 고오리야마, 이타미 등지의 오사카 근교를 순유하고 있었다.

"매를 쫓는 것이다."

노부나가는 표면적으로는 매사냥을 구실로 내세웠지만, 명령만 내리면 그 즉시 이시야마 본원사를 중심으로 한 오사카 전역의 교단 마을들을 한순간에 재로 만들어버릴 정도의 포진과 병력, 명료한 의지를 그들에게 내보이고 있었다. 즉 그는 그들에게 '어떻게 할 것인가' 하는 의사를 묻고 있었던 것이다.

전국 각지에 걸쳐 있는 교단의 세력을 모아 나니와 언덕 위에 위풍당당한 법성을 과시하고 있던 이시야마 본원사도 이제 어느덧 예전의 위세를 찾아볼 수 없게 되었다. 근래 십 년 동안의 추이를 보면 그 쇠락을 실감할 수 있었다.

먼저 장군 요시아키의 몰락이 그 첫 번째 증거였다. 각지의 세력들과 연계해 배후에서 노부나가를 끊임없이 괴롭히던 반노부나가파 연합, 다케다 신겐이 홀연히 세상을 뜬 것부터 뒤이어 에치젠의 아사쿠라, 고슈의 아사이, 이세의 나가시마 문파의 전멸에 이르기까지, 본원사는 만신창이와 같은 상태라고 할 수 있었다.

유일하게 의지하고 있던 우에스기 겐신도 죽었다. 기슈紀州 지방의 사이카雜賀 문도도 노부나가에게 항복해버렸다. 마쓰나가 히사히데도 죽었고 반슈의 미기 성과 이타미 성의 아라키 무라시게, 단바의 하타노 일족까지 정벌당해 희미한 희망마저 사라진 형세였다.

그럼에도 믿을 만한 구석은 동쪽의 다케다 가쓰요리와 서쪽의 강대국인 모리뿐이었는데, 다케다는 나가시노 싸움에서 패배했고, 서쪽의 모리도 근래에는 연전연패를 거듭하고 있었다. 더군다나 모토나리 이래로 오로지 보수적으로 지키기만 했기 때문에 적극적인 동진 의사가 있는지조차 의심스러웠다. 아무리 낙관적으로 봐도 바야흐로 본원사는 일체의 외부 세력과 연이 끊긴 고립된 섬과 같았다.

무략武略과 공략攻略, 이 둘은 늘 둘이면서 하나였다. 노부나가의 흉중에는 지금이야말로 쇠퇴의 기운을 보이기 시작한 고립무원의 본원사를 공략하면 무너뜨릴 수 있다는 확신이 있었다. 하지만 노부나가는 공략하려고 하지 않았다.

그는 단 한 명의 병력도 손실을 보지 않기 위해 숙고하는 한편, 본원사 법성을 중심으로 한 마을과 나니와의 삼 리 안에 있는 마을과 항구와 다리 들이 전화로 소실되는 것을 안타까워했다.

노부나가의 군사가 표면상 매사냥을 한다는 이유로 오사카 근교의 땅을 순유하며 세를 과시하는 동안, 노부나가의 명으로 교토 도성 안에 머물고 있던 사쿠마 우에몬과 궁내경宮內卿의 호인法印[16] 등의 외교가들은 전력을 다해 관백關白인 고노에 사키히사近衛前久를 설득하며 본원사 무리를 오사카에서 쫓아낼 것을 종용했다.

"본원사를 위해, 아니 법성과 수천만의 불도를 구하기 위해서라도."

고노에 사키히사는 노부나가와도 친했지만 본원사 주지인 교뇨敎如와 그의 부친인 겐뇨顯如와도 막역한 사이였던 탓에 자처해서 천황에게 주청을 올려 교섭에 나섰다.

"신명을 바쳐서라도 반드시 일이 성사되도록 하겠습니다."

고노에는 먼저 본원사를 설득했다. 하지만 십일 년 동안 노부나가에게 저항해온 본원사는 아무리 각지의 아군을 잃었다 해도 순순히 오사카에서 지방으로 물러갈 수 없었다. 부친인 겐뇨가 지금은 어쩔 수 없다며 오

16) 최고 승위僧位 중 가장 위에 있는 자리.

사카에서 물러갈 뜻을 발표하자 강경파의 핵심 인물이었던 교뇨가 반발하고 나섰다.

"설사 부친을 비롯한 모든 문도들이 이 땅을 떠난다 해도 우리는 이곳 이시야마 본원사에서 단 한 발도 물러갈 수 없다."

교뇨는 그렇게 호소하며 방루를 쌓고 각지에 격문을 띄워 노부나가와 최후의 일전을 벌인 뜻을 밝혔다. 하지만 오사카에서 내린 물러가라는 통고는 고노에 사키히사의 뜻이 아닌 조정의 뜻이자 칙명이었다. 조정은 몇 번에 걸친 논의와 회의 끝에 다음과 같은 칙명을 내렸다.

첫째, 칙명을 어겨서는 안 된다.

둘째, 노부나가에게 저항해도 어차피 그를 이길 수 없다.

셋째, 일반 문도들도 이미 실상을 깨닫고 있으니, 더 이상 무고한 인명을 희생하는 것은 불자가 선택할 길이 아니다.

넷째, 법등을 보존해야 한다.

그에 반해 강경파의 옥쇄 작전은 이른바 무문과 사문의 입장을 혼동하는 듯한 경향이 있었다. 결국 본원사는 5월에 오사카를 떠나겠다고 선언했다. 그 뒤에도 갈등은 있었지만 마침내 7월 하순부터 8월 초에 걸쳐 마지막까지 버티던 교뇨를 비롯한 강경파 무리가 오사카를 떠났다. 그 마지막 날에는 나니와 항에 마을이 생긴 이래로 볼 수 없었던 장관이 펼쳐졌다.

법성을 철거하는 임무를 맡은 사람은 오다 가의 가신인 야베 젠시치로矢部善七郎였다. 오사카 시내와 시외에 있는 본원사의 외성과 관문의 요새 등 오십여 곳이 차례로 철거되었다. 이제는 빈 성이 된 이시야마 사당에 야베 젠시치로가 거느린 수많은 오다 쪽 병사가 들어왔던 그날까지 교뇨와 예닐곱 명의 종자는 그대로 남아 있었다.

"할복할 셈인가?"

젠시치로가 물었다.

"아니다."

교뇨는 그렇게 말하고는 대대로 전해 내려온 보물과 진귀한 불구佛具를 당우堂宇에 남겨둔 채 법의 소매에 차통 하나만을 넣고 떠났다. 그는 그날 중에 센슈泉州의 사노佐野 강 부근까지 도망쳤다고 한다.

이시야마 본원사의 양도 절차는 더없이 평화롭게 마무리됐지만, 그 뒤 온산의 당탑과 가람을 비롯한 방루들은 삼 일 밤낮에 걸쳐 오사카의 하늘을 새빨갛게 물들이며 재로 변했다.

사실 그 당시에는 머지않아 재로 덮인 언덕 위에 대의를 품은 주인이 거성을 세우리라고는 어느 누구도 상상하지 못했다. 게다가 그것이 아즈치 성을 몇 배나 더 크게 확대한 오사카 성의 출현을 알리는 서막이라고는 상상조차 할 수 없었을 것이다. 하지만 그보다 더 예상할 수 없었던 일이 있었는데, 설사 그때 위대한 예언자가 있어서 오사카 성을 군림할 사람이 지금 주고쿠의 한쪽 구석에 있는 지쿠젠노카미 히데요시라고 예언한다고 해도 그 말을 믿을 사람은 단 한 명도 없었다는 것이다.

숙청

노부나가는 흡사 마을을 나온 사람처럼 나룻배를 타고 우지교宇治橋[17]를 본 뒤 그대로 오사카로 내려갔다. 본원사 철거 직후인 8월 20일이었다. 잔서가 남아 있는 태양이 강물에 내리쬐어 뱃전에 강하게 반사되고 있었다.

"오란."

"예."

"뭘 생각하고 있느냐?"

"딱히 아무것도 생각하고 있지 않습니다."

란마루가 웃으며 대답했다. 노부나가와 란마루 두 사람 주변에는 자줏빛 장막이 둘러쳐 있었고, 근신들 대부분은 선수 쪽에서 햇빛을 그대로 맞고 있었다. 나룻배라 지붕이 작은 탓에 어쩔 수가 없었다. 노부나가의 배를 중심으로 수백 척의 나룻배가 대나무 잎을 뿌려놓은 것처럼 맑은 강물에 흘러가고 있었다.

---

17) 이세伊勢 시의 고타이皇大 신궁 참배길 입구에 있는 다리.

"시원해서 좋았나 보구나."

노부나가가 웃음을 지으며 말했다. 바람을 품고 펄럭이는 자줏빛 장막과 물결의 그림자가 란마루의 얼굴에서 하염없이 흔들리고 있었다.

"종이와 벼룻집이 있느냐?"

"예, 있습니다."

"이리 내오거라."

노부나가는 아까부터 무언가 깊이 생각하고 있었다. 그래서 란마루는 방해하지 않으려고 침묵을 지키고 있었던 것이다.

란마루는 벼루 위에 물을 조금 부은 뒤 조용히 먹을 갈았다. 성격이 급한 노부나가는 벌써 종이와 붓을 손에 쥐고 기다리고 있었다. 근래 들어 노부나가는 미간에 주름을 짓는 경우가 많았다.

"여기 있습니다."

"음, 그래."

란마루는 옷자락이 쓸리는 소리가 나지 않도록 조심하며 뒤로 물러갔다. 노부나가는 고심하다가 무언가를 종이에 쓰더니 다시 미간을 찡그렸다. 대단히 험상궂은 표정이었다.

'보통 일이 아닌 듯하다.'

민감한 란마루는 노부나가의 얼굴을 보고 내심 한기를 느꼈다. 게다가 근래 란마루에게는 결코 다른 사람들에게 말할 수 없는 가슴을 졸이는 일이 있었다. 란마루는 노부나가의 험상궂은 얼굴을 보고 자신에게 무슨 일이라도 생길까 봐 두려워했다.

'저 서신은 보통 일이 아닌 듯하다.'

어릴 때부터 노부나가 곁에서 시중을 들어왔던 란마루는 노부나가의 감정을 눈썹이나 입술로 읽어내는 데 누구보다 뛰어났다. 그런 그가 무언가를 예감했던 것이다. 란마루의 직감은 틀리지 않았다. 하지만 그것은 란마루가 두려워하고 있던 일이 아니었다.

그날 노부나가가 배 안에서 쓴 것은 종이 세 장에 걸친 장문의 처벌장이었다. 그리고 그것은 평소 한 신하의 태만에 대한 분노가 마침내 폭발해서 준엄한 문구로써 그 죄상을 힐책한 것이었다.

"이제 오사카도 수중에 들어와 오랜 화근도 사라지고 이렇듯 우지의 맑은 강물을 타고 그곳으로 입성하는 날에, 어찌 그런 불쾌한 생각을 하신 것일까?"

란마루는 그렇게 혼잣말로 중얼거렸다. 아무리 노부나가의 속을 훤히 들여다보고 있는 란마루라고 해도 지금의 노부나가의 심리는 도저히 가늠할 수 없었다.

이시야마 본원사를 비롯한 법성의 성터는 삼 일 밤낮을 불에 타고도 아직 일부의 건물이 남아 있었다. 노부나가는 그곳에 입성하자 즉시 적어 온 처벌장을 나카노 마타에몬中野又衛門과 구스노기 나가야스楠木長安와 궁내 경호인, 세 사람에게 건네며 사자의 임무를 명했다.

"사쿠마 노부모리 부자에게 이것을 전하라."

노부나가가 오사카에 들어와서 그 점령지를 시찰한 뒤, 가장 먼저 한 일은 태만한 신하에게 처벌장을 내린 것이었다. 다시 말해 사쿠마 우에몬 노부모리 부자에게 철퇴를 가한 것이었다. 그리고 그런 처벌을 받지 않은 사람들까지 '드디어 노부나가가 책임 추궁을 시작했구나' 하며 남의 일이 아닌 듯 두려움에 떨었다.

"대체, 무슨 죄목으로?"

사람들은 일의 형세를 숨죽이고 지켜보았다. 사자가 노부나가가 직접 쓴 문책 서신을 사쿠마 부자에게 건넸다는 소식이 전해졌다. 노부모리 부자는 근래 오 년 동안, 이시야마 본원사를 공격하는 군사의 대장으로 오사카에 있는 아군의 성에 머물고 있었다. 즉 이시야마 법성은 본래 그의 손으로 함락시켜야 할 책임이 있었던 것이다. 그런데 오 년 동안 오사카를 공략하는 군사들은 아무것도 이루지 못하고 세월만 허비했다. 노부나가가 그 기간 동안 얼마나 초조해하며 지냈는지는 모두들 그 서찰을 보고서야 비로소 알게 되었다.

상대는 십일 년이나 노부나가조차 애를 먹었던 정토진종의 본거지인 본원사였다. 그렇기 때문에 사쿠마 군이 함락시키지 못했다는 이유만으로 노부모리 부자를 문책할 수 없었다. 노부나가가 화를 낸 이유는 다음과 같았다.

첫째, 재임 오 년 동안, 전쟁다운 전쟁을 한 적이 없다. 이것은 세상 사람들 모두가 인정하는 일이다.

둘째, 공격이 어렵다면 책략과 외교를 써야 했다. 그럼에도 오 년 동안, 단 한 번도 아즈치에 계책을 올린 적이 없었다.

셋째, 항상 병력이 부족하다고 푸념했는데, 나는 미카와, 오우미, 이즈미, 기슈를 비롯한 칠 개국에 인력과 병량 등 무엇으로든 사쿠마를 도우라고 명을 내렸다. 그리고 대장인 노부모리 부자는 그것을 익히 알고 있었음에도 그런 인적 자원과 물자를 활용하지 않았다. 이것을 두고 무능하고 아무 계책도 없으며 전의가 결여되어 있다고 아니할 수 없다.

넷째, 그동안 군비를 낭비하며 무사와 관리 들을 돌보지 않고 오로지 자신의 가문만을 돌보느라 백성들의 민심을 잃고 군사들의 사기까지 떨어뜨려 오다 군의 명예를 더럽혔으며, 지금과 같은 난세에 저 혼자 유유자적하며 오늘에 이르렀으니 실로 전대미문의 태만한 자라 아니 할 수 없다.

그 밖에 조문에도 면전에서 꾸짖는 것처럼 과격한 부분이 많았는데 예를 들면 다음과 같았다.

> 그대는 내 대가 된 뒤에도 삼십 년이나 봉공해왔으나 그동안 세상으로부터 단 한 번이라도 칭찬을 받은 예가 있었는가? 또 단바에 있는 고레도 휴가노카미의 활약을 보라. 천하에 그 이름을 떨치고 있지 않은가. 다음으로 산인의 나라들을 평정하고 있는 지쿠젠노카미 히데요시에게도 부끄러워해야 할 것이다. 몸집이 작은 이케다 가쓰사부로는 하나구마 성을 공략해 함락시켰다. 또 그대와 같은 노신인 시바타 슈리노스케 가쓰이에는 자처해서 북쪽 공략에 나섰다. 그가 사지에서 고전하고 있는 것을 어찌 생각하는가?

노부나가는 그렇게 힐책하면서 다음과 같은 말을 거리낌 없이 적었다.

> 그대와 같은 자가 내 휘하에 있다는 것은 세상이 비웃을 일이며, 이 땅뿐 아니라 명나라와 고려, 천축, 남만에 이르기까지 부끄러운 일일 것이다.

노부나가의 서찰을 받은 사쿠마 부자가 얼마나 두려움에 떨었는지는 말할 필요도 없었다.

"당장, 먼 나라로 도망치도록 하시오."

사자의 말에 사쿠마 노부모리 부자는 사죄는 후일 하겠다며 아무것도 챙기지 못하고 황망히 고야高野 산으로 도망쳤다. 그런데 고야 산에 머무는 것을 허락할 수 없다는 노부나가의 전령이 도착하자 노부모리 부자는 다시 기슈의 구마노熊野 산 깊숙이 도망쳤다.

당시 사람들은 그런 노부모리 부자에게 아무런 동정심도 갖지 않았다. 오히려 노부나가의 엄벌을 당연한 것으로 여겼다. 란마루도 그런 사람 중 한 명이었다. 그는 똑똑했기 때문에 그런 이야기를 들어도 자신이 먼저 말을 꺼내거나 욕을 하지는 않았지만 동료들이 사쿠마 부자를 비웃으면서 이런저런 이야기를 하면 다음과 같이 말했다.

"지나치게 총애를 받고 특별히 대우해주는 것에 익숙해져 있었기 때문이네. 오 년 동안, 천왕사天王寺에 머물면서 차만 마시며 일체의 군무를 게을리했다고 하더군. 노부나가 공께서도 차를 좋아하셔서 자주 차를 드시지만, 사쿠마 부자와는 그 마음가짐이 전혀 다르네. 무슨 일이건 그 사람의 마음가짐 하나로 사도邪道가 되기도 하고 수양이 되기도 하네. 어쨌든 오 년이라는 긴 세월 동안, 아무 말도 하지 않고 지켜보고 계셨던 주군도 대단하지만 그에 안주하고 있던 사쿠마도 어지간하지 않은가. 우리는 이것을 교훈 삼아 평소에 스스로를 경계해야 할 것이네."

란마루는 비난하지 않고 어물쩍 넘어갔지만 실은 마음속으로 그 처벌장이 사쿠마 부자에게 내려져서 참으로 다행이라고 가슴을 쓸어내렸다. 그것은 란마루와 관계가 깊은 사람의 신변과도 관련이 있기 때문이다. 그의 노모이자 모리 산자에몬 요시나리의 미망인인 묘코니는 본원사 쪽 책사인 스즈키 시게유키鈴木重行와 일찍부터 노부나가 몰래 서신을 주고받는 사이였다.

십일 년 동안, 노부나가와 맞서 싸웠던 본원사 진영에는 스즈키 시게유키라고 하는 희대의 책사가 숨어 있었던 것이다. 시게유키는 란마루의 모친인 묘코니가 미망인이 된 뒤 오직 불문에 귀의하여 신앙 외에는 아무것도 모르는 여인이라는 사실을 알고 불법이나 불연을 통해 친밀함을 유지하면서 그녀를 이용해 끊임없이 아즈치의 동정을 살폈다. 그런 시게유키도 지금은 본원사 사람들과 함께 어디론가 멀리 도망친 상태였다. 그래서 복잡한 시국이나 세간의 사정에 어두운 란마루의 모친은 자신의 행동이 오늘날까지 주가에 얼마나 큰 폐를 끼쳤는지 깨닫지 못한 채 그저 망연한 상태로 지내고 있었다.

하지만 그녀와는 달리 란마루는 그런 사실이 알려질까 봐 근심이 이만저만한 게 아니었다. 일찍부터 모친에게 조심하라고 주의를 주기도 했지만 모친은 절대로 그런 일은 없을 것이라고 했다. 일찍이 남편과 사별한 그녀에게 신앙은 유일한 위안이었기에 더 이상 아무 말도 하지 못하고 마음만 졸이고 있었던 것이다.

란마루는 그 일로 인해 모친의 주위에 세심한 경계를 기울여왔다. 사쿠마 부자의 처분이 마무리된 뒤에도 란마루는 안심할 수 없었다. 란마루뿐 아니라 노부나가의 중신들 모두 과거 자신의 행적을 돌아보며 남의 일이 아니라고 속으로 동요하고 있었다.

노부나가는 오 일 동안 오사카에 머문 뒤 그달 17일에 교토로 돌아갔다. 그리고 니죠 성에 들어가자마자 다시 노신인 하야시 사도노카미 미치가쓰와 안도 이가노카미 부자를 먼 나라로 추방한다는 명을 내렸다.

"무슨 일이든 한 번 시작하면 철저하게 마무리하는 분이니, 분명 더 있을 것이다."

모두들 숨죽이며 속삭이고 있었는데 설마 누대의 가신 중에서도 단연 으뜸인 하야시 사도가 그 대상이 될 줄은 아무도 상상하지 못했다. 또 하야시 본인조차 아닌 밤중에 홍두깨라는 듯 사자가 와서 노부나가의 처벌을 고해도 처음에는 장난으로 여기며 진심으로 받아들이지 않았다. 그도 그럴 것이 노부나가가 그를 처벌한 이유는 지금으로부터 이십오 년 전 노부나가가 기요스에 있을 당시 주위로부터 어리석고 난폭한 도련님이라고 불리던 때의 문제였기 때문이다. 그 무렵, 하야시 사도가 노부나가에게 진저리가 나서 노부나가의 동생인 노부유키를 섬기며 오다 가의 후사를 잇게 하려고 기도한 일이 있었다.

"지금까지 그토록 먼 옛날 일을 가슴 깊이 담아놓고 있었단 말인가!"

그 말을 들은 사람들은 모두 어이가 없어 하며 전율했다. 이십오 년이라는 먼 과거의 일을 들춰내면 어떤 사람이라도 분명 다소의 과실과 태만이 있을 터였다. 또 하야시와 함께 추방된 안도 이가노카미 부자의 죄상도 십사 년 전의 일이었다. 노부나가가 이세에 출정했을 때, 그가 없는 틈을 타서 고슈甲州 군을 맞아들이려고 기도했던 형적이 있었던 것이다. 하지만 그 일은 미연에 노부나가에게 발각되어 당시 안도 이가의 일족이 사죄를 하고 일단락되었던 문제였다.

"그런 것을 십사 년이나 지난 오늘에 와서 다시 꺼내다니."

사람들은 노부나가의 지나치게 강한 집념에 새삼 놀라움과 전율을 품지 않을 수 없었다. 도저히 용서할 수 없는 일이라면 그때 처벌했던 편이 좋았다고 생각했다. 이제 간신히 천하의 절반을 평정하고 오사카까지 손에 넣은 지금, 몇십 년 전 지은 죄와 과실은 처벌하지 않아도 될 텐데, 하며 공포감을 넘어 원망하는 마음마저 품었다. 특히 란마루는 남들보다 더 근심했다. 아침저녁으로 노부나가의 곁에서 그의 눈썹을 볼 때마다 그는 제정신이 아니었다.

"만일 어머니와 스즈키 시게유키의 일이 주군의 귀에 조금이라도 들어간다면."

란마루는 재빨리 모친이 있는 아즈치에 동생인 보마루를 보내고 형인 모리 덴베森伝兵衛에게도 말해 과거 몇 년 동안 스즈키 시게유키와 주고받은 편지를 모두 불태우게 했다. 보마루가 일을 처리하고 돌아오자 란마루는 사람들이 없는 곳에서 보마루를 불러 물었다.

"한 치의 소홀함도 없이 처리하고 왔느냐? 또 어머니께서 과거의 일이나 앞으로의 일을 이해할 수 있도록 잘 말씀드렸느냐?"

"예, 어머니께서도 이번엔 완전히 이해하신 듯합니다. 하지만 덴베 형님께서는 근심이 완전히 사라졌다고 할 수 없다며 탄식하셨습니다."

"후환이 될 것이 아직 남아 있다는 말이냐?"

"그렇습니다. 아무리 편지 따위를 불태워버려도 중요한 스즈키 시게유키가 이 세상에 살아 있는 한, 후환은 사라지지 않을 것이라고 말씀하셨습니다."

"흐음, 대체 시게유키는 본원사 무리와 함께 도망쳐서 지금 어디 있단 말인가."

란마루의 표정이 어두워졌다.

명장과 명장

오사카의 본원사 일문이 패퇴했다는 소식을 듣고 가장 큰 충격을 받은 사람은 당연히 주고쿠의 모리였다. 이미 하리마에서 다지마, 호우기에 걸친 지반 한쪽을 시시각각 히데요시에게 빼앗기고 있는 상황에서 전해진 비보는 그의 머리 위에 드리워져 있던 패색을 한층 짙게 만들었다.

긴기近畿나 단바와 단고의 믿고 있던 아군들은 차례로 쓰러지고 현재는 오다 쪽의 압력을 직접적으로 받으며 방어하지 않으면 안 되는 입장에 처해 있었다. 모리 가에는 모토나리가 남긴 유언인 방침이자 철칙이 있었다. 그것은 '분수를 지키며 주고쿠를 굳게 지키고 조부가 백전百戰을 통해 얻은 영토를 잃지 마라'는 것이었다. 하지만 시대의 조류는 결코 모리 가만 피해가지는 않았다. 모리 가의 보수주의 방침에도 그 혁신의 파도가 밀어닥쳤다.

깃카와 모토하루吉川元春와 고바야카와 타카가게小早川隆景는 지략과 용맹함을 겸비한 장수였다. 두 사람은 주고쿠에서 태어나고 자라면서 '주고쿠의 한 치의 땅도 적에게 건네지 마라'는 유훈을 받들며 분전해왔지만 지금 그들은 시대의 조류를 역행하는 방향에 서 있었다. 그것은 흡사 보수적인 가훈의 깃발을 펄럭이며 거스를 수 없는 시대의 거대한 파도에 맞서는 형국이라 할 수 있었다.

하지만 모리 가는 명예와 자부심이 있는 무문이였고, '이천二川'이라고 불리는 깃카와와 고바야카와 역시 비범한 무장이었다. 이제까지의 외교적 기략을 보더라도 에치고의 겐신과 가이의 다케다까지 정략적으로 이용하고, 대의명분 때문이라도 이전의 무로마치 장군인 요시아키를 자신들의 나라에 거두고, 중앙에 있어서는 원대한 계략 아래 본원사의 재력과 실력을 능수능란하게 이용해 반간계와 정면 공격을 구사하며 선전해온 사실은 천하가 인정하고 있는 바였다.

만일 모리 쪽에 깃카와 모토하루와 고바야카와 다카카게가 없었다고 하면 모리 데루모토는 벌써 세상에서 사라지고 주고쿠 전역은 몇 년 전에 이미 노부나가 밑으로 들어갔을 것이 분명했다. 현재 그러한 일체의 외곽 세력이 무너졌음에도 여전히 '주고쿠에 모리가 있다'며 건재한 세력을 유지하고 있는 것은 바로 이천, 두 사람의 지휘 때문이라고 해도 과언이 아니었다.

하지만 천하의 형세와 더불어 해가 갈수록 그 진용이 쇠퇴일로에 접어들었음은 부정할 수가 없었다. 다카카게는 산요 방면의 방어에 전력을 기울이고 있었고 깃카와 모토하루는 산인 방어에 매진하고 있었다.

그러자 히데요시는 먼저 돗도리鳥取 성을 공략하기로 결정했는데 그러한 뜻을 행동에 옮기기까지는 꽤 오랜 시간이 걸렸다. 그 기간이 바로 히데요시가 싸움에 앞서 만전을 기하는 시기였다. 히데요시가 실제로 공격을 개시할 때에는 이미 싸움의 마무리 단계라고 해도 무방했다.

몇 개월 전부터 히데요시의 명을 받은 구로다 간베는 와카사若狹 방면으로 잠행해서 선박을 모두 사들이고 돗도리 지방에 산재해 있는 모든 식량을 일체의 수단을 동원해서 다른 곳으로 옮겨버렸다. 또 깃카와 모토하루가 군량을 싣고 해상을 통해 운송하는 길이 있다는 사실을 알아낸 뒤 연해상에 선단을 배치해 완전히 봉쇄해버렸다.

"이제 때가 무르익었습니다."

간베가 돗도리 성이 약해졌다는 정보를 입수하고 때가 도래했다고 고하자 히데요시는 그제야 군사를 움직여 적의 성 아래까지 진격했다. 물론 히데요시 군은 작년부터 그곳에 이르기 전까지 이나바와 호우기 등지에 산재해 있는 적의 요새들을 차례로 궤멸시켰다.

처음에는 야마나 도요구니山名豊國가 돗도리 성을 지키고 있었다. 히데요시는 그 전에 시카노 성을 함락시킬 때, 항복해온 많은 사람 중에서 야마나 도요구니의 딸을 찾아 진중에 남겨놓았다.

"도요구니와 같은 자는 전형적인 철새와 같은 무사다. 처음에는 모토나리의 위세에 굴복해 모리를 따르고, 나중에는 아마고尼子와 야마나카山中 세력의 위협에 넘어가 그들에게 붙었다가 근년에는 다시 깃카와와 고바야카와에게 청을 넣어 저 아이를 볼모로 바친 자다. 그러한 무사를 움직이는 데에는 화살이나 총알을 쓸 필요가 없다."

히데요시는 첫 번째 싸움에서 싸우지도 않고 야마나 도요구니의 항복을 받아냈다. 히데요시는 도요구니의 딸을 아름답게 차려입힌 뒤 성에서 보이는 언덕 위에 세워놓고 성안을 향해 소리쳤다.

"여기를 잘 보아라."

도요구니가 성에서 바라보자 언덕 위에 아름답게 화장을 한 자신의 딸이 서 있었고 그 곁에는 책형 기둥이 세워져 있었다. 그리고 성 밖에서 누군가 이렇게 외쳤다.

"딸이 불쌍하고 이나바의 영지도 아깝다고 여긴다면 잘 판단하는 것이 좋을 것이다. 내일 아침까지 대답을 기다리겠다."

그날 밤, 예상대로 야마나 도요구니는 사자를 보내 항복을 약속했다.

하지만 그의 가신들 중 강골들은 그러한 주인의 나약한 행태를 참지 못하고 합심해서 그를 다른 나라로 쫓아버렸다. 그리고 전령을 보내 모리 군의 깃카와 군에게 원군을 청했다.

깃카와 모토하루는 즉시 용장인 우시오 모토사다牛尾元貞를 보냈지만 그가 화살을 맞고 부상을 당해 자리에 눕자 다시 이치가와 우타노스케市川雅樂允를 파견했다. 하지만 돗도리 쪽에서 다시 모리 일족의 장수를 보내주지 않으면 군의 사기는 떨어질 것이라고 요청해오자 깃카와 쓰네이에吉川經家에게 팔백여 명의 군사를 내리며 성으로 들여보냈다.

그렇게 돗도리 성에는 이전부터 있던 성의 군사까지 합쳐 약 이천 명이 있었다. 하지만 그들 외에 성 아래 마을에 사는 가족이나 농부와 같은 일반 백성들이 모두 성곽 안으로 피난을 와 있었기 때문에 성안의 식량은 이내 바닥을 드러내고 말았다.

성의 서쪽에 있는 가로賀露 강은 북쪽으로 흘러 서쪽 바다로 흘러 들어가고 있었는데 군량을 실은 선박은 이곳을 거슬러 올라 성의 병사들의 군량을 옮기고 있었다. 하지만 그것은 이전까지의 일이었고, 근래 한 달 정도는 그 운반선마저 완전히 끊어져버렸다. 와카사와 그 외의 지방에서 쌀을 전부 사들이고 해상을 봉쇄하고 있던 히데요시 휘하의 구로다 간베의 활약이 마침내 그 효과를 발휘하기 시작했던 것이다.

"성안의 병량은 이젠 반달도 가지 못할 것입니다."

깃카와 모토하루에게 급박함을 알리는 보고가 몇 차례 올라왔다. 모토하루는 수백 석의 병량을 자신의 영지에서 가져와 선단에 싣고 해상을 통해 보냈지만 이미 그곳은 적에게 봉쇄되어 있었고 육상에서는 히데요시의 대군 이만 명이 성을 둘러싸고 있었다.

히데요시는 돗도리 성 밖의 다이샤구帝釋 산에 진을 치고 물샐 틈이 없을 정도로 성을 포위했다. 용맹한 성의 병사들이 가끔씩 야음을 틈타 후쿠로袋 강을 헤엄쳐 건너와 게이슈芸州의 아군과 연락을 취하려고 했지만 단 한 명도 히데요시의 포위망을 빠져나갈 수 없었다. 모두 포로로 사로잡히거나 그 자리에서 죽임을 당했다. 산인 제일의 요새라고 자부하던 돗도리 성도 전멸을 당하든가 성문을 열고 항복할 수밖에 없는 상황이 되었다. 그리고 또 한 가지, 성병들에게 치명적인 문제가 있었다.

8월 어느 날 밤이었다. 모리 쪽에서 빈사 상태의 성병에게 식량을 보내기 위해 병선 열 척이 운송선 다섯 척을 호위해서 결사의 각오로 가로 강을 거슬러 올라갔던 것이다.

"왔다!"

하구의 경비대는 그 사실을 봉화를 통해 강기슭의 아군에게 알렸다. 한밤중이었지만 히데요시 군은 물고기 한 마리도 빠져나갈 수 없을 정도의 포진을 펼치고 있었다. 하시바 히데나가, 도도 다카도라藤堂高虎, 호소카와 후지타카의 원군이 일치단결해서 강 한복판의 선단을 둘러싸고 나룻배에서 마른 섶과 횃불 등을 던져 적의 주력선을 불태워 침몰시키고 삼백여 명의 모리 수군을 섬멸시켰다. 또 주장인 시카노 모토타다鹿野元忠의 수급까지 베서 성안으로 보냈다.

"너희가 학수고대하며 기다리던 자가 여기 있다."

7월 중순부터 돗도리 성안에서는 쌀이 한 톨도 없어서 병사들과 피난민들 중에 병들거나 굶어 죽는 사람이 늘어나던 참이었다. 하시바 히데나가는 도도 다카도라와 의논해서 적들이 더 이상 버티지 못할 것이라고 여기고 말을 잘하는 신하를 사자로 삼아 적의 거점 중 한 곳인 마루丸 산 진지로 보내 항복을 권유했다. 그런데 사자가 좀처럼 돌아오지 않아 조사해 보니 예상과 달리 적들이 사자의 목을 쳐버린 사실을 알게 되었다.

"괘씸한 놈들."

히데나가와 다카도라가 즉시 일거에 공격을 개시하려고 한 순간, 히데요시 본진에서 함부로 움직이지 말라는 엄명이 내려왔다.

8월 염천의 구름에 둘러싸인 다이샤구 산의 깃발들은 아무런 일도 없다는 듯 바람에 나부끼고 있었다. 히데요시는 여느 때처럼 무슨 일이든 아즈치의 노부나가에게 사자를 보내 일일이 고하고 있었다. 때론 불필요하다고 여겨지는 일들까지 급사를 보내 보고했다.

8월 중순 무렵, 다카야마 나가후사高山長房가 노부나가를 대신해서 진중을 시찰하기 위해 왔다. 아무 일도 없이 9월이 지나가고 이윽고 10월이 되자 히데요시는 호리오 모스케 요시하루堀尾茂助吉晴를 불러 성안에 사자로 갔다 오라고 명령했다.

"사자의 임무를 맡는 것은 처음일 것이니, 조심해서 다녀오도록 하라."

히데요시가 이것저것 유념할 사항들을 가르쳐주자 모스케는 어느새 자신이 사자의 임무를 맡는 어엿한 무사가 되었다는 생각에 감개무량한 마음으로 귀를 기울였다.

돌이켜보면, 벌써 십 년 전이었다. 노부나가가 사이토 요시타쓰의 기후를 공략하기 위해 긴가金華 산의 봉우리들을 기어올라 기습했을 때, 산중에서 길 안내를 한 당시 열예닐곱의 젊은이가 호리오 모스케였다. 그런 그가 이제는 한 부대를 맡을 만큼 어엿한 무사로 성장했던 것이다.

'세월이 참으로 빠르구나.'

히데요시도 문득 자신의 자식이 성인이 된 모습을 바라보는 심정으로 모스케를 바라보았다.

"명을 받들어 다녀오도록 하겠습니다."

모스케는 대임을 맡긴 히데요시에게 무척이나 고마워했다.

"잠깐, 잠깐."

모스케가 일어서려는데 히데요시가 다짐을 두듯 말했다.

"이 임무를 완수할 수 있을지, 스스로에게 물어본 후에……."

"반드시 완수하겠습니다."

"앞서 도도 가의 신하는 적에게 바로 목이 달아났다. 각오는 되어 있느냐?"

"일을 성사시키지 못했을 때에는 살아서 돌아오지 않을 생각입니다."

그러자 히데요시가 심히 언짢은 표정으로 꾸짖었다.

"앉거라. 여기 다시 앉도록 하라."

모스케는 자리에 앉았다. 히데요시가 왜 갑자기 꾸짖는 것인지 알 수가 없었다.

"사자의 의무는 그 임무를 완수하는 것이 본분이라고 할 수 있다. 그 외에 다른 각오는 불필요한 것이다. 사지로 들어가는 일이라면 다른 사람들도 할 수 있으나 적을 일깨우는 사자는 그런 가벼운 마음가짐으로 임무를 맡을 수가 없다. 죽지도 못하고 살아서 돌아오지도 못하는 그런 역경 속에서 적을 설득해야 하는 것이다. 깃카와 쓰네이에도 주고쿠에서 명예가 있는 무장이다. 게다가 아군의 대군에 둘러싸여 있으면서도 오늘까지 저렇게 훌륭하게 버티고 있는 자다. 그런 자를 일깨우기란 싸우는 일보다 어려운 일일 것이다."

모스케는 양손을 짚고 귓불이 빨개질 정도로 히데요시의 말을 열심히 듣고 있었다.

"무슨 말씀인지 잘 알겠습니다. 목숨을 소홀히 하지 않도록 유념해서 사자의 본분을 잊지 않고 다녀오겠습니다."

"좋다. 그럼 가도록 하라."

모스케는 일단 자신의 진막으로 물러가서 준비를 한 뒤 홀로 적의 성으로 향했다. 적의 사자가 왔다는 소식을 들은 깃카와 쓰네이에가 일단 만나보자며 성의 일실로 모스케를 맞아들였다.

모스케는 아직 사자의 임무에 익숙하지 않았고 딱히 달변도 아니었다. 그래서 적들이 더 이상 버틸 수 없다는 것을 알았지만 히데요시가 말한 대로 두터운 예를 취하면서 적의 선전에 대해 경애를 표하고 공손하게 이치를 들어 설득했다.

"주인인 지쿠젠노카미 님은 저희 가신들에게 돗도리 성이 이렇게까지 견고한 것에 대해 입이 마르도록 칭찬을 하십니다. 하지만 이젠 병량을 운반할 길도 끊어지고 명분도 충분히 세웠으니 더 버티면 굶어 죽는 길밖에 없을 것입니다. 무사들은 나가서 싸우다 죽거나 굶어 죽는 일을 선택할 수 있을 터지만, 부상자와 병자, 그리고 삼천여의 영민들까지 함께 굶어 죽게 하는 것은 너무나 무정한 일입니다. 사의私義에 집착하면 대의를 잃기 마련입니다. 하여 지쿠젠노카미 님은 단지 두 사람의 목숨만 바치면 성의 모든 이들의 목숨을 보존하겠다고 하십니다. 귀공의 명예도 충분히 고려하기 위해 계속해서 아즈치와 상의하고 계십니다."

"하하하."

쓰네이에는 잠자코 듣고 있다가 갑자기 웃음을 터뜨렸다. 하지만 비웃음은 아니었다. 오히려 그는 꾸밈이 없는 사자의 솔직한 태도가 마음에 든다는 듯 말했다.

"이보시오. 사자님."

쓰네이에가 정중하게 말했다.

"언제, 내가 항복하겠다고 했소이까? 그것은 지쿠젠, 혼자만의 착각일 것이오. 지쿠젠이 바라는 것은 성안의 난민과 병사 들의 목숨이 아니라 돗도리 성일 것이오. 하나 그렇게 마음대로 되진 않을 것이오. 이곳에 이 쓰네이에가 있으니 말이오."

"송구합니다만, 이 성 하나를 공격해서 함락시키고자 한다면 누가 보더라도 바로 함락될 것이 자명합니다."

"그렇게 하시오."

쓰네이에가 그렇게 대답하자 모스케가 당황하며 말했다.

"서로 간에 아무 연유도 없이 칼을 겨눠서는 안 될 것입니다."

"히데요시가 그렇게 말했소이까?"

모스케는 얼굴을 붉히며 할 말을 찾지 못하다가 진심을 담아 말했다.

"예, 주군의 말씀이기도 합니다. 그리고 제가 믿는 바이기도 합니다. 본래 미워할 것은 이전에 이곳의 성주인 야마나 도요구니와 가신 된 자로서 주인을 추방한 야마나의 신하, 나카무라 하루쓰구와 모리시타 도요森下道與 두 사람입니다. 그 두 사람의 목을 쳐서 성안 수천의 목숨을 구하라고 주인인 지쿠젠 님이 말씀하셨습니다."

"지나친 간섭이오. 나카무라와 모리시타는 그대들에게는 미워할 자일지 모르나 우리 모리 군에게는 둘도 없는 충신인데 어찌 그들의 목을 베서 건넬 수가 있단 말이오. 그것은 어불성설이오."

쓰네이에는 성문을 열 뜻이 있다는 것을 은연중에 내비쳤지만 전부터 이미 속으로 결심을 하고 있었다. 그는 돗도리 성의 수장으로 더 이상 성을 지킬 수 없다면 자신의 목숨을 던져 사람들의 목숨을 보존하겠다고 결심하고 있었던 것이다. 그런데 히데요시의 사자로 온 호리오 모스케의 말에 따르면 히데요시는 쓰네이에의 목을 원하지 않는다고 했다. 그리고 야마나 도요구니를 추방한 신하 두 명의 수급만 건네면 본국인 아키安藝로 돌아가도 좋다고 했다. 게다가 쓰네이에의 목을 아즈치에 바치고 공을 세울 생각은 전혀 하고 있지 않다는 것이었다.

그것은 쓰네이에가 품고 있는 생각과는 정반대의 제안이었다. 하지만 히데요시가 자신의 유리한 입장을 과시하지 않고, 설사 공격을 하더라도 적장에게 관대함과 호의를 표하려고 한다는 것을 충분히 알 수 있었다. 또 지자智者나 달변가를 사자로 보내지 않고 호리오 모스케 한 명만 보낸 것은 적어도 패자의 심정을 헤아려 자신들을 자극하지 않고 배려하기 위해서였다는 것을 느낄 수 있었다.

"……."

본래 말수가 적었던 호리오 모스케가 아무 말도 하고 있지 않자 쓰네이에도 입을 다물고 마음속으로 이런저런 생각을 하고 있었다. 세상일이나 인간의 심리에 대해 잘 알고 있는 히데요시에게 짐짓 고집을 부리거나 허세를 부리는 것은 아무 효과가 없다는 생각이 들었다. 쓰네이에는 이번 기회를 놓치면 안 된다고 고민하다가 이윽고 모스케를 바라보며 말했다.

"성문을 여는 데 동의하겠소. 돌아가서 지쿠젠 님에게 그렇게 전해주시오."

"예? 그럼?"

모스케는 쓰네이에가 그렇게 쉽게 성을 양도하리라고는 전혀 예상하지 못했다. 그는 망연자실할 만큼 기쁨에 휩싸이고 말았다.

"그리고 아울러 분명하게 지쿠젠 님에게 다짐을 두고 싶은 것이 있소. 야마나의 두 신하는 결코 목을 쳐서는 안 될 것이오. 이 성의 수장은 깃카와 쓰네이에, 바로 나요. 모름지기 수장이란 모든 책임을 져야 하는 자이니, 나 혼자 할복함으로써 성안에 있는 장병을 비롯한 난민들을 한 명도 빠짐없이 무사히 거둬주길 바라오. 그렇지 않으면 싸우지 않고 성을 건넬 수는 없소."

"돌아가서 주군께 그렇게 전하도록 하겠습니다."

"지쿠젠 님의 휘하인 아사노 나가요시 님과는 이전부터 면식이 있어 서신을 맡기고자 하는데 전해주겠소이까?"

"꼭 전하도록 하겠습니다."

"잠시 쉬고 있으시오."

쓰네이에는 안으로 들어가서 편지를 쓴 뒤 가지고 나왔다. 편지를 받은 모스케는 곧장 성을 나와 히데요시에게 보고를 했다.

히데요시는 보고를 받은 뒤 아사노 나가요시를 불러 서신을 전했다. 그리고 무슨 내용인지 물었다.

"자신의 죽음으로 모두의 목숨을 보존해주기를 바란다는 취지밖에 적혀 있지 않습니다."

나가요시가 서신을 히데요시에게 보여주자 히데요시는 진심으로 안타까워하며 말했다.

"나가요시, 모스케와 함께 다시 가서 쓰네이에를 잘 설득해 야마나의 신하 두 명의 목을 내놓고 그는 무사히 게이슈로 돌아갈 수 있게 하고 오너라."

아사노 나가요시는 모스케와 함께 서둘러 성으로 향했지만 쓰네이에의 마음을 바꿀 수는 없었다.

"안타깝지만 어쩔 수가 없구나."

히데요시는 마침내 쓰네이에의 요구를 받아들였다. 쓰네이에의 바람이 이루어진 10월 25일 낮, 깃카와 쓰네이에는 성 밖의 진교사眞敎寺로 가서 할복을 했다. 아직 젊었던 그는 떳떳하게 자신의 배를 갈라 성안에 있는 수천 명의 목숨을 구했다.

같은 날, 깃카와 쓰네이에의 측신인 나사 니폰노스케奈佐日本助와 사사키 사부로사에몬佐々木三郎左衛門, 엔야 다카기요鹽谷高清 세 사람도 주군의 뒤를 따라 할복했다. 히데요시는 안타까워하며 그들의 장례를 치렀다. 그리고 그들의 수급을 상자에 넣어 아즈치의 노부나가에게 바치고 유물들을 아키의 깃카와 모토하루에게 보냈다.

"가장 먼저 쌀을 나눠주도록 하라."

돗도리 성을 점령한 히데요시가 맨 처음 한 일은 성안의 굶주린 난민과 성 밖에 있는 백성들을 구제한 것이었다. 그날, 삼백 석의 쌀이 그들에게 전해졌다. 다음으로 교통을 복구했는데 후쿠로 강의 다리도 다시 놓기 시작했다.

"이제부터 돗도리도 하시바 지쿠젠노카미 님의 치하에 들어갔다."

그 소식이 전해지자 성 아래 마을의 모습은 깜짝 놀랄 만큼 일변했으며 산인 지방의 난민들이 몰려들었다.

"나는 단고에서 옮겨왔다."

"나는 단바에서 이곳으로 왔다."

전쟁 때문에 한때 피난을 갔다가 다시 돌아온 토착민뿐 아니라 상인과 농부 들까지 몰려들 정도였다. 장사치를 비롯한 직인들은 물론 떠돌이 예인에서 승려와 의원까지, 마을을 구성하는 데 필요한 백 가지 직업을 가진 사람들이 자처해서 모여들었다. 그리고 그들은 입이라도 맞춘 듯 다음과 같이 말했다.

"지쿠젠 님의 영지에 있으면 어쩐지 안심이 되고, 생활하는데도 왠지 즐겁고 보람이 있어 힘이 난다. 단바나 단고, 그 외 다른 기나이도 안심하고 살 수 있지만 그곳들과는 음지와 양지만큼 차이가 있다."

무지한 백성들의 말이라고는 하지만 근년에 이르러 백성들 사이에 그러한 생각이 또렷하게 각인된 듯했다. 각 나라와 지방의 실상은 사람들의 입을 통해 전해지고 있었는데 의외로 민간에서는 알 수 없는 일까지 실로 상세하고 정확하게 전해졌다.

사람들은 '고레도 마쓰히데 님은 이렇게 싸워서 이렇게 이겼다. 그리고 이러한 법령을 선포하고 다스리고 있지만 실제로는 이러이러하다'라는 구체적인 실상까지 알고 있었다. 또 노부나가가 직접 출정해서 지휘를 하고 점령한 곳은 너무 엄격하게 다스려서 사람들이 두려워하는 풍조가 있었는데 가령, 노부나가가 출정한다는 소식을 들으면 그 지방의 백성들은 싸움이 곧 끝날 것이라고 예상하며 아무리 견고한 성과 적도 순식간에 굴복할 것이라고 믿고 있었다.

"그분이 정벌하러 오시면 풀과 나무까지 말라버릴 것이다."

백성들은 평화가 멀지않았다는 기쁨 대신 앞으로 혹한의 겨울이 다가올 것이라는 두려움에 가까운 공포심을 먼저 느끼고 있었다.

한편 돗도리가 함락됐다는 소식은 모리 쪽에 큰 충격을 전해줬다. 깃카와 모토하루가 직접 아키를 출발했을 무렵, 히데요시는 점령지를 미야베 젠쇼보宮部善性坊와 기노시타 시게가타木下重堅 두 장수에게 맡기고 히메지로 돌아가고 있었다.

돗도리 성을 구하기 위해 급거 달려왔지만 너무 늦었던 깃카와 군과 공을 세우고 돌아가는 히데요시 군은 도중에 있는 호우기의 우마노馬之 산에서 대치했다. 하지만 양군은 서로 대치한 채 한 달이 넘게 싸우지 않다 그대로 군사를 물리고 돌아갔다. 물러갈 때, 히데요시는 이렇게 말했다.

"싸우지 않는 것 역시 하나의 전법이다. 모토하루의 기량을 잘 알게 되었다."

깃카와 모토하루 역시 아키로 돌아가면서 혼자 이렇게 뇌까렸다.

"앞으로 주고쿠에 큰 시련이 찾아오겠구나. 그와 같은 자가 세상에 나왔으니 바야흐로 천하는 더 이상 단순한 전란의 시대가 아니다."

부정父情

히데요시는 아무리 바빠도 불평을 한 적이 없었다. 돗도리를 수중에 넣고 우마노 산에 진을 친 뒤 히메지 성으로 돌아오자마자 바로 부장에게 물었다.

"배는 다 준비되었는가?"

히데요시는 시고쿠로 건너갈 생각을 하고 있었다. 그것은 구로다 간베가 돗도리 성이 함락되는 것을 보지도 않고 군사를 이끌고 진중에서 급히 아와지淡路로 건너가 시고쿠에 산재해 있는 적대 세력들을 이를 잡듯 소탕하고 있었기 때문이다.

조소카베 모토치카長曾我部元親는 시고쿠에 세력을 두고 오랫동안 노부나가에게 대항하고 있었다. 하지만 노부나가는 멀리서 미요시三好 일족을 원조하며 지금까지 조소카베를 견제해왔는데 더 이상 미요시 일족의 힘만으로는 조소카베 세력을 막기는 어려워졌다. 그래서 노부나가는 급히 히데요시에게 명을 내렸고, 히데요시는 돗도리를 공략하는 도중에 구로다 간베에게 병력을 나눠주고 센고쿠 곤베仙石權兵衛를 붙여준 뒤 그를 시고쿠로 보낸 것이었다. 하지만 어디까지나 히데요시는 주고쿠 공략이 근간이었지 시고쿠는 지엽에 불과했다.

그는 조소카베 모토치카와 같은 사람을 바람 속에 방치하면 큰불을 낼 사람이라고 생각하면서도 지금은 재 속의 작은 불씨 정도로 여기고 있었다. 아와지를 점령하고 오사카와 주고쿠 간의 해상을 확보한 히데요시는 스노모토須本 성을 센고쿠 곤베에게 맡기면서 시고쿠 정벌을 명한 뒤 즉시 간베를 데리고 히메지로 돌아왔다.

그때가 11월 중순 무렵이었다. 히데요시는 히메지로 돌아오자마자 이번에는 비추의 고지마児島로 가서 출정 명령을 내렸다. 그곳에 있는 무기메시麥飯 산의 성에서 우에키 이즈모노카미植木出雲守가 적대감을 드러내고 있었던 것이다. 간베가 고지마를 정벌하기 위한 계책을 실행하기에 지금이 호기라고 이따금 간했지만 그때마다 히데요시는 자신에게 생각이 있다며 흘려들었다.

간베는 그것이 무엇인지 이번 출전 무렵이 돼서야 알게 되었다. 일찍이 히데요시는 나가하마에 있는 자신의 가정에 노부나가의 넷째 아들인 쓰기마루를 양자로 받아들여 아내인 네네와 노모에게 맡기고 주고쿠에 와 있었다. 그 쓰기마루가 어느새 관례를 올릴 나이가 되자 히데요시는 올봄에 나가하마에 사람을 보내 전쟁터로 불러왔다. 그리고 무장의 아들로 진중의 고충에도 익숙해져야 한다며 때때로 쓰기마루를 전선으로 데려가서 경험을 쌓게 했다.

"저렇게까지 엄하게 대하지 않아도 될 터인데."

히데요시는 병사들이 걱정하는 소리를 들어도 모른 체했다. 이번 무기메시 산의 출정에는 병력 일만오천이 출정했는데 히데요시는 노련한 신하와 용맹한 젊은 장수를 각 부대마다 배치하고 총대장에는 오쓰기를 임명한다고 발표했다. 그리고 싸움에 임하는 아들을 불러 말했다.

"많이 배우고 오너라."

히데요시는 이기고 오라거나 죽을 각오로 출정하라고 하지 않았다. 그 때 쓰기마루의 나이는 열네 살에 불과했다.

이윽고 12월 중순, 쓰기마루의 군사는 공을 세우고 개선했다. 양부이자 주고쿠 총독이기도 한 히데요시는 개선장군인 자신의 아들을 예를 갖추고 맞이한 뒤 가까이 불러 어깨를 어루만지며 말했다.

"잘했다. 어떠하냐? 전쟁이란 재미있지 않더냐? 적을 이기기 위해서는 어떻게 해야 하는지 이제 알았을 것이다."

히데요시는 그 기쁨을 혼자서 독점할 마음이 없었다. 또 한 사람, 자신보다 더 기뻐할 사람이 있었다. 아니, 자신의 만족감은 차치하더라도 그 사람을 위해 이 일을 기획한 것이 아닌가 생각될 정도였다.

"오쓰기가 초전에서 무공을 세웠다는 말을 들으면 우대신 가에서도 크게 기뻐할 것이다. 그러니 속히 아즈치에 사자를 보내 알려드리도록 하라."

히데요시는 아사노 야헤로를 사자로 선발해 그날 바로 아즈치의 노부나가에게 서신을 보냈는데 그 내용은 다음과 같았다.

참으로 세월이 빠른 듯 오쓰기가 어느덧 열네 살이 되었습니다. 노모와 아내인 네네가 평소 눈에 넣어도 아프지 않을 만큼 사랑스러워하며 나가하마의 집 밖으로는 일절 내보내지 않습니다만, 그래서는 장차 대기의 자질을 부모가 꺾는 것과 같다고 여겨, 주고쿠를 공략할 때 진중으로 불러 일 년 동안 전선의 고단함을 몸소 겪으며 지내게 했습니다.

그로 인해 이젠 눈에 띄게 듬직한 무사가 되어 송구한 말씀이지만, 골격과 외모가 주군을 방불케 하는 면모를 보이기도 합니다. 하여 이번에 비추의 무기메시 산의 우에키 이즈모노카미 정벌을 위해 일만오천 대군의 대장으로 임명하여 초전에 나서게 했는데 불과 한 달도 되지 않아 개선하였고, 군사를 지휘하고 통솔함에 있어서도 부족함이 없을 만큼 훌륭하였으니 부디 함께 기뻐해주시길 바랍니다.

그런 연유로 오랜만에 주군의 건승한 모습을 뵙고 싶은 마음도 간절하여 세밑 인사를 겸해 찾아뵙고자 합니다. 자세한 것은 그때 말씀을 올리겠습니다만, 오쓰기도 이젠 어엿한 무사로 소임을 다하였으니 이번 기회에 관례를 올려 하시바 쇼쇼 히데카쓰羽柴少将秀勝라고 부르도록 하였습니다. 히데요시라는 이름은 주군으로부터 하사받은 것이며 '히데秀'는 부모로부터 물려받은 것입니다. 주군의 생각은 어떠하신지 모르겠습니다.

그는 부모로서 솔직한 심정을 토로했다. 노부나가는 서신을 받고 무척이나 기뻐했다. 그는 몇 번이고 편지를 반복해서 읽었다. 자신의 피를 이어받은 아들이 비록 신하의 가문에 양자로 들어갔다고 해도 부모의 입장에서는 어디서 어떻게 자라고 있는지 근심하지 않을 수 없었다.

"이 노부나가도 진심으로 기뻐하고 있다고 잘 전하도록 해라. 그리고 지쿠젠이 직접 세밑에 온다고 하니 학수고대하며 기다리겠다는 말도 함께 전하라."

사자인 아사노 야헤는 극진한 대접을 받은 뒤 히메지로 돌아갔다.

그 뒤 노부나가에게 또 다른 아들의 소식이 전해졌다. 오랫동안 고슈甲州에 볼모로 가 있던 막내아들 고보마루御坊丸가 고슈의 사자와 함께 아즈치로 돌아왔던 것이다.

신겐의 고간甲館

노부나가의 다섯째 아들인 고보마루는 오래전 미노의 이와무라岩村 성의 성주인 도오야마 카게도遠山景任에게 양자로 보낸 아들이었다.

겐기元亀 3년(1572년) 무렵, 성주인 도오야마가 몰락하자 고보마루는 적국인 가이의 다케다 가에 잡혀갔는데, 그 이래로 다케다 가쓰요리는 노부나가의 혈통인 그를 좋은 인질이라고 생각하며 기르고 있었던 것이다. 그런 고보마루를 고슈의 다케다가 일부러 보내왔으니 노부나가에게는 히데요시가 쓰기마루의 관례를 알려온 것 이상으로 기쁜 일이었음이 분명했다.

"그런가."

그렇게 말한 노부나가는 어른이 된 고보마루에게 '많이 컸구나'라는 말을 건넬 뿐 가신들과 함께 고슈의 사자를 환대하는 연회에 참석해 술만 권하고 있었다.

"어째서 고보마루 님이 돌아오신 것에 대해서는 그다지 기쁜 기색을 보이지 않는 것일까?"

가신들은 그런 노부나가의 모습을 의아하게 여겼다. 얼마 뒤, 고슈의 사신들이 만족해하며 돌아가자 노부나가는 곁에 있는 심복에게 넌지시 말했다.

"때가 온 듯하구나. 마침내 기다리던 때가."

그리고 노부나가는 다시 덧붙여 말했다.

"고슈의 세력도 어느덧 지는 해와 다름없구나. 우리가 원하지도 않았던 인질을 보내왔다는 것은 우리에게 잘 보이고자 하는 고슈의 교태가 아니고 무엇이겠는가. 이 한 가지만 보더라도 지난날 고슈 군의 기개는 쇠퇴한 것이 분명하다."

그는 자신의 아들이 무사히 성장한 모습보다 고슈 군의 쇠퇴를 먼저 직감한 것이다. 그리고 아버지로서의 기쁨보다 더 큰 기쁨을 홀로 맛보고 있었던 것이다. 자신이 직접 사자를 환대하며 흉금을 털어놓고 이야기했던 것도 사자의 입을 통해 자신의 직감을 확인하기 위해서였다.

"아아, 그런 깊은 뜻이 있으셨구나."

노부나가의 심복들은 나중에야 그것을 깨달았다. 노부나가는 평소에 모으고 있던 고슈의 근황이나 이번 사자들의 말 등을 종합해서 또 한 가지 고슈의 쇠퇴를 확신할 수 있었다. 그것은 다케다 가쓰요리가 이번 여름인 7월 이래로 조부 대대로 살고 있던 쓰쓰지가사키의 저택을 나와 '고신푸御新府'라고 칭하는 새로운 성을 고슈의 니라사키韮崎 부근에 쌓고 벌써 그곳으로 옮겼다는 사실이었다. 노부나가는 그것을 지적하며 말했다.

"신겐은 역시 신겐이었다. 그는 살아생전, 천하에 이렇게 말했다. 내 대에는 고슈 사 군 안에 결코 성곽을 쌓지 않고 해자 하나로 둘러싸인 저택으로 족하다고. 그런데 가쓰요리가 그곳을 나와 새로운 성으로 옮긴 것은 이미 부친인 신겐과 같은 자신감을 잃어버렸기 때문일 것이다."

노부나가는 서고 안에서 한 장의 지도를 꺼내 측근들에게 명했다.

"그것을 펼쳐보라."

아군의 첩자가 고생해서 그려온 고후甲府의 쓰쓰지가사키의 지도였다. 세상에서는 그것을 고간甲館이라고 칭하거나 오야가타御館라고 부르기도 했고, 또는 쓰쓰지가사키 성이라고도 했다. 하지만 그것은 결코 성의 양식으로 만들어진 것이 아니었다. 평범하고 평탄한 땅에 해자 하나를 둘러친 거대한 저택에 지나지 않았다. 그리고 동서 백오십 간間, 남북 백육십 간의 넓은 저택이었지만 흙으로 쌓아올린 십 척 정도의 제방과 사방의 문과 해자만 있을 뿐이었다.

"어떠한가? 이것만 보더라도 가이甲斐 일국을 성으로 삼고 있던 신겐의 기개를 알 수 있을 것이다. 하지만 아들인 가쓰요리의 대가 되자 오직 성은 고후와 니라사키밖에 남지 않았다."

노부나가는 지도를 들여다보면서 이미 가이를 자신의 손안에 넣은 것처럼 말했다.

진상품

다사다난했던 덴쇼 9년도 얼마 남지 않았다. 세밑이 다가오고 있었다.

히데요시는 '주고쿠의 총독, 하시바 지쿠젠노카미 히데요시, 아즈치로 상경'한다고 공공연히 밝힌 뒤 자신의 임지인 반슈의 히메지에서 떠들썩하게 출발했다. 앞서 서신으로 양자인 쓰기마루의 관례를 알리면서 세밑 인사를 하러 간다고 했던 터라 노부나가는 학수고대하며 기다리고 있을 것이었다.

히데요시는 관례를 올린 쓰기마루, 아니 하시바 히데가쓰와 함께 아즈치에 도착한 뒤 서둘러 성안에 도착했다는 소식을 전하고 일단 숙소로 들어갔다. 그 소식은 바로 노부나가에게 전해졌다.

"왔구나."

노부나가는 밝은 표정으로 즉시 측신인 호리 규타로 히데마사堀久太郎秀政와 스가야 규에몬菅谷九右衛門을 불러서 명했다.

"히데요시가 오랜만에 전쟁터에서 상경하였다. 다년간의 군무와 전쟁으로 마음고생이 심했을 터. 내일 아침 등성을 하면 그간의 고생을 위무할 것이니 그대들이 주연을 잘 준비하도록 하라."

"잘 알겠습니다."

"히데요시도 예전의 도키치로가 아니다. 지금은 몇 개의 나라를 소유한 제후이니 그것을 명심하고 준비하도록 하라."

"예, 소홀함이 없도록 오늘 저녁부터 만전의 준비를 다하겠습니다."

두 사람은 물러나와 선부에서 일하는 사람들을 불러 모아 주연 준비에 소홀함이 없도록 명하고 성 밖으로 나갔다. 사전에 히데요시의 내일 아침 등성 시각과 일행이 얼마나 되는지 상의하고 노부나가의 뜻을 전하기 위해서였다.

히데요시 일행이 머물고 있는 상실사 숙소는 아직도 혼잡했다. 호리와 스가야가 장막을 쳐놓은 현관에 이르자 후쿠시마 이치마쓰와 가토 도라노스케가 마중을 나왔다.

"어서 오십시오. 나리께서는 방금 여독을 풀기 위해 목욕을 하러 들어가셨습니다."

두 사람은 공손히 호리와 스가야를 맞이하며 경내의 대서원으로 안내했다. 두 사람은 그곳에서 목욕을 끝내고 나올 히데요시를 기다리면서 다과를 가지고 온 시종이나 인사를 하러 나온 가신들을 바라보며 서로 속삭였다.

"하시바 님의 가풍이라고 할까, 모든 사람에게서 거만하거나 아첨하는 듯한 모습도 없고 실로 밝은 기운이 느껴지는구려. 우리 가문의 사람들이 저리 보이면 좋으련만 그것이 마음대로 되는 일이 아니어서……."

그때 큰 복도 쪽에서 히데요시의 모습이 보였다. 뒤에서 따라오는 가신들이 뒤처질 만큼 그의 걸음걸이는 굉장히 빨랐다.

"오, 오셨습니까."

히데요시는 자리에 앉기도 전에 두 사람의 뒤에서 그렇게 말하며 자리에 앉았다.

"오랜만입니다. 무고하셨습니까?"

히데요시는 양손을 짚고 예를 취하고 나서 형식적인 인사를 건넸다. 호리 규타로와 스가야는 문득 예전의 도키치로가 아니라고 주의를 준 노부나가의 말을 떠올렸다. 그래서 이곳에 와서 인사를 할 때에도 주의를 기울이고 있었는데, 히데요시가 예전과 변함이 없는 태도로 인사를 하자 두 사람은 당황했다.

"이거 오랜만에 뵙습니다."

두 사람은 그렇게 말하고는 자리에서 일어나 공손하게 예를 취했다.

"그간 이렇듯 무탈하신 듯하니 그보다 기쁜 일은 없을 것입니다."

"자자, 편히 앉으시지요."

히데요시는 처음부터 전쟁에 대한 이야기를 꺼내더니 자신이 보지 못한 사이에 아즈치의 마을과 문화가 장족의 발전을 이루어 깜짝 놀랐다며 그 이야기를 계속하려고 했다.

"저, 실은."

스가야와 호리는 간신히 히데요시의 말을 제지했다.

"오늘은 우대신 님의 뜻을 받들어 사자로 온 것이어서."

"오, 주군의 사자로 오신 것입니까? 이거 송구합니다."

히데요시는 황망히 자리에서 조금 물러나더니 자세를 바로 했다.

"아직 보고만 올리고 직접 인사도 올리지 못했는데 주군께서 먼저 사자를 보내시다니 정말 송구합니다. 그런데 주군께서는 무슨 일로?"

"아니, 그리 송구해하실 필요는 없습니다. 우대신 님께서도 지쿠젠 님과의 만남을 학수고대하며 즐거운 마음으로 기다리고 계신 듯, 내일 아침 지쿠젠 님이 등성하실 때, 어떻게 대접해야 하는지에 대해 직접 말씀하셨습니다. 그래서 내일의 일정을 사전에 여쭙고 싶어서 이렇게."

"이거, 참으로 과분한 일입니다."

히데요시는 절을 한 뒤 내일 아침의 등성 시각을 말했다. 그리고 두 개의 목록을 내밀며 말했다.

"주군을 뵙고 나면 저는 곧 주고쿠의 임지로 가야 하기 때문에 이번 상경에서 세밀의 축하와 인사를 겸하고자 이렇듯 새로 평정한 지방의 특산물들을 가져왔습니다. 제 작은 선물이라고 말씀을 올리고 주군께 올려주시길 바랍니다."

한 개는 노부나가에게 올리는 목록이었으며, 또 다른 목록은 노부나가의 부인을 비롯한 측실들을 위한 것이었다.

"그리하도록 하겠습니다."

호리 규타로가 목록을 품속에 넣으며 말했다.

"그럼 피곤하실 터이고 저희도 내일 아침 준비로 바쁘니 그만 돌아가겠습니다."

"아니, 잠시만 기다려주십시오."

호리가 스가야를 재촉하며 일어서려는데, 히데요시가 그렇게 말하고는 갑자기 안쪽으로 들어가는 것이었다. 두 사람은 어쩔 수 없이 그곳에서 선 채로 기다렸지만 시간이 지나도 히데요시는 나오지 않았다. 두 사람은 히데요시가 무슨 연유로 기다리게 했는지 의아스럽게 여기며 대청으로 나왔다. 그리고 황량한 경내의 정원에 서리를 맞지 않도록 짚을 씌워놓은, 붉은빛이 희미하게 감도는 모란을 바라보며 서 있었다. 이윽고 발소리가 들리더니 히데요시가 와서 두 사람에게 말했다.

"오래 기다리셨습니다. 자, 가시지요."

두 사람이 놀라면서 뒤를 돌아보자 히데요시가 예복을 갈아입고 서 있었다. 두 사람이 물을 새도 없이 히데요시는 현관 쪽으로 앞서 걸어갔다. 어느 틈엔가 사자가 타고 온 말과 히데요시가 타고 갈 말도 현관 쪽에서 대기하고 있었다. 시종들이 우르르 앞다퉈 뒤를 따랐다.

어디를 가는지 물을 필요도 없는 듯했다. 예복으로 갈아입고 나온 것으로 보아 성으로 갈 생각인 듯했다. 하지만 그의 등성은 내일 아침으로 예정되어 있었기 때문에 지금 가면 성안 사람들이 당황할 테고, 노부나가도 전혀 예상하지 못하고 있을 터였다.

호리와 스가야가 조금 걱정스런 표정으로 뒤따라오자 히데요시가 돌아보며 말했다.

"비록 내일 아침에 등성하기로 되어 있으나, 주군께서 먼저 사자를 보내셨음에도 인사를 올리지 않는 것은 황송한 일일 것입니다. 그러니 오늘은 그저 객전에서나마 잠시 인사만 올리려고 합니다. 자, 그러니 먼저 가셔서 그렇게 고해주시길 바랍니다."

어디선가부터 희미한 등불이 하나둘 켜지더니 여인들의 쾌활한 목소리가 새어나왔다. 아즈치 성의 깊숙한 내전에서는 다가오는 봄을 맞이하기 위해 준비에 여념이 없는 듯했다.

가노 산라쿠獵野山樂가 그린 그림을 비롯해 조각 작품이 진열된 아즈치 성은 흡사 당대 거장들의 작품을 모아놓은 예술의 전당과도 같았다. 이곳의 주인인 우대신 노부나가 역시 예전에 머물던, 채 이십 년도 되지 않은 기요스의 작은 성과 비교하며 그런 감상에 젖을 것이 분명할 터였다.

내전과 중전 사이에 있는 당교의 난간에 서서 바라보자 무수한 부채를 겹쳐놓은 듯한 천수각의 오 층 처마와 사쿠라몬桜門[18] 전각의 큰 처마는 허공에서 아름다운 곡선을 그리며 서로 교차하고 있었다. 그리고 산 위에서 산기슭에 이르기까지 호장한 건축물의 벽과 지붕 숲 사이로 넓고 평평하게 펼쳐진 아즈치 성 아래의 시가지는 짙은 쪽빛의 황혼 속에서 별을 뿌려놓은 것처럼 등불의 바다를 이루고 있었다.

---

18) 오사카 본성으로 들어가기 위한 문으로 주변에 벚꽃이 많아 사쿠라몬이라는 이름이 붙었다.

"뭐라, 지쿠젠이 왔단 말인가?"

노부나가는 저녁을 먹기 위해 밥상 앞에 앉았다가 의외라는 듯 외치더니 이내 다른 방으로 걸음을 옮기며 시종들에게 재촉했다.

"하카마, 하카마를 내오너라."

그리고 저녁 시중을 드는 시녀들의 얼굴을 돌아보며 말했다.

"저녁은 나중에 먹을 터이니 상을 치우도록 하라."

노부나가는 시종들이 황망히 내미는 하카마를 받아 갈아입은 뒤 허리끈을 매면서 말했다.

"규타로, 구에몬. 지쿠젠은 어디까지 와 있느냐?"

호리 규타로와 스가야 구에몬은 노부나가의 당황하는 모습을 보며 송구한 듯 말했다.

"객전에 혼자 앉아 있습니다. 오늘은 멀리서 인사만 올리고 바로 숙소로 돌아간 후 예정대로 내일 아침 등성해서 알현을 청할 것이라고 했습니다."

"지쿠젠답구나. 가벼운 마음으로 인사만 하러 온 것이로군. 하나 기왕에 온 것, 얼굴도 보지 않고 돌려보낼 수 없는 법. 은밀히 만나도록 하겠다!"

노부나가는 그렇게 말하며 입었던 하카마를 벗었다. 그는 자연스러운 것을 좋아했다. 허물없이 대하면서도 그 속에서 격식을 지키는 것을 좋아했다. 그래서 격식을 차리지 않고 지나치게 허물없이 대하다가는 반드시 그의 격노를 사기도 했다. 사대주의를 싫어하는 듯했지만 군신 간의 예절이나 격식에는 철두철미한 편이었던 것이다.

만일 조금이라도 그것을 경시하면 어떤 중신이나 제후라고 해도 즉시 엄벌에 처했다. 그래서 측근이나 장수를 비롯한 문화 인사들도 노부나가를 알현할 때는 말 한 마디나 거동 하나에 극도로 주의를 기울이고 함부로 웃지 않았다. 그 때문에 노부나가는 때때로 조바심 같은 것을 느꼈다. 사람의 온정이나 인간미가 결여된 생활 속에서 살고 있는 자신에게 싫증을 느끼면서 갑자기 손님 앞에서 크게 하품을 하며 이렇게 말하기도 했다.

"아아, 매일 목상과 이야기하는 것은 참으로 따분하구나. 목상들은 아무리 불편해도 의관이나 허리띠를 풀 수 없으니 말이네."

그는 뭔가 마음에 들지 않으면 사람들을 목상이라고 했다. 아즈치의 전각에 있는 많은 사람 속에서 진솔한 생활과 인간미가 있는 사람을 찾았던 것이다. 그런 그에게 오늘 밤, 히데요시가 홀연 찾아온 것이었다. 게다가 노부나가의 말을 빌리자면 내일 아침 등성하겠다고 약속했음에도 의관이나 형식에 구애받지 않는 실로 상식 밖의 사내가 찾아온 것이었다.

"오, 지쿠젠, 오랜만이네."

노부나가는 하카마의 허리띠를 채 졸라매기도 전에 벌써 큰 걸음으로 객전에 와 있었다. 그리고 그곳에 혼자 앉아 있던 히데요시를 보자 손짓을 하며 말했다.

"참으로 반갑네. 내일 만날 것이라고 생각하고 있었는데 잘 왔네. 잘 왔어. 이곳은 너무 넓어서 추우니 어서 이쪽으로 오게."

그것은 전례가 없는 일이었다. 우대신인 노부나가가 직접 앞장서서, 게다가 자신의 거실로 안내했던 것이다. 히데요시는 그러한 주군의 환대에 황송해하며 무슨 말인가를 하려고 했다.

"주군, 아니 어찌."

하지만 노부나가가 개의치 않고 앞장서서 가자 히데요시는 몸을 숙인 채 황망히 쫓아가서 고했다.

"측신에게 명을 내려 부르시면 될 것을 어찌 이렇듯 직접 나오셨습니까."

"괜찮네. 어서 들어오게."

어느 틈엔가 노부나가의 거실 앞까지 와 있었다. 그날 밤, 노부나가는 정말로 기분이 좋은 듯했다. 그는 '히데요시에게 요를 내어주어라, 추우니 손난로를 주어라, 차보다 술이 좋겠다, 저녁은 먹었느냐'며 실로 세세한 부분까지 묻고 시종들에게 지시했다. 마치 친동생을 대하는 듯했다.

히데요시는 엎드린 채 감읍해서 그저 '예예'하고 대답밖에 할 수 없었다. 때때로 속에서 뜨거운 감정이 솟구쳐 오르는 것을 억제할 수가 없었다. 노부나가도 히데요시의 그런 모습을 보자 눈시울이 붉어졌다. 눈물이 많은 사내 둘이 만난 것처럼 두 사람은 시종과 근신의 시선을 의식하며 한동안 얼굴을 돌린 채 다른 곳을 바라보고 있었다. 이윽고 노부나가가 입을 열었다.

"오랫동안 염천 무렵부터 한겨울에 이르기까지 이나바, 호우기와 같은 벽지에서 고생이 많네. 늘 걱정하던 참에 이렇듯 보니 오히려 젊어진 듯하지 않은가. 지쿠젠, 이전보다 젊어졌구먼."

"아닙니다. 주군께서도 해마다 젊어지시는 듯합니다."

히데요시는 이곳에 오기 전에 깎은 면도 자국을 쓰다듬으면서 처음으로 웃었다. 술상이 들어오고 두 사람 사이에 몇 차례 술잔이 오갔다. 노부나가가 사람을 허물없이 대하는 일은 일족이라고 해도 좀처럼 없는 일이었다.

"오쓰기가 초전을 치렀다는 말을 듣고 어느새 갑주를 찰 나이가 되었구나 생각했네. 세월이 참으로 빠른 듯하네."

"주군께 한번 보여드리고 싶었습니다. 내일 아침에 데리고 오겠습니다. 나가하마의 아내와 노모에게도 보여주고 싶습니다."

"이곳까지 왔으니 당연히 보여드려야지. 자네도 나가하마에서 하룻밤 머물도록 하게."

"아닙니다. 그럴 틈이 없습니다. 반슈의 임지에는 아직 몇 년이나 처자식의 얼굴을 보지 못한 부하가 많은데 어찌 저 혼자 노모와 아내를 만나고 갈 수 있겠습니까."

"자신에게 너무 엄격한 것이 아닌가. ……그렇지. 다케다 가가 오랫동안 고슈에 볼모로 잡고 있던 다섯째, 고보마루를 돌려보낸 것을 알고 있는가?"

"예, 소문으로 들었습니다."

"어찌 생각하는가?"

"경사스런 일이라고 생각합니다."

"고보마루가 무사한 것이 말인가?"

"그것도 그렇습니다만, 또 한 가지, 다케다 가의 무운을 생각해서도."

"흐음."

두 사람은 많은 것을 말하거나 묻지 않았다. 그저 이심전심으로 고개를 끄덕였다.

"내년 봄, 산의 눈이 녹으면 고슈를 공략하려고 하는데, 어떠한가?"

"응당 그러해야 한다고 생각합니다. 다 익은 나무의 열매를 흔들어 떨어뜨리는 이치와 같을 것입니다."

"음, 꼭 그렇지만도 않네."

"도쿠가와 님을 설득해서 미카와 군도 돕게 하는 것이 좋을 것입니다."

"이에야스도 끊임없이 고슈 공략을 권했으나 오사카의 본원사 세력을 처리한 후가 좋을 듯하여 신중을 기하고 있었던 것이 지금에 와서 보니 오히려 다행인 듯하네."

"주군께서 고슈에 들어갈 무렵에는 제 군사들도 비추로 들어가 게이슈의 모리 중군을 공략하고 있을지 모르겠습니다."

"고슈와 주고쿠 공략, 어느 쪽이 빠르겠는가?"

"물론 고슈가 더 빠를 것입니다."

"지쿠젠."

"예."

"질 수 없다며 큰소리를 칠 줄 알았는데, 약한 소리를 하는군."

"모리와 다케다는 본래 그 강함이 다릅니다. 고 산과 협수가 험준하다고는 하나 그것이 무너질 때는 순식간입니다. 다케다 누대의 정예는 여전히 수만을 자랑하지만 이미 신겐이라고 하는 기둥이 사라졌고, 안으로 화합하지 못하고 있습니다. 게다가 지리적으로 문화와 멀리 떨어져 있어 무기나 전법도 이미 시대에 뒤처져 있다고 할 수 있습니다."

"주고쿠에 있으면서 그대는 오히려 고슈 방면의 동정에 정통하지 않은가?"

"자신을 알고 적을 알기 위해서는 어느 나라든 유심히 살필 필요가 있기 때문입니다. 다케다에 비하면 주고쿠의 모리는 결코 호락호락하게 흔적도 없이 사라지지 않을 것입니다."

"그리도 뿌리가 깊은가?"

"해운이 편리하고 해외로부터의 문화, 특히 물자가 풍부하고 사람들이 예리하고 지적입니다. 그러한 풍족함을 갖추고 있으면서도 일족들은 죽은 모리 모토나리가 남긴 유훈을 굳게 지키고 있으니 단지 무력만으로 그들을 전멸시키는 것은 불가능하다고 여겨집니다. 계속 공세를 가하면서 그들에게 뒤지지 않는 문화와 경략을 펼쳐 토착민들의 마음을 사로잡지 않으면, 성을 공격해서 빼앗아도 결국 최후의 승리를 거둘 수 없을 것입니다. 그러니 부디 주고쿠의 싸움이 지체되고 의도대로 되지 않더라도 요 몇 년 동안은 바람과 물결에 몸을 맡기고 대양을 여행하는 것처럼 너그러운 마음을 지니고 기다려주시길 청합니다."

노부나가와 히데요시는 밤이 깊어가는 것도 잊은 듯 끝없이 이야기를 나누었다. 방을 사이에 두고 대기하고 있는 근신들의 얼굴에 근심하는 기색이 역력할 정도였다.

"내일도 있고 하니 지쿠젠 님께 넌지시 주의를 주는 것이 어떻겠소이까?"

스가야 구에몬이 호리 규타로에게 작은 소리로 상의했다. 규타로가 고개를 끄덕이더니 이내 일어나서 마루를 돌아 두 사람이 있는 방으로 허락을 구하러 들어갔다. 그리고 히데요시의 뒤쪽으로 다가가서 슬쩍 시각을 알려주자 히데요시는 그제야 깨달은 듯 등불을 바라보며 말했다.

"벌써 밤이 이리 깊었습니까. 그것도 모르고 그만 이렇듯 오래."

히데요시가 자리에서 물러가려고 하자 노부나가가 규타로에게 무슨 일인지 물었다.

"내일 아침 일찍 등성해야 하고 또 밤도 너무 깊은 듯하여……."

"음, 그렇군. 지쿠젠도 여장을 푼 지 얼마 되지 않았으니 꽤 피곤할 텐데."

"아닙니다. 오히려 제가 너무 기쁜 나머지 주무실 시각도 분간하지 못하고……."

히데요시는 호리 규타로의 호의에 인사를 하고는 물러가면서 호리에게 물었다.

"아까 숙소에서 건넨 목록을 주군께 보여드렸습니까?"

"아직 그것조차 주군께 보여드릴 틈도 없었습니다. 지쿠젠 님을 이리로 안내해오자마자 이야기를 나누시느라."

"제가 실수를 했습니다. 그럼 나중에 전해주십시오."

히데요시는 그렇게 말하고 곧 노부나가의 거실에서 물러나왔다. 히데요시가 물러간 뒤 호리 규타로와 스가야 구에몬은 히데요시에게 받은 진상품 목록을 노부나가 앞에 내밀었다. 하나는 노부나가에게, 또 하나는 노부나가의 부인과 내실들에게 바치는 목록이었다.

노부나가는 목록을 펼쳐 진상품의 내역을 들여다보았다. 그리고 몇 번이나 눈이 커질 정도로 감탄했다. 여간한 물건을 보고는 놀라지 않는 노부나가도 꽤나 놀란 표정이었다. 특별하고 귀한 진상품인 것만은 분명해 보였다. 노부나가는 잠자리에 들기 전에 호리 규타로와 스가야 구에몬에게 다짐을 받았다.

"지쿠젠이 마음을 다해 올린 진상품을 보지 않는 건 그의 성의를 무시하는 것일 터이니, 내일 아침 지쿠젠이 그것을 산으로 옮길 무렵에 천수각 위에서 볼 것이니 반드시 내게 알리도록 하라."

호리와 스가야 두 사람은 무슨 일일까 하고 서로 얼굴을 바라보았다. 단순한 헌상품이 아닌 듯했다.

"사슴 한 마리라도 얼씬거리지 못하게 해야겠소이다."

노부나가가 진상품을 천수각에서 바라보겠다고 하자 두 사람은 한밤중임에도 불구하고 시종과 하인 들을 불러 산 위에서부터 길 아래와 현관 앞의 정원과 산기슭 해자의 당교 부근까지 구석구석 청소를 시켰다. 그리고 비와 호의 모래를 일대에 깔고 시야가 닿는 곳까지 깨끗하게 빗질을 하게 했다.

"내일 대체 어떤 분이 등성하시기에 이처럼 공을 들여 마중 준비를 하는 걸까?"

아직 자세한 내막을 모르는 사람들은 어리둥절했다. 대단히 지체 높은 귀인이라도 오는가 하고 짐작만 할 뿐이었다.

어젯밤 늦게 잤는데도 노부나가는 아침 일찍 일어났다. 그의 오른편 자리에 눈에 띄는 사람이 부름을 받고 와 있었다. 사카이의 센노 소에키였다. 다도가 중 한 명으로 다도 모임이 열리면 반드시 초대를 받았고, 또 평소에도 노부나가가 자주 부르는 사람이었지만 근래 들어 그를 본 것은 오랜만이었다.

오사카 본원사의 철거 후 추방당한 사쿠마 우에몬 부자의 죄목 중에 다도에 심취하고 풍류에 정신이 팔렸다는 구절이 있었던 것이다. 그래서 사람들은 노부나가가 불교에 대해 가혹한 처벌을 내린 것처럼 근래 유행하는 다도에 대해서도 똑같이 탄압할 것이라고 생각했다.

다도는 히가시야마도노東山殿, 즉 무로마치 팔 대 장군인 아시카가 요시마사足利義政 대부터 무가에 전해진 뒤 공식적인 향응이 된 이래로 일반 백성들의 가정에서도 교우交友나 심신 수양으로 이용되었다. 또 다도는 더 이상 유행이라고 할 수 없을 만큼 일상 속에 깊이 스며들어 있었다. 그런 만큼 다도에 종사하는 사람들은 다도의 다기가 사치스러워지는 것과 같은 악풍을 근심하기도 했다.

그런 와중에 다도가 사쿠마 부자를 추방한 죄목 중 하나가 알려지자 찻숟가락이나 다기를 닦는 비단 수건 등을 모으기 시작한 제후들까지 '차는 아예 멀리하는 것이 몸을 보존하는 길이다'라며 다도를 멀리하게 되었던 것이다.

그로 인해 자연스럽게 다도의 왕래도 사라지고, 사카이나 교토를 중심으로 소위 '다가茶家'라고 불리던 이들까지 숨을 죽이고 있었다. 그러한 때에 센노 소에키가 아즈치에 모습을 나타낸 것은 다도를 사랑하는 이들에게 한 줄기 서광이 비치는 것과 마찬가지라고 할 수 있었다.

그날 소에키는 아침 일찍부터 아즈치 성의 정원 안에 있는 다실에 들어와서 제자 한 명을 데리고 성에 찰 때까지 실내를 쓸고 닦고 바깥 청소를 하는 데 여념이 없었다. 이윽고 모든 청소와 다도회 준비가 끝나자 노부나가가 있는 거실로 와서 고했다.

"모두 마쳤으니 한번 보도록 하시지요."

노부나가는 고개를 끄덕이고 이내 함께 일어섰다.

다석茶席은 다다미 여섯 장 크기였다. 차를 넣어두는 차통에는 대해大海가 새겨져 있었다. 차통은 눈에 띄지만 화병에는 아직 꽃이 꽂아져 있지 않았다. 손님을 맞기 직전에 꽂기 위해 물독 옆에 있는 작은 통에 밑동을 담가두고 있었다.

"됐소."

노부나가는 한번 둘러본 뒤 밖으로 나왔다. 그러자 나무 그늘로 물러가서 거미처럼 땅에 이마를 대는 사람이 있었다.

"누구냐?"

노부나가가 묻자 뒤에 있던 소에키가 대답했다.

"제 제자입니다."

노부나가는 아무 말도 하지 않고 정원 끝 쪽으로 걸어갔다. 그리고 뒤를 돌아본 뒤 웃으며 말했다.

"소에키, 아직 서리도 녹지 않았는데 시각이 너무 이른 듯하지 않은가."

석가산의 정자에 나란히 섰을 때 소에키가 근래 다도가 쇠퇴한 이야기를 꺼내자 노부나가가 다시 웃으면서 말했다.

"그랬소? 모두들 그렇게 받아들이고 있었군. 왜 그리 잘못 받아들였는지, 나는 이제껏 다도를 금한 적이 없소이다. 하나 사쿠마와 같이 무능한 자가 다도에 빠지는 것은 다도의 폐해라고도 할 수 있을 것이오. 모두들 신명을 다해 싸우고 열심히 일하는데 저 혼자 유유자적 지내는 자가 있다면 용서할 수가 없으나 히데요시와 같이 다망한 사내에게는 권장하고 싶소. 오늘 아침의 다도는 모두 그와 같은 사내를 위해 준비한 것이오."

근신들이 와서 히데요시가 등성할 시각이 가까워졌다고 고하자 노부나가는 소에키를 남겨두고 천수각으로 갔다.

해가 높이 떠올라 겨울 아침을 따스하게 비추고 있었다. 나무 우듬지 위의 얼음꽃이 이슬과 함께 반짝이고 있었고 한눈에 내려다보이는 아즈치의 시가지도 서리에 젖어 있었다.

"훠이, 물렀거라. 훠이……."

산기슭의 성문에서 우렁찬 소리가 들려오자 노부나가는 유심히 바라보았다. 그의 옆에는 내실들과 아들들도 있었다. 근신과 시종 들도 모두 도열해서 눈부신 아침 햇살을 맞으며 바라보고 있었다.

"오, 저것인가?"

노부나가가 탄성을 질렀다. 노부나가를 놀라게 한 물건은 분명 범상한 물건이 아니었다.

"모두 저것을 보아라."

노부나가가 손으로 가리키며 주위에 있는 사람들을 돌아보았다.

"여봐라, 실로 대단하지 않은가. 저것이 모두 지쿠젠의 선물이라네. 이렇듯 주고쿠 진출의 증거까지 가지고 와서 진상하다니, 과연 히데요시구나. 하하하."

노부나가는 정말로 유쾌한 듯 하염없이 바라보며 웃고 있었지만 다른 사람들은 그저 넋을 잃고 바라보고만 있었다. 아즈치 성이 생긴 이래 유래가 없었던 일이다.

산기슭에서 눈 아래의 긴 언덕길 위에 있는 문을 통해 진상품을 싣고 오는 수레의 행렬이 꼬리에 꼬리를 물고 이어졌다. 아무리 바라봐도 행렬의 끝이 보이지 않을 정도였다. 그 사이에는 성장을 차려입은 하시바 지쿠젠노카미의 가신들과 무사들도 함께 있었다.

"아직, 아직도 끝이 보이지 않는구나."

노부나가는 어이가 없는 표정으로 되뇌었다.

"저 정도의 진상품은 분명 전례가 없을 것이다. 나조차 눈으로 본 것은 처음이다. 지쿠젠 놈, 이 아즈치 성의 문조차 좁게 느껴지게 하는구나. 참으로 천하에 둘도 없는 배포가 큰 대기大器로다."

목록은 어젯밤 일견했지만, 설마 이 정도일 줄은 생각하지 못한 듯했다. 노부나가는 주위의 모든 사람들이 다 들을 수 있는 목소리로 몇 번이나 그렇게 감탄했다.

진상품을 실은 수레의 수는 모두 이백하고도 수십 대에 이르렀다. 다문多門과 중문中門을 지나 대현관의 광장에 선두부터 차례대로 진상품을 내려놓기 시작했는데도, 산기슭의 문에서는 계속해서 수레가 들어오고 있었다.

정원 위와 신전의 신불 앞에 이르기까지 성안은 진상품으로 가득 찼다. 덮어놓았던 천을 벗기자 진상품들이 모습을 드러냈다. 그중 일부만 들면, 반슈播州의 스기하라가미杉原紙[19] 이백 속束[20], 안장 장식 열 필, 아카시明石의 명물인 말린 도미 천 상자, 도검 몇 자루, 다양한 노자토野里에서 만든 주물[21] 등 그 수와 품목이 헤아릴 수 없을 정도로 많았다. 즉 당시 사람들의 관습이나 상식으로는 상상할 수 없는 일이었던 것이다.

"보았는가?"

이윽고 본성으로 자리를 옮겨 히데요시를 기다리고 있던 노부나가는 어젯밤과는 달리 평소 제후들을 접견할 때 모습으로 돌아가 있었다.

"군무로 인해 오랫동안 문안을 올리지 못했습니다."

히데요시 역시 공손하게 예를 취했다. 그런 뒤 함께 온 양자 히데가쓰

---

19) 닥나무를 원료로 해서 만든 얇고 부드러운 종이로 중세 시대에 가장 많이 유통되었으며, 특히 무사 계급에서 특권으로 사용한 종이로 유명했다.

20) 1속은 약 500장.

21) 하리마播磨의 노자토에서 만든 주물은 전국 시대의 특산물로, 후일 도요토미가 조선을 침략하기 위해 대포와 화통 제작을 의뢰했을 정도로 유명하다.

를 불렀다.

노부나가가 만족한 듯 고개를 끄덕이자, 히데요시는 그 모습을 올려다 보며 속으로 만족감을 느끼고 있었다.

세계지도

주연 자리에는 히데가쓰도 동석했지만 이후 열린 다도 자리에는 히데요시만 부름을 받았다. 그 외에 니와 고로자에몬과 하세가와 단바노카미, 그리고 의원인 도산道三이 오쓰메御詰め[22]로 동석했다.

다도회를 주최한 노부나가는 어느 틈엔가 간소한 의복으로 갈아입고 있었다. 소에키는 다실 뒤편의 차를 만드는 곳에서 꼼꼼하게 지시를 하고 있었다.

"지쿠젠, 다지마와 이나바 등지의 진중에서도 가끔씩 차를 마시고 있는가?"

노부나가가 물었다. 노부나가는 화로에 걸린 이가 빠지고 울퉁불퉁한 낡은 솥을 바라보고 있었다. 말하는 폼에서도 다도회를 주최한 주인의 마음가짐이 엿보였는데, 정중하면서 친근함이 묻어 있었다. 그것은 신하와의 대화라기보다 차를 즐기는 벗을 맞이하는 태도였다.

---

22) 다도 모임에서 주최한 사람을 도와 시중을 들거나 다도가 원활하게 진행되도록 돕는 역할을 하는 사람.

"예, 그런데 그것이 마음과는 달리 좀처럼……."

히데요시도 느긋한 태도를 보이며 말했다.

"아무래도 차와 저는 하나가 될 수 없는 듯합니다. 어쩌다 마음이 동해서 마시는 적도 있지만 그것은 드문 일입니다. 더구나 이런 청결한 다실에서 마시는 것은 더욱 드문 일입니다."

고로자에몬 나가히데가 웃으며 말했다.

"아닙니다. 오히려 그런 지쿠젠 님의 마음이 차의 정신과 맞는 듯합니다. 일정한 법식에 얽매이지 않으면서도 자신만의 예법을 갖추고 있는 듯하여 오히려 부러울 정도입니다."

"과찬의 말씀입니다. 차의 정신이라는 것도 아직 가늠하지 못하는데 어디를 봐서 그리 칭찬을 하시는지 모르겠습니다."

"그런 망연함과 광막함이 바로 그렇습니다. 가령 봄에 아지랑이가 피어오르는 드넓은 세상처럼 가슴속에 바다를 품고 있으면서도 우뚝 솟은 산도 있고, 드넓은 들판도 있는 듯하지만 한편으로는 없는 듯하기도 한, 그와 같은 상태 말입니다."

"그저 망연하고 광막한 상태가 좋다는 말씀인지요?"

"그리 생각합니다."

"그럼, 차의 마음이란 망연한 상태로 있을수록 좋은 것입니까?"

"아니, 그렇게 말할 수는 없습니다. 그것은 지쿠젠 님에게만 국한된 것이라 할 수 있습니다."

"너무 난해하여 이해하기 어렵습니다."

"그런 것을 지쿠젠 님은 너무도 쉽게 지니고 계신 듯하니."

"아무것도 모르기 때문에 그런 것인지요?"

"하하하, 이래서는 아무리 말씀을 드려도 동문서답이 될 듯합니다."

소에키는 흥미 깊은 듯 손님들의 이야기를 다실 뒤편에서 가만히 듣고 있었다.

노부나가가 직접 차를 만드는지 다실이 조용해졌다. 차를 따르는 소리가 조용히 들려왔다. 찻잔 하나를 채울 정도로 잠깐 들린 소리였지만 그것은 다실의 적막을 깨기에 충분했고 듣기에 따라서는 천 길 아래로 떨어지는 폭포 소리처럼 크게 들렸다.

차솔 소리가 들리더니 주인이 차를 권하고 손님이 찻잔을 받아들었다. 그런 주객의 소리를 소에키는 꼼짝도 하지 않고 귀를 기울여 듣고 있었다. 손님들에게 차를 한 잔씩 대접한 뒤 노부나가는 자신도 차를 한 잔 마시며 손님과 함께 세상 이야기를 나누었다. 그리고 차 도구와 다판茶板 등을 손님에게 구경시켜준 뒤 자리에서 일어났다. 그러자 다른 사람들도 옆방으로 자리를 옮겨 한담을 나누었다. 노부나가는 다시 그곳으로 와서 손님 한 사람 한 사람에게 인사를 하며 말했다.

"모두 즐거웠는지 모르겠소이다. 그럼 잠시 천천히 이야기를 나누도록 하시지요."

주군이 주인이었고, 신하가 손님이었다. 평소의 입장이 완전히 뒤바뀐 듯 보였지만 주군이 다회를 연 주인인 이상, 손님에게 공손히 대하고 예를 취하는 것이 다도의 예였다.

평소 군신들을 위에서 내려다볼 뿐 황실에 등청했을 때 외에는 머리를 숙일 일이 없었던 노부나가에게 그날 밤은 좋은 수행의 자리였다. 공손히 손님의 시중을 드는 데 한 치의 소홀함이 없도록 시종일관 마음을 쓰는 것이 노부나가의 성격에는 맞지 않았지만, 그는 다실에서 더없이 자연스럽게 그 역할을 수행하고 있었다. 주군이 신하가 되고 신하가 상좌에 앉는 것은 비록 잠시 동안의 놀이와도 같았지만 서로에게 좋은 반성의 계기가 되기도 했다.

"주인분께서 어느덧 다도의 예법을 완전히 몸에 익히신 듯하여 그만 넋을 잃고 바라볼 정도였습니다."

그날의 주객인 히데요시가 말미에 그렇게 이야기하자 니와 고로자에몬 나가히데가 옆에서 거들었다.

"그럴 것입니다. 실례의 말씀이나 이곳 주인분께 무슨 일이건 불가능한 일은 없으니 말입니다. 이제껏 한 번도 불가능하다고 말씀한 적이 없으십니다. 다도를 배움에 있어서도 늘 오케하자마나 나가시노의 싸움에 임했을 때의 마음가짐으로 임한다고 하셔서 교토의 다이고쿠안大黑庵도 깜짝 놀라고 말았습니다."

노부나가는 잠자코 웃으면서 손님들의 말을 듣고 있었다. 히데요시가 물었다.

"다이고쿠안이 누구신지요?"

"교토의 육각당六角堂 옆에 살고 있는 다케노 죠오武野紹鷗[23]입니다."

"아, 죠오 말씀입니까?"

"이곳 주인분도 처음에 그 죠오에게 지도를 받으셨는데 근래에는 사카이의 센노 소에키에게 가르침을 받고 계십니다. 그러니 다도에 대한 조예가 깊어지는 것은 당연한 일이라고 할 수 있을 것입니다."

"소에키는 스승으로 부족함이 없을 것입니다."

"오다 군이 처음으로 사카이에 들어갔을 때, 함께 갔던 지쿠젠 님이 인사를 온 소에키를 보고 한눈에 '명기名器'라고 말씀하셨다 하지 않았습니까?"

"하하하, 그랬지요."

"훗날 그 말을 떠올리셨는지 아즈치로 부르셔서, 근래 이곳의 주인분

---

23) 전국 시대의 다인茶人인 사카이 출신의 거상이다. 다케노 죠오는 일본 차 문화의 성립과 번성에 크게 이바지한 인물로 만년에 교토에 다이고쿠안大黑庵이라는 다실을 지어서 다이고쿠안이라고도 불렸다. 일본 제일의 다인으로 불리는 센노 리큐千利休도 그의 문하다.

께서 종종 지쿠젠은 대기大器, 소에키는 명기라고 하며 아끼고 계십니다."

노부나가가 처음으로 중간에 끼어들며 말했다.

"지쿠젠은 그 후, 오랫동안 소에키와 못 만나지 않았나?"

"예, 세 번 정도 만난 적은 있었습니다만 주고쿠로 간 후로는 아직."

"다행이군. 나중에 이리 부르겠네."

"이곳에 와 있습니까?"

"부엌에 있네."

"그럼 꼭 만나고 싶습니다."

그렇게 기다리고 있는데 마루를 돌아서 걸어오는 발소리가 들렸다.

"소에키인가?"

"예."

"들어오게."

장지문이 열리더니 겨울 햇살 속에 소에키의 모습이 보였다. 소에키가 합석하자 자리는 한층 활기를 띠었다. 대부분 가벼운 세상 이야기와 다기에 대한 이야기였다. 다기에 대한 이야기가 나오자 소에키가 당唐의 차통에 대해 꽤 상세하게 설명했다. 그러자 그때까지 아는 듯 모르는 듯 가만히 앉아 있던 히데요시가 갑자기 그런 화병과 차통을 들여오는 명나라의 풍속과 기후와 산천, 그리고 넓은 땅 등에 대해 흡사 두 눈으로 보고 온 것처럼 득의양양 이야기하기 시작했다.

"국내 상황이 대략 안정을 찾게 되면 이곳 주인께서도 한 번 명나라로 건너가셔서 장강천리長江千里라고 불리는 강줄기를 거슬러 올라 남종북화南宗北畵 등에서 자주 볼 수 있는 그런 곳에 다실을 짓는 것은 어떠하실까 합니다."

노부나가는 입가에 웃음을 머금고 일일이 고개를 끄덕이며 손님의 말에 귀를 기울였다. 소에키도 싱글싱글 웃으며 히데요시의 말을 들었다. 그리고 히데요시에게 말했다.

"그 말씀을 들으니 생각이 났습니다만, 마침 제 제자 중에 지쿠젠노카미 님을 뵙고 인사를 올리고 싶어 하는 자가 있습니다."

"소에키 님의 제자라니 대체 누구입니까?"

"예, 설마 잊지 않으셨을 것입니다. 어릴 적에는 오와리의 나카무라에서 자주 함께 놀았다고 하며, 어른이 된 후에는 나가하마 성에서 돌봐주셨다며 본인은 일생의 은인이라고 말하고 있습니다."

"아, 생각이 났소이다."

히데요시는 무릎을 치며 말했다.

"오후쿠가 아니오? 본래 기요스의 다완집 스데지로의 아들이었는데 후일 떠돌아다니던 그를 나가하마 성으로 데려가 돌봐준 적이 있소만."

"맞습니다. 그 후쿠타로입니다."

"오후쿠가 소에키 님의 제자가 된 줄은 몰랐소이다. 대체 어떤 연유로?"

"사카이의 미나미노쇼南之莊에서 옻칠을 하는 소유라는 사람이 있습니다. 소유라고 하면 잘 모를 것입니다만, 본명은 스기모토 신자에몬杉本新左衛門이고 그가 칠한 칼집을 '소로리 칼집'이라고 불러 세상에는 소로리會呂利 신자에몬이라는 이름으로 널리 알려져 있습니다."

"아아, 소로리 말이오?"

옆에 있던 니와 나가히데가 고개를 끄덕이며 말했다. 의원인 도산도 알고 있는 표정으로 미소를 지었다. 소에키가 다시 말을 이었다.

"제가 그 소로리 가와 인연이 있어 오후쿠를 제자로 삼게 된 것입니다. 가끔 차를 넣는 용기를 칠하기 위해 들렀지요. 그런데 어느 날, 낯선 사내가 옻의 염료를 거르거나 옻칠을 하지 않은 나무를 닦고 있는 것을 보았습니다. 일하는 폼이 성실하고 붙임성도 있어 눈여겨보고 있었는데 어느 날 제게 차를 배우고 싶다며 청해왔습니다. 직인이 그런 걸 배워 무엇 하려는지 묻자 차 도구를 만드는데 차의 마음을 배우지 않으면 좋은 다기를 만들 수 없다고 했습니다. 스승인 소로리도 어딘지 모르게 재미있는 구석이 있다며 한동안 아래에 두고 일이라도 시켜달라고 부탁했습니다. 그런 연유로 삼 년 정도 곁에 두고 지켜봤는데 소질도 있어 언젠가 어엿한 다인이 될 듯하여 즐거운 마음으로 가르치는 중입니다."

"그렇소이까? 그 말을 들으니 왠지 저도 마음이 놓입니다. 나카무라에 있을 때부터 친구 사이여서 가끔 생각이 났습니다."

"그럼 정원으로 부를 터이니 만나보시겠습니까?"

"여기 와 있소이까?"

"함께 데리고 와서 청소를 시키고 있었습니다."

아까부터 손님들의 이야기를 방해하지 않기 위해 말하는 것을 삼가고 있던 노부나가가 갑자기 웃으며 히데요시에게 말했다.

"나도 그 오후쿠라는 사내가 생각이 났소이다. 지쿠젠이 아까 득의양양 이야기하던 명나라에 대한 지식은 오후쿠의 부친인 다완집 스데지로에게 들은 것이 아니오? 그러고 보니 언젠가 내가 오후쿠에게 들었던 이야기와 그다지 다른 점이 없는 듯하군."

히데요시는 멋쩍은 듯 머리를 긁적이며 말했다.

"주인분께서는 언제 오후쿠를 불러 친히 명나라에 대한 이야기를 들으셨던 것입니까?"

"꽤 오래전 일이지만, 소에키가 자신의 제자로 삼은 사내 중에 보기 드문 출생 이력을 가진 자가 있다고 했네. 십수 년 동안 도기 기술을 배우기 위해 명나라 경덕진으로 건너가서 그곳의 여자와 결혼해 아이까지 낳았는데 고향으로 돌아올 때, 그 아이를 데리고 와서 이곳의 다른 아이들과 똑같이 키웠다고 했네. 그 다완집 스데지로의 아들이 바로 지금의 소에키의 제자인 오후쿠라는 말도 했네."

"이거 저보다 훨씬 더 상세히 알고 계시는 듯합니다. 주인분도 또 소에키 님도 짓궂으십니다. 저는 그런 줄도 모르고……. 그런데도 두 분께서는 제가 득의양양 명나라 이야기를 하는 것을 가만히 듣고만 계셨단 말입니까."

"하하하, 절대로 손님을 놀릴 마음은 없었네. 지쿠젠도 해외의 다른 나라에 꽤나 관심을 가지고 있구나 하고 귀를 기울이며 명나라에 대한 지식을 얻고자 한 것뿐이네."

"주인분께 제 얕은 지식이 완전히 간파당한 것 같아 부끄러울 뿐입니다."

"아니네. 우리나라에서는 아직 조정의 관리는 물론 제후나 식자라고 자임하는 이들이라도 명국에 대해 물으면 어떤 나라인지, 또 여송이나 천축 등에 대해 물어도 어디에 있는 어떤 나라인지 모르는 자가 태반이네. 그런데 지쿠젠은 다회에서 당나라 차통이나 이국의 찻잔 하나를 보더라도 그것을 통해 해외의 사정과 문물을 알려고 하네."

"송구합니다. 사실은 어릴 적 다완집에서 일하면서 스데지로에게 그런 이야기를 듣는 것이 즐거움 중 하나였습니다. 하지만 그 이후로는 그런 사정에 밝은 사람을 만날 기회가 없어서 그 정도의 지식밖에 가지고 있지 못합니다."

"내일 밤, 다시 등성하도록 하게. 아즈치에 모아놓은 해외 물품들을 모두 보여주도록 하겠네."

"꼭 보고 싶습니다."

"또 자네도 내가 인정할 만큼 대인大人이나 그런 대인이 몇 명 더 있으니 그들을 만나게 해주겠네. 그들에게 여송, 네덜란드, 천축 등 남만 각 주에 대한 자세한 이야기를 듣도록 하게."

"먼 이국에 대해 그리 밝은 인물이 있습니까?"

"있네."

"아, 선교사입니까?"

"아니네, 아니야."

노부나가가 웃으며 손을 내저었다.

"오늘은 다회이니 그에 대해서는 내일 이야기하세. 내일 밤 다시 오도록 하게."

얼마 뒤, 히데요시를 비롯한 손님들은 주인인 노부나가와 소에키의 배웅을 받으며 정원의 사립문을 나왔다. 침엽수 나뭇가지 사이와 솔잎이 푹신하게 쌓인 길 위로 햇살이 쏟아지고 있었다. 그런데 방금 다실의 사립문을 나와 아즈치 정원으로 돌아가는 히데요시를 좇아 숨을 헐떡이며 쫓아온 사람이 있었다.

"저기, 나리!"

히데요시는 발길을 멈추고 사내가 다가오기를 기다렸다. 사내는 일꾼들이 입는 갈포葛布로 만든 하카마에 소매가 없는 남색 목면 옷을 입고 있었다. 사내가 히데요시 앞에 엎드리며 말했다.

"오랜만에 뵙습니다. 나가하마에서 승낙을 받고 떠났던 다완집 후쿠타로입니다."

"오, 후쿠타로!"

히데요시는 무릎을 치며 자리에 쪼그리고 앉아 흡사 일가친척이라도 만난 듯 반가워했다.

"잘 지냈는가? 이거 사람이 완전히 달라지지 않았나. 그 후로 사카이의 소에키 문하에 들어가서 다도 수행을 하고 있다고 들었는데, 그 말을 듣고 안심했네. 열심히 공부하게."

히데요시는 먼 옛날 친구로 지내던 시절을 떠올리는 듯 친근하게 오후쿠의 어깨에 손을 얹고 격려했다. 그 시절을 떠올리는 것은 오후쿠에게 괴로운 일이었다. 또 지금은 신분의 차이가 너무나 컸다. 오후쿠는 납작 엎드려서 말했다.

"그 말씀을 드리면 분명 기뻐하시리라 여겨, 무례를 무릅쓰고 이렇게 돌아가실 때를 가늠하며 기다리고 있었습니다."

"아주 기뻤네. 흡사 내 일처럼 기뻐하며 들었네. 주고쿠의 단다이 하시바 지쿠젠노카미와 다도의 제자인 오후쿠는 서로 가는 길은 다르지만 좋은 세상을 만들고 사람들을 이롭게 하며 더불어 자신을 완성해가려고 하는 뜻은 같을 것이네. 지금도 여전히 세상은 싸움이 끊이지 않으나 반드시 다음 세대에는 자네들의 역할이 중요해지는 세상이 올 것이네. 그때까지 쉼 없이 정진하도록 하게."

"황송합니다."

"그럼 또 만나세."

"……건강하십시오."

오후쿠는 솔잎 위에 꿇어앉은 채 히데요시의 모습이 야구라몬櫓門 안으로 사라질 때까지 바라보고 있었다.

히데요시는 기쁜 마음으로 숙소로 돌아왔다. 다회도 아주 유쾌했고 오후쿠가 자신에게 맞는 길을 찾아 올바른 삶을 살아가고 있다는 사실을 알게 된 것도 기뻤다. 그는 자신이 알고 있는 주위 사람들 중에 단 한 명이라도 불행한 사람이 있으면 마음이 쓰였다. 먼 친척부터 고향의 옛 친구들까지 자신을 믿고 있는 사람이라면 늘 신경을 쓰고 도우려 했다. 그것은 다른 사람을 위해서가 아니가 자기 자신이 행복하고자 하는 바람에서 기인하는 것이었다.

히데요시는 상실사 숙소로 돌아오자 아즈치에서 얼마 멀지 않은 나가하마를 생각하면서 오랜만에 그곳에서 집을 지키고 있는 노모와 아내인 네네에게 편지를 썼다.

다음 날, 히데요시는 하루만이라도 진중의 피로와 여독을 풀기 위해 느긋하게 숙소에서 머물려고 했지만 주변에서 그것을 허락하지 않았다.

"지쿠젠 님은 계신가?"

아침 일찍부터 손님이 찾아왔다. 이케다 노부테루와 다키가와 가즈마스였다. 그들이 돌아가자 사사 나리마사를 시작으로 하치야 요리타카가 찾아오더니 이치바시 구로에몬과 후와 가와치노카미가 함께 들렀다. 그리고 오후가 지나자 교토의 지체 높은 귀인부터 사자와 근교의 승려들이 갖가지 물건을 들고 와서 그의 숙소는 문전성시를 이루었다. 마침 세밑이라 세밑 인사를 하기 위해 아즈치로 온 제후가 많았기 때문이기도 했다. 내일은 북쪽의 시바타 가쓰이에도 아즈치로 온다고 했고, 또 마에다 도시이에前田利家의 숙소에도 수많은 짐이 도착했다는 얘기가 들렸다.

히데요시는 손님들을 응대하느라 정신이 없었고 누가 무슨 말을 하든 그다지 개의치 않았지만 많은 사람이 고레도 미쓰히데에 대해 이런저런 말을 하는 것에는 마음이 쓰였다.

"아케치 님에게 무슨 안 좋은 일이라도 있는 것일까?"

"세밑 헌상품으로 몇 마리의 명마를 끌고 와서 우대신을 알현했는데 뭐가 마음에 들지 않았는지 우대신은 그것들을 바로 물렸다고 하더군."

그렇게 말하는 사람이 있는가 하면 이렇게 말하는 사람도 있었다.

"어젯밤, 호소카와 님을 비롯해 많은 사람에게 연회를 베푼 자리에서 아케치 님이 여느 때와 달리 냉담한 얼굴로 술을 마시는 사람들을 바라보자 우대신 님이 달갑지 않았는지, 미쓰히데 님께만 큰 잔에 술을 내리며 마시라고 강요해서 일순간이지만 분위기가 험상궂어졌다고 하더군."

또 이렇게 말하는 사람도 있었다.

"어디서 나온 말인지는 모르지만, 여기저기서 그들에게 아무래도 딴

마음이 있는 듯하다는 말을 얼핏 들었네."

그런 말을 하는 사람들은 모두 일국일성의 주인이거나 장수였다. 그들은 자신들이 맡은 중책에 책임감을 느끼고 자중하고 있을 때에는 모두 그에 맞게 행세했지만, 술자리에서 술에 취해 담소를 나눌 때에는 그만 마음이 풀어졌는지 자신도 모르게 그런 말들을 해서 파문을 일으키는 경우가 많았다.

남자들은 나이를 먹어도 동심을 잃지 않았다. 특히 전국 시대의 무장들은 모두 그런 어리석은 면모를 지니고 있었다. 그리고 그런 면모는 서로 모여서 술이라도 마시거나 잡담을 나눌 때에는 더욱 도드라졌다. 그래서 그런 말들이 나오는 것인지도 몰랐지만, 노부나가를 비롯해서 아즈치를 중심으로 한 제후들 중에 그런 유치한 면모가 전혀 없는 인물을 들라고 하면 누구든 고레도 휴가노카미 미쓰히데라고 말할 것이 분명했다.

아케치에 대한 이야기가 나오면 누구나 그의 지성과 냉정한 풍모를 떠올릴 만큼 아케치는 다른 사람들의 눈에 뛰어나고 차가운 인물로 비치고 있었던 것이다. 히데요시와 비교해도 뒤지지 않는 그의 전공과 오다 가 최고의 총명함과 지식에 대해서는 누구나 속으로 탄복하고 있었지만, 지나칠 만큼 겉으로 드러나는 교양 있는 인품 때문인지 그는 어느 누구와도 친해지지 못했다. 그래서 사람들 사이에서는 오히려 멀리 떨어져서 그를 관조하고 싶어 하는 분위기조차 형성되어 있었다.

그날 하루 숙소에서 느긋하게 하루를 보내려고 생각했던 히데요시가 아침부터 저녁까지 꼬리에 꼬리를 물고 찾아온 방문객들이 쏟아내는 잡담에 때때로 '남의 험담을 하는 데에도 정도가 있다'는 듯한 기색을 보였으리라는 추측과는 달리, 히데요시는 전혀 다른 반응을 보였다. 그는 '아무래도 아케치 님에게 모반의 징후가 보인다'라고 하는 손님이 옆에 있으면 그 사람을 쳐다보지도 않고 큰 소리로 다른 손님과 이야기에 열중하며 이렇게 짐짓 딴소리를 했다.

"하하하, 그렇소이까. ……흐음, 그거 아주 맛이 있겠소이다. 나도 진중에 돌아가면 꼭 먹어보도록 하겠소이다."

겨울철 진중에서 음식이 부족할 때, 투구를 냄비로 삼아 멧돼지 고기나 산새를 먹었다는 이야기를 진지하게 들으며 하는 말이었다. 그럼에도 한쪽의 손님들이 다른 사람의 험담을 하는 데 신이 나서 미쓰히데의 시시비비를 계속 이야기하면 이렇게 말하기도 했다.

"귀공들도 딱하시오. 그런 풍설은 소위 적국에서 들어온 자가 퍼뜨린 경우가 대부분인 유언비어이오. 고레도 님에 대한 소문도 얼마 전 찾아왔다는 고후 사신들이 퍼뜨린 게 아닌가 싶소. 그것이 다른 사람에 대한 말이라면 말을 옮겨도 상관없을지 모르나 언제 자신이 그런 신세가 될지 모르니 조심, 또 조심하는 것이 좋을 것이오."

히데요시가 그렇게 말하며 껄껄 웃으면 사람들도 히데요시와 똑같이 껄껄 웃었다. 그리고 어느새 방금 전까지 했던 미쓰히데에 대한 말을 까맣게 잊어버렸다.

"이거 벌써 날이 저물어가는군. 실은 오늘 밤, 주군께 인사를 올리기 위해 다시 등성하고 내일 아침에는 주고쿠로 돌아갈 예정이라, 실례지만 이제 그만……."

히데요시는 그 기회를 이용해 손님들을 재촉하며 목욕탕으로 들어가 버렸다. 시간이 없다는 것은 핑계가 아니었다. 내일 새벽에 출발하기 위해 분주히 짐을 싸고 있는데 손님들이 끊이지 않아 가신들이 곤란해하고 있었던 것이다. 그것을 눈치챈 히데요시는 목욕을 끝내고 나오자마자 의복을 입으면서 다 필요 없으니 짐은 간소하게 꾸리라고 이야기했다. 그런데 그 말이 밖으로 전해지기도 전에 하인이 와서 고했다.

"고레도 휴가노카미 님이 찾아오셨습니다. 마침 같은 날 아즈치에 왔으니 오랜만에 만나고 싶다고 하십니다."

"뭐라? 휴가노카미 님이 왔다고?"

히데요시는 왠지 우연이라는 느낌이 드는 한편, 등성 시간이 가까워서 때가 좋지 않다는 마음이 들었지만 이내 이렇게 말했다.

"서원으로 모셔라. 그리고 잠시 기다려달라고 말씀드려라."

머리를 다시 묶을 시간이 필요했던 히데요시는 비녀와 빗을 가져와 혼자서 머리를 묶었다.

"곧 등성할 것이니 말에 안장을 얹고 대문에 대놓아라."

히데요시는 밖에서 대기하고 있는 근신들에게 그렇게 명한 뒤 바로 서원 쪽으로 향했다. 사원이어서 보통 저택과는 달리 저물녘 시간에는 어딘지 중후하면서도 어슴푸레한 느낌이 들었다. 히데요시가 서원의 문을 열자 미쓰히데는 아직 등불을 켜지 않은 방 한가운데에 하얀 얼굴로 숙연히 앉아 있었다.

"이거 오랜만에 뵙습니다."

히데요시의 목소리가 종소리처럼 가람을 뒤덮고 있는 적막을 깨뜨렸다. 주인이 밝은 모습으로 대하자 손님 역시 쾌활하게 답하지 않을 수 없었다.

"이거, 지쿠젠 님은 여전히 밝고 건강하신 듯합니다."

미쓰히데는 최대한 밝게 보이려고 했다. 하지만 조금 이야기를 나누는 사이에 그러한 노력은 곧 안개처럼 사라지고 역시 본래의 지성적인 모습으로 돌아가 있었다.

미쓰히데는 이마에서부터 높은 콧대에 걸쳐 총명함이 반짝이고 있었다. 그는 해가 바뀌면 꼭 쉰다섯 살이었다. 범재라도 오십사 년 동안 경륜이 쌓이면 저절로 중후함이 느껴지기 마련이었다. 하물며 난세 속에서 심신을 갈고닦고 역경 속에서 교양을 쌓으며 입신한 그에게는 말로는 표현할 수 없는 깊이가 묻어났고 그윽한 향취마저 느껴졌다.

'참으로 훌륭한 무사로구나.'

히데요시도 그것을 절실히 느낄 수 있었다. 노부나가가 그토록 총애한 것도 무리가 아니라는 생각이 들었다. 단바의 가메야마 성에서 오십사만 석을 소유한 제후로서 조금의 부족함이 없는 인품이라고 느껴졌다.

"지쿠젠 님, 무엇 때문에 그리 웃고 계시는지요?"

문득 말이 끊긴 사이에 미쓰히데가 묻자 히데요시는 넋을 잃고 유심히 바라보던 자신의 시선을 깨달았다.

"하하하, 아무것도 아닙니다."

히데요시는 황망히 그렇게 말하며 어물쩍 넘어가려다가 미쓰히데가 옥생각할지 모른다는 생각에 자신도 모르게 말했다.

"미쓰히데 님도 어느덧 앞머리의 머리숱이 적어진 듯합니다."

그리고 다시 덧붙였다.

"노부나가 공께서 심술궂게 저를 가리켜 원숭이라고 하는 것처럼 미쓰히데 님을 보고 '긴카金貨'대머리라고 하십니다. 평소에 단바의 대머리가 잘 싸우고 있다고 하시며 자주 말씀하십니다. 하하하, 지금 미쓰히데 님의 머리를 보고 있자니 문득 주군의 장난스런 말씀이 떠올랐던 것입니다. 어느 틈엔가 서로 이렇게 나이를 먹었나 봅니다."

히데요시는 자신의 귀밑머리를 쓰다듬었다. 그의 머리는 아직 검었는데 그것이 미쓰히데보다 아홉 살 어리다는 사실을 잘 보여주는 듯했다.

"지쿠젠 님은 아직도 젊습니다……."

미쓰히데는 십 년만 젊었으면 하는 부러운 표정으로 히데요시를 바라보았다. 그리고 자신의 대머리가 화제에 오르자 꽤나 마음이 홀가분해진 듯했다. 그는 말하고 싶은 것은 무엇이든 말할 수 있는 히데요시의 성격이 부러웠다.

미쓰히데는 그날 저녁 단바로 돌아가야 하기 때문에 그저 얼굴이나 한 번 보러 들렀다고 했지만, 히데요시는 그에게서 가슴속에 있는 생각을 솔직히 털어놓고 싶어 하는 듯한 기색을 느꼈다. 그럼에도 미쓰히데는 쉽사리 그 말을 꺼내지 못하고 있었다. 그러자 곧 나가야 할 시간인 데다 미쓰히데의 마음을 눈치챈 히데요시가 먼저 말을 꺼냈다.

"마침 고레도 님이 찾아주셔서 다행입니다. 사람들이 무슨 험담을 하든 개의치 않는 것이 좋지만, 그렇다고 해서 연기가 피어오르는 것을 그대로 내버려두면 큰불이 될 가능성이 있습니다."

"뭔가 저에 대해 들은 말이라도 있으신지요?"

"그렇지 않아도 이번 일에 대해 서신을 통해 알려드려야겠다고 생각하던 참이었습니다. 귀공은 누군가 써서 보낸 시에 가메야마 성의 북쪽에 있는 아타고愛宕 산을 주周 산에 빗대면서 자신을 주周의 무왕武王으로, 노부나가 공을 은殷의 주왕紂王[24]으로 비유한 적이 없습니까?"

"그런 터무니없는."

미쓰히데는 얼굴이 창백해져서 두 번이나 손을 저었다.

"터무니없는 말이오! 대체 누가 그런 악의에 찬 말을……."

미쓰히데의 입에서 나온 침통한 목소리는 흡사 말이라기보다 장탄식에 가까웠다. 하지만 히데요시는 상대의 그런 심각한 표정을 바라보면서 마치 공을 주고받는 놀이라도 하듯 미쓰히데의 말투를 흉내 내며 말했다.

"실로, 참으로 터무니없습니다! 그런 터무니없는 말을 하다니. 하하하."

웃음소리가 천정을 뒤흔들 듯 컸다. 옆방에서 대기하던 가신이 깜짝

---

24) 중국 은殷나라의 마지막 왕으로 용맹하고 지혜로웠으나 달기妲己에 빠져 주색과 폭정을 일삼다 주나라 무왕에게 살해되었다.

놀라 장지문을 살짝 열고 들여다볼 정도였다.

"여봐라, 말은 준비되었느냐?"

그 기척을 느낀 히데요시가 뒤를 돌아보며 묻자 가신이 대답했다.

"준비는 벌써 되어 있습니다."

미쓰히데는 급히 얼굴을 들며 말했다.

"이런, 나가셔야 하는데 그만 시답지 않은 얘기로 방해를 한 듯합니다."

미쓰히데는 요를 물리면서도 여전히 앉은 채 말했다.

"무릇 세속의 훼예포폄毁譽褒貶은 어느 누구도 피할 수 없는 일이자 거론할 가치도 없는 일이나 조금 전 말씀하신 것처럼 스스로 삼가지 않으면 안 될 것입니다. 그러니 부디 앞으로 그런 터무니없는 말을 들으시더라도 지금처럼 웃어넘겨주시길 바랍니다."

"잘 알겠습니다."

히데요시는 진지하고 깊은 눈으로 미쓰히데를 바라보며 말했다.

"귀공께서도 너무 마음 깊이 담아두지 않는 것이 좋을 것입니다. 외람되지만 이 지쿠젠처럼 만사에 다소 무신경해질 필요도 있지 않나 싶습니다."

"그것은 저도 늘 부럽게 생각하고 있습니다."

"그럼, 오늘은 등성해야 해서 이걸로."

"너무 오래 앉아 있은 듯합니다."

두 사람은 일어서서 서원을 나와 현관 쪽으로 함께 걸어갔다. 신발을 신고 나서도 두 사람은 산문 밖의 말을 매어둔 곳까지 어깨를 나란히 하고 걸어갔다. 미쓰히데는 좀 더 빨리 시간 여유를 가지고 히데요시를 찾지 않은 것을 후회하고 있는 듯한 모습이었다.

"자, 먼저 가시지요."

히데요시가 여전히 주객의 예를 취하면서 말을 권했다. 미쓰히데가 몹시 아쉬운 기색으로 인사를 하고 말에 오르자 히데요시도 말 위에 올랐다. 두 사람은 그렇게 산문에서 헤어져 서로 반대 방향으로 나아갔다.

아즈치의 밤길을 가는 데에는 횃불이나 제등이 필요하지 않았다. 세밑인 탓인지 마을은 갖가지 색상의 등불로 밝혀져 있었고 집집마다 켜져 있는 등불은 거리를 빨갛게 물들이며 봄을 기다리는 마음을 들뜨게 했다. 겨울 안개가 낀 하늘에는 총총한 별들이 박혀 있었다.

"요즘은 듣지 못하던 노래나 기악이 유행하는 듯하구나."

히데요시가 가신에게 말하자 시종이 대답했다.

"이 마을에 남만사가 생겼기 때문입니다. 다른 나라의 피리나 거문고는 물론이고 그들의 음계에 익숙해져서 가요의 가사나 곡조까지 달라졌다고 합니다."

"교토의 로쿠조六条에도 남만사는 있지만 이런 풍조는 볼 수 없었다."

"그 무렵에는 두세 나라의 선교사밖에 없었습니다. 하지만 근래에는 그때와 비교할 수 없을 만큼 이곳 아즈치에 이국인이 많이 살고 있습니다. 모두가 선교사는 아니지만 그들이 데려온 가족이나 하인들까지 더하면……."

번잡하고 사람들로 붐비는 네거리에 이르자 그중에는 반드시 외국인의 모습이 보였는데, 그들은 떡이나 소나무나 대나무 등을 팔고 있는 세밑 시장을 신기하다는 표정으로 구경하며 돌아다니고 있었다.

그날 밤 노부나가는 하직 인사를 하러 오는 히데요시를 기다리고 있었던 듯 성안 한가득 불을 밝혀놓고 그를 맞이했다. 두 사람은 저녁을 함께 먹었다. 그리고 호리 규타로가 노부나가가 내리는 하사품들을 내일 아침 출발하기 전까지 숙소로 가져다놓겠다고 말했다.

"주군의 은혜, 그저 황송할 따름입니다."

히데요시는 감격해서 눈물이라도 흘릴 듯한 모습이었다. 이윽고 히데요시가 하직 인사를 하자 노부나가가 말했다.

"아니, 잠깐. 아직 어제 한 약속이 남아 있네."

노부나가는 그렇게 말한 뒤 히데요시를 데리고 성루 위의 일각으로 올라갔다. 그곳은 어지간한 귀빈이 아니면 들어갈 수 없었고 중신 중에서도 극히 두세 명만 알고 있는 곳이었다.

"어제 다석茶席에서 약속한 것처럼 그대와 같은 대기大器에게는 보여주어도 무방할 터, 어서 들어오게."

노부나가가 문을 열라고 명하자 사라사[25]를 걸치고 검은 피부에 구슬과 금으로 만든 반지를 낀 두 명의 흑인이 문을 열었다. 히데요시는 아즈치 성안에서 그들을 몇 번 본 적이 있었고, 또 선교사에게서 선물로 받았다는 사실을 알고 있었기 때문에 흑인 노예를 봐도 그리 놀라지 않았다.

그렇지만 노부나가를 따라 실내로 한 발 들어서자 자신도 모르게 '아' 하는 탄성이 나왔다. 이곳이 아즈치의 성안인가 싶은 의심마저 들었다. 커다란 방과 작은 방이 하나로 합쳐져 있었는데 백 평 정도는 됨직했다. 벽과 천장, 장식, 마룻바닥에 이르기까지 모두가 이국적인 색채와 집기들로 장식되어 있었다.

"그 의자에 앉아 쉬도록 하게."

히데요시의 눈은 여기저기 둘러보느라 한시도 가만있지 못했다. 옆방과의 경계에는 긴 장막이 쳐져 있었는데 천축에서 만들었는지 유럽에서 만들었는지 히데요시조차 처음 보는 것이었다.

여송이나 안남安南 일대에서 배를 통해 건너온 도자기와 무기, 가구류부터 인도나 페르시아 등지에서 가져온 듯한 광물 덩어리나 불상, 그림이

---

25) 오색의 빛깔을 이용하여 인물, 조수, 화목 또는 기하학적 무늬를 물들인 피륙. 포르투갈 어인 saraça에서 온 말.

그려진 가죽, 그리고 남만선의 모형과 금은 세공품과 자명종까지 헤아리자면 끝이 없을 정도였다. 그러는 동안에도 일찍이 일본에서는 맡아본 적이 없는 향료의 향이 끊임없이 코를 자극했다. 히데요시는 그런 시각과 후각을 비롯한 일체의 감각에 처음 접하는 자극을 받으며 망연자실한 표정을 짓고 있었다.

노부나가는 그 모습을 보고 속으로 즐거워하고 있었다. 히데요시가 갑자기 벽 쪽으로 뚜벅뚜벅 걸어갔다. 거기에는 여섯 폭 병풍이 있었는데 그 중 두 폭이 펼쳐져 있었다. 히데요시는 병풍을 전부 펼치더니 팔짱을 끼고 그 앞에 앉았다.

"흐음……."

바탕에는 금박 가루가 뿌려져 있었고 중후한 안료로 지도가 그려져 있었다.

"……?"

히데요시는 이윽고 병풍에 닿을 듯 얼굴을 바싹 대더니 연신 무언가를 찾고 있었다. 노부나가가 웃음을 지으며 멀리 뒤쪽에서 물었다.

"지쿠젠, 무엇을 찾고 있는가?"

히데요시는 병풍을 살피며 돌아보지도 않고 대답했다.

"일본입니다. 일본은 어디에 있는지요?"

노부나가가 걸어와 그의 뒤에 서서 싱글싱글 웃다가 가르쳐주었다.

"지쿠젠, 아무리 그쪽에서 찾아봐도 일본은 찾을 수 없을 걸세. 그 부근은 로마, 스페인, 또 이집트라고 하는 나라들에 둘러싸인 내해內海네."

노부나가는 병풍의 왼쪽 반쌍 끝에서 오른쪽 반쌍으로 히데요시를 손짓해서 불렀다. 그리고 히데요시와 나란히 서서 병풍에 그려진 세계지도 앞에 앉았다.

그림은 포르투갈인 선교사가 헌상한 것을 원안으로 가노파狩野派[26]의 화공이 여섯 폭 병풍에 그린 것이어서 본래 지도라고 할 정도로 정밀하지는 않았다. 그만큼 세계지도라고 하기에는 더없이 유치하고 추상적이었다. 그렇지만 넓은 세계의 모습이 대략적으로나마 그려져 있었다. 지중해는 물론 인도양과 대서양도 그려져 있었고 태평양도 푸르고 짙은 안료로 칠해져 있었다.

"지쿠젠, 보게."

"예."

"일본은 이곳이네. 이 가늘고 긴 섬나라. 우리는 바로 여기에 살고 있네."

"이것이 일본입니까? ……이것이."

히데요시는 숨도 쉬지 않고 유심히 바라보고 있다가 얼굴을 들고 다시 여섯 폭 병풍의 넓이를, 아니 세계의 광대함을 바라보았다. 그리고 눈앞에 있는 가늘고 긴 작은 섬나라의 크기를 전도와 비교하며 바라보았다.

"중국, 남만 군도, 서구의 나라들, 어디와 비교해도 일본은 참으로 작지 않은가?"

노부나가가 말하자 히데요시는 한동안 잠자코 있다가 말했다.

"그렇지도 않은 듯합니다."

그리고 아까 터무니없는 곳을 둘러보며 일본을 찾고 있던 자신의 얕은 해외 지식을 만회하려는 듯한 표정으로 말했다.

"송구합니다만, 주군의 옥체는 오 척 이삼 촌寸. 체구가 마르셔서 결코 대남大男이라고 할 수 없습니다. 그런데 세상에는 육 척이 넘는 대남이 많

---

26) 무로마치 후기에서 에도 시대(15~17세기)까지 가노 마사노부狩野正信를 시조로 일본에서 발전한 화파. 이들은 이백여 년간 무가 정권을 섬기며 장군의 호방함을 치켜세우는 그림을 많이 그렸으며, 대담한 붓놀림과 날카로운 테두리 선이 특징이다.

이 있지만 그들을 위대한 인물이라 생각하지 않습니다. 그와 같이 그림에 그려진 나라의 크고 작음에는 저는 결코 놀라지 않습니다. 다만 그림을 보고 있자니 속에서 솟구치는 탄식을 금할 수가 없습니다."

"아까부터 계속 그런 감정에 빠져 있는 듯한 모습이었는데, 자네답지 않군. 뭐가 그리 슬픈 것인가?"

"오케하자마 싸움 당시, 또 그 후에도 주군께서 자주 부르시던 노래 한 소절이 떠올라서 그렇습니다."

"자네는 이러한 때, 묘한 것을 떠올리는군. '인간 오십 년' 그 노래 말인가?"

"그렇습니다. 세계의 넓음을 살아 있는 동안 전부 보기에는 오십 년으로는 어림도 없을 것입니다. 적어도 백 년은 살아야 할 듯합니다. 아니, 살고 싶습니다. 아아, 이 한 몸, 일본에 태어나 어찌 주고쿠와 시고쿠, 규슈 정도를 보고 그것으로 만족할 수 있겠습니까. 주군께서는 그리 생각하지 않으시는지요?"

노부나가가 갑자기 회심의 미소를 지으며 오른손으로 히데요시의 어깨를 세게 두드렸다.

"바로 내 심정이 그러하네. 살 것이네. 백 년까지."

당시의 일본밖에 보지 못하던 협소한 시각은 도쿠가와 시대에 접어들고 나서 후천적으로 심어진 관념이었다. 노부나가는 후일의 쇄국주의와 같은 것에 대해 알지 못했고 히데요시는 일본이 작다고 생각하지 않았다. 그의 세계관에서는, 그의 상식과 관념에서는 일본이 가장 큰 나라였다. 일본과 비교할 수 있는 지구상의 '거대한 나라'는 있을 리가 없다고 생각했던 것이다.

그래서 히데요시는 노부나가가 보여준 여섯 폭의 세계지도를 보고 그 광대한 육지에서 일본을 찾는 데 어려움을 겪었어도 다른 나라의 크기에 그리 놀라지 않았다. 단지 '이것이 일본인가?' 하고 유심히 들여다보며 '생각보다 작다'고 생각했던 것이다. 그리고 그가 탄식한 이유는 세계의 광대함 때문이었고 그에 비해 인간의 수명이 너무나 짧다고 생각한 것이다. 히데요시뿐 아니라 도쿠가와 정권의 쇄국주의 이전의 겐기元亀와 덴쇼 시절의 사람들은 어렴풋하게나마 만 리의 파도 저편에도 사람과 나라가 무수히 존재한다는 사실을 알고 있었다. 그런 해외에 대한 지식은 종교와 미술, 철포, 직물이나 도자기나 자명종을 통해 날마다 동쪽으로 밀려오던 때이기도 했다.

"나라는 많고 바다는 넓구나. 하지만 몇천 몇만 리를 돌아다녀도 일본과 같은 나라는 없다. 당나라와 천축이 있다고는 하나 일본과 같은 나라는 없다."

히데요시는 어릴 적부터 그런 말을 자주 들었다. 오와리의 나카무라 부근에도 그렇게 말하는 노인이 두세 명 있었다. 마을 사람들의 이야기에 따르면 그들은 모두 젊을 적 바한센八幡船[27]이라는 배를 타고 명나라에서 남만까지 넘나들었다고 했다.

히데요시가 어린아이였던 덴분天文 무렵에 왜구들은 대부분 사라졌지만 예전의 시절을 그리워하는 노인들은 시골에 많이 살았다.

"그들에게 더 많은 이야기를 들었더라면 좋았을 것을."

훗날 히데요시는 그런 생각을 하며 후회하기도 했는데, 그런 사람들이 민간에 전한 해외 지식들이 결코 무시할 수 없는 것들이었기 때문이다. 이른바 사카이와 히라도平戸를 비롯한 여타의 항구와 여송, 안남, 말라카, 남지나 일대의 항구와의 왕래는 해가 갈수록 번창했고, 그것이 일반 백성들

---

27) 무로마치 말기부터 아즈치모모야마安土桃山 시대에 걸쳐 명나라 사람들이 중국과 조선의 연안을 넘나들며 약탈했던 해적선 등을 칭하는 말. 에도江戸 시대에는 밀무역선의 칭호가 되기도 했다.

의 종교와 군사와 실생활에 큰 영향을 주기 시작한 무렵에는 정치적으로도 중요했기 때문에 노부나가가 지대한 관심을 가지고 있는 것은 너무나 당연한 일이었다.

그날 밤, 노부나가와 히데요시는 세계지도가 그려진 병풍을 앞에 둔 채 상당히 오랜 시간을 묵연히 앉아 묵상에 잠겨 있었다. 두 사람이 무슨 이야기를 했는지 그것을 들은 사람은 아무도 없었다. 하지만 결론적으로 두 사람의 이상이 합치했다는 것은 분명했다. 이윽고 밤이 깊어 두 사람이 헤어질 때, 그들의 얼굴에서 지금까지 볼 수 없었던 깊은 심계心契와 같은 결연함이 엿보였기 때문이다.

란마루

이른 새벽 출발이었다. 정원과 지붕에는 서리가 하얗게 내려앉아 있었고 상실사에는 등불이 밝혀져 있었다.

아침을 일찍 먹는 것은 히데요시의 습관이었다. 그는 젓가락을 내려놓자마자 바로 행장 준비까지 마쳤다. 히데요시보다 늦으면 안 된다는 듯 장지문 밖과 회랑 저편에서 가신들이 분주히 오가며 짐을 날랐다.

"어젯밤에 돌아왔습니다만, 퇴성이 늦은 데다 곧 잠자리에 드셔서 인사를 하지 못했습니다."

후쿠시마 이치마쓰와 가토 도라노스케가 히데요시를 찾아와 말했다. 두 사람은 히데요시의 명을 받고 나가하마 성에 있는 노모와 아내를 찾아가 근황을 듣고 전언을 가져온 것이었다.

"오, 어젯밤에 돌아왔는가. 나가하마는 어떠하던가?"

이치마쓰가 고했다.

"모두들 별고 없습니다. 특히 큰 마님께선 아주 건강하셨습니다."

"그런가. 이번 겨울에는 감기도 걸리지 않으셨나 보군."

"주고쿠에서 주군께서 보낸 편지를 보시고는 항상 건강에 유의하고 있으며 추울 때에는 밖에 나가 농사도 짓지 않는다고 하셨습니다. 또 주군의 말씀대로 방을 따뜻하게 하고 네네 님을 비롯해 다른 가족분들과 함께 지극히 즐겁게 지내고 있으니 아무 걱정하지 말라고 간곡하게 말씀하셨습니다."

"그 말을 들으니 이제 안심이 되는군. 바로 지척인 아즈치까지 와서 얼굴도 보이지 않는다고 혹시 뭐라고 하지는 않으시던가?"

이번에는 도라노스케에게 물었다. 본래 두 사람은 먼 친척이었던 만큼 히데요시는 지금과 같은 가정사에 대해서도 아무 거리낌 없이 묻고, 또 도라노스케 역시 편한 마음으로 이야기할 수 있었다.

"아닙니다. 마침 저희가 찾아뵙고 있는데 황송하게도 우대신 님께서 보내신 사자가 와서 주군께서 오랜만에 아즈치에 와 있으니 네네 님과 함께 아즈치 성으로 가서 만나 뵙는 것이 어떤가 하고 권하셨습니다. 그러자 큰 마님께서 말씀하시길, 아직 주고쿠의 소임을 반밖에 이루지 못했다고 들었고, 아즈치에 오신 것도 공무 때문일 것이니 만나러 가면 주군께서 결코 좋은 얼굴을 할 리 없다며 정중하게 사절하셨습니다."

도라노스케는 이치마쓰만큼 말을 잘하지 못했다. 특히 주인인 히데요시 앞에서는 너무 긴장했는지 어렵사리 말을 마쳤다. 그것이 답답하게 여겨졌는지 히데요시는 듣는 도중 몸을 돌려 옆에 있는 서궤와 문고에서 신변의 물건을 찾아 허리에 차고 종이를 품속에 넣었다. 흡사 건성으로 듣는 듯한 모습이었다. 그리고 도라노스케가 말을 마치자 쫓아내듯 두 사람을 물렸다.

"그래, 그래. 잘 알았네. 이제 떠날 것이니 자네들도 어서 밖으로 나가 준비를 하라."

두 사람이 황망히 밖으로 나온 뒤 호리오 모스케가 무슨 일인가를 고하기 위해 장지문을 열었다. 그러자 히데요시는 종이를 얼굴에 대고 눈물을 닦고 있었다. 모스케가 그대로 장지문 아래에 앉아 있자 히데요시는 몹시 당황하며 물었다.

"요시하루, 무슨 일이냐?"

흡사 질책이라도 하는 듯한 목소리였다.

"아, 예……."

모스케는 당황한 듯 재빨리 고했다.

"모리 나가사다森長定 님께서 우대신 님의 사자로 오셨습니다."

"뭐라? 모리 란마루 님이?"

히데요시는 뜻밖이라는 듯 그렇게 말하고는 이내 짐작이 가는 것이 있는 듯 말했다.

"아아, 그렇군. 이곳은 어지러우니 서원 쪽으로 안내를 하여라."

어젯밤 하직 인사를 고하러 갔을 때, 노부나가가 하사품 목록을 내렸는데 그 하사품을 오늘 란마루가 가져온 듯했다. 히데요시는 그렇게 예상하며 서원 쪽으로 향했다. 역시 란마루는 노부나가가 하사한 구니쓰구國次의 칼과 열두 종의 다기 등을 가지고 상좌에 앉아 기다리고 있었다.

그는 여전히 수려한 모습으로 화사한 행장을 차려입고 있었다. 어느덧 올해 스물서너 살이 됐을 터인데 사람들이 여전히 미동美童이라고 부르는 것도 무리가 아니라는 생각이 들었다. 주군의 사자였기 때문에 히데요시는 아래쪽에 앉았다. 서로 격식을 갖춘 인사가 끝난 뒤에야 평소의 친한 사이로 돌아갔다.

"그만 떠나셔야 하지 않습니까?"

"아닙니다. 어차피 하룻밤은 교토에서 머물 생각이니 아직 서두르지 않아도 됩니다."

"오랜만에 어렵사리 아즈치까지 오셨는데 쉬실 시간도 없었을 것입니다. 그래도 주군의 기분은 근래에 보기 드물게 좋으셨습니다."

"오늘 북쪽에서 시바타 님이 도착하지 않았는지요?"

그 일에는 흥미가 없다는 듯 란마루가 넌지시 말했다.

"아케치 님도 떠나셨다고 합니다."

"뵈었습니다. 여독 때문인지 다소 힘이 없는 듯하더군요."

"무슨 말은 하지 않으셨는지요?"

"무슨 말이라니요?"

"주군께 혼이 났다거나 저에 대한 소문 같은."

"아니, 없었습니다."

"참으로 유감스럽지만, 이번에 기분이 굉장히 안 좋은 상태로 돌아가셨습니다. 분명 그 울분을 지쿠젠 님께 하소연이라도 하려고 생각했을 것입니다."

"하면 아케치 님이 주군께 질책을 받았다는 소문은 헛소문이 아니었습니까?"

"평소에 아케치 님의 어둡고 무거운 행동거지가 주군의 기분을 심히 훼손하고 있었는데 마침내 그것이 주연 자리에서 폭발한 것에 지나지 않습니다. 그런데도 아케치 님은 아녀자처럼 제가 주군 곁에서 부채질이라도 한 것처럼 여기고 있는 듯합니다. 저로서는 참으로 억울한 일입니다."

"하하하, 그렇군요. 고레도 미쓰히데 님은 가메야마 성의 성주이자 당대의 인물입니다. 저는 잘 모르겠으나 란마루 님이 말씀하는 것과 같은 감정이 있다고 한다면 거기에는 뭔가 다른 원인이 있는 것이 아닐는지요. 란마루 님을 그렇게 의심하는 다른 이유 말입니다."

"제가 주군께 스즈키 시게유키에 대해 충언한 적이 있을 뿐입니다. 본원사의 책사인 스즈키 시게유키의 처리에 대해서……."

"시게유키가 본원사가 망한 후, 어떻게 했다는 말씀입니까?"

"지쿠젠 님은 모르십니까? 오사카 이시야마의 몰락과 함께 종적을 감췄던 스즈키 시게유키는 이름을 바꾸고 단바 가메야마 성의 객신客臣이 되어 있다고 합니다. 십일 년 동안, 오다 가를 괴롭히던 본원사의 숨은 책사를 허락도 구하지 않고 숨기는 행위는 역의라는 말을 들어도 어쩔 수 없을 것입니다. 만약 지쿠젠 님이 노부나가 공이라면 그 사실을 알고도 미쓰히데 님을 중신으로 둘 수 있겠습니까?"

그런 상황에서 히데요시는 기묘한 표정을 지었다. 상대의 말을 열심히 듣는 것도 아니고 그렇다고 상대의 기분을 무시하고 허공만 쳐다보는 듯한 표정도 아니었다.

"흐음, 음. 과연."

어느 쪽이라고도 할 수 없는 표정으로 고개를 끄덕였지만 그의 의사는 그 사이를 떠다니며 하늘가에서 놀고 있을지도 몰랐다. 그로서는 솔직히 그런 화제에는 말을 섞고 싶은 생각이 없었다. 남의 험담과 훼예포폄, 중상모략에 관여했다가는 끝이 없을 것이었고 또 그의 성정과 맞지 않는 일이었다. 그뿐 아니라 그는 전날 미쓰히데를 만났다. 쉰이 넘은 미쓰히데는 시동의 모습을 하고 있는 청년 란마루와는 달리 말을 함부로 입 밖에 내지 않았다. 하지만 히데요시는 그의 심중에 있는 갈등의 근원을 충분히 헤아릴 수 있었다.

군무에 종사하고 있던 히데요시는 란마루의 모친인 묘코니가 지나치게 불교에 심취하여 일찍부터 본원사의 책사인 스즈키 시게유키를 돕고 있다는 사실을 간파하고 있었다. 란마루는 효심이 깊었고 재주가 뛰어난 청년이었다. 모친인 묘코니의 행복한 노후도 다른 많은 형제가 출세한 것도 오직 란마루에 대한 노부나가의 총애 덕분이었다. 그의 망부인 모리 산제에몬 요시나리의 충절이 노부나가의 가슴에 깊이 각인되어 있는 것도 명백한 사실이었지만 노부나가가 란마루에게 기울이고 있는 신뢰와 총애는 각별했다.

그런 점들을 종합해보면 본원사가 망한 뒤, 스즈키 시게유키가 연줄을 이용해 아케치 미쓰히데의 가메야마 성에 몸을 의탁해서 이름을 바꾸고 살아 있다는 사실은 란마루에게 도저히 견딜 수 없는 불안감을 품게 만들었음이 분명했다.

'만일 시게유키의 입에서 어머님이 했던 행동이 소상하게 흘러나온다면?'

그런 생각이 들자 란마루는 가만히 있을 수가 없었던 것이다. 노부나가의 총애와 신뢰를 일거에 잃을 뿐 아니라 묘코니는 처벌을 당할 것이 명백했다.

이시야마 본원사가 철거된 때부터 이미 란마루는 그런 공포심을 품고 있었다. 사쿠마 노부모리 부자의 추방이나 숙로인 하야시 사도의 말로를 보더라도 노부나가는 딴마음을 품은 사람을, 설령 그것이 먼 과거의 일이든 바로 어제의 일이든, 절대로 용서하지 않았다. 특히 란마루가 남몰래 가슴에 품고 있던 고뇌는 자신에게만 해당하는 것이 아니라 모친을 비롯한 모리 가 일문에게 치명상이 될 터였다.

"세상은 참으로 재미있습니다. 오랜만에 전쟁터에서 아즈치로 와서 이런저런 세상 이야기를 듣고 있으니 끝도 없고 세상의 참맛을 만끽하게 됐습니다. 먼저 아즈치가 사람들이 이렇듯 유유자적 태평성대를 누리는 것은 저희의 공이 아닐까 싶습니다. 저희처럼 전쟁터에서 언제 죽을지 모르고, 또 욕심이라면 어떻게 죽을까 하는 것밖에 생각할 수 없는 이들에게는 참으로 귀와 눈이 즐겁습니다. 내년에는 몇 번 더 오고 싶습니다. 오늘은 곧 떠나야 할 몸이라서 마음이 조급하지만, 다음에 왔을 때에는 꼭 느긋하게 이야기 나누고 싶습니다. 하하하, 오늘은 이만 실례해야 할 듯싶습니다."

히데요시는 란마루와 함께 자리에서 일어나 작별 인사를 했는데, 그것이 정말 마지막 작별 인사였다.

히데요시 일행이 눈부신 아침 햇살을 받으며 상실사 앞에 있는 마을에서 벗어날 때, 란마루도 아즈치를 향해 돌아갔다. 두 사람은 이때가 세상에서 얼굴을 마주한 마지막 때라는 것을 알 리가 없었다. 그리고 반년 뒤에 벌어질 본능사本能寺의 변變을 예상하는 사람 역시 단 한 명도 없었다.

교토의 봄

히데요시는 교토에서 하룻밤을 묵었다. 교토의 모습은 몰라보게 달라져 있었다. 불과 십 년 전 교토의 모습을 알고 있던 사람들은 모두 그렇게 말했고, 이삼십 년 전 교토를 보았던 사람들은 격세지감을 느낀다고 할 만큼 짧은 시간 동안 교토의 모습은 달라져 있었던 것이다.

무엇보다 가장 달라진 점은 도성에 들어가면 천황이 거하고 있다는 사실을 실감할 만큼 청결하고 광채가 흘러넘쳤다. 사람들은 행복하고 평화롭게 살아가고 있었다. 일반 서민들이 느끼는 바를 히데요시 역시 똑같이 느꼈다.

히데요시는 문득 소년 시절, 도카이도東海道를 유랑하면서 자주 바라보았던 후지 산의 수려한 산세를 떠올렸다. 천고만대, 이 나라와 함께 해온 후지 산도 구름에 덮여 며칠 동안 보이지 않는 날도 있는가 하면 구름 한 조각도 없는 청명한 하늘에 선명하게 모습을 드러내는 날도 있었다.

속세에서 아등바등 생계에 쫓기던 사람들은 온전히 모습을 드러낸 후지 산을 올려다보면 '아, 후지'하고 경탄했다. 그리고 다시 그런 후지 산의 모습에 익숙해져서 잊고 있다가 비가 오고 구름이 낀 날을 한탄하면서도 구름 속에서 변함없이 그곳에 있을 후지 산을 그리워했다.

가깝게는 오닌의 난부터 불과 얼마 전인 무로마치 막부 말기에 이르기까지, 멀게는 아시카가 씨와 호조 씨 등의 폭정에 시달리던 시대까지, 돌이켜보면 이 나라의 명암은 후지 산과 구름의 관계처럼 끊임없는 난세가 이어져왔다.

"지금의 교토는 맑은 날의 후지 산과 같다."

근래 이삼 년, 히데요시는 도성에 들어올 때마다 늘 그렇게 감격하면서 그것이 어디에서 온 것인지 생각했다. 그리고 그 쾌청한 날을 가져다준 것은 바로 자신의 주인인 노부나가의 힘이라고 생각했다. 노부나가가 없었다면 대부분의 백성들은, 어떤 공경이 일기에 쓴 것처럼 세상이 어떻게 될지 몰라 불안에 떨며 하루하루를 살아가야만 했을 것이다.

그런데 지금의 교토는 달라졌다. 황거를 둘러싼 산수는 밝은 빛을 발하고 있었고 마을들은 활기에 차 있었다. 그곳에서 생업에 종사하며 즐거워하는 백성들의 모습은 불과 십 년 전 무로마치 막부 시절만 해도 찾아볼 수 없는 풍경이었다.

누구보다 노부나가를 잘 알고 있는 히데요시는 지금 눈앞에서 노부나가의 이상을 보는 듯한 심경이었다. 노부나가의 부친인 노부히데는 전란의 와중에 이세 신궁을 수리하거나 궁궐이 쇠락한 것을 한탄하며 공물을 헌상하기도 했다. 난세에 그와 같은 무인은 거의 없었다고 해도 과언이 아니다. 생각해보면 노부나가가 조정을 극진히 섬긴 것은 부친의 영향이자 부친 이상으로 적극적인 성격을 지니고 있었기 때문이기도 했다.

그는 궁궐을 조영하고 황거의 울타리를 쌓고 궁궐의 경제를 개혁하는 등 황실을 복구하기 위해 전력을 기울였다. 무로마치 막부를 혁파하고 아시카가 요시아키를 쫓아낸 지 불과 십 년, 백성들의 안정된 생활을 목도하고 노부나가를 가리켜 '막부에 대해 모반을 일으킨 자'라는 뜻인 '구보公方

의 모반인謀反人'이라고 부르는 사람들도 더 이상 없었다. 에이 산을 불태운 직후에는 '희대의 대마왕'이라고 욕하던 승려들까지 더 이상 비난하지 않고 백성들과 함께 평화로운 일상을 즐기고 있었다.

특히 올해 덴쇼 9년 봄에 열린 성대한 열병식에 대해 사람들은 해가 저문 지금까지도 잊지 못하고 화제로 삼았다. 봄에 열린 열병식은 이른바 평화의 대축제이자 노부나가의 패권을 세상에 과시한 시위이면서 외국인 선교사 등에게 보이기 위한 국제적인 의미도 있었다. 하지만 가장 중대한 의의라고 한다면 친히 천황의 임어臨御를 청해 군권의 소재를 명확하게 한 점이라고 할 수 있었다. 노부나가는 이 성대한 열병식을 통해 군권을 세상에 확실하게 알리려고 했던 것이다.

황실과 무문 사이에는 나라를 세울 때의 철칙, 천황의 병사는 치안을 지키는 사키모리防人[28], 군軍은 나라의 방패, 검은 자신을 수양하고 다른 사람을 지킨다는 본분을 지니고 있었다. 하지만 언제부터인가 그러한 본질이 무너져서 때론 황실을 위협하는 등 오닌의 난 이후부터 무로마치 말기에 이르기까지 그 폐해는 극에 달했다.

세상이 그런 문란한 시대를 바로 세울 인물로 노부나가를 인정하고 그도 자임하고 있던 때, 노부나가는 이전의 본분을 법제나 도리에 의지하지 않고 성대한 열병식을 통해 상하가 함께 즐기며 찾고자 했던 것이다. 이것을 통해 노부나가가 무인의 자질만 지닌 무장이 아닌 위대한 정치가의 면모를 지닌 인물이라는 것을 엿볼 수 있었다.

그 열병식이 열린 것은 교토에 봄이 한창인 지난 2월 28일이었다. 궁궐의 동쪽에서 남쪽의 마장이 있는 하쵸八町에는 새로 돋아난 푸릇한 풀이

---

28) 규슈九州 연안의 방어를 위해 설치한 변경을 지키던 군사. 본래 이 군사 제도는 663년 백제를 돕기 위해 출병한 왜군이 백강 전투에서 나당 연합군에게 대패를 당한 뒤, 당나라가 쳐들어오는 것을 염려해서 만든 것이 시초로 병사들의 임기는 삼 년이었다.

가득했고 곳곳의 울타리의 여덟 척 기둥은 짐승의 털로 짠 모전毛氈으로 덮여 있었다. 그리고 대궐의 동쪽 궁문 밖에는 천황이 행차할 행궁이 세워져 있었다.

임시로 지은 것이었지만 행궁은 백목白木에 금과 은으로 된 국화가 박혀 있었고 주렴에는 자줏빛 끈을 매달아놓았는데 큰 지붕의 기와와 금사金砂를 뿌려놓은 모습은 흡사 야마토에大和絵[29)]를 그대로 옮겨놓은 것처럼 보였다. 셋게攝家[30)] 이하 고관대작들이 필설로는 묘사하기 어려울 만큼 화려한 차림을 한 채 빠짐없이 자리를 메우고 있었다. 봄바람에 나부끼는 일월기日月旗와 오색기 아래에는 활과 창을 든 친위대와 사키모리 부대가 대오를 이루고 꽃밭의 꽃처럼 도열해 있었다.

오전 여덟 시가 되자 시모교下京[31)]의 본능사에서 제1진, 제2진, 제3진 등 대오를 이루고 교토의 대로를 행진했다. 그리고 히가시이치조東一条에 있는 마장을 향하는 행렬의 출발을 알리는 나팔 소리가 들렸다. 그 무렵 마장 주위에는 그날의 성대한 열병식을 보기 위해 수십만 명의 군중이 운집해 있었다.

이윽고 깃발을 휘날리고 번쩍이는 투구를 쓴 시바가 가쓰이에, 마에다 도시이에 등 북쪽에서 온 장수들이 노부나가를 호위하기 위해 먼저 마장으로 몰려들었다. 하지만 이것은 서막에 지나지 않았다. 곧 다케이 세키안이 이끄는 일곱 번째 부대가 마장에 들어오자 그 뒤로 노부나가의 모습이 보였다.

그날 노부나가가 착용한 행장은 교토와 나라와 사카이 등지의 비단에

---

29) 중국화의 양식을 일본적인 정서로 변형시켜 일본 전통의 풍물과 산수 등을 그린 회화나 그 유파를 말한다.

30) 섭정攝政이나 관백關白으로 임명될 수 있는 가문.

31) 교토의 니조도오리二条通 이남의 명칭으로 주로 중소 상인들이 살았다.

서부터 일반 서민들은 구경도 하지 못한 이국의 직물들을 모아 심혈을 기울여 만든 것이었다. 후지타가의 아들인 호소카와 요이치로가 그 일을 맡았는데, 그는 그날 노부나가가 착용할 고소데의 소매에 쓸 비단을 찾기 위해 교토 안을 다 뒤져 간신히 적당한 것을 발견했다고 할 정도로 수많은 인력과 자금을 쏟아부었다.

"마치 이 세상 분이 아닌 것처럼 보인다. 해신海神인 스미요시묘진住吉明神의 현현을 우러러보는 듯하다."

사람들이 그렇게 예찬한 것도 전적으로 과장된 것만은 아니었다. 오다 가는 혈통적으로 남자는 모두 미남형이었고 여자도 모두 미인형이었다. 그때 노부나가는 마흔여덟 살이었는데 단려한 풍모를 유지하고 있었고 기개도 젊은이들에게 뒤지지 않았으며, 눈썹과 볼은 화장을 하고 화려한 행장을 하고 있어서 그날 구경을 나온 외국인들, 즉 예수회의 대표자들도 모두 놀라 본국의 보고서에 다음과 같이 보고할 정도였다.

이 대단한 열병식의 주인공인 장군은 유럽의 국왕들에게서도 본 적이 없을 만큼 화려하고 호장한 분장을 걸친 단정한 귀인이었다.

한편 그날의 열병식은 노부나가 일족인 기후의 노부타다, 기타바타케 노부오, 오다 노부타카, 시바타, 마에다, 아케치, 호소카와, 니와 외에 제후에서부터 장병 일만육천여 명과 군중 십삼만여 명이 참가한 아래에 거행되었다. 각 부대의 연무가 끝나자 이윽고 마지막에 노부나가가 직접 말을 타고 마장을 종횡으로 내달리며 말 위에서 검을 휘두르고 창으로 과녁을 맞히는 연무를 시연했다. 십삼만여 명의 군중은 그런 노부나가를 보고 환호를 올리고 예찬했다.

그렇게 연무를 끝내고 노부나가가 말에서 내려 말을 쓰다듬고 있을 때

조정의 신하 열두 명이 달려와 칙사勅使라고 말했다. 노부나가가 타고 있던 말은 바다를 헤엄쳐온 듯 온몸이 땀으로 젖어 빛이 나고, 또 김이 피어오르고 있었다.

"칙사입니다."

조정의 신하들이 다시 말하자 노부나가는 그제야 알아차렸는지 말 아래 무릎을 꿇었다. 칙사가 열병식에서 깊은 인상을 받았으며 천황이 자랑스럽게 여기고 있다고 이야기하자 노부나가는 감읍했다. 죽은 부친의 뜻을 지금 일부라도 이룬 듯한 심경이었다. 그날 노부나가는 해질녘쯤 길가 군중들의 환성을 들으며 숙소인 본능사로 돌아갔다.

지금 히데요시는 교토를 지나면서 바로 그날을 떠올리고 있었다. 그리고 그날, 주군인 노부나가의 위대함을 깊이 생각하면서 자신에 대해 돌아보고 있었다.

〈6권에 계속〉

❖ 오다 노부나가 시대의 세력 지형도(1549~1582)

노부나가가 멸망시킨 전국시대 다이묘

노부나가 군의 사령관

유력 전국시대 무장

노부나가의 유력 무장

오다 노부나가의 최대 세력 범위

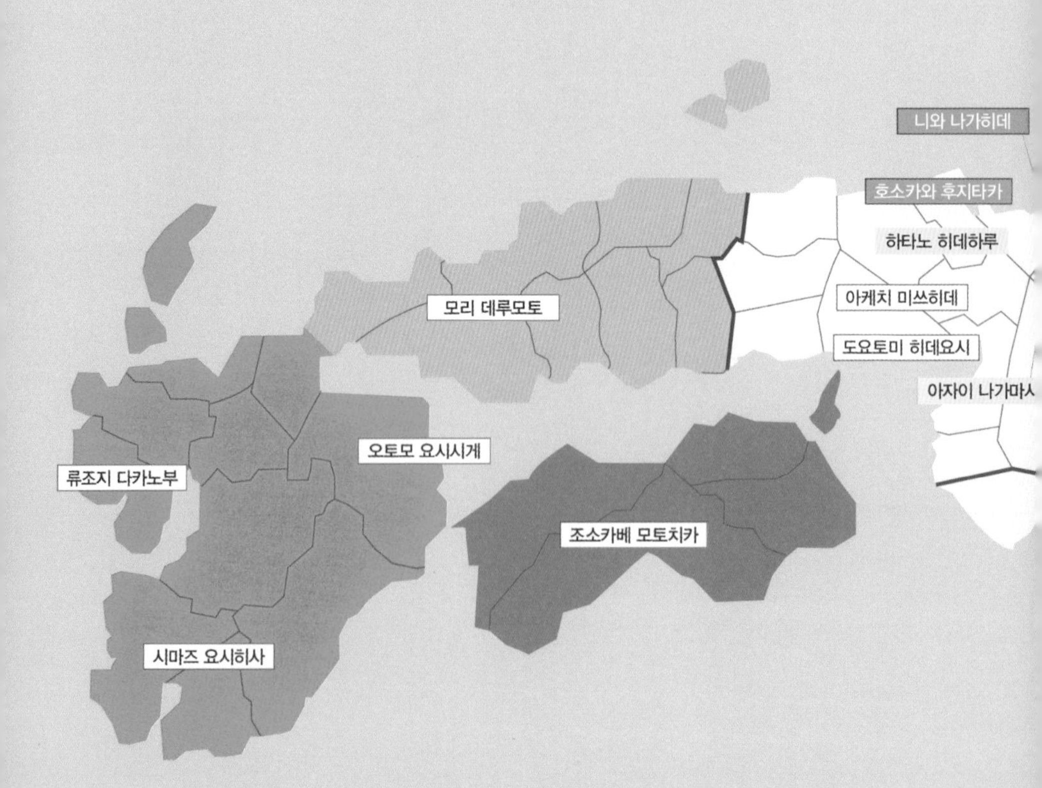

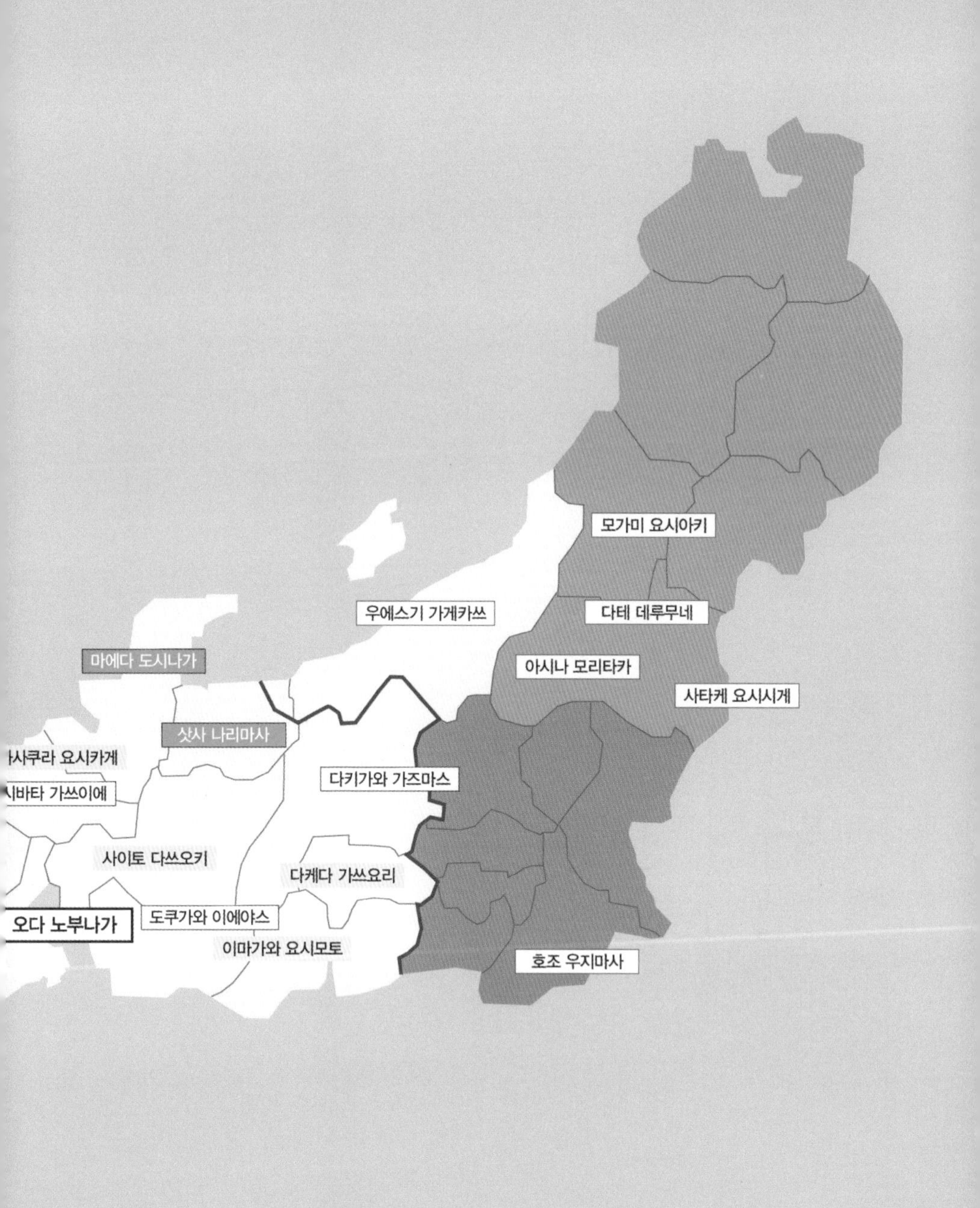
모가미 요시아키
우에스기 가게카쓰
다테 데루무네
마에다 도시나가
아시나 모리타카
사타케 요시시게
삿사 나리마사
사쿠라 요시카게
다키가와 가즈마스
바타 가쓰이에
사이토 다쓰오키
다케다 가쓰요리
오다 노부나가
도쿠가와 이에야스
이마가와 요시모토
호조 우지마사